उमादे

(उपन्यास)

उमादे

डॉ. फतेह सिंह भाटी

भारतीय ज्ञानपीठ

पहला संस्करण : 2022
दूसरा संस्करण, अप्रैल : 2022

दूसरे संस्करण की प्रकाशित प्रतियाँ : 300

भारतीय ज्ञानपीठ
लोकोदय ग्रन्थमाला : ग्रन्थांक 1520

समनुदेशिती

वाणी प्रकाशन ग्रुप
4695, 21-ए, दरियागंज, नयी दिल्ली-110 002
फोन : 011-23273167, 23275710
ईमेल : sales@vaniprakashan.in

ISBN : 978-93-90659-84-5

उमादे
(उपन्यास)
डॉ. फतेह सिंह भाटी

UMADE
(Novel)
by Dr. Fateh Singh Bhati

मुद्रक : आर. टेक ऑफ़सेट प्रिंटर्स, दिल्ली-110 032

Second Edition, April : 2022

Price : INR. 460

समर्पण

विश्व की समस्त मातृशक्ति को, जिन्होंने स्त्री स्वाभिमान, उसके मान सम्मान, उसकी मर्यादा के लिए संघर्ष किया। मानव सहित समस्त सृष्टि सुख–शान्ति और आनन्द से रहे, इस हेतु अपना जीवन पुष्प अर्पित कर दिया। उन माताओं के श्री चरणों में पुष्पांजलि अर्पित करने का एक लघुत्तर प्रयास।

अस्वीकृति (डिस्क्लेमर)

महारानी उमादे एक ऐतिहासिक चरित्र है। इस उपन्यास के नायिका और नायक तथा उस समय की परम्पराओं, रीति रिवाजों, लोक व्यवहार को समझने और जानने के लिए मैंने इतिहास की अनेक पुस्तकों, जन श्रुतियों, कवियों, चारण, भाट, लोक गीतों, लोक में प्रसिद्ध किस्से कहानियों का सहारा लिया है। इतिहास में कोई एक दावा सर्वमान्य नहीं होता। विभिन्न पुस्तकों के अलग अलग दावों के कारण काल और पात्रों के संयोजन में भिन्नता भी स्वाभाविक रूप से कहीं मिल सकती है। यह कोई तथ्यात्मक ऐतिहासिक दस्तावेज़ नहीं है।

श्रद्धेय 'उमादे भटियाणी' जो 'रूठी राणी' के नाम से जग प्रसिद्ध हुई, उनके अद्भुत उज्ज्वल चरित्र ने मुझ जैसे सामान्य लेखकों से लेकर हिन्दी व राजस्थानी के स्थापित प्रख्यात कथाकारों तक सभी को आकर्षित किया है। इसलिए उन पर पूर्व में भी अनेक कहानियाँ, उपन्यास लिखे गए हैं। ऐतिहासिक कथा होने से व्यक्तियों और स्थानों के नाम वही हैं अन्यथा शेष सामग्री मौलिक है। किसी अन्य संग्रह से कुछ नहीं लिया गया है।

रूठी राणी उमादे भटियाणी : सांस्कृतिक इतिहास का उज्ज्वल आख्यान

डॉ.फतेह सिंह भाटी हिन्दी के ऐसे कथाकार हैं जिन्हें पाठकों का असीम प्यार मिला है। उनके पहले ही कहानी-संग्रह 'पसरती ठण्ड' ने उन्हे लोकप्रियता दिला दी। 'पसरती ठण्ड' में उन्होंने इतिहास और संस्कृति-परक तीन कहानियां लिखी थीं जो सराही गईं। इस तरह उन्होंने इतिहास में मानवीय संवेदना खंगालने के प्रयास अपनी कहानियों में ही कर दिए थे। 'पलायन' में जहाँ सामाजिकता के प्रति करुणापूर्ण दृष्टि और राजशाही की निरंकुशता के बिम्ब थे वहीं 'उमादे' में स्त्री मन की पीड़ा तो 'मुक्त प्रेम' में महाराजा से महाराज बने भर्तृहरि के पुरुष मन की व्यथा को वाणी दी गई थी।

'उमादे भटियाणी' जैसलमेर और जोधपुर के इतिहास का ऐसा पात्र है, जिसकी विडम्बना ने हिन्दी साहित्यकारों को सदैव प्रभावित किया है। 'रूठी रानी' के नाम से प्रख्यात इस स्त्री-चरित्र ने उपन्यास सम्राट 'मुंशी प्रेमचंद' की कलम की नोक तक को प्रभावित किया है। इतिहास के उस कालखंड में जब शासकों में बहु विवाह की परम्परा सर्वमान्य थी, भटियाणी उमादे ने अपने स्वाभिमानी चरित्र से पौरुषिक दंभ और सत्ताधारियों की अहमन्यता को तार तार कर दिया था। डॉ.भाटी ने इस उपन्यास में स्त्री के इसी स्वाभिमान के छलकते कणों को अपनी लेखनी से पाठकों तक पहुँचाया है।

इस उपन्यास की कथावस्तु के तार क्योंकि इतिहास में ही गुंथे हैं इसलिए तत्कालीन राजपूताना के राजाओं के सम्बन्ध राजनीतिक षड्यंत्र की बिसात पर खड़े थे। जैसलमेर का भाटी राजघराना जिसकी जड़ें भगवान श्री कृष्ण के यदुवंश तक जाती थीं, गजनी से संघर्ष करता हुआ थार के इस मरुप्रदेश में पहुँचा था। जोधपुर की स्थापना जैसलमेर से सदियों बाद में हुई थी लेकिन मरुस्थली के बीच में होने और सीमान्त राज्य न होने के कारण शक्तिशाली हो गया था। जैसलमेर के महारावल लूणकरण और जोधपुर के राव मालदेव के समय को लेखक ने पृष्ठभूमि के रूप में लिया है। इस उपन्यास का एक स्त्री चरित्र 'भारमली' तत्कालीन सम्बन्धों में निर्मित ऐसा असहाय पात्र है, जिसके बिना इस इतिहास कथा की कल्पना भी संभव नहीं थी।

डॉ. भाटी ने इतिहास के इस संक्रमणकालीन समय के ऐसे उभार चित्रित किए हैं जिसमें राजनीति के छल-छद्म के साथ ही तत्कालीन लोक मान्यताओं और रूढ़ नैतिकताओं के अंगार उछलकर पाठकों की आँखों को चौंधिया देते हैं। उमादे के बचपन और किशोरवय के कलरव, रनिवासों के चित्र और राज्यों के आपसी सम्बन्धों की कलह को जिस सूक्ष्मता से लेखक ने पकड़ा है, वह पाठक को मध्यकाल के समाज की परतों तक पहुँचाता है।

इसी कथा से जुड़ी है भारमली नामक स्त्री-पात्र, जो उमादे की दासी है किन्तु समवय होने के कारण उसकी अन्तरंग सहेली है। वह निर्बल सामाजिक हैसियत की होने के कारण राजशाही की निरंकुशता का शिकार हो जाती है और राव मालदेव (उमादे के पति) उसे भोग लेते हैं। बस यही घटना इस उपन्यास की नींव में है। एक बार गलती समझ क्षमा कर चुकी उमादे को जब इस घटना के दोहराव का पता चलता है, तो वह अपने पति मालदेव से रूठ जाती है और मालदेव इस सबसे तटस्थ भारमली को भोगता रहता है। मालदेव का दुर्भाग्य एक दिन उस भारमली को भी दूर कर देता है। वह उसे कोटड़ा के बाघजी तक पहुँचा देता है, जहाँ भारमली के इतिहास के तार जुड़े हैं। इधर मालदेव उमादे को मनाने के अनेक प्रयासों में विफल रहने पर फिर से आखिरी प्रयास करते हैं। इस बार उनका मन्तव्य कविराज आसाणंद विफल कर देते हैं और रूठी राणी अपने स्वाभिमान की रक्षा करती है। इतिहास में यह दोहा प्रसिद्ध है:

माण रखे तो पीव तज, पीव तजै रख माण।
दो दो गयद न बंधहि, ऐकै कबू ठांण॥

(आत्मसम्मान रखना है प्रियतम को छोड़ और प्रियतम को रखना तो आत्मसम्मान। एक ही ठाण पर दो दो हाथी नहीं बांधे जा सकते)

इस तरह इस कथानक की कल्पना को डॉ.भाटी ने अनेक कोंणों से रचा है और कथानक की रोचकता, आंचलिकता, सामाजिकता और उसकी भव्यता के चित्र खींचे हैं। राजपूतों के आपसी सम्बन्धों की टकराहट और अहमन्यता के बिम्बों से सजा यह कथानक मध्यकाल का दर्पण होकर पाठक की आँखों में उतर जाता है।

जैसलमेर के रावल जैतसी से प्रारम्भ हुई कथा, रावल लूणकरण, राजकुमार मालदेव, जैसलमेर के दुर्गादास कहे जाने वाले खेतसिंह भाटी, बाघा कोटड़िया, प्रसिद्ध पंचांग के रचनाकार चंडू और राघो माराज, लोक गायक मंगणियार जिनके बिना थार संगीत शून्य हो जाता है, उत्तर भारत में शौर्य के नाम से प्रख्यात राव मालदेव, चित्तौड़ में अकबर को छट्ठी का दूध याद करवाने वाले जयमल और फत्ता जिनके शौर्य और वीरता के गीत मेवाड़ का इतिहास सदियों तक गाता रहा, उस जयमल के पिता मेड़ता के राव वीरमदेव मेड़तिया, कविराज आसाणंद, ईसर दास,

सेनापति जेता और कूंपा। मेवाड़ के महाराणा उदय सिंह और स्त्री पात्रों में रूपगर्वित भारमली, मानगर्वित उमादे, राव मालदेव की प्रिय महारानी स्वरूपदे तथा अन्य स्त्री पात्रों से सजी इस उपन्यास की कथा और इसके चरित्र आधुनिक समाज को अचंभित करने वाले और ऐसे विरल चरित्र हैं, जिसकी आज कल्पना भी नहीं की जा सकती। लेखक ने इन चरित्रों का संगुफन इतनी बारीकी से किया है कि वे जीवंत हो उठते हैं। पाठक हतप्रभ रह जाता है कि ये चरित्र भी कभी इस धरती पर साक्षात रहे होंगे। कथा के साथ साथ इन चरित्रों की विशेषताएँ पाठक की आँखों में उतरती रहती हैं।

ऐतिहासिक उपन्यास होने के कारण इसकी आधार भूमि सांस्कृतिक ऐतिहासिक रही है और भाषा में ऐतिहासिक कथानक जीवित हो उठता है। लेखक ने राजपूतों की संस्कृति और उसकी राजस्थानी शब्दावली का भी प्रयोग किया है, जिससे समय और समाज साकार हो जाता है। थार के मरुस्थल के बीच पनपे इस कथानक को अपनी जीवंत शब्दावली से लेखक ने महका दिया है। प्रेम और राजनीति की धड़कनों से धड़कती इसकी भाषा सहज, सम्प्रेषणीय और बोधगम्य है। पात्रानुकूल और समय सापेक्ष कथोपकथन इस उपन्यास की विशेषता है।

लेखक इस उपन्यास की संरचना द्वारा वर्तमान समय को न केवल इतिहास की एक गर्वित धारा से परिचित करवाता है वरन यह सन्देश भी देना चाहता है कि इतिहास से हमें अमोलक मणियाँ मिल सकती हैं, जो आज की तकनीक और तथाकथित विकास की दौड़ में भागते मनुष्य के लिए ज्योतिपुंज हैं। इस भौतिकवादी युग में रूठी राणी का चरित्र स्त्री के लिए एक सम्बल है। अनेक विपरीतताओं के बावजूद स्त्री का अपना वजूद है और पौरुषिक-पाखंडों का सामना कर सकती है। घनघोर सामंती युग में भी उमादे भटियाणी ने अपना मान रख कर यह सिद्ध कर दिया है कि यदि वह चाहे तो पुरुष के हाथ का खिलौना बनने से बच सकती है। डॉ.भाटी ने इस उपन्यास की संरचना द्वारा न केवल स्त्री चेतना की मशाल जगाई है वरन पौरुषिक दंभ से पीड़ित पुरुषों को भी चेतावनी दी है कि समाज में स्त्री का भी अपना स्थान है और इसे तिरस्कृत कर पुरुष सुखी नहीं हो सकता।

समग्रत: कहा जा सकता है कि इस दरकते सामाजिक स्वरूप के लिए 'उमादे' एक ऐसी वैचारिक मशाल है जिसके आलोक में हम सामाजिक सम्बन्धों का महत्त्व समझ सकते हैं।

—डॉ. आईदान सिंह भाटी
वरिष्ठ साहित्यकार

मेरी बात

जोधपुर के निकट मारवाड़ की पूर्व राजधानी मण्डोर में राव मालदेव का देवल किसी भव्य कीर्ति स्तम्भ की तरह नव कोटि मारवाड़ के धणी के शौर्य की गाथाएँ गा रहा है, उनकी वीरता के प्रमाण दे रहा है, उस समय के मारवाड़ के सामर्थ्य और सम्पन्नता को दर्शा रहा है तो केलवा के निकट सती उमादे भटियाणी की सामान्य सी छतरी प्रेम, मानवीय रिश्तों, टूटते बिखरते फिर भी वहीं जाकर जुड़ते स्त्री मन के सम्बन्धों का स्मरण करा रही है। जैसे कह रही हो कि जिससे प्रेम किया गया वह कैसा भी निष्ठुर हो, निर्मोही हो या फिर वीतरागी हो परन्तु जिसने प्रेम किया वह अनेकों असम्भव प्रयासों के बावजूद उस प्रेम को विस्मृत नहीं कर सकता। वह प्रेम एक जानी पहचानी गंध की तरह साँसों में महकता रहता है। वह उस प्रेमी से कितना ही दूर भागे अंततः उससे मिलकर ही मुक्ति की अनुभूति कर पाता है। कोई कितना ही कहे कि अब मेरा उससे कोई सम्बन्ध नहीं पर उस नहीं में भी मन वहीं होता है जिस इन्सान की चर्चा हो रही होती है। इन सम्बन्धों को विस्मृत कर कब्र में भी दफ़ना दिया जाएगा तब भी जब कभी नमी मिलेगी तो उस कब्र से महकते हुए पुष्प या पौधे उग आएंगे।

जैसे प्रेम कभी पीछा नहीं छोड़ता ठीक वैसे ही भोग भी कभी पीछा नहीं छोड़ते। भोग अल्प समय के लिए सुख देते हैं, आनन्द देते हैं, मुक्ति देते हैं लेकिन वह भी तब जब एक दायरे में भोगा जाए। जब असीम भोग की चाहत हो तो फिर वे दाह करते हैं, व्याकुल करते हैं, रात रात भर सुकोमल गद्दों पर भी करवटें बदलने को विवश करते हैं। इसी कारण राव मालदेव जी को अनेक स्त्रियों के साथ देह सुख मिला, आनन्द मिला, तृप्ति मिली परन्तु मात्र कुछ क्षणों के लिए और अगले ही क्षण पुनः दुःख से बिलखती देह, फिर से दग्ध होता मन, फिर से अतृप्ति का भाव और फिर से किसी चित्ताकर्षक नवयौवना को भोगने की इच्छा। सुख और आनन्द से भर जाने की चाहत के बदले जो पीड़ा मिली, दहकते मन को जो ताप मिला, स्वेद से भीगते हुए उसे वर्षों तक भुगतते रहे।

प्रेम की अपनी प्रकृति है। देह के अपने धर्म हैं, वहीं सत्ता के अपने नियम हैं। सत्ता निर्मोही होती है, संवेदनाशून्य होती है, हृदय रहित होती है। तभी तो आज मारवाड़ की पुरानी राजधानी मण्डोर में केवल महाराजा राव मालदेव का देवल है। जो उनकी वीरता, शौर्य, सामर्थ्य तथा कीर्ति की कहानी जन जन को सुना रहा है। सम्पूर्ण नारी जगत की सदियों से अधूरी चाहत कि वे प्रेम में पुरुष को देह, मन, रूह सब कुछ समर्पण करना चाहती हैं परन्तु एक शर्त पर कि पुरुष उनका मान-सम्मान, उनकी मर्यादा, उनकी अस्मिता सुरक्षित रखे। स्त्री की इन्हीं शर्तों के लिए जिसने अपने दाम्पत्य सम्बन्धों को भी चटकने दिया, नव कोटि मारवाड़ के धणी और उसके महलों के वैभव, सुख, ऐश्वर्य, भोग को छोड़ देह का दुःख, मन की पीड़ा स्वीकार की, उस महारानी उमादे की आज मारवाड़ में कोई निशानी, कोई स्मारक, कोई स्मृति चिह्न भी नहीं। उनके सती होने पर सिर्फ़ केलवा में लोगों द्वारा बनवाई गई एक छोटी सी छतरी।

जीवन पत्थरों से नहीं चलता है, वह देह से भी नहीं चलता, उसे सत्ता भी गतिशील नहीं रख सकती, वह तो मन से, हृदय से, प्रेम से आर्द्र होकर पनपता है। यही कारण है कि जन के मन में बने उमादे की यादों के देवल पीढ़ी दर पीढ़ी अपने बिम्ब गढ़ते गए और आज भी देह से हारी, भीगी पलकें लिए अपने सम्मान के लिए हिमालय की तरह अडिग खड़ी एक स्त्री जन स्मृति से विलोप नहीं हुई। भारतवर्ष की श्रुति परम्परा में, कवियों की कविताओं में, कथाकारों की कहानियों में सदियों तक उस 'रूठी राणी उमादे भटियाणी' के देवल बने रहेंगे।

पाठक ऐसा सोच सकते हैं कि जिस कहानी को सदियाँ बीत गईं, जब सारे सामाजिक, पारिवारिक, वैवाहिक सन्दर्भ बदल गए, उसकी अब कैसी सामयिकता? यह सच है कि समाज, उसकी मान्यताएँ, उसकी नैतिकता की धारणाएँ बहुत कुछ बदल गईं। संयुक्त परिवार से एकल परिवार तक की यात्रा भी पूर्ण होने को आई। अब तो लिव इन रिलेशनशिप ने जिम्मेदारी से मुक्त होकर भोग की प्रवृत्ति का एक और नया आयाम खोल दिया है।

काल कोई हो, सामाजिक मान्यताएँ भले बदल जाएँ, नैतिकता की परिभाषा भले बदल जाए, स्त्री पुरुष के पारस्परिक सम्बन्ध, एक दूसरे से अपेक्षाएँ, मानव मन, उसकी चिंताएँ सदैव एक जैसी रहेंगी। मानव मन में अंतर्निहित द्वन्द जैसा कल था, वैसा ही आज भी है। उसे समझेंगे तो हम उलझेंगे नहीं, रिश्ते टूटेंगे नहीं। स्त्री पुरुष चाहे दम्पत्ति बन कर रहें या लिव इन में रहें, उन्हें एक दूसरे के प्रति प्रतिबद्धता की अपेक्षा सदैव रहेगी। जब एक दूसरे के प्रति प्रतिबद्धता नहीं रहेगी, विश्वास टूटेगा, छल किया जाएगा तब वह सम्बन्ध चटकेगा, टूटेगा। यदि बचा भी रहा तो मवाद की तरह रिसता हुआ, असहनीय पीड़ा, दुर्गन्ध और आह के साथ।

मूलतः हर प्राणी सुख चाहता है। भौतिक सुख के लिए हम अपनी इन्द्रियों का उपयोग करते है यानि स्वाद, गंध, दृश्य, श्रव्य, स्पर्श के द्वारा सुख की अनुभूति करते हैं। रतिसुख को इन सबसे सुखदायी कह सकते हैं क्योंकि उसकी अनुभूति एक से अधिक इन्द्रियों द्वारा की जाती है। जितने भी तरह के भोग हैं उन्हें न हमारे किसी शास्त्र ने निषेध किया है और न समाज ने बल्कि समाज ने तो दाम्पत्य जैसी व्यवस्था द्वारा यह प्रयास किया है कि हर प्राणी इन सुखों को भोग सके। समस्या तब आती है जब कोई 'ये दिल मांगे मोर' का नारा देने लगता है, अनन्त भोग की इच्छा रखने लगता है। भोग के द्वारा पूर्ण तृप्ति की अपेक्षा रखने लगता है। ऐसे व्यक्ति के लिए काल कोई भी हो, जीवन में उलझनें, बेचैनी, पीड़ा, अतृप्ति के सिवाय कुछ भी हाथ नहीं लगेगा। यह कथा ऐतिहासिक अवश्य है लेकिन यह कल भी प्रासंगिक थी, आज भी है और कल भी रहेगी।

—डॉ.फ़तेह सिंह भाटी

अनुक्रम

जैसळगिर

ऊपर आसमान और नीचे ज़मीन। आसमान में अंगारे बिखेरता सूरज। ज़मीन पर देह जलाती अगन। कार्तिक का महीना, फिर भी सूरज और चिता की आग से तपते मिनख (इन्सान) हो या जिनावर दरख्तों के नीचे जगह ढूँढने में लगे हैं। केलवा के निकट 'सती उमादे' अमर रहे के गगन भेदी जयकारे। चिता के चारों तरफ ही नहीं, आदमी की आँखें देख सके वहाँ तक भीड़ ही भीड़, रेला ही रेला।

अब भभकती चिता की अगन शांत हो चुकी है। चिता में रखी मानव देह भस्मी बनकर आकाश में उड़ गयी। अंगारे भी ठंडे होकर राख में बदलने लगे। खुले गगन तले दोपहर में सूरज की लगाई अगन (धूप) में बैठे कवि आसाणंद जी अब भी तप रहे हैं। चिता ठंडी होने से बाहर का ताप कुछ कम हुआ लेकिन आसाणंद जी के भीतर ज्वालाओं की दाहकता और अधिक बढ़ गई। अभी अभी 'उमादे' की बिड़दावली सुनाने वाले इस कवि के पीड़ित मन में कितनी करुणा या व्यथा भरी है, उस कवि का हिया (हृदय) अपने भीतर कितने युगों को संजोए हुए है, उनके काळजे में कितने वीर वीरांगनाएं बिराजे (बैठे) है, कोई नहीं जानता। अँधेरे को चीरती सूरज की किरण मानिंद उनकी दृष्टि लोगों की भीड़ को बेधती हुई दूर क्षितिज में जा रही है। कहाँ तक? किसे देख रहे हैं? देख भी रहे हैं या समाधिस्थ हैं? कोई नहीं जानता लेकिन वह देह अब भाव और वचन से आसाणंद जी की नहीं लग रही। वे ऐसा व्यवहार कर रहे हैं जैसे कोई ओर है। भूख, प्यास, शीत, ऊष्ण, शोर, रुदन, गगनभेदी नारों से अप्रभावित वे उपस्थित जन समूह को कोई कथा सुनाए जा रहे हैं :

मेरी इस कहानी में अनेक वीर हैं, जिन्होंने अपने शौर्य, अपने सामर्थ्य और अपनी शमशीर की तीक्ष्ण धार से कई भूभाग जीते हैं। अनेक राजाओं, महाराजाओं, बादशाहों को पराजित किया है। कितनी ही विजय ध्वजाएं फहराई हैं तो कितने ही साके और जौहर हुए हैं। उन सभी के रहते हुए मेरी कहानी की नायिका 'उमादे' है। पूरी कहानी उसी के इर्द गिर्द घूमती है, इतराती है, गौरवान्वित होती है। उसमें शौर्य

और सामर्थ्य तो था पर उसने प्रदर्शन नहीं किया। अनेक वीरों से बेहतर तलवार चलांनी तो आती थी परन्तु उपयोग का अवसर नहीं मिला। वह नायिका मेरा ही अंश है। उसमें जो कुछ अच्छा है वह उसे मेरे नायक नायिकाओं की अजस्र सांस्कृतिक धारा से मिला। यदि कहीं कोई कमजोरी है तो वह मेरी असमर्थता है क्योंकि बहुत कुछ मैं उन महान नायक नायिकाओं से उस तक हस्तांतरित नहीं कर सका। यह प्रश्न आपके मन में उठे कि मैं कौन? उससे पूर्व मैं अपना परिचय दे देता हूँ।

मैं जैसळगिर (जैसलमेर) हूँ। सुदूर तक फैला रेगिस्तान। जहाँ तक दृष्टि पहुँचे रेत ही रेत का और उस समंदर में उठते रेत के बवंडर। दिन में सूर्य रश्मियों से स्वर्ण जैसी आभा देते पीत रज कण तो रात्रि में शुभ्र चाँदनी में निखर कर रजत का आभास देते धवल धोरे (बालू के श्वेत टीले) जो मनुष्य की दृष्टि को बरबस अपनी तरफ खींच लेते हैं लेकिन यह मेरा परिचय नहीं है, यह तो सिर्फ़ मेरा भौगोलिक परिदृश्य है।

त्रिकुटा पहाड़ी पर सदियों से ध्रुव की भान्ति अडिग खड़ा, पीत वर्णीय प्रस्तर से निर्मित दुर्ग जो आदित्यदेव की ज्योति से आलोकित होते ही स्वर्ण दुर्ग का आभास देता है वह भी मेरा परिचय नहीं है। इस दुर्ग का निर्माण करवाने वाला वीर अवश्य मेरी पहचान का हिस्सा है। मेरे नायकों में से एक है। ऐसे ही अनेकों नायक थे जिन्होंने इस राष्ट्र की भूमि और संस्कृति की रक्षा के लिए, बिलखती, रोती, अकुलाती, मानवता की रक्षा के लिए, प्रेम, बन्धुत्व, मानवीय मूल्यों की रक्षा लिए, जब भी आवश्यकता हुई रक्त बहाया। रक्त की एक एक बूंद से माँ का तिलक करते गए, जब तक कि सम्पूर्ण रक्त बह नहीं गया। हल्दी घाटी में रक्त तलाई (तालाब) बन गई थी लेकिन यहाँ पर तो रक्त का समुद्र बन गया था परन्तु उस समुद्र को अधिकांश नज़रें देख नहीं पाईं। शायद हर बार यह रेत का समंदर उसे गटक गया या फिर कोसों तक पसरी यह बालू रेत, भट्टी की तरह तपते इस रेगिस्तान में सूंसाटिया करती लू और ज़िन्दा रहने के लिए दो बूंद पानी का अभाव, यमराज के ऐसे साम्राज्य की खोज खबर लेने का सामर्थ्य नहीं था इतिहासकारों में। कारण जो भी रहा हो मेरे सामर्थ्य के, मेरे बहे हुए रक्त के, मेरे त्याग के अनेक किस्से, कहानियाँ, अलिखित, अपठित रहे, मेरे नायकों की तरह उनके साथ इन रेत के धोरों में दफ़न हो गए ।

मेरी कथा का प्रारम्भ हुए तो जाने कितने युग बीत गए। ब्रह्मा के मानस पुत्र ऋषि अत्रि जो सप्त ऋषियों में से एक थे, वहीं से प्रारम्भ होती है। अत्रि से चंद्रमा, चंद्रमा से बुध, बुध से पुरुरवा, पुरुरवा से आयु, आयु से नहुष, नहुष से यति, ययाति, संयाति, आयति, वियाति और कृति नामक छः महाबल-विक्रमशाली पुत्र हुए।

नहुष के बड़े पुत्र यति थे, जो संन्यासी हो गए इसलिए उनके दूसरे पुत्र ययाति राजा हुए । ययाति के पुत्रों से ही समस्त वंश चले । ययाति के पांच पुत्र थे। देवयानी

से यदु और तुर्वसु तथा शर्मिष्ठा से द्रुह्यु, अनु एवं पुरु हुए । यदु से यदुवंश। इसे आदि से अन्त तक सुनाऊं तो युग बीत जाएंगे। इसलिए प्रारम्भ वहाँ से करता हूँ जिसे जैसळगिर का हर एक बच्चा जानता है, गुनगुनाता है।

'मथुरा, काशी, प्रयागवड़ (इलाहाबाद), गज़नी अरु भटनेर (हनुमान गढ़), दुगम (तन्नोट), देरावर, लोद्रवा, नम्मो जैसलमेर।'

मथुरा यानि यदुवंशियों की पहली राजधानी। समय है जो साक्षी भाव से, दृष्टा भाव से, स्वयं कोई हस्तक्षेप किए बिना देखता रहता है। बदलाव की आंधियाँ चलती गईं और मथुरा की वह राजधानी काशी तक पहुँच गई। फिर आगे की यात्रा पर निकली तो प्रयाग होते हुए, गजनी, भटनेर, दिगम, देरावर, लुद्रवा से होते हुए नवीं राजधानी जैसळगिर बनाई गई। इस तरह समय बदलता गया, नायक बदलते गए, राजधानियां बदलती गईं परन्तु न बदली तो वो थी परम्पराएँ, संस्कृति और संस्कार। अनेक आक्रान्ता आए और गए लेकिन मेरे वीर नायकों ने अपने समय की चुनौतियाँ स्वीकार की, तलवार लिए, बाहें फैलाए, किसी विशाल पाषाण चट्टान की भाँति खड़े रहे, डटे रहे और अपने लहु की कीमत पर इन परम्पराओं, संस्कृति और संस्कारों को बचाए रखा। उनके इस सामर्थ्य, शौर्य और त्याग के कारण जब लोगों ने देखा भारत भूमि के इस उत्तरी द्वार से किसी आक्रान्ता को प्रवेश नहीं करने दिया जाता है, कोई अहंकार में चूर होकर हिम्मत करता भी है तो रेत चाटकर वापस जाने को मजबूर हो जाता है। तब जन मानस ने कहा, भारतवर्ष के लोगों ने कहा 'उत्तर भड़ किवाड़ भाटी' यानि भारत के उत्तरी द्वार के रक्षक भाटी। यदु से छप्पनवीं पीढ़ी में मेरी कथा के महानायक श्रीकृष्ण हुए, फिर उनके पुत्र प्रद्युम्न और 145 वीं पीढ़ी में राजा बालद के पुत्र 'भाटी' भी मेरे अनेक नायकों में से एक है जिन्होंने बदलती हुई राजधानियों में पांचवी राजधानी 'भटनेर' बसाई थी। उन्होंने ही भट्टिक संवत् (भाटी संवत्) चलाई थी। आगे चलकर इनके संतति भाटी कहलाए। 172 वीं पीढ़ी में इस कथा के नायक रावल जैसल हुए जिन्होंने 1156 ई. में मेरी यानि 'जैसळगिर' की नींव रखी।

इतना ही नहीं गज़नी बसाने वाला गज, रावल मूलराज, रावल दुर्जनसाल (रावल दूदा)...ऐसे कितने नाम गिनाऊं? राजपूताना में होने वाले सोलह साकों और जौहर में से सात पर अकेले मेरे वीरों और वीरांगनाओं ने अपने नाम लिखे हैं। 1485 ई. में ऐसे ही एक वीर नायक ने जन्म लिया जिससे मैं गौरवान्वित हुआ। उसका नाम था रावल लूणकरण। उसी लूणकरण की पुत्री है मेरी कथा की नायिका 'उमादे भटियाणी'।

यह सारी कहानी मैं आत्ममुग्धता, गर्वानुभूति या किसी को नीचा दिखाने के लिए नहीं कह रहा हूँ। जैसे मेरे नायक थे वैसे नायक भारतवर्ष में पग पग पर हुए हैं।

नायक यूँ भी किसी कौम, क्षेत्र, या राष्ट्र विशेष के नहीं होते वे तो सम्पूर्ण मानव जाति के होते हैं। मेरे महानायक श्री कृष्ण तो सम्पूर्ण ब्रह्माण्ड के थे बल्कि ये कहना उपयुक्त होगा कि सम्पूर्ण ब्रह्माण्ड ही उनका था। तब फिर तेरा या मेरा क्या? उनका संदेश, उनके द्वारा स्थापित संस्कृति, परम्पराएँ, वह अद्भुत सभ्यता सम्पूर्ण मानव जाति की साझी थाती है। उनका वंशज साबित कर मैं उस पर अधिकार का प्रयास नहीं कर रहा हूँ। मेरा तो इतना सा प्रयास है कि मैंने उसे सुरक्षित और संरक्षित रखने का प्रयास किया है क्योंकि मेरा मानना है कि कहीं न कहीं इतिहास के उज्ज्वल पन्नों से ही श्रेष्ठ भविष्य की पौध उगती हैं। उन पन्नों में कैसे नायकों द्वारा बीज बोये गए, अपने सामर्थ्य, संस्कार, संस्कृति, परम्पराओं, रक्त और प्राणों से कितना सींचा, कितनी खाद दी उसके अनुरूप ही भविष्य की पौध होगी।

यह था मेरा परिचय। मेरी संक्षिप्त कथा जो प्रारम्भ तो हुई परन्तु पूर्ण नहीं हुई, कब होगी मैं भी नहीं जानता। होगी भी या अनवरत चलती रहेगी कोई नहीं जानता। सब कुछ भवितव्य के गर्भ में है, समय आने पर ही सामने आएगा परन्तु कालखण्ड का वह बिन्दु आ गया है जहाँ से 'उमादे' की कथा प्रारम्भ होती है। इसलिए मैं अपनी कथा को, अपने परिचय को विराम देता हूँ। 'उमादे' की कथा प्रारम्भ करता हूँ।

विचित्र अरुणोदय

भगवान भास्कर स्वयं प्रकट नहीं हुए थे परन्तु प्राची की अरुणिमा दस्तक देने लगी थी। त्रिकुटा पहाड़ी पर स्थित स्वर्ण दुर्ग जैसी आभा देने वाला जैसळगिर दुर्ग तमस की कैद से मुक्त होने लगा। जैसे ही ताम्बई प्रकाश की रश्मियाँ उसकी प्राचीर पर पड़ी ऐसा आभास होने लगा जैसे किसी सुहागन ने गले में पहनी कंचन की निम्बोली (सुहागनों द्वारा पहना जाने वाला स्वर्ण हार) पर कसुम्बळ रंग (गहरा केसरिया रंग, प्रेम, समर्पण और शुभता का रंग जिसे सुहागनें चूड़े और गहनों पर लगाती हैं) लगा दिया हो।

महल में महारानियाँ, दासियाँ, नौकर, चाकर सभी इधर से उधर ख़ुशी से भाग रहे हैं। हरेक अपने अपने हिस्से का काम सबसे पहले कर लेना चाहता हैं। मंगणियार आलस छोड़ सूर्योदय से पूर्व महल के मुख्य द्वार के बाहर मधुर स्वर लहरियां बिखेर रहे हैं। कमायचा, खड़ताल और ढोलक की जुगलबंदी के साथ वे गाए जा रहे हैं :

जोशीजी ने बधावो म्हारा संइया जी
हालरिये ना हुलरावण रो कोड...बड़ भागण

ब्राह्मण देव घर के द्वार आए हैं। मेरे संइया जी उनको बधावो...बड़े भाग्य से आज प्यारे लल्ला को झुलाने की, उसे गोद में लेकर दुलारने की, उस पर प्यार न्योच्छावर करने की मन की अभिलाषा पूर्ण हुई है। इस तरह सारे किस्बियों (विभिन्न तरह के कार्य करने वाले कामगार, सुनार, कुम्हार, खाती, ख्वास (नाई), लुहार, मोची) के बधावे के लिए यह गीत गाया जा रहा हैं।

सारी तैयारियाँ होते होते सूर्यदेव आसमान में चार पुरस (एक पुरस यानि वयस्क के दोनों हाथों को सीधा करने पर जो कुल लम्बाई होती है) चढ़ चुके हैं। इस बीच आसमान सिन्दूरी से नीला हो गया तो दुर्ग की प्राचीर भी कसुम्बळ से केसरिया होते हुए पीतवर्णी हो चुकी है। ऐसा आभास हो रहा है जैसे प्रस्तर के बजाय शुद्ध स्वर्ण से बनी दीवारें हों।

मंगणियारों का गायन अब भी चल रहा है :

हीलो रे हालरिये ना हीलो सा,
दूध बतासा पी लो सा
जुग जिए रे हालरिये रा भाभोसा...

झूले में झूलने वाले को झूला दूँ, लल्ला आप दूध बतासा पी लो, युगों तक आपके ताउजी जिएं, आपको गोद में खिलाएं, आप पर बलिहारी जाएं...फिर भुआसा, काकोसा, मामोसा...सभी के लिए दीर्घायु की कामना की जाती है ताकि लल्ला सदियों तक उनके प्रेम से आह्लादित होता रहे।

महल के भीतर चोक में भंवरी बाईसा को गोद में लेकर युवराज लूणकरण की धर्मपत्नी युवरानी बैठी है। उसके बाईं तरफ कुँवर करमसी की अर्धांगिनी अपने भँवर को लेकर बैठी हैं। आज दोनों के ही सूरज पूजन और नामकरण संस्कार हैं। सभी परिजन प्यार से दुलार रहे हैं, उन पर बलिहारी जा रहे हैं, स्वर्णाभूषण और फदियाँ (मुद्रा) न्योच्छावर कर रहे है।

वहीं चौक में राघो माराज (पण्डित राघव दास) अपने सात वर्षीय बेटे चंडू के साथ पूजा के लिए वेदी बनाए जा रहे हैं। तीन चार दासियाँ उनकी सेवा में इधर से उधर भाग रही हैं। कभी पूजन सामग्री, घी, कपूर, अगरबत्ती तो कभी पुष्प, दूध, मोली, रोली, चन्दन, अक्षत, गुड़ और लापसी (गेहूँ के दलिए, घी और शक्कर से बनाया मीठा व्यंजन जिसे शुभ अवसर पर बनाया जाता है) लाकर दे रही हैं।

सारी तैयारी होने पर युवराज लूणकरण व कुँवर करमसी अपनी अर्धांगिनियों के साथ जोड़े में बैठ गए। निकट ही सभी महारानियाँ व अन्य परिजन बैठे। राघो माराज का संकेत होते ही प्यार दुलार के लिए उठा लिए गए शिशु पुनः अपनी अपनी माता की गोद में दे दिए गए। पूजा प्रारम्भ हो गई। पूर्णाहुति के पश्चात माराज ने युवराज सा और कक्ष में बिराजे (बैठे) रावल सा से मशविरा करते हुए बालिका जिसे अभी तक भंवरी बाईसा ही कहा जाता था (जिस बच्चे के परदादा परदादी जीवित हो उसे छैल भंवर, छैल भंवरी, दादा दादी जीवित हो उसे भंवर, भंवरी और जिसके माँ पिताजी जीवित हो उसे कुँवर, कुँवरी कहा जाता है) के कान में उसका नाम सुनाया :

'उमादे भटियाणी'

पूजा पूर्ण हो गई। चौक का दृश्य बदल गया। घर के पुरुष चौक से अपने निर्धारित स्थान पर पहुँच गए। पुरुष मंगणियार अपने साज लेकर उनके साथ हो लिए। महिला मंगणियार मुख्य द्वार के भीतर चोक में एक दीवार के सहारे बैठ कर घूमर नृत्य की धुन और ताल बजाने लगे। परिवार की महिलाएं चौक में नृत्य करने लगीं। स्वजन भंवरी बाईसा, भंवरसा और उन नृत्यरत महिलाओं पर फदियाँ (उस

समय की मुद्रा) और स्वर्ण न्योच्छावर करने लगे।

राघो माराज जनमपत्री बनाने और भविष्यफल बताने में बहुत निपुण हैं। उनकी ख्याति इतनी है कि जैसळगिर ही नहीं बीकानेर, जोधपुर, सिन्ध जैसी रियासतों से भी लोग जनमपत्री बनवाने और बंचाने (पढ़वाने), पूजा, मुहूर्त इत्यादि के लिए आते हैं। रावल जैतसी जी ने राघो माराज को अपने कक्ष में आने का संदेश भेजा। माराज शेष बचा कार्य संपन्न कर, दान दक्षिणा ले फिर रावल सा के कक्ष में पहुँचे।

रावल सा ने पूछा—"माराज जन्मपत्री के हिसाब से बाई के भाग (भाग्य) कैसे है?"

माराज ने जन्मपत्री बनाई और देखने लगे।

"अन्नदाता, बाईसा मर्यादा के अनुसार चलने वाले, कुल के रीति रिवाजों, परम्पराओं का ख़याल रखने वाले होंगे। विवाह बहुत बड़े राजघराने में होगा। शौर्यवान और वीरवर पति इनका वरण करेंगे। अन्नदाता, खास बात यह कि बहुत यश अर्जित करेंगी। जिस तरह रावल मूलराज जी, रावल दुर्जनसाल जी तथा रावल भोजदेव जी अपने साके द्वारा दिग दिगंतर तक के लिए अपनी कीर्ति की सौरभ (सुगन्ध) बिखेर गए, ठीक वैसी ही अमर कीर्ति होगी 'उमादे' बाईसा की। युगों तक सम्मान के साथ उनका नाम लिया जाता रहेगा।"

राघो माराज की बात पूरी हुई भी नहीं थी कि उनकी ओर देखते हुए बीच में ही बालक चंडू बोला—"वो सातवें घर में क्रूर ग्रह और..."

वह आगे कुछ बोलता उससे पूर्व राघो माराज ने उसे ऐसा घूर कर देखा कि चंडू को लगा सातवें घर के क्रूर ग्रहों की व्याख्या से पूर्व राहु केतु शनि व मंगल सभी मिलकर अभी उस को डस लेंगे। कुछ बोले बिना उस बालक ने जिह्वा को मुँह में कैद कर लिया और नज़रें झुका ली।

माराज की खारी नज़र ने चंडू की खुली नज़रें बंद कर दी परन्तु रावल सा की बंद नजरें खुल गईं। चंडू की जीभ तो चुप हो गई लेकिन रावल सा की जीभ वाचाल हो गई।

"माराज, वो चंडू कुछ कहना चाह रहा था जिसे आपने रोक दिया है।"

"क्षमा करें दाता, वह तो टाबर (बच्चा) है। यूँ ही बक बक करता रहता है।"

माराज के अधर सब कुछ अच्छा होने के बयान दे रहे थे परन्तु उनका चेहरा उन्हीं के कहे की गवाही नहीं दे पा रहा था। उनके ललाट पर पसीना और चिन्ता की लकीरें उभर आईं । जिसे अनुभवी वृद्ध जैतसी जी की कमजोर नज़रों ने भी पढ़ने में

देरी नहीं की।

''वो तो ठीक है माराज किन्तु...राजकन्या होकर भी, रावल देवीदास जी जैसे वीर की पड़पौती, रावल जैतसी की पौती और जैसळगिर के युवराज की पुत्री होकर भी ऐसी क्या परेशानी है इसके जीवन में?''

''कुछ ख़ास नहीं हुकम।''

''माराज, आप आयु में मेरे से छोटे हैं । यह विद्या आप बेहतर जानते हैं पर चेहरा पढ़ना ये बूढी, थकी-माँदी, कमजोर हो चुकी आँखें भी जानती हैं । आपके चेहरे पर ये विषाद, ये असमंजस! होंठ कुछ बुदबुदा रहे हैं पर कण्ठ साथ नहीं दे रहा । निर्भय होकर कहिए गुरु...''

''माराज, किसी का जन्म राजमहलों में हो, विवाह भी बड़े राजघराने में, युगों तक उसकी कीर्ति की महक फ़ैल जाए, उस बालिका का भविष्य बताते हुए आपके चेहरे पर इतनी उदासी क्यों? कुछ तो ऐसा है जो मुझसे छुपाया जा रहा है। गुरु के लिए वैसे भी कोई दण्ड का विधान नहीं फिर ये तो जनमपत्री की बात है। ग्रह-नक्षत्रों के संयोग दुर्योग की बात है। इसमें आपका क्या दोष? जो कुछ है वह उस आत्मा का कर्मफल है। निश्चिन्त होकर बताएं । कभी कभी समय पर बताई बात का कोई तोड़ भी निकल आता है। समय बीत जाने के बाद हम हाथ मलते रह जाते हैं।''

''नहीं अन्नदाता, ऐसी कोई विशेष बात नहीं है।''

''माराज, पूर्ण सत्य तो भाग्य लिखने वाला विधाता ही जानता है। प्रबुद्धजन तो यहाँ तक कहते हैं कि उसका लिखा भी अमिट नहीं होता। अपने कर्मों से मनुष्य ब्रह्मा का लिखा भी पलट देते हैं। हकीकत में भविष्य के गर्भ में क्या है, यह तो समय ही बताएगा। आप तो निश्चिन्त होकर जैसा आपको लग रहा है उस सम्भावना के बारे में बताइए।''

''अभयदान मिले अन्नदाता, बाकी सब तो ठीक है हुकम, परन्तु...आ,आ...एक परेशानी है।''

''पिता और पति के घरों में बैठे आकरे (क्रूर स्वभाव के) ग्रह संकेत दे रहे हैं कि स्वजन और स्वमित्र ही बाईसा के लिए शत्रु का कार्य करेंगे। सब कुछ होते हुए भी बाईसा के पास कुछ नहीं होगा क्योंकि उनके अपने ही शत्रु बन कर उनका सब कुछ छीन लेंगे । अन्नदाता, राजपरिवार में जन्म और विवाह होते हुए भी बाईसा के जीवन में न इस घर में सुख है न ही उस घर में।''

रावल जैतसी जी के निकट ही उनके सभी पुत्र यानि युवराज लूणकरण व उसके भाई करमसी, महिरावण, राजो, मंडलीक, तिलोकसी, राम, जयसिंह देव, नरसिंह दास भी बैठे थे।

रावल सा गम्भीर होते हुए बेटों की ओर मुखातिब होकर बोले, ''देखो, बाप बेटों में, भाई भाई में लड़ाई झगड़ा टंटा हो सकता है परन्तु एक बात का खयाल रखना कि भुआ, बहन, बेटी और बहू साझी होती है । यह हमारी परम्परा है, हमारी संस्कृति है, हमारी सभ्यता है। आपसी लड़ाई का असर उन तक नहीं पहुँचना चाहिए। उनके लिए सदैव सम दृष्टि रहनी चाहिए। भंवरी जितनी लूणकरण की है उतनी ही तुम सब भाइयों की है । वह हम सब की जिम्मेदारी है । उसकी इज्जत, आबरू, मान, मर्यादा हमारे कुल की मान मर्यादा है । उसका सुख दुःख हम सभी का सुख दुःख है । उस पर आँच आई, उसे दुःख हुआ तो मैं या तुम नहीं, गज, पोरस या कृष्ण नहीं सम्पूर्ण यदुकुल लज्जित होगा। हमारे पूर्वजों की ख्याति, उनकी अमर यश कीर्ति मिट्टी में मिल जाए, ऐसा लज्जास्पद कार्य कभी स्वप्न में भी मत सोचना।''

रावल के चुप होते ही माराज बोले—''अन्नदाता, बाईसाराज के पति वीर होंगे, उनके शौर्य की कीर्ति भी युगों तक याद की जाती रहेगी लेकिन बाईसा के लिए दाम्पत्य सुख क्षीण ही है।''

''माराज, इसमें इतना सोचने की क्या जरूरत? जितना बड़ा राजघराना, जितना वीर पति उतनी ही अधिक युद्धों की विभीषिकाएं। राज्य की सीमाओं को निगल जाने के लिए भूखे भेड़ियों की तरह अन्य राजाओं की ललचाई नज़रें सदैव अवसर की तलाश में रहती हैं। ऐसे में कितना ही वीर हो, कब नज़र चूके और कब शिकार बन जाए, कोई नहीं कह सकता। सम्भवतया भंवरी के साथ भी ऐसा ही कुछ होगा।

यानि भंवरी के पति साके या युद्ध में बलिदान होंगें । ऐसी परिस्थिति में मेरी पोती निश्चित रूप से या तो जौहर करेगी या सती होगी । माराज, आपकी जन्मपत्री इसे दुःख मानती होगी पर क्षत्रियों के लिए यह परम् सुख है। उसके आगे दाम्पत्य सुख भी कुछ नहीं। अब मैं समझ गया, उसकी यश और कीर्ति युगों तक कैसे होगी। मैं धन्य हो गया, मेरा कुल धन्य हो गया जिसमें ऐसी कुलशील कन्या ने जन्म लिया।''

उमादे, भारमली और जैसळगिर के राजप्रासाद

समय अपनी गति से गतिमान है। भंवरी बाईसा यानि 'उमादे' बड़ी होती जा रही है। महलों में ही आयु में उससे कुछ छोटी भारमली भी उसके साथ बड़ी होती जा रही है। फर्क इतना ही है कि उमादे जैसळगिर के युवराज की पुत्री है और भारमली दासी की पुत्री।

दासता की यह परम्परा कब शुरू हुई, नहीं पता, लेकिन दास लोगों के कोई अधिकार नहीं थे। राजा, महाराजा, ठाकुर इत्यादि के यहाँ इन्हें वस्तु समझा जाता और उसी की भाँति इन्हें उपयोग में लिया जाता। इसी परम्परा के कारण भारमली की माँ युवराज लूणकरण जी के दहेज में आई थी।

भारमली का पिता कौन था? हो सकता है उसकी माँ यह जानती भी हो या वह भी नहीं जानती हो परन्तु उसे उसका नाम सार्वजनिक करने का अधिकार नहीं था। पिता का नाम अक्सर दासों के बच्चों की माँ को भी पता नहीं होता क्योंकि उनका विवाह खांडे (तलवार) से कर दिया जाता और फिर हर रात महाराज, युवराज, अन्य कुँवरों या राजमहलों के अन्य पुरुषों की इच्छा पर निर्भर करता कि उस रात उस स्त्री को खांडा किसे मानना है। विवाह किसी दास से कर भी दिया जाता तब भी यौवन, सौन्दर्य, और कामुकता रहने तक उस पति का अधिकार महलों से आदेश आने पर उस दासी को घर के कार्य से मुक्त करने तथा उसके बच्चों को संभालने तक ही रहता। अधेड़ावस्था के पश्चात जब यौवन, सुन्दरता और कमनीयता नहीं रहती तब खांडा किसे मानना हैं यह अधिकार सामन्यतया उस दासी को मिल जाता। सदियों की दासता के बाद दासियों और उनके परिजनों ने यह सब मन से स्वीकार कर लिया था। उन्हें यह सब सामान्य लगता था और वे श्रद्धा पूर्वक इसे निभाते थे।

समाज के लिए भले ही उमादे राजकुमारी एवं भारमली दासी थी परन्तु साथ साथ खेलती, बड़ी होती उमादे के लिए वह बहन जैसी थी। इसलिए भारमली उन्हें भंवरी जीजा कहती। हालाँकि बड़ी होती भारमली को उसकी माँ समझाती रहती थी

कि 'उमादे' बाईसाराज है, राजकुमारी हुकम हैं फिर भी सबके सामने तो भारमली उन्हें बाईसाराज कहती पर जब वे दोनों ही क्रीड़ारत होती तो भंवरी जीजा ही कहती। खेलते हुए अक्सर उनकी चोटी या कान खींचने में भी संकोच नहीं होता। समय के साथ दोनों ऐसी पक्की सहेलियां बन गईं कि एक के बिना दूसरी के गले भोजन न उतरता तो दूसरी के बिना पहली के गले में पानी अटक जाता।

उमादे को बहुत अच्छा लगता कि युवराज लूणकरण जी उन दोनों को एक जितना ही प्रेम करते। उनके लिए भंवरी और भारमली में कोई फर्क नहीं था। लेकिन अपनी माँ, युवरानी सा व दाता रावल जैतसी जी का बर्ताव उसे अच्छा नहीं लगता। वे सभी भारमली को उसकी सहेली नहीं, दासी समझते।

भारमली की माँ इस घर में युवरानी सा के आने से लेकर आज तक उनके महल में सेवा के लिए तैनात थी। जो दासियाँ महल में काम करती वे अपने बच्चों को अपनी कोठरियों में पति या माँ को सौंपे रखती थीं। महल से कुछ समय के लिए कार्यमुक्त होतीं तो थोड़ी देर के लिए अपने बच्चों को देख आती। भारमली इस मामले में भाग्यशाली थी। उमादे की जिद की वजह से वह सदैव साये की तरह उसके साथ महल में रहती।

एक दिन वे दोनों युवरानी सा के महल में खेल रही थी। तभी भारमली ने उमादे की जन्मपत्री देख ली।

''भंवरी जीजा, मेरी भी जन्मपत्री होगी ना? मैं भी अपना भविष्य जान सकूंगी?''

''हां भारमली होगी ही, माँ कह रही थी मेरा नाम दिया तब राघो माराज ने बनाई थी। तेरा भी नाम दिया होगा तब राघो माराज ने बनाई होगी। तेरी माँ के पास होगी।''

भारमली को इतना चैन कहाँ? किसी चीज के पीछे पड़ जाती तो हासिल होने तक जी जान से लग जाती। वह उसी समय माँ के पास पहुँच गई।

''माँ मेरा नाम दिया गया तब भंवरी जीजा की तरह मेरी भी जन्मपत्री बनाई होगी ना! वह कहाँ हैं?''

''बेटी, कितनी बार तुझे समझाया है वे राजकुमारी हैं और तू दासी है।''

''तो क्या हुआ माँ? मेरा भी नाम तो दिया है ना? तब राघो माराज ने जन्मपत्री तो बनाई होगी ना?''

''बेटी, राघो माराज राजपंडित हैं। वे दास लोगों के यहाँ क्यों आएँगे?''

''तो कोई दूसरे माराज तो आए होंगे? दास लोगों के माराज?''

''दास कौन से राजा या प्रजा हैं जो उनके भी माराज और किस्बी होंगे। वे तो सेवा के लिए हैं। उनके न तो अधिकार होते हैं और न कोई माराज साराज। बस मेरा

और तेरी नानी का मन किया तो हमने नाम रख लिया भारमली। बेटी, दासियों का भाग्य जन्मपत्री से नहीं उनके स्वामी द्वारा तय होता है। कल युवराज सा या रावल सा ने तुझे बाईसाराज के दहेज में दे दिया तो उनके साथ जाना पड़ेगा। यहाँ पर किसी महल की सेवा चाकरी का आदेश हुआ तो उसके मालिक या मालकिन की सेवा करना तेरे भाग्य में लिख दिया जाएगा।''

''अरे वाह! तब तो मैं भंवरी जीजा के साथ ही जाऊंगी।''

''बेटी, यह तय करने का अधिकार तुम्हे नहीं है। दास दासियों को वही करना होता है जो मालिक का हुकम हो। उन्हें सपने देखने का अधिकार नहीं। स्वामी के आदेश का पालन ही उनका धरम है। और हां, अब बड़ी हो रही है, तेरे में अक्ल कब आएगी? रावल सा या युवरानी सा ने 'जीजा' सुन लिया तो तेरा महलों में आना बंद हो जाएगा। इस कण्ठ से 'बाईसाराज' ही निकलना चाहिए, समझी?''

''परन्तु मुझे जन्मपत्री बनवानी है माँ।''

''पागल हो गई है क्या? किसी के सामने चर्चा मत करना। न जाने कैसी सजा मिले!''

वह चुप होकर भंवरी जीजा के पास चली गई। उनके कान में बोल दिया कि मुझे भी अपनी जन्मपत्री बनवानी हैं। यह भी बता दिया कि माँ ने कहा है किसी को शक भी हो गया तो मुझे सजा मिलेगी। उमादे थोड़ा बहुत राजमहल के कानून कायदों को अब समझने लगी थी। सच में ऐसा हो सकता था। इसलिए उचित अवसर की तलाश में थी कि भारमली की जन्मपत्री भी बन जाए और किसी को कानोकान खबर भी न लगे।

युवराज लूणकरण जी का कोटड़ा जाना, बाधा और आसा का मिलना

आजकल युवराज लूणकरण जी प्रजा का हालचाल जानने हेतु गाँव गाँव जाने लगे हैं। उसी सिलसिले में आज वे 'कोटड़ा' पधार रहे हैं। यह सूचना कोटड़ा राणाजी तक पहुँच चुकी है। यही सूचना अजा खवास (नाई) ने कल रात्रि में कोटड़ी के निकट वाले ऊँचे धोरे (टीले) पर खड़े होकर तीन बार हेला (ऊँचे स्वर में आवाज़) करके पूरे गाँव को दे दी है।

जैसळगिर से कोई पचास कोस दूर है मालानी (बाड़मेर) नगर। उसी रास्ते पर मालानी से कोई बीस कोस पहले छोटा सा नगर है शिव। इस शिव के पास बसा है 'कोटड़ा' गाँव। कोटड़ा जागीर इस समय जैसळगिर रियासत के अधीन है। कोटड़ा राणोजी मांचे (चारपाई) पर बिराजे (बैठे) हैं। उनके निकट ही मोटे पथरने (गद्दे) पर निकट के गाँव भादरेस से आए बारहठ जी बैठे हैं। बारहठ जी डिंगल में नीतिपरक, ज्ञानपरक व एतिहासिक कविताएँ व कथाएँ सुनाते हैं इसलिए आसपास के क्षेत्र में कविराज के नाम से विख्यात हैं और उन्हें विशेष सम्मान दिया जाता है। कविराज के साथ उनका किशोरवय पोता भी है। कोटड़िये (कोटड़ा क्षेत्र के राठौड़ राजपूत), चारण, ब्राह्मण, जाट, सुथार, दर्जी, नाई, कुम्हार, भील, मेघवाल, मंगनियार यानी गाँव की सारी रियायत (प्रजा) सामने बैठे हैं। कुछ कोटड़ी (पुरुषों के बैठने का स्थान) के भीतर जाजम (दरी) पर बैठे हैं तो कुछ कोटड़ी के बाहर आँगन में।

अनेक लोग अभी भी आ रहे हैं तो कुछ अपनी गाय, बकरी को पानी पिलाने, दूध दुहने के समय के अनुसार हाज़िरी लगा कर वापस भी जा रहे हैं। अजा खवास (नाई) अमल (अफीम) व अन्य व्यवस्थाओं में लगा है। दो सिरदार अमल की मनुहार कर रहे हैं। बीच बीच में चिलम भरने का काम सूजा सुथार करता है। अमल और सुलगती चिलम के धुएँ की मिलीजुली विशिष्ट गंध पूरे वातावरण में फ़ैल गई है।

श्वेत दाढ़ी में एक कोटड़िया सिरदार ने प्रवेश किया। हाथ जोड़ सभी को जय

माताजी री की और ऊँटी जीरोई (ऊँट की ऊन से बनी दरी) पर बैठ गए। साथ में किशोरवय उनका पोता बाघा भी है जो निकट ही बैठ गया।

सभी लोग पलक पावड़े बिछाए अपने प्रिय युवराज लूणकरण जी के आने की प्रतीक्षा कर रहे है। बारहठ जी कविताएँ सुना रहे है। वीर रस की एक कविता उनके साथ आए पोते आसा ने भी सुनाई। अनेक लोगों के मुँह से स्वतः निकला—"वाह रे वाह! तू जरुर मोटा (बड़ा) कवि बनेगा। पूरे जैसळगिर में तेरी ख्याति होगी।"

तभी दो लोग दौड़ते हुए आए। राणा जी से मुखातिब होते हुए बोले—"हुकम, युवराज सा पधार गए।"

सभी लोग स्वागत के लिए बाहर गए। मंगणियार खड़े होकर शुभराज करने लगे:

"जिण दिन कृष्ण जन्मियो काटण पृथ्वी कलंक
वंश छत्तीसौ उपरै कुल जादम निकलंक
कृष्णावतार जादम घणी खम्मा अन्नदाताजी"

(जिस दिन पृथ्वी पर पाप का विनाश करने हेतु श्री कृष्ण ने निष्पाप यदुकुल में जन्म लिया उस दिन यह कुल छत्तीसों कुल में श्रेष्ठतम हो गया। उन यादव, अवतारी श्री कृष्ण को घणी खम्मा, हे अन्नदाता जी आपको घणी खम्मा)

मंगणियार को आशीष स्वरूप स्वर्ण मुद्राएँ दी और फिर आगे आगे युवराज, पीछे राणोजी और अन्य लोग कोटड़ी के भीतर आ गए। मोटे गद्दे और बड़े तकियों वाले ऊँचे मांचे (चारपाई) पर युवराज बिराजे। निकट ही आँगन में लगे गद्दे पर राणोजी और उनके निकट कविराज बैठ गए। मुजरो सा व जय श्री कृष्ण के अभिवादन के पश्चात एक दूसरे की खैरियत पूछी गई। लोग आते जा रहे थे। कुछ करबद्ध हो कर युवराज के दर्शन कर रहे थे तो कुछ उनके चरणों में धोक लगा कर उपहार रखते जा रहे थे। कौतूहलवश बालक बाघा भी उठा और दर्शन किए, धोक दी और फिर कोटड़ा राणोजी के पास बैठ कर युवराज को निरखने (निहारने) लगा।

राणोजी बोले तो कुछ नहीं परन्तु क्रोध में लाल पीले होते हुए घूर कर उसे देखा। किशोरवय बाघा सकपका गया परन्तु क्रोध का कारण नहीं समझ आया इसलिए वह दृष्टि नीची कर पैर के अंगूठे से गद्दे को कुरेदते हुए वहीं बैठा रहा। एक चाकर आया और उसे उठाकर कोटड़ी से बाहर ले गया। उसके दादा समझ गए उन्होंने उसी समय अबोले राणोजी को हाथ जोड़े। आँखें मिलते ही राणोजी ने आश्वस्त भी किया और इशारा भी कि—"आप यहीं बैठे रहें पोते के पीछे बाहर नहीं जाएं।" बाहर चाकर बाघा को डाँटते हुए बोला—"तेरी हिम्मत कैसे हुई राणोजी के गद्दे पर बैठने की? अब कभी कोटड़ी के भीतर मत आना।" बाहर खड़े बच्चों के साथ खेलते हुए बाघा ने अपने से घुलमिल चुके अपनी ही उम्र के आसा को बाहर

आने का संकेत किया। बड़े लोगों की चर्चा से ऊब चुका आसा भी बाहर जा पहुँचा।

आसा व अन्य बच्चों के साथ खेलते हुए बाघा ने आसा से पूछा, ''तुम तो बड़े हो बताओ मैंने क्या अपराध किया जो मुझे डांट पड़ी?''

''अरे तू राणोजी के बराबर उनके गद्दे पर बैठ गया।''

''तो क्या हुआ? मैं कोई बुरा आदमी हूँ?''

''नहीं, लेकिन युवराज सा या राणोजी के समकक्ष हम नहीं बैठ सकते। हम सब प्रजा हैं।''

''मैं ऐसे नियमों को नहीं मानता।''

''उसके लिए तुम्हे पहले राणोजी बनना होगा नहीं तो आज की तरह बाँह पकड़ कर लोग बाहर निकाल देंगे।''

''राणोजी बनने के लिए मुझे क्या करना होगा?''

''तुम्हे उनके घर ज्येष्ठ पुत्र के रूप में जन्म लेना होगा। जो अब संभव नहीं है।''

''इसका मतलब उनका पुत्र, पुत्र का पुत्र फिर चाहे योग्य हो या अयोग्य वे ही राणोजी बनते जाएंगे?''

''हां, ऐसी ही परम्परा है।''

''दूसरा कोई उपाय नहीं?''

''उपाय तो है। वो ये कि तुम उनको युद्ध में पराजित कर दो परन्तु उसके लिए तुम्हारे पास उनसे ज्यादा सेना और ताकत होनी चाहिए।''

''इतनी बड़ी सेना किसके पास होती है?'

''उनसे बड़े ठाकुर या जैसळगिर के रावल सा के पास।''

''मेरे पास इतनी सेना नहीं हो सकती?''

''हो क्यों नहीं सकती? अगर प्रजा तुम्हारे साथ हो, सैनिक अगर राणोजी या रावल सा का साथ नहीं देकर तुम्हारा साथ दें।''

बाहर खेल के साथ बाघा आसा के सवाल जवाब थे। कोटड़ी के भीतर युवराज सा ने जनता के हालात, बारिश, खेती, पानी की व्यथा, प्रजा के दुःख दर्द इत्यादि पर प्रश्न किए।

राणोजी के निकट बैठे उनके दो तीन हजूरिये (जी हजूर कहने वाले) बोले—''हुकम, चारों तरफ सुख शान्ति है। कोई कष्ट नहीं।'' अन्य लोगों ने खारी नज़र से देखा तो बोले—''हुकम, काळ (अकाल) है तो धीणो (दूध दही) कम है और पशुओं के चारे का भी अभाव है परन्तु इसमें राज क्या कर सकता है?''

लूणकरण जी समझ गए कि उनसे कुछ छुपाया जा रहा है। अन्य लोगों की तरफ इशारा करते हुए बोले—''आप लोग भी बताओ। कोटड़ा ही नहीं आसपास के

सभी गाँवों में स्थिति कैसी है?'

एक साथ कई लोग बोले—"हुकम, माफ़ करना। पर हालात किसी भी गाँव के अच्छे नहीं हैं। काळ (अकाल) तो है ही, आजकल चोरियां और धाड़े (डकैती) भी बहुत हो रहे हैं।" वे चुप हुए तो कोई बोला—"हुकम, बुरा मत मानना। हालात ऐसे हो गए है कि घोनी बकरियो (बकरी-बकरी का बच्चा), गा (गाय), ऊंट रखने का भी धरम नहीं रहा। कोई भी उठा कर ले जाता है। खेतों में तीन साल से तणा (तृण) नहीं उगा परन्तु थोड़ा बहुत चारा जो कलारों में सहेज कर रखा है वह भी रात को चोर लुटेरे उठा कर ले जाते हैं।"

खेत सूखे पड़े थे और पशु मौत के ग्रास बन रहे थे। ऐसे में किसान ही नहीं उन पर आश्रित जातियां जैसे नाई, दर्जी, सुनार, सुथार, कुम्हार, लुहार, मोची सभी के लिए जीवन यापन दुरूह हो गया था परन्तु वे सब समझते थे कि इसमें राज क्या कर सकता है? आखिर यह सब तो स्वयं को ही करना होगा। अकाल जैसा ईश्वर का दिया दुःख तो भोगना ही होगा। इसलिए उनमें से अधिकांश चुप ही रहे परन्तु अजा नाई बोला—"हुकम, छोटे मुँह बड़ी बात कह रहा हूँ। माफ़ी बक्साएं। परन्तु पशु और चारा तो छोड़ो स्थिति ऐसी आ गई है कि इन लुटेरों के सामने लुगाई टाबर भी सुरक्षित नहीं हैं।"

बाहर बैठे मंगणियार व अन्य जाति के लोग खड़े होकर करबद्ध हुए और बोले—"अन्नदाता अर्ज सुने तो हम भी कुछ कहें?"

"बोलो बोलो आप लोगों की क्या तक़लीफ़ है?"

"हुकम, हमारे पास न तो खेती जोग (योग्य) जमीन है और न गाय, ऊंट। बरसात का पानी तो भगवान ने हमारी किस्मत में नहीं लिखा। पाताल का पानी घर दीठ (प्रत्येक घर को) रोज एक घड़ा मिलता है। वैसे तो सभी की कृपा है, हमारे साथ अन्याय कभी नहीं होता परन्तु कभी कभी किशोरवय के लोग कुएँ पर होते हैं तो मना कर देते हैं। कहते हैं तुम्हारे बाप दादा ने कुआँ खुदवाया है क्या? हुकम, हमारे बाप दादा की इतनी औकात कहाँ कि कुआँ खुदवाते। अगर राज की कृपा हो और कोई चोसीरा (सार्वजनिक) कुआँ खुद जाए जिससे सभी लोग पानी भर सके तो अन्नदाता की बड़ी कृपा होगी।"

शिकायतें सुन कर राणोजी बेचैन हुए जा रहे थे।

तभी बारहठ जी बोले।

'हुकम, रावल मूलराज जी के समय का किस्सा है कि एक बार वे शिकार के लिए पधारे। उस निर्जन जंगल में से कोई अकेली औरत सोने के आभूषण पहने हुए जा रही थी। उसने रावल सा को पहचाना नहीं। रावल सा ने पूछा—"बहन जंगल में इतना सोना पहन कर अकेली जा रही है, डर नहीं लगता?"

"डर किस बात का?"

रावल सा ने कहा—"चोर, डाकुओं, लुटेरों का।"

"क्यों भैया जैसळगिर के रावल सा मूलराज जी नहीं रहे क्या?"

रावल सा बोले—"वो तो मुझे नहीं पता पर क्या वे इस जंगल में तुझे बचाने आएँगे?"

"यहाँ तो नहीं आएँगे भैया, पर इतना तय है कि वह लुटेरा या तो फांसी चढ़ाया जाएगा या जिन्दा जलाया जाएगा।"

यह सुनकर रावल मूलराज जी निश्चिन्त हुए।

'युवराज सा हुकम, शासक के प्रति सीधे, सरल, सज्जन लोगों का यह विश्वास, यह आश्वस्ति और दुर्जन व अपराधियों में ऐसा भय बने रहना चाहिए। रावल मूलराज जी के पश्चात रावल दुर्जनशाल जी (दूदा), रावल घड़सी जी से लेकर रावल देवीदास जी तक यह परम्परा चलती रही।"

बारहठ जी ने रावल देवीदास के बाद वर्तमान रावल जैतसी जी का नाम नहीं लिया। वे चुप हुए और एक दो बार थूक गिटका।

"हुकम, दण्ड माफ़ी हो और राजद्रोह न मानें तो प्रजा के मन की बात अर्ज करूं?"

युवराज लूणकरण जी बोले—"निश्चिन्त होकर बोलो कविराज, मैं राज्य के हालात की सच्चाई जानने के लिए ही निकला हूँ। वैसे भी कवि सच को प्रकट करना बंद कर देंगे तब इस समाज का क्या होगा? चारणों और कवियों ने तो निर्भय होकर बड़े बड़े सम्राटों की आँखें खोली हैं।"

"हुकम, सीधे और भले लोगों को ऐसा लगता है कि बुरे लोगों पर शासन का कोई अंकुश नहीं है। लगता है जैसे जैसळगिर चोरों, लुटेरों, डाकुओं और अपराधियों की रियासत हो। रियाया (प्रजा) चारों तरफ त्राहिमाम कर रही है। यह राज्य, राजा और प्रजा सभी के लिए यह अशुभ संकेत है। अंततः ये परिस्थितियां प्रजा को राजा के प्रति विद्रोह करने के लिए प्रेरित करती है।"

इस तरह देर तक बातें होती रहीं। बीच बीच में कविराज की कविताएँ और कथाएँ भी चलती रहीं। दोपहर का भोजन हुआ। राणोजी ने विनम्रता पूर्वक रात्रि विश्राम का आग्रह किया परन्तु लूणकरण जी निकल पड़े।

बाहर खेजड़ी और रोहिड़े की छाया में बच्चे अब भी खेल रहे थे। एक बच्चा बड़े पत्थर पर बैठा है। निकट ही दूसरा बच्चा छोटे पत्थर पर बैठा है। वे दोनों बारी बारी से कुछ बोल रहे हैं और अन्य बच्चे सुन रहे हैं। युवराज की पारखी नजर को बाघा और आसा को पहचानते हुए समय नहीं लगा। उन्होंने बाघा को इशारा किया तो वह भाग कर निकट आ गया। निर्भयता से हाथ जोड़कर बोला—"खम्माघणी

हुकम।''

''क्या नाम है?''

''हुकम, बाघो कोटड़ियो।''

बाघा के दादोसा हाँफते हुए निकट पहुँचे और बोले—''हुकम, टाबर है, थोड़ा उद्दंड है। कोई गलती हुई हो तो माफ़ करावें।''

''नहीं नहीं, कोई गलती नहीं। दो चार साल बाद इसे मेरे पास भेज देना। इसका जन्म खेती करने या छांग (भेड़-बकरियाँ) चराने के लिए नहीं हुआ है।''

युवराज प्रस्थान कर गए। अन्य सभी लोग फिर से कोटड़ी के भीतर जमा हो गए लेकिन राणोजी की क्रोधित दृष्टि देख, बाघा के दादोसा ने अनुमति लेनी उचित समझी।

जैसळगिर के राजप्रासाद और षड्यन्त्र

जब राजा कमजोर होता है तो सिर्फ राज्य में ही अव्यवस्था नहीं होती बल्कि राजप्रासादों में भी षड्यन्त्र रचे जाने लगते हैं। कई दिनों से जैसळगिर के राजप्रासादों में भी ऐसा ही हो रहा था। उनमें षड्यंत्र रचे जा रहे थे, शतरंजी चालें चली जा रही थीं, चौसर के पासे फेंके जा रहे थे।

किसी समय मालानी, महेवा, कोटड़ा ये सभी जैसळगिर के अधीन थे। मालानी के रावत भीम सिंह की बहन सीता कंवर महेची व महेवे के राव मेघराज हापावत की बहन हापीजी का विवाह रावल जैतसी से हुआ था। दोनों महारानियों के भाई एक दूसरे को फूटी आंख नहीं सुहाते। उनके बैर (शत्रुता) के बीज बहनों के मध्य भी पनपने लगे। जब जैतसी युवराज थे तब तो रावल देवीदास के भय से मेघराज हापा चुप था लेकिन अब रावल जैतसी की कमजोरी का फायदा उठाते हुए वह जैसळगिर की बजाय जोधपुर के राव मालदेव के अधीन चला गया। इतना ही नहीं अपनी बहन और भाणजों के द्वारा जैसळगिर के महलों में षड्यंत्र करने लगा ताकि वहाँ की सत्ता भी उसकी मुट्ठी में रहे।

महारानी सीता कंवर महेची विवाह से पूर्व ही समझने लगी थी कि राजमहलों की दीवारों में कैद पंछियों में से हजारों या लाखों में किसी एक के भाग्य में प्रेम होता है। अन्य सभी को उस स्वर्णजड़ित दीवारों वाले कारागार में अपने अपने हिस्से का कर्त्तव्य निभाना होता है परन्तु अब उन्हें आश्चर्य इसलिए हो रहा था कि जैसळगिर में बिना किसी नयी महारानी, रखैल या दासी के आए रावल सा कई दिनों से उनके महल में नहीं पधार रहे थे। इस चिन्ता के कारण देर रात्रि तक जलते दीयों की लौ झपकती रहती और नींद की प्रतीक्षा में महेची जी की पलकें। अचानक रात्रि के तीसरे प्रहर की नीरवता को चीरते हुए कोचरी (एक पक्षी) के आर्त स्वर ने चौंका दिया। वो उठ कर बैठ गई। कोचरी फिर बोली तो ज्ञात हुआ कि आवाज़ जीवणी (दांयी) खेजड़ी (एक वृक्ष) पर से आ रही थी। उसके हिये में हुदका उठा। यह

अमंगल का इशारा है। पसीने से भीगी उसकी देह थरथराई।

महारानी हापी जी बहुत ही सुन्दर और कमनीय थी। एक दिन वृद्ध रावल जैतसी जी हापी रानी को बाहुपाश में लेकर बैठे थे कि वे घनी केशराशि को उनके चेहरे पर गिराकर बोली—"इन घटाओं का साया कैसा लगता है हुकम?"

"महारानी सा, इतना अच्छा कि हम चाहते हैं जीते जी तो इनके आगोश में रहें ही, मौत भी आए तो इनकी छाँव में ही।"

"मौत आए आपके दुश्मनों को हुकम परन्तु इस उम्र में आप दिल्लगी करना और झूठ बोलना भी सीख गए?"

"ऐसा क्यों बोल रही है आप?"

"इसलिए कि हम महारानी कब से हो गए? महारानी तो महेची जी है। राजमहल में तो महेची जी के आदेश चलते हैं। हमारा कहना तो दास-दासियाँ भी नहीं मानते। जब उनका पुत्र लूणकरण रावल बनेगा तब हमारी क्या गत होगी, हम समझ ही सकते हैं। परन्तु आज पति परमेश्वर के रहते हुए भी ऐसा सौतेला व्यवहार हमें आहत करता हैं। अगर अन्नदाता को बुरा नहीं लगे तो हमें मुख्य महल से सामने वाले महल में भेज दें। कम से कम रोज़ रोज़ इन चाकरों द्वारा हमारी बेइज्जती तो नहीं होगी।"

रावल जैतसी समझ गए कि हापी जी क्या चाहती हैं। उन्होंने अगले ही दिन महेची जी, युवराज लूणकरण, युवरानी, भंवर मालदेव, भंवरी उमादे और छोटे बेटे करमसी, उसकी बीनणी (पत्नी) व बेटे सहित पूरे परिवार को मुख्य महल से पास वाले महल में जाने के लिए सन्देश भिजवाया। महेची जी को कुछ रात्रि पूर्व का जीवणी कोचरी का आर्त स्वर स्मरण हो आया।

हापी जी ने अपनी इस विजय का समाचार भाई महेवे के राव मेघराज हापा को भिजवाया।

भाई का सन्देश आया—"कांटा छाती से थोड़ा दूर तो हुआ है लेकिन अभी भी इतना निकट है कि कभी भी चुभ सकता है।"

अब रावल जैतसी जी का ज्यादातर समय महल में ही महारानी हापी जी के संग बीतने लगा। मेघराज हापा भी आकर जैसळगिर के महलों में जम गया। वह अपने भाणजों जय सिंह देव, नारायण दास, राम सिंह के साथ दरबार का संचालन करने लगा।

मेघराज हापा रावल जैतसी जी की श्वेत दाढ़ी और काँपते हाथ देख महल से निकला ही था। मुळकते (मुस्कराते) हुए सोच रहा था कि यह देह अधिक साथ नहीं

देने वाली। ठीक उसी समय सामने के महल से निकलते युवराज लूणकरण की चीते जैसी रक्तवर्णी आँखें दिखी। मेघराज के माथे से पैरों तक एक सरसराहट सी फ़ैल गयी। उसके मन ने कहा जिस दिन लूणकरण राजगद्दी पर आसीन हुआ तब महारानी हापी पर माँ होने के नाते भले ही दया कर ले पर मुझे व मेरे भाणजों को महल तो क्या जैसळगिर की सीमा से बाहर खदेड़ने में पलक झपकने जितना समय भी नहीं लगाएगा। मेघराज दरबार जाने की बजाय महल में लौट गया।

उसने बहन से पूछा—''बाईसा, रावल सा की हालत देख कर डर नहीं लगता आपको?''

''हां अध्धा (बड़े भाई) लगेगा क्यों नहीं? मेरा सूरज तो उनके होने से ही उगता है। मेरा उजास, मेरा रंग, मेरा रूप उनके होने से ही है। मैं ख्याल भी बहुत रखती हूँ पर आयु हो आई है, क्या कर सकते हैं?''

''बाईसा इतना भावुक होने की आवश्यकता नहीं। व्यवहारिक बनो। पक्का फल तो चटकना ही है। आप तो कच्चे फलों पर ध्यान दो ताकि दीर्घकाल तक उनकी मिठास का स्वाद किया जा सके।''

''मैं कुछ समझी नहीं अध्धा?''

''बाईसा ऐसा है कि रावल सा है तब तक तो सब ठीक है पर उनका होना हमारे हाथ में तो है नहीं। वह तो प्रभु के हाथ में है और मुझे नहीं लगता प्रभु की कृपा अधिक दिन रहने वाली है। सोचो, उस दिन आपके साथ क्या होगा जब रावल सा नहीं रहेंगे? उस दिन महारानी महेची और युवरानी सिसोदियाणी आपको जीने देगी? एक राजमाता हो जाएगी तो दूसरी महारानी। तब आप क्या होंगी? कुछ भी नहीं! ऐसे में वे लोग चोटी पकड़कर इन महलों से बाहर नहीं फैंक देंगे?''

''समझ गई अध्धा पर ऐसा न हो उसके लिए मैं क्या करूं?''

''कुछ ऐसा कि लूणकरण और उसके छोटे भाई करमसी नाम के काँटों को हमेशा के लिए रास्ते से हटा दिया जाए ताकि इधर रावल सा की विदाई, उधर तुम्हारे ज्येष्ठ पुत्र जयदेव सिंह की ताजपोशी और आप राजमाता।''

''क्या सचमुच ऐसा सम्भव है अध्धा? लेकिन इसके लिए तो उन दोनों की हत्या...नहीं नहीं, यह अपराध मुझसे नहीं होगा।''

''अरे बाईसा, आप भी कहाँ से कहाँ पहुँच जाती हो? शायद इसीलिए कहते हैं औरतों की बुद्धि घुटनों में होती है। आप तो महलों का आनन्द लो। सारी चिन्ताएं अध्धा पर छोड़ दो। जैसा मैं कहता हूँ करती जाओ।''

स्त्रियों के घुटनों में बुद्धि होने जैसी पुरुष की दम्भ से भरी बात उसे बुरी तो बहुत लगी लेकिन राजमाता बनने के सुख के सामने पलड़े में रख कर देखा तो उस खीज को प्रकट करने की बजाय निगल जाना उचित समझा।

"जी अध्धा, बस आपकी आज्ञा का पालन होगा, कोई प्रश्न या प्रतिप्रश्न नहीं होगा।"

रावल जैतसी जी द्वारा अकारण मुख्य महल से निष्कासित कर देना युवराज लूणकरण जी के मन को शूल की तरह चुभ गया। वे सोचते रहते कि मेरा जन्म पहले हुआ इसमें मेरा क्या दोष? जीसा अपने हृदय की बात एक बार मुझसे कह कर तो देखते। मैं उन कुपुत्रों में नहीं जो सिंहासन के लिए पिता के शब्दों का अपमान कर देते। मैं उसी समय अपने हाथों से कुँवर जयदेव का तिलक कर देता परन्तु उन्होंने सीधा कहने की बजाय उनके प्रति मेरे प्रेम का, मेरे चरित्र का, मेरे भ्रातृत्व का अपमान किया। युवराज का हृदय जैसळगिर के महलों से उचट गया। रात रात भर जागते रहते और सोचते रहते। वह स्वयं को जितना शान्त रखने का प्रयास करते उतनी ही अधिक व्याकुलता से भर जाते। उन्होंने दरबार में जाना बंद कर दिया। दुर्ग से बाहर निकलना और लोगों से मिलना भी बन्द हो गया।

मेघराज हापा के तो जैसे मन की मुराद पूरी हो गई। बात उसके हिये (मन) में बैठ गई। उसे एक सूत्र मिल गया। मोहरों की अगली चाल मिल गई। उसने ईश्वर को लाख लाख धन्यवाद दिए, प्रसाद चढ़ाए, फैरियां बोली, धौक अर्ज की। काँटा इतनी आसानी से निकल जाएगा, यह तो उसने सपने में भी नहीं सोचा था।

सबसे बड़ी बात कि न सिर्फ़ जैसळगिर नगर बल्कि लाठी, झिन्झानियाली, बडोड़ागाँव, लखा, कोटड़ा, हरसानी, गिराब, खुहड़ी, म्याजलार, सिहड़ार, सत्तो, पिथला, बारू, टेकरा, बाप, भीकमपुर, नोख, कोड़मदेसर, पुगल, देरावर तथा अमरकोट तक के निकट व दूर दराज के गाँवों में भाटीपे के भाइयों तथा प्रजा तक भी महाराज और युवराज के मध्य खिंची दीवार की यह बात पहुँच गई थी लेकिन कुछ भाटी सिरदारों द्वारा आकर रावल सा से आग्रह करने के सिवाय बाप बेटे के मध्य घर की बात समझ कर कोई गम्भीर प्रतिक्रिया नहीं हुई।

मुख्य महल को छोड़ना महेची जी को भी बहुत बुरा लगा लेकिन लड़ती किससे? पति का साथ स्त्री में इतना सामर्थ्य भर देता है कि कैसा भी प्रबल शत्रु हो, कैसी भी विपत्ति हो, सारा विश्व उसका विरोधी हो जाए तब भी उस एक इंसान के साथ से वह चट्टान की भाँति अडिग रहती है लेकिन जिसका पति ही उसका बैरी (शत्रु) हो जाए वह किसके आगे हाथ फैलाए? कहाँ जाकर याचना करे? करे भी क्या? कहे भी क्या? अपने ही सुहाग का अहित करने का? जीवन में कुछ अवसर ऐसे आते हैं

जब खेल दिमाग से नहीं दिल से खेले जाते हैं। इंसान सब कुछ जानते हुए भी, समझते हुए भी, पराजित होना चाहता है, बर्बाद हो जाना चाहता है ताकि वह आबाद रहे जिसे वह हृदय से चाहता है। यही महेची जी के साथ हो रहा था।

आज तक जिस पुत्र को पिता की आज्ञा को आँख मूंद कर शिरोधार्य करने का पाठ पढ़ाती आई आज उसी पुत्र से विद्रोह की बात कैसे करती? युवरानी की रगों में महाराणा सांगा का रक्त दौड़ रहा था। युद्ध का मैदान होता तो बैरी का रक्त पी जाती परन्तु जब अपने ही बैरी हो जाएँ तो भीतर ही भीतर जलते हुए स्वयं का रक्त सुखाने के सिवाय कोई उपाय नहीं था। मस्तिष्क जब थक कर चूर हो जाता है, समस्याओं के चक्रव्यूह में फंसे उसे बाहर निकलने की कोई राह नहीं दिखती, जब किसी मानवी सहारे की अपेक्षाएं धराशायी हो जाती हैं तब वह किसी अदीठ से सहारे की उम्मीद करने लगता है। उस अदृश्य की वैसाखी पकड़ कर वैतरणी पार करने की आशा करता है। युवरानी ने युवराज लूणकरण जी से सपरिवार लुद्रवा स्थित कल्पवृक्ष के आश्रय में चलने का आग्रह किया।

युवराज बोले—"युवरानी सा, जब समय प्रतिकूल हो तो अधिक सावधानी बरतनी चाहिए। सुकोमल बच्चों और आप के लिए यह गर्मी जिससे पत्थर भी चटकने लगते हैं असह्य ही नहीं विनाशकारी भी हो सकती है। सूंसाड़े करती लू के गे शपेड़े ठूंत जैसी पर्ण विहीन केर की झाड़ियों को भी झुलसा देते हैं। मुझे भय है कि बुरे से राहत की चाहत में कुछ और बुरा न हो जाए।" युवरानी ने भी इस रेगिस्तान की बळती लू के अनेक किस्से सुन रखे थे। लू से झुलसे हुए बच्चे और वृद्ध पलक झपकते ही तड़पते हुए कैसे इस दुनिया से पलायन कर जाते थे वो जानती थी। उन्हें सोच कर वह भीतर तक सिहर उठी। उनके बच्चों के साथ भी ऐसा हो गया तो? तब फिर ये महल, ये राज्य किस काम का? उसे अभी तक जो पीड़ा पहाड़ सी लगती थी इस कल्पना के पश्चात बौनी लगने लगी।

जैसळगिर के उत्तर पूर्व में कंकड़ पत्थरों वाली जमीन थी। उस पथरीली धरा पर जंगली घास के सिवाय कुछ नहीं उगता था। इन दिनों ज्येष्ठ की दोपहरी में ये कंकड़ पत्थर तपती हुई भट्टी बन जाते थे। वे एक बार तप जाते तो फिर देर रात्रि तक किसी को चैन की नींद भी नहीं लेने देते। दक्षिण पश्चिम में विशाल रेत के धोरे ही धोरे। वे इन्सान तो क्या किसी बड़े नगर को भी रातो रात निगल जाएँ। दक्षिण से उत्तर की हवा चलती तो उड़ती बालू एक रात में घरों को दो हाथ तक ज़मींदोज कर देती। सभी लोग रोज प्रभात में उठते ही उस रेत को हटाने में लग जाते। लगभग सभी गाँवों में लोगों के जीवन की आधी ऊर्जा इसी में लग जाती और शेष बची ऊर्जा

पानी की व्यवस्था करने में। बरसात तो यहाँ किसी त्यौहार-सी होती। त्यौहार भी वर्ष में एक बार तो नियत समय पर आ ही जाता पर जैसळगिर की बरसात का कोई भरोसा नहीं। अनेक बार तो इन्द्र देव की कृपा पाँच वर्ष में एकाध बार होती।

इस बार भी आँखें गगन को ताकती रही। गर्दन अकड़ गई, नजरें टेढ़ी हो गईं पर वृष्टि तो क्या मेघों का दर्शन भी न हुआ । ज्येष्ठ के बाद आषाढ़ भी बीत गया। लोगों का धैर्य रीत गया। अब क्या होगा? पिछले दो वर्ष से एक बूंद नहीं गिरी। शुष्क धरा पर सूर्य देव की भृकुटि सदैव जैसी ही तनी थी। घास और पौधे तो पहले ही सूख चुके थे। अब तो गगन से बरसती अगन से खेजड़ी, केर और आकड़े भी सूखने लगे। परमात्मा भी पल पल बदलता है। जेठ में बूंद बूंद के लिए तड़पाने वाले देवराज इन्द्र का हृदय सावण में पसीजा। आसमान श्याम मेघों से आच्छादित हो गया। धरा पर दिन में अँधेरा छा गया। मेघ ऊँचे स्वरों में गर्जना करने लगे। बिजलियाँ चमकने लगीं। मोर नाचने लगे, कोयल बोलने लगे, गायें रंभाने लगीं, बकरियां मिमियाने लगीं। एक बार शुरू हुई तो तीन दिन की झड़ी लगा दी। किसान हल लेकर गीत गाते हुए खेतों की ओर बढ़ चले। कुछ ही दिनों में धरा के रोम रोम से हरियाली फूट पड़ी। खुले जंगल और गोचर (गायों के चरने के लिए छोड़ी भूमि) में भुरट, सेवण, कांटी, बेकर, चंदलिया जैसी भिन्न प्रकार की घास और खीम्प, कैर, फोग, बोरड़ी, आक जैसी झाड़ियाँ भी इठलाने लगीं। खेतों में बाजरा, तिल, मूंग, मोठ, ग्वार, कालिंग (तरबूज), चीभड़ी (ककड़ी) जैसी फसल लहलहाने लगी।

जब देवराज इन्द्र ने भी युवरानी की प्रार्थना सुन ली तो युवराज लूणकरण जी को तो सुननी ही थी। उन्होंने युवरानी की आँखों की वाचालता को समझते हुए पूछा—"हम लोग लुद्रवा हो आएं?"

हालाँकि सब जानते हैं कि झोली भर दुःख और मुट्ठी भर सुख के सिवाय जिन्दगी कुछ भी नहीं। फिर भी दुःख के दिनों में हर कोई चाहता है कि कोई ज्योतिष, पण्डित, भोपा, ओलिया सुख ढूंढ कर उसे मुट्ठी में पकड़ा दे। जब कोई दुःख के पहाड़ के उस पार पड़े छोटे से सुख के कंकर को दिखाकर आश्वस्त कर देता है कि चिन्ता मत कर, वो देख, सुख भी है तो मन से टूट चुके, किरच किरच बिखर चुके, हताशा से भरे उस इंसान को उस पहाड़ को पार करने का सामर्थ्य मिल जाता है। युवरानी भी ऐसे ही किसी चमत्कार की आस में थी। अगले दिन प्रभात में महारानी महेची जी, युवराज, युवरानी, मालदेव, उमादे, करमसी, उसकी बीनणी, बेटा, राघो माराज, चंडू, भारमली और उसकी माँ लुद्रवा के लिए निकल गए।

कल्प वृक्ष के नीचे पूजा के लिए युवराज व करमसी दोनों भाई जोड़े में बैठे। पास ही गद्दे पर महारानी सा। सुहाग के होते हुए भी पूजा के लिए जोड़े की बजाय

अकेले में बैठना महारानी सा के लिए मृत्यु सदृश कष्टकारी था परन्तु मानखे के लिए कुछ पीड़ाएं बिना आह निकले सहने के सिवाय कोई उपाय नहीं। राघो माराज व चंडू तैयारी कर चुके थे। पूजा प्रारम्भ हुई। भारमली की माँ सेवा में। उमादे और भारमली खेलने में व्यस्त। भँवर मालदेव व करमसी का बेटा उन बालिकाओं से अलग खेलने में व्यस्त।

बड़े हो या बच्चे अपनी अपनी पीड़ाएं, अपनी अपनी आवश्यकताएं । सभी मन ही मन उसी के अनुरूप मांगे जा रहे थे। महारानी सा ने गुहार लगाई—"हे प्रभु, भाइयों के मध्य का क्लेश समाप्त हो और सभी लोग एक साथ मुख्य महल में मिलजुल कर रहें। सुख से जिएं।" युवराज ने प्रभु से अर्ज की—"माँ और जीसा (पिताजी) को फिर से एक साथ रहने का अवसर दें।" युवरानी जानती थी कि स्त्री बच्चों के साथ भले कितनी ही सुखी होने की कहे पर उसे पति और बच्चे दोनों चाहिए। किसी एक के बिना वह अधूरी नहीं पूर्ण रिक्त हो जाती है। युवरानी ने बहुत प्रार्थनाएं की—"हे कल्पवृक्ष! हे प्रभु! सारा परिवार पुनः एक हो जाए। हे प्रभु, कुछ ऐसी कृपा करना कि आज वापस पहुँचते ही हमें यह महल छोड़कर मुख्य महल में जाने के महाराज के आदेश मिलें। मेरी उम्मीद, मेरी आस पूरी हुई तो मैं अगले ही दिन फिर से सपरिवार आकर धोक दूँगी, सवामणी का प्रसाद और गरीबों को भोज करवाऊँगी।" पीड़ा से भरे हृदय ने पुकारा, भावों से भरे हाथ ऊपर उठे, उम्मीद की आँखों से आसमान को निहारा तो ढुलकते हुए मोतियों से क़दमों के निकट की जमीन नम हो गई। प्रार्थना में उठे हाथ देखे तो खेलती हुई उमादे भी दौड़ते हुए आई और कल्पवृक्ष के नीचे खड़ी हो हाथ जोड़कर पत्तियों के मध्य से गगन को निहारते हुए कुछ माँगा।

"ऐ भारमली इधर आ"

"जी बाईसाराज"

निकट पहुँची तो कान मरोड़ते हुए बोली, "अच्छा, तो आज भंवरी जीजा बाईसाराज हो गई!"

धीरे से फुसफुसाई—"हुकम, युवरानी सा सुन रही हैं..." दोनों की दृष्टि युवरानी सा पर स्थिर हुई और ठठाकर हँस दी।

उमादे ने भारमली को भी मांगने का कहा और फिर से आँखें बंद कर हाथ जोड़े। कुछ बुदबुदाई लेकिन भारमली दूर ही खड़ी रही।

"अरे ओ भारमली सुन, तू भी तो कल्पवृक्ष के नीचे आकर कुछ मांग ले।"

"मैं क्या माँगूंगी बाईसाराज....मैं तो चाकर हूँ आपकी।"

"अरे, ऐसा क्यों बोलती है? मैं बहन की तरह नहीं रखती हूँ तुझे?"

"नहीं, वो बात नहीं है बाईसाराज...माँ कहती है दासियों को सपने नहीं

देखने चाहिए। महल के स्वामी सपने देखते हैं और दास दासियों का काम है कि अपने स्वामी के सपनों को पूरा करे।''

उमादे ने काफी प्रयास किया पर भारमली प्रार्थना हेतु नहीं आई। तब फिर से आँखें बंद कर प्रार्थना करते हुए थोड़े ऊँचे स्वर में बोली ताकि भारमली सुन ले। ''हे कल्पवृक्ष, हे प्रभु, मेरे भाग्य के सारे महल मेरी भारमली को मिल जाए। मेरा जो कुछ भी है वह सब भारमली का हो जाए।''

''ले, तू महलों की स्वामिनी हो गई। अब तो मांगेगी?''

''भंवरी जीजा, जब सब कुछ ही मिल गया तो अब और मांगने की जरूरत ही कहाँ है?'' दोनों खिल-खिल करते हँस दी।

भारमली के बड़े बड़े नयनों के किनारों से दो मोती टपक पड़े और मुस्कराते होठों के मध्य से शब्द फूट पड़े... ''भंवरी जीजा, मेरी माँ जाई (जन्मी) बहन होती तब भी इतना प्यार नहीं करती जितना आप करती हैं।''

उमादे भारमली की इस हंसी मजाक, भावनाओं के उद्वेग, खेल और वार्तालाप के साथ साथ पूजा पूर्ण हो गई।

तभी किसी ने आकर समाचार दिया कि अभी अभी लुद्रवा में बिणज का ठठ (कारवाँ) पहुँचा हैं। चीन, जापान से लेकर भारत होते हुए पर्सिया, अरब देशों, भूमध्य सागर से होते हुए ग्रीस, इटली, अफ्रीका तक व्यापार के लिए 'सिल्क रूट' इसी 'लुद्रवा' से होकर गुजरता था। देश में से बिणज के ये ठठ जोधपुर, बीकानेर, अहमदपुर, सिन्ध, मीरपुर, उमरकोट, हैदराबाद, कच्छ भुज, मालानी (बाड़मेर), बालोतरा ही नहीं गंगा के निकटस्थ प्रदेशों और पंजाब से भी बिणज आते रहते थे। कोटा और मालवा की अफ़ीम, बीकानेर का गुड़, जयपुर से लोहे का सामान, अफ्रीका से हाथीदांत और चन्दन की लकड़ी, भागलपुर से सूखे मेवे, हीरे, इत्र, एवं गरम कपड़े, सिन्ध से गेहूँ और चावल आते थे। इस कारण लुद्रवा चौबीसों घड़ी जागता था । लेकिन इस व्यापारिक मारग के कारण लुद्रवा अंतर्राष्ट्रीय लुटेरों की नज़रों में आ गया था। उसकी समृद्धि और सम्पन्नता के कारण बार बार आक्रमण होने लगे। हर समय सराईयों, बरफरों, लुटेरों, चोरों और डाकूओं की चिन्ता रहती। इस चिंता से मुक्ति के लिए रावळ जैसल ने ईस्वी 1156 में त्रिकुटा पहाड़ी पर पीतवर्णीय वृहद् पाषाणों से भव्य और विशाल दुर्ग का निर्माण करवाया। तब से भाटियों की इस रियासत की राजधानी 'जैसळगिर' हो गयी।

उमादे व भारमली ने पहले कभी बिणज का ठठ (बणजारों का कारवाँ) नहीं देखा था। उन्होंने सिर्फ़ 'बणजारा' गीत सुना था :

लखी बणजारा रे....मोहन बणजारा रे थे म्हाने ले हालो जैसळगिर रे देश
लखी बणजारा रे....मोहन बणजारा रे थे म्हाने ले हालो मारवाड़ रे देश
कागद (पत्र) होवे तो बाँच (पढ़) ल्यां, करम (भाग्य) बाच्या (पढ़ा) नी जाए
साजन इयुं मत जाणजे (समझना) थां (आप) बिछड़याँ चैन, ज्यूँ जळ बिन मछली तड़पत दिन और रेण
दाण (पेरों में रस्सी का बंधन) होवे तो तोड़ द्यूं (दूँ), प्रीत (प्रेम की रस्सी) तोड़ी नी जाय

(बणजारे जब बिणज लेकर निकलते थे तो वापस घर कब पहुँचेंगे, पहुँचेंगे भी या लुटेरों द्वारा मार दिए जाएंगे सब कुछ अनिश्चित होता था। ऐसे में उनकी प्रेयसी भाग्य की अनिश्चितता की ओर इशारा करते हुए कहती कि पत्र हो तो पढ़ भी लें परन्तु भाग्य जाना नहीं जा सकता, कल न जाने क्या हो अत: हमें भी उस देश को लेकर चलो जहाँ तुम जा रहे हो। तुम्हारे बिना जल बिन मीन जैसी मेरी स्थिति हो जाती है। आपस में पैर बंधे हों तो रस्सी को तोड़ कर अलग भी हो जाएं पर प्रेम के बन्धन को तोड़ना सम्भव नहीं)

किशोर होती उमादे की बंद आँखों में इस प्रेम गीत और मेले का दृश्य उभर आया। वह बिणज देखने की जिद्द करने लगी। सभी का मन देखते हुए लूणकरण जी उन्हें वहां ले गए।

बणजारों तक जैसे ही समाचार पहुँचा कि जैसळगिर के महारानी सा और युवरानी सा खरीददारी करने लुद्रवा पधारे हुए है तो वे दौड़कर हाज़िर हुए। हाथीदांत का चूड़ा, ढाका की मलमल, अन्य रेशमी कपड़े, मुल्तान की छींट, हीरे, मोती, माणिक्य और अनेक तरह के रत्न उनके सामने बिछा दिए। हमेशा तो राजमहल में एक सीमा तक ही ले जा पाते थे पर इस बार राजमहल यहाँ तक आ गया था तो पूरी बिणज उनके सामने बिछा दी और हाथ जोड़कर खड़े हो गए, ''हुकम आज्ञा करावें।''

राजमहलों में किस चीज की कमी। फिर भी स्त्री मन कपड़े, सोने, हीरे, मोतियों से कब भरा है? महारानी, युवरानी, करमसी की बीनणी सभी अपनी पसंद की चीजें देखने और लेने लगी। निकट खड़ी उमादे की नजरें बुसरा के मोतियों के सुन्दर हार पर अटक गयी। वह उसे गले में पहनकर भारमली के पास पहुँच गई।

''देख भारमली कितना अच्छा है। तू भी कुछ पसंद कर ले ।''

''नहीं भंवरी जीजा, मुझे कुछ नहीं चाहिए।''

''चल ऐसा एक हार तू भी ले ले। देख कितना सुन्दर है।''

भारमली अब तक यह समझने लग गई थी कि ये हीरे, मोती, माणिक्य बहुत

महंगे होते हैं। ये दासियों के लिए नहीं होते हैं।

राघो माराज इन सबसे दूर खेजड़ी की छाया में अपने ऊँट गाड़े में बैठे ऊँघ रहे थे। वे इन सब चीजों से निर्लिप्त थे। जीवन चलता रहे इससे अधिक प्राप्ति की चाह उन्हें नहीं होती थी। अत: बिणज में आए दुनिया भर के सामान को देखने या उसमें से कुछ खरीदने की उनकी कोई रुचि नहीं थी।

भारमली को लगा आज उचित अवसर है। उसके मन की तमन्ना पूरी हो सकती है। वो बोली, ''भंवरी जीजा आपको एक काम कहा था वह तो आप करते नहीं और कभी अपने महल मेरे नाम किए जा रहे हो तो कभी मोतियों का हार पहनाने की बातें करते हो।''

''तुमने कहा और मैंने नहीं किया, ऐसा कौन सा काम है?''

''बहुत पहले युवरानी सा के महल में आप से एक बात कही थी। आज तो माराज भी यहीं है।''

युवरानी सा का महल और माराज सुनते ही उमादे को वो सारा किस्सा स्मरण हो आया।

राघो माराज आयु में बड़े थे कि उन्हें कहते हुए झिझक होती थी फिर बात माँ या जीसा तक भी जाने की सम्भावना थी, इसलिए उमादे ने चंडू को आवाज़ दी।

राघो माराज अपनी ऊँट गाड़ी में ही बैठे ऊँघते रहे। चंडू गाड़ी से उतरा और उनके पास आ गया।

''ऐ चंडू, सुन एक जन्मपत्री पढ़ कर भाग्य बता ना।''

''किसका आपका या भारमली का?''

''किसी का भी। उससे तुझे क्या? मेरे कहने से यह छोटा सा एक काम भी नहीं करेगा?''

''नहीं नहीं बाईसाराज, ऐसी बात नहीं है। मैंने तो वैसे ही पूछा। एक क्यों आप कहें तो सौ जन्मपत्रियाँ देख लूँगा। आपका हुकम सिर आँखों पर।''

''चल इतना कह दिया तो बता देती हूँ कि भारमली का भाग्य देखना है और हां, ख्याल रखना किसी से भी इसकी चर्चा मत करना।''

भारमली जब युवरानी सा के महल से उमादे की जन्मपत्री देख कर गई थी, उसी समय तिथि वार और समय माँ से पूछ लिया था। चंडू के आने से पूर्व वह सब उमादे को बता चुकी थी और उमादे ने चंडू को बता दी। चंडू ने धूड़ (रेत) पर जन्मपत्री बनाई, सभी ग्रह, नक्षत्रों को सम्बन्धित घरों में बिठा कर भाग्यफल समझने का प्रयास करने लगा।

कुछ गणनाएं रेत पर और कुछ अँगुलियों पर करने के पश्चात मुस्कराते हुए चंडू बोला—''बाईसाराज, भारमली का नाम लेकर स्वयं का भाग्य जानना चाह रहे हैं?''

"नहीं तो! मैं ऐसा क्यों करूंगी?"

"यह तिथि वार और समय आपके जन्म का है ना?"

"नहीं तो, तुम्हे ऐसा क्यों लग रहा हैं?"

"हुकम, इस जातक के जीवन में महलों का सुख लिखा है। विवाह किसी वीर शासक से होना लिखा है और दाम्पत्य सुख तो ऐसा कि जैसे शिव पार्वती की जोड़ी हो। बहुत कम भाग्यशाली होते हैं जिन्हें ऐसा दाम्पत्य सुख मिलता हैं। बेचारी भारमली के भाग्य में ये सब कहाँ होंगे? उसे तो आपके स्नेह के कारण महलों में खेलने कूदने को मिलता है वर्ना दासों के अन्य बच्चों की तरह उन अँधेरी कोठरियों में पड़ी रहती जिनमें ये भी पता नहीं लगता कि कब दिन हुआ और कब रात। बड़ी होने पर किसी खांडे (तलवार) से विवाह हो जाएगा। उम्र भर नानी और माँ की तरह इन्ही महलों में सेवा चाकरी करती रहेगी या फिर आपके दहेज़ में दे दी जाएगी।" चंडू को अपने ज्योतिष ज्ञान पर पूरा विश्वास था, इसलिए बोला— "वापस ठीक से पता करना कहीं तिथि, वार, समय में कोई गलती अवश्य हुई है।" भारमली को भी लगा उसी से या फिर माँ से कहीं कोई गलती हुई होगी। मन तो कर रहा था इसी समय माँ से पूछ कर आए और चंडू को बताए परन्तु युवरानी सा के साथ बैठी माँ से पूछना सम्भव नहीं था।

महारानी, युवरानी और करमसी की बीनणी की खरीददारी पूर्ण हो चुकी थी। खरीदा गया सामान ऊंट गाड़े पर लद चुका था। वे अपने ऊंट गाड़े पर बनी डोली में बैठ गई। उमादे और भारमली भी भागकर पहुँचीं। युवराज व करमसी अपने अपने घोड़े पर सवार हुए और पूरा कारवाँ वापस जैसळगिर को निकल पड़ा।

चंडू भी दौड़कर अपने ऊँट गाड़े में बैठ गया। अभी तक बैठे बैठे ऊँघ रहे राघो माराज यात्रा शुरू होते ही लेट कर ऊँट गाड़े के हिचकोलों से अधिक गहरी नींद का आनन्द लेने लगे परन्तु चंडू की आँखों से नींद उड़ गई। अचानक उसे उमादे के नामकरण के समय की वह घटना याद हो आई! उमादे की जन्मपत्री में तो दाम्पत्य सुख था ही नहीं, जिसे कहते कहते वह चुप हो गया था क्योंकि पिताजी ने आँखों से संकेत किया था। इस जन्मपत्री में तो जैसा दाम्पत्य सुख है वैसा लाखों में किसी एकाध भाग्यशाली जोड़े को मिलता है। उससे गणनाओं में कहीं कोई गलती हुई या भाग्यफल को समझने में? उसने मन की आँखों से जन्मपत्री को वापस ठीक से देखा। कहीं कोई रत्ती भर भी गलती नहीं हुई थी। अगर यह उमादे की जन्म तिथि थी तो उस समय कहीं पिताजी से गणना में गलती तो नहीं हुई? उन्हें अभी जगाऊँ? कुछ पूछूं? परन्तु बाईसाराज का किसी को न बताने का हुकम भी तो है। तब फिर

क्या करूँ? शायद एक ही उपाय है, अगली बार जब कभी महलों में जाना होगा तो बाईसाराज और भारमली दोनों की जन्मतिथि, वार, समय ठीक से जानकर सारी कवायद एक बार फिर से की जाए। लेकिन उसकी बेचैनी अब भी कम नहीं हो रही थी।

चित्त की शान्ति के लिए उसने आँखें बंद की तो उसकी बुद्धि कहने लगी जहाँ हम अभी यात्रा कर रहे हैं इस रेत के समंदर पर कभी जल का समंदर हिलोरें मारता था। क्या तब किसी ने सोचा होगा कि वह असीम जलराशि जिसे ऐसी अनेक पृथ्वियां मिलकर भी नहीं सोख सकतीं, वहां पर भविष्य में कभी विशाल रेत के धोरे (टीले) सिर उठाकर खड़े हो जाएंगे? उसी धरा पर पानी की बूंद देखने को भी लोग तरसेंगे। अनेक ज्योतिषाचार्य आए और गए, भाग्य की अनेक पहेलियाँ, उसकी कई गुत्थियाँ किसी से भी कब सुलझी हैं? किसी भी मानव के पास इतनी विशाल दृष्टि कहाँ कि प्रकृति का सारा रहस्य समझ ले। भवितव्य की चादर में कुछ भी लिपटा हो सकता है। अनेक घटनाएं ऐसी होती हैं जिनका समय के साथ प्रकटीकरण ही हम सब के हित में होता है। इस तर्क-वितर्क के पश्चात उसे लगा निष्ठा से अपना कार्य पूर्ण करने के बाद राघो माराज की तरह लेट कर खर्राटे लेने में ही भलाई है।

लुद्रवा और जैसळगिर के मध्य की दो ढाई कोस की दूरी तय करते कोई अधिक समय नहीं लगा। सारा कारवाँ महलों को गया। एक ऊंट गाड़ा राघो माराज के घर।

घर पहुँचते ही माराज की अनुभवी आँखों ने चंडू की व्याकुलता को पढ़ लिया।

"क्या बात है चंडू, इतना व्याकुल क्यों हो रहा है?"

उसे बाईसाराज की चेतावनी याद आ गई परन्तु वह यह भी जानता था जब तक पिताजी से इस बारे में चर्चा नहीं करेगा तब तक उसकी व्याकुलता बनी रहेगी। वह जानता था पिताजी के पास जानकारी और सलाह के लिए राजा से लेकर रंक जैसे अनेक लोग आते हैं और घर, परिवार की महत्वपूर्ण बातें बताते हैं। ऐसी बातें जिन पर शायद वे अपने परिजनों से भी विमर्श नहीं करते होंगे पर पिताजी से करते हैं। पिताजी के भीतर एक गहरा कुआँ है। उसमें जो बातें गईं वे वहीं दफ़न होकर रह जाती हैं, किसी अन्य के सामने कभी प्रकट नहीं होतीं। इसलिए उन्हें बताने में कोई असुरक्षा महसूस नहीं हुई। उसने पूरी बात बता दी।

राघो माराज ने एक साथ खूब सारा चिलम का धुँआ मुँह और नाक से निकाला। चंडू ने देखा वे धूम्र वलय लम्बी दाढ़ी और मूंछो के मध्य सर्पिलाकार घूमते हुए अपनी दिशा बदल गए। जिसे ऊपर जाना था वह नीचे की ओर जा रहे थे और नीचे वाले ऊपर। सच कहें तो इस गुत्थम गुत्थी में कुछ भी समझ नहीं आ रहा

था। बस इतना सा समझ आया कि जैसा हम समझते हैं उतना सीधा पथ किसी का भी होता नहीं है। उसमें कब कितने घुमाव आएँगे, समय के सिवाय कोई नहीं जानता। राघो माराज गला खंखार कर बोले—"दीकरा (बेटा), असम्भव कुछ नहीं। भाग्य भारमली को महलों में बिठा दे और दुर्भाग्य बाईसाराज को वहां से निकाल दे तो कोई आश्चर्य नहीं। होनी को न तो कोई जान पाया है और न ही टाल पाया है। कितने ही विशाल साम्राज्य हुए, सम्राट हुए जिनके कदमों में पृथ्वी के बड़े बड़े भू भाग थे। आज उनका नामलेवा भी कोई नहीं बचा। जिन श्री राम का अयोध्या के राज सिंहासन पर तिलक होना था, प्रजा को खुशियाँ मनानी थी, अचानक उन्ही श्री राम को तिलक कर वन के लिए रवाना कर दिया गया। रोते हुए जनमानस ने अपने टूटे हुए मन से, नम नयनों से विदाई दी। जिन श्री कृष्ण ने अपने बंधुओं को कंस के आतंक से, अत्याचार से मुक्त करवाया उन्हीं श्री कृष्ण को यदुवंशियों ने अज्ञातवास के लिए भेज दिया। दुर्योधन के साथ पितामह भीष्म, आचार्य द्रोण, कृपाचार्य, अश्वथामा जैसे अनगिनत योद्धा थे, कर्ण जैसे अजेय योद्धा थे फिर भी विजय पाण्डवों की हुई क्योंकि श्री कृष्ण पाण्डवों के साथ थे। पांडवों को ऐसे विशिष्ट योद्धाओं के सामने विजयश्री दिलाने वाले श्री कृष्ण एक सामान्य बहेलिए के तीर से देह त्याग देते हैं। कितना अकल्पनीय लेकिन सत्य।"

माराज शायद और भी कुछ कहना चाहते थे पर तभी घर के निकट मंगणियारों के धोरे पर रियाज़ करते मंगणियार के लोक दोहे ने ध्यान आकृष्ट किया:

बेटी राजा भोज री पाळी रतन कुम्भार...

"सुना बेटा? भाग्य कितना विचित्र होता है? दोहे में कहा जा रहा है कि पुत्री राजा भोज की परन्तु उसका पालन पोषण हुआ सामान्य कुम्हार के घर।"

राघो माराज से भाग्य की ऐसी अनिश्चितताओं को सुन चंडू की बेचैनी को चैन आया।

साँझ ढल चुकी थी। राघो माराज घर के आँगन में मांचे (चारपाई) पर बैठे ब्यालू करते हुए बातें कर रहे हैं। सामने वाले मांचे पर बैठा चंडू ब्यालू करते हुए हुंकारे दे रहा है। चंडू की माँ निकट ही आँगन में बैठी दोनों के लिए रोटी और ओलण (सब्जी, छाछ इत्यादि) का ध्यान रख रही है। असल में शाम के वार्तालाप के पश्चात चंडू का चित्त तो शान्त हो गया था पर राघो माराज व्याकुल हो गए। अपनी बेचैनी निकालने के लिए वे फिर से ज्योतिष पर बातें करने लगे। हालाँकि उनके पाण्डित्य का लौहा जैसळगिर ही नहीं आसपास के सभी राज्यों में माना जाता था परन्तु मानव की सीमाओं को वे जानते थे। गगन मण्डल में निकल आए असँख्य सितारों की

ओर इशारा करते हुए चंडू से बोले—''मानव अपनी सीमित बुद्धि से उस असीम को जानने के लिए कितनी ही ज्योतिषीय गणनाएँ कर ले, कितनी ही वैज्ञानिक जानकारियाँ जुटा ले, कितने ही प्रयोग कर ले परन्तु उस अज्ञात को ज्ञात द्वारा कभी नहीं जान पाएगा। उसके लिए सदियों से यह सृष्टि रहस्य थी और भविष्य में भी बनी रहेगी। बड़े से बड़े विद्वान, बड़े से बड़े वैज्ञानिक, बड़े से बड़े योद्धा कितने ही बड़े दावे कर ले आख़िरकार विनम्रता से सृष्टा को हाथ जोड़ कर इसकी विराटता के सामने नतमस्तक होना ही होगा।''

ऐसी बातें करते करते वे सभी सो गए। सुबह राघो माराज और चंडू उठे तब तक पूरे नगर में समाचार फ़ैल चुका था कि युवराज लूणकरण जी का जैसळगिर से निर्वासन हो गया।

मानव मन बड़ा जटिल व अहंकारी है। अनेक बार राष्ट्र का अहित या पराजय हो तब भी उसकी अपनी विजय उसे ख़ुशी दे जाती है। अपनी लघुता के सामने विराट को भी नज़रंदाज़ करना मानव स्वभाव है। यही कारण था कि एक व्यक्ति जिसे सम्पूर्ण प्रजा की, सारे जैसळगिर की इस हताशा और नाउम्मीदगी में भी दिल के किसी कोने में थोड़ी सी ख़ुशी हो रही थी। जिसके अधरों पर स्मित फ़ैल गई, वह था चंडू। उसने ज्योतिषीय गणना से जैसे भाग्यफल का अनुमान किया था वैसा ही घटित हो गया। राजकुमारी उमादे के महल छूट गए और भारमली महलों में ही रही।

मन ही मन प्रसन्न होकर वह हँसा ही था कि हिये (हृदय) में अचानक कुछ चुभा। अंतर्मन ने कहा—''चंडू यह क्या सोच रहा है? पूरे जैसळगिर का अहित हो गया और तू अपनी बात के सही होने पर प्रसन्न हो रहा है? धत! कितना निकृष्ट है।'' अगले ही पल उसने अपने भीतर की ख़ुशी को लगाम लगाया।

उधर राघो माराज अबोले ही सोचने लगे, सच में भाग्य कितना निर्मम, निर्मोही, अनिश्चित और अस्पष्ट होता है। कल युवराज और युवरानी ने मुख्य महल से निष्कासन समाप्त हो, इस हेतु कल्पवृक्ष से, प्रभु से, प्रार्थना की और आज जैसळगिर से ही निष्कासन हो गया।

युवराज लूणकरण के साथ युवरानी, भंवर, भंवरी, छोटा भाई करमसी, उसकी बीनणी और बेटा भी जैसळगिर छोड़ चल दिए। दिन भर जो बच्चे दाता (दादा) जैतसी जी की गोद में खेलते हुए जब श्वेत दाढ़ी को खींचते थे तो वे आनन्द विभोर हो जाते, उन्होंने उसी भंवर मालदेव, भंवरी उमादे और करमसी के बेटे के लिए एक बार भी नहीं सोचा कि अनजाने देश और अनजाने लोगों के मध्य वे कैसे रहेंगे। इस रेत के अथाह सागर में जिस राह से वे गुजरेंगे उसमें पीने को पानी भी मिलेगा या प्यास ही रुई के फ़ाहे जैसे उन सुकोमल प्राणियों के प्राणों को हर लेगी, यह भी नहीं

सोचा कि नाजों से पली राणा सांगा की बेटी और मेवाड़ की राजकुमारी, उनकी बीनणी (बहू), जैसळगिर की आबरू किसके सामने हाथ जोड़ कर शरण मांगेगी? वाह रे सत्ता और भोग की भूख! ये इंसान से जितने अपराध करवाए उतने ही कम हैं।

रावल सा ने तो निर्वासन का आदेश दे दिया। लूणकरण जी को रात भर में तय करना था कि उन्हें कहाँ जाना है। बुद्धिमान व्यक्ति घर की कमजोरियों को, उसकी कमियों को, उसकी बुराइयों को सुधारने के अनेक प्रयास करता है। फिर भी सफल नहीं होता तब किसी भाँति उन्हें ढकने का प्रयास करता है, उघाड़ने का नहीं। वैसे तो ढकने के लिए अब बचा ही क्या था? घर की फूट की यह कहानी सब जगह पहुँच चुकी थी, फिर भी उनकी वजह से भाई, रिश्तेदारों, गिनायतों में जैसळगिर का सिर नीचा न हो इसलिए वे मारवाड़, मेवाड़, पूगल या जाँगल प्रदेश में शरण नहीं लेना चाहते थे। सुबह होते होते उन्होंने तय कर लिया कि वे सिन्ध या कंधार जाएंगे।

वे सभी प्रभात में महल से निकले। मातृभूमि को नमन किया, पवित्र रज़ को हाथ में ले चन्दन समझ ललाट पर लगाई। जिस जैसळगिर के लिए बहुत कुछ करने के अरमान दिल में थे वे आँखों के रास्ते बाहर आए और उस पावन मिट्टी में मिल गए। होनहार कैसे पल भर में सब कुछ बदल देता है! उनका अपना प्राणों से प्रिय जैसळगिर, उनके अपने लोग, उन सभी के लिए कल तक वे प्रिय युवराज थे पर आज सिर्फ एक नासेटू (राहगीर) बन गए। जिससे किसी को कोई मोह नहीं, कोई प्रेम नहीं, कोई अपनापन नहीं। प्रजा के लिए तो जो राजा कहे वही सत्य। तालाब में रह कर मगरमच्छ से बैर कौन ले? वे जानते थे कितने भी आँसू बहें, महलों की मोटी दीवारों को भेदकर भीतर नहीं पहुँचेंगे इसलिए भावनाओं को जब्त किया, आँसुओं को निगल लिया और निकल पड़े एक अज्ञात यात्रा को। कहाँ पहुँचेंगे? कब पहुँचेंगे? कोई नहीं जानता। भाग्य में फिर से कोई राजमहल है या झोपड़ों में बसर करनी पड़ेगी कौन जाने! स्वागत होगा या दुत्कार मिलेगी, कोई नहीं जानता। अगर कुछ जानते थे तो अपनी समर्थ भुजाओं का शौर्य और अपनी तलवार का सामर्थ्य। अपनों से भले पराजित हो गए परन्तु जब तक रक्त का एक कतरा रहेगा तब तक परायों में उन्हें झुकाने का सामर्थ्य नहीं है। वे जानते थे मेरा बुरा समय भले आया है परन्तु सारी पृथ्वी श्रेष्ठ जनों से विहीन नहीं हुई है। कोई राजा, महाराजा, बादशाह न भी होगा तो कोई भला इंसान तो होगा जो जैसळगिर के भावी रावल का स्वागत करेगा। अपने यहाँ सम्मान के साथ रहने का आग्रह करेगा। जब सम्पूर्ण मानव जीवन ही अनिश्चित है तो फिर इस अनिश्चितता से कैसा भय? लूणकरण जी

कंधार पहुँचे।

कंधारियों के साथ जैसलमेर सदैव सहिष्णु रहा तथा भ्रातृवत व्यवहार किया था । अतः अपेक्षा के अनुरूप वहां के शासक अमीर अली खां पठान ने युवराज लूणकरण के आतिथ्य का भव्य स्वागत किया । उन्हें अपना धर्म भाई बनाया।

जब कोई अपनों से, अपनी धरा से, वहाँ के पशु, पक्षी, पेड़, पोधों से दूर जाता है तभी अनुभव करता है कि सब कुछ पीछे छूट जाने की पीड़ा क्या होती है? उस पीड़ा को, उस बेचैनी को, स्मृतियों के उस भूचाल को, महलों से, सुख के साधनों से, वैभव से तिरोहित नहीं किया जा सकता। कोई कितना ही वीर हो, प्रतापी हो, कठोर हो, हिये के भीतर की वह दूज रह रह कर पलकों को नम कर जाती है। जैसळगिर छोड़ने के महीनों बाद कंधार में एक उदास सांझ में महल के झरोखे में युवराज लूणकरण जी और किशोरवय उमादे बैठे है। घरों को लौटते पशुओं के कारण व्योम तक उठती रज देख कर अपने जैसळगिर की गोधूलि वेला की स्मृतियों से दोनों के अवचेतन में सम्वेदनाओं का ज्वार सा उठने लगा। यह उद्वेग नीर बन कर चारों नयनों से बरसने लगा।

भीतर से रिस रिस कर काफ़ी कुछ निकल चुका। नयनों की झील सूखने लगी। काफ़ी रिक्तता का अनुभव होने लगा तब उमादे बोली—"जीसा हुकम, क्या दाता हुकम रावल देवीदास जी या उनके पूर्ववर्ती शासक भी इतने ही अक्षम थे? या यह काल ही जैसळगिर का दुर्भाग्य लेकर आया है? मैंने तो दाता के साथ मन्दिर में माराज से भाटी कुल की, श्रीकृष्ण से लेकर अभी तक की कितनी ही वीरता और शौर्य की कहानियाँ सुनी हैं। क्या वे सब बच्चों का मन बहलाने को गढ़ी गई कल्पनाएँ मात्र हैं?"

गम्भीर होते हुए लूणकरण जी बोले—"नहीं भंवरी, लेश मात्र भी कल्पना नहीं। सब कुछ दर्पण में देखी जा सकने जैसी हकीकत है। हमने और जैसळगिर के लोगों ने न जाने कैसे पाप किए थे जिनके दण्ड स्वरूप ऐसे दिन देखने पड़े वर्ना श्रीकृष्ण से लेकर मेरे दादोसा रावल देवीदास जी तक कोई कड़ी कमजोर नहीं थी। सिकन्दर को धूल चटाने वाले पोरस, गज़नी बसाने वाले गज, राजा बालद के पुत्र 'भाटी', रावल जैसल, रावल मूलराज, रावल दुर्जनसाल (रावल दूदा) जैसे कितने ही वीरों की शौर्य गाथाएँ जन जन की जीभ पर हैं। जन की जिह्वा पर हजारों वर्षों तक सत्य ही राज कर सकता है।

जैसळगिर में वर्तमान रावल तेरे दादोसा जैतसी जी के दादोसा रावल चाचक देव भी वीर और प्रतापी शासक थे। ठट्टा से मारवाड़ तक राज्य फैला था। एक बार वे ठट्टा से लौट रहे थे तो रात्रि में उमरकोट रुके। वहाँ के राणा मांडण ने छल से

उनकी हत्या कर दी। सुबह समाचार जैसळगिर पहुँचा तो प्रजाजन एकत्रित हुए और रावल चाचक देव के ज्येष्ठ पुत्र देवीदास के राजतिलक की तैयारियां शुरू कर दी लेकिन देवीदास जी ने पिता का प्रतिशोध लिए बिना जैसळगिर की राजगद्दी पर बैठने से इनकार कर दिया। जिस राजगद्दी के लिए युद्ध होते थे, भाई भाई की या पुत्र पिता की हत्या कर देता था वह राजगद्दी आज अपने पर बैठने वाले की प्रतीक्षा कर रही थी। स्वामी के होते हुए सिहासन रिक्त रहे, राजप्रासादों के इतिहास के वे दुर्लभ क्षण उस दिन जैसळगिर के सिहासन को देखने को मिले।

युवराज देवीदास सेना लेकर उमरकोट पहुँचे। राणा मांडण का कटा का सिर, अमरकोट के ध्वस्त दुर्ग की ईंटें और सोढा सैनिकों को जैसळगिर ले आए तब जा कर राजगद्दी का स्पर्श किया।

रावल देवीदास के रहते उमरकोट के सोढों, मालानी के महेचों, कोटड़ा के कोटड़ीयों, जांगल प्रदेश (बीकानेर) के राठौड़ों, मारवाड़ के राठौड़ों, सिन्ध और मुल्तान के चन्ना, बलोचों तथा लंघों ने जैसळगिर के सामने कभी आँख उठाकर देखने का साहस नहीं किया।''

अतीत कितना ही श्रेष्ठ रहा हो सच्चाई यह थी कि वर्तमान में रावल जैतसी की फूलती साँसों के साथ जैसळगिर की वीरता, शौर्य, सामर्थ्य भी दम तोड़ चुके थे। इस कारण जैसळगिर का दुर्भाग्य राजप्रासादों के भीतर महारानी हापी जी, उनके पुत्र जय सिंह देव, नारायण दास एवं राम सिंह तथा उनके मामा मेघराज हापा जैसे कायरों से चिपक कर बैठा था। युवराज लूणकरण के निर्वासन पश्चात रावल जैतसी जी का दरबार में आना बिलकुल ही बंद हुआ तो वृद्ध भाटी सिरदारों को संदेह हुआ। उन्होंने जानकारी लेने का प्रयास किया। जैसळगिर में व्यवहार में सदियों से न तो कोई ठाकुर या जागीरदार हुआ और न ही राजा। रावल को अन्य भाटी सिरदार अपना बड़ा भाई मानते। दरबार या महल में गणमान्य भाटी सिरदारों को किसी आज्ञा की प्रतीक्षा नहीं करनी होती। वे सिर्फ़ सूचना देते और भीतर पहुँच जाते। यह ऐसी अलिखित सांस्कृतिक परम्परा थी जो श्रीकृष्ण के समय से आ रही थी। मगध, चेदि, पौंड्र, हस्तिनापुर जैसे विशाल साम्राज्यों से घिरी हुई व्रजभूमि में भी गणतन्त्र था जहाँ शासक का सम्मान था, भय नहीं। अंधक और वृष्णिकुल के मध्य वह यदुकुल ही था जो बहुजन हिताय, बहुजन सुखाय की बात करता था। अन्य राजकुलों से भिन्न यदुकुल की इसी परम्परा का निर्वहन करने पर जैसळगिर अपने को धन्य समझता था। उसे गर्व की अनुभूति होती थी परन्तु आज तीन भाइयों की तिकड़ी और चौथा मामा मिलकर सदियों की उस श्रेष्ठ परम्परा का गला घोंटने में लगे थे। रावल सा का

स्वास्थ्य खराब है, यह कहकर किसी भी बुजुर्ग सिरदार को महल के भीतर नहीं जाने दिया गया।

अनुभवी बुजुर्ग समझ गए कि महलों के भीतर सब कुछ सामान्य नहीं है। परिस्थितियां विकट थीं। रावल देवीदास के समय भय से कांपने वाला जाँगल प्रदेश (बीकानेर) का राव लूणकरण, रावल जैतसी जी के गद्दी पर बैठते ही आक्रमण कर जैसळगिर को खोखला कर चुका था। मारवाड़ का राव मालदेव हर रोज नए राज्य को अपनी सीमा में लेकर आगे बढ़ता आ रहा था। उधर बाबर किसी सुनामी की भाँति पूरे हिन्दुस्तान को निगलने के प्रयास में था। ऐसे में योग्य उत्तराधिकारी लूणकरण जी को स्थापित करना और इस चौकड़ी का विध्वंस आवश्यक हो गया था।

सब सिरदारों ने मिलकर निर्णय लिया और दरबार में अपनी बात राजकुमारों के सामने रखी कि चारों तरफ चोर, डाकुओं, लुटेरों का आतंक है। राज्य के घोड़े और सैनिक राजधानी में बैठे बैठे घास और अन्न खा रहे है इससे आर्थिक नुकसान हो रहा है और राज की प्रतिष्ठा गिर रही हैं। ऐसा ही चलता रहा तो रियाया (प्रजा) विद्रोह पर उतर आएगी। विद्रोह का संदेह मेघराज हापा को भी था। वह यह भी जानता था कि विद्रोह हुआ तो सबसे पहले उसे ही भागना पड़ेगा।

इसलिए उसने पूछा—"आप लोग ही बताइए। क्या किया जा सकता है?"

उनके पास तो सुझाव तैयार थे। "बेहतर होगा हम दो दो सैनिक हर एक गाँव भेजें ताकि चोर, उचक्कों में राज का भय रहे। घोड़े म्याजलार के निकट खारीग भेज दें। वहां खुले में खूब घास है। वे चरते रहेंगे। इससे राज्य पर आर्थिक बोझ कम हो जाएगा।"

योजना अगले ही दिन क्रियान्वित कर दी गई।

सिरादारों ने अपनी योजना की वृहद् रुपरेखा कंधार पहुँचा दी। क्रियान्विति हेतु युवराज लूणकरण और करमसी जब कंधार से म्याजलार पहुँचे तो पहले से ही भेजे गए घोड़े, सिरदारों के साथ लूणकरण जी का किशोरवय पोता खेतसिंह, बाघा कोटड़िया, अन्य सैनिक और मालानी से मामा रावल भीमसिंह अपनी सेना लेकर तैयार थे। सभी मिलकर जैसळगिर की तरफ बढ़े। नगर के निकट पहुँचने पर मेघराज हापा को इस आक्रमण की सूचना मिली। तीनों राजकुमार और मामा सेना लेकर सामना करने गए लेकिन कुछ पलों में ही युवराज लूणकरण की दहाड़ और लपलपाती तलवार के सामने भाग खड़े हुए। अब युवराज लूणकरण जी दुर्ग के भीतर थे और कैद में बंद रावल जैतसी जी कैद से बाहर। जैसळगिर में एक बहुत बड़ा अनुष्ठान लगभग बिना रक्तपात के सम्पन्न हो गया।

जैसळगिर वापसी पर लूणकरण जी समझ चुके थे कि उन्हें इस दुष्ट चांडाल चौकड़ी से पार पाने हेतु कुछ कुशल और विश्वासपात्र सैनिकों की आवश्यकता होगी। किशोरवय पोते खेतसिंह में उन्हें बेहतरीन सेनापति के गुण दिखते थे। उसे बुलाया और कार्य योजना समझाई। उसकी तो भुजाएँ कब से तलवार बाजी के नियमित प्रशिक्षण या युद्ध में अपना शौर्य दिखाने के लिए फड़क रही थीं। उसे बिना कहे मन मांगी मुराद मिल गई। वाक्–चातुर्य, बुद्धिकौशल और अपणायत के कारण युवाओं की टोली उसके पास पहले से ही थी। वे सभी खेतसिंह के संकेत मात्र से प्राण देने को तैयार थे। वह टोली तथा कुछ लूणकरण जी के विश्वासपात्र बुजुर्ग सिरदारों द्वारा चुने गए युवाओं को भी साथ कर दिया गया। लूणकरण जी ने इसमें राजकुमार मालदेव व जिद के कारण राजकुमारी उमादे को भी शामिल कर दिया। पूर्व सेनापति बुजुर्ग भाटी सिरदार जो प्रशिक्षण देने वाले थे उन्होंने विरोध किया कि लड़कियों को तलवार और घुड़सवारी से क्या करना? तब लूणकरण जी ने समझाया कि "मैं भी ऐसा ही सोचता था लेकिन जब उमा ने कहा कि कंधार में हमारे साथ कोई अनहोनी हो जाती तो? उसे युद्ध में भेजने का मेरा भी कोई इरादा नहीं है लेकिन दुर्भाग्य पूछ कर नहीं आता। अनेक बार हमारे पलक झपकते ही परिस्थितियां बदल जाती है। ऐसे में इतने अस्त्र शस्त्र चलाने तो आने ही चाहिए कि युद्ध या आपात स्थिति में स्वयं की सुरक्षा कर सके, शत्रु से बच सके।" इस तर्क से वे बुजुर्ग भी अनमने मन से ही सही पर सहमत हो गए।

इस टोली में एक और व्यक्ति शामिल था। वह था बाघा कोटड़िया। वर्षों पूर्व युवराज लूणकरण जी कोटड़ा गए थे। उस समय राणोजी के गद्दे पर उनके बराबर बैठने के कारण बालक बाघा को राणाजी की क्रोध भरी आँखें ऐसी चुभी कि जागते सोते कांटे की तरह चुभती रहती। हर समय उसका रक्त ऊबलने लगता।

तब कोटड़ा से जाते समय युवराज लूणकरण जी उसके दादोसा से कह गए थे कि इस बालक का जन्म खेती करने या छांग (भेड़ बकरियां) चराने हेतु नहीं हुआ है। क्रोध, उत्तेजना और युवराज के ये शब्द उसी समय बाघा के जीवन में तूफान ले आए। वह वर्तमान की बजाय भविष्य में जीने लगा।

उसे खेत भेजते तो ऊंट पर दौड़ लगाता रहता और खेत आवारा पशु या परिंदे खा जाते। छांग चराने भेजते तब या तो भेड़ बकरियां किसी का खेत खा गई इस शिकायत के साथ वापस आता या फिर साँझ को पता लगता एक दो बकरे कम हैं। कुछ दिनों बाद ज्ञात हुआ कि घर से चोरी छिपे तलवार ले जाता था और बकरे पर तलवार का अभ्यास करता था। जब कभी जीसा या दादोसा समझाते उसी समय उसे राणोजी की क्रोध भरी रक्तवर्णी आँखें शूल-सी चुभने लगती और फिर से उसके हिये में एक तूफ़ान उठता। आख़िरकार एक दिन तलवार के साथ वह घर से भाग

गया। पहुँच गया अपने सपने पूरे करने जैसळगिर।

लेकिन जैसळगिर तो स्वयं संकटों से घिरा था। जिनके शब्दों पर विश्वास करके गया था उन लूणकरण जी को तो उनका दुर्भाग्य कंधार ले गया। बाघा हताश होकर वापस कोटड़ा जाने की तैयारी में था कि भाग्य ने उसकी मुलाकात खेतसिंह से करवा दी। खेतसिंह ने कुछ दिन उसे जाँचा परखा, तलवार बाजी और घुड़सवारी का प्रशिक्षण दिया और फिर यह कह कर वापस भेज दिया कि मेरा सन्देश मिलते ही जैसळगिर पहुँचना।

अपने कौशल का प्रदर्शन करने के लिए बाघा की भुजाएँ प्रतीक्षा कर ही रही थीं कि लूणकरण जी की कंधार से स्वदेश वापसी हुई। उस अवसर पर होने वाले युद्ध के लिए उसे बुलावा आया। समाचार मिलते ही बाघा ने तो पानी भी जैसळगिर जाकर ही पिया। उस दिन से बाघा खेतसिंह के सानिध्य में, उनके प्रिय लोगों में शामिल हो गया।

अब मालदेव, उमादे, बाघा और खेतसिंह की पूरी टोली का विशिष्ट प्रशिक्षण प्रारम्भ हुआ। लगभग दिन भर कार्यक्रम चलता रहता। शाम तक सभी लोग थक हार कर ऐसे निढाल हो जाते कि अधिकांश लोगों में रात्रि भोजन करने का सामर्थ्य भी नहीं होता लेकिन बाघा रात्रि भोजन के उपरांत भी तीन चार घड़ी तक अभ्यास करता रहता।

खेतसिंह को स्वयं के जितना ही बाघा के युद्ध कौशल पर विश्वास था लेकिन आजकल अक्सर वह घायल हो जाता था। रात्रि में चार घड़ी अतिरिक्त अभ्यास करने वाला बाघा अँधेरा होते ही भोजन करके मांचा पकड़ लेता। जिससे अपेक्षाएं अधिक होती है उसका यूँ पिछड़ जाना उदास कर जाता है। खेतसिंह को समझ नहीं आ रहा था कि बाघा को क्या हो रहा है? इसी चिन्ता में खेतसिंह जाग रहा था। तभी उसने देखा अन्य सभी के सोते ही बाघा उठा और चहल कदमी करने लगा।

खेतसिंह जानता था बाघा राणोजी को अपदस्थ करने का प्रण लेकर आया था लेकिन यह उस कार्य की बेचैनी तो नहीं थी। इतने दिनों तक तो वह चैन से सोता था। तब फिर उसे क्या होता जा रहा है? कौनसी चिन्ता खाए जा रही है? सुबह जागने पर खेतसिंह ने बहाने से पूछा भी कि क्या कोई घर या स्वयं की परेशानी है परन्तु बाघा ने सिर दर्द का बोलकर पीछा छुड़ा लिया।

बाघा योद्धा अच्छा था लेकिन किसी को प्रशिक्षण देने जितना धैर्य उसमें नहीं था। आज दो नए युवा शामिल किए गए थे। खेतसिंह उन्हें सिखा रहा था। इसलिए उमादे से युद्ध के लिए बाघा को कहा। बाघा और उमादे का युद्ध चल रहा था। उमादे ने तलवार का वार किया। बाघा की रक्षात्मक तलवार क्षण भर देरी से सामने आई

तब तक न चाहते हुए भी पूरे बल से आई उमादे की तलवार ने उसके रक्त का आस्वादन कर लिया। उस क्षण भर से भी कम समय में कोई कुछ नहीं समझ पाया कि अचानक ये क्या हुआ और कैसे हुआ? बाघा जैसे अजेय योद्धा का उमादे के वार से घायल होना सभी के लिए आश्चर्य था लेकिन तीन लोगों को सब समझ में आ गया था। खेतसिंह की दृष्टि सैकड़ों में विभक्त होकर दल के सभी सदस्यों को देख रही थी। उसने देखा उमादे के वार से पूर्व बाघा की दृष्टि घायल सैनिकों की तरफ गई। वहाँ पर उमादे की दासी भारमली भी बैठी थी। भारमली की आँखों में सूनापन था, दृष्टि में कातरता और बेचैनी थी, अधरों पर एक आमन्त्रण था। उसी समय खेतसिंह ने अपनी आँखों की पुतलियों की दिशा बदली तो उसने देखा कि बाघा की आँखों में भी वैसी ही बेचैनी, वैसी ही प्रेम भरी प्रतीक्षा, समस्त जड़ चेतन को भूल भारमली के लिए आतुरता। तभी खेतसिंह की दृष्टि उमादे की तलवार तक पहुँची। उमादे की तलवार ने साबित कर दिया कि बाघा उन कामणगारी आँखों के दरिया में डूबा था इस कारण लहू के रंग में रंग गया था। खेतसिंह की दृष्टि फिर से भारमली पर स्थिर हुई। उसने अचानक अपनी ओढ़नी का पल्लू हाथ में लिया और अपने स्थान पर खड़ी हुई। उद्वेग से उस तरफ दौड़ने ही वाली थी कि वह यथार्थ की दुनिया में लौट आई। स्त्री सुलभ लज्जा ने पैरों में बेड़ियाँ डाल दीं। "तू कौन? किसके लिए? इतने लोगों के बीच भाग कर जा रही है, क्या सम्बन्ध है तेरा बाघा से?" कोई ये सवाल करेगा तब क्या जवाब देगी? भंवरी जीजा को क्या जवाब देगी? वह मूर्तिवत वहीं स्थिर हो गई। खेतसिंह की दृष्टि फिर से बाघा तक पहुँची। रक्त निकल आने, उमादे से पराजित होने, अपने अजेय न रहने, जैसे दुःख होते हुए भी बाघा के चेहरे पर संतुष्टि का भाव था। ऐसा लग रहा था जैसे किसी को अनेकों प्रयासों के पश्चात लक्ष्य मिल गया हो। वह तलवार म्यान में डालकर उन घायल सदस्यों के दल में बैठ गया। उसके जाते ही इतनी देर से मूर्तिवत खड़ी भारमली भी गहरी निःश्वास छोड़ते हुए बैठ गई। दोनों के चेहरे पर सब कुछ पाने का सुकून था, शान्ति थी, आनन्द के भाव थे। यह सब कुछ पल भर में घटित हो गया। अपने अपने युद्ध में व्यस्त योद्धाओं में से किसी को कुछ समझ नहीं आया। बस खेतसिंह ही था जिसे बाघा के घायल होने और कल रात्रि की बेचैनी का कारण समझ आ गया था या फिर बाघा और भारमली थे जिनके हिये एक दूसरे की तड़प, बेचैनी, धुकधुकी को समझते थे।

युवराज लूणकरण कंधार से आ गये थे लेकिन प्रजा अब भी त्राहि त्राहि कर रही थी। सुनने वाला कोई नहीं। युवराज सुनकर आश्वासन देते लेकिन रावल सा की आज्ञा के

बिना उसे क्रियान्वित करना सम्भव नहीं हो पाता। असल में रावल जैतसी जी मुक्त कराए जाने पर उन सिरदारों और युवराज की सलाह से तीन चार माह तो ठीक चले परन्तु उसके पश्चात फिर से महारानी हापी जी की भक्ति में लीन रहने लगे। हापी जी को जिस दिन लूणकरण व खेतसिंह द्वारा दिए जा रहे इस प्रशिक्षण का ज्ञान हुआ, उन्होंने रावल सा को नमक मिर्च लगाकर सैनिक विद्रोह की बात समझाई।

कुछ बुजुर्ग सिरदार रावल सा से आग्रह करने गए कि युवराज को कुछ अधिकार दे दें तो प्रजा की समस्याओं का समाधान आसान हो जाए। इस बात पर रावल सा को संदेह हुआ। वो क्रोध से थरथराते हुए बोले—"सीधा क्यों नहीं कहते कि लूणकरण और आप सब मिलकर राजगद्दी छीन लेना चाहते हैं। कैद से मेरी मुक्ति के उपकार के बदले राज्य की चाह थी तो कैद में ही रहने देते। कैद जयदेव के षड्यन्त्र से हो या लूणकरण के षड्यन्त्र से उससे इस वृद्ध को क्या फर्क पड़ना है?"

जिन सिरदारों ने स्वामिभक्ति और जैसळगिर के लिए इतना जोखिम उठाया, राजकुमारों की अवैध राजसत्ता के विरुद्ध तलवारें उठाई, उसे उपकार मानने की बजाय षड्यन्त्र बताना उनका अपमान था। उन स्वाभिमानी लोगों से अब एक क्षण भी राजप्रासादों में न रुका गया। वे अबोले ही गीली पलकें लिए अपने अपने घरों को लौट गए। उसी दिन प्रशिक्षण ले रहे सैनिकों की टुकड़ी को भी राजाज्ञा के कारण जैसळगिर छोड़ अपने अपने गाँव जाना पड़ा। वे सब बिखर गए।

इसके साथ कितनी ही उम्मीदों के टुकड़े बिखर गए। सुशासन की आस लगाए बैठी प्रजा निराशा में डूब गई। लूणकरण जी और खेतसिंह जैसळगिर के भूतकाल की श्रेष्ठ व्यवस्थाओं की जो पौध फिर से लहलहाना चाहते थे वह रोपने से पूर्व ही मुरझा गई। आँखों के सामने से भारमली के हटते ही बेचैन हो जाने वाले बाघा को सदैव के लिए उसे आँखों से अदीठ कर गाँव जाना पड़ा। लक्ष्य खो चुके बाघा को उन्ही राणोजी की अधीनता में जाना पड़ा। जैसळगिर में उसे जो अनायास मिला था वह छूट गया और जो पाने का सपना लेकर गया था वह मिला नहीं। बाघा के मन की पीड़ा को कौन समझता? किससे कहता? कुछ घटनाएं, कुछ कहानियाँ, कुछ संस्मरण, होते ही ऐसे हैं जिन्हें किसी को सुनाया भी नहीं जा सकता और भुलाया भी नहीं जा सकता। उनका अधूरापन भीतर ही भीतर सालता रहता है। इधर इस महल से उस महल में भागने वाली, हँसती, मुस्कराती, जिह्वा से अधिक जिसकी आँखें वाचाल थी, वह भारमली मौन हो गई। उसकी आँखें बुझ गईं। किसी को भी समझ नहीं आ रहा था कि उसके ठहाकों, अधरों की मुस्कराहट, आँखों की भाषा को किसकी नज़र लग गई। हवा में उड़ने वाली उस किशोरी के पैरों में न जाने कैसी अदृश्य बेड़ियाँ पड़ गईं!

वीर सारी दुनिया से लड़कर विजय दुंदुभी बजा सकता है लेकिन अपनों से लड़ना पड़े तब मन परास्त हो जाता है । ऐसा ही युवराज लूणकरण के साथ हो रहा था।

सूरज डूबने को उतावला था। उदासी में डूबी साँझ। महल के पश्चिमी झरोखे में बैठे युवराज लूणकरण। भीगी पलकें और चिन्ता ग्रस्त मन । प्रजा दुखी हैं, आशा भरी नज़रों से मेरी तरफ देख रही है लेकिन जीसा स्वयं कुछ करते नहीं, मुझे कुछ अधिकार देने का प्रस्ताव ठुकरा दिया।

अब तक उमादे काफ़ी समझदार हो चुकी थी । जीसा (पिताजी) की गीली पलकें और चेहरे पर खिंच आई लकीरों से उनके भीतर उठ रहे भूचाल को समझ गई । महल के भीतर आती उमादे की पदचाप सुनकर लूणकरण जी ने नज़रें उठाई और बिना किसी प्रतिक्रिया के झुका ली । बहुत देर तक दोनों तरफ अबोलापन पसरा रहा । बाहर से दोनों शान्त थे परन्तु भीतर तूफ़ान हिचकोले ले रहा था । आखिर सामर्थ्य बटोरकर उमादे ने अपना मौन तोड़ा ।

''जीसा (पिताजी), तो क्या आप ऐसे ही तटस्थ बैठे रहेंगे?''

''भंवरी, मुझे समझने का प्रयास करो। मैं असहाय हूँ ।''

''जीसा, उस असहाय प्रजा का क्या होगा जो अन्यायियों की नारकीय यातनाएं सह रही है?''

''तो मैं क्या करूं? किससे लड़ूं? किसे परास्त करूँ? जीसा को कैद करूँ या उनकी हत्या करूं? फिर सिंहासन पर बैठ मैं स्वयं को गौरवान्वित अनुभव करूँ? अदम्य साहस और वीरता से सूर्य रश्मियों की भान्ति आलोकित पुरखों के इतिहास पर कालिख पोत दूँ? ताकि आने वाली पीढ़ियां लूणकरण पर थूकती रहे । इससे तो बेहतर मेरा निर्वासन था । मैं यहाँ आया ही क्यों? सोचता हूँ यहाँ से भाग जाऊं। यहाँ रहकर तो प्रजा के आँसू मुझसे देखे नहीं जाएंगे।''

''नहीं जीसा हुकम, मैंने रावल सा दाता की हत्या या कैद का तो नहीं कहा।''

''तो क्या बाप बेटा दोनों लड़ते हुए एक दूसरे को बेइज्जत करते रहें?''

''जीसा हुकम, राजा या युवराज की इज्जत देश और समाज की इज्जत से बड़ी तो नहीं है। चारों तरफ सभी राज्यों में हमारे पूर्वजों की यशोगाथा गाई जाती है। आज उस जैसळगिर की प्रतिष्ठा धूमिल हो रही है। अगर आप समझते है जैसळगिर की इज्जत, मर्यादा, शान, मान और सम्मान से अधिक महत्त्व आप दोनों की प्रतिष्ठा का है, तब फिर ठीक है।''

फिर से एक गहरी निस्तब्धता! दोनों के नेत्र बंद, दोनों विचारों में लीन। लूणकरण जी की आँखों की कोरों से दो मोती लुढ़के और निकट बैठी उमादे के पैरों पर जा गिरे।

"जीसा हुकम, ये क्या? मैंने आपका दिल दुखाने के लिए तो कुछ नहीं कहा। आप बड़े हैं, आपको जो उचित लगे वैसा ही कीजिए। पता नहीं क्यों बहुत दिनों से एक गुब्बार सा था मन में जो आज अचानक निकल गया। इस कष्ट की घड़ी में आपको और पीड़ा देने का इरादा न था।"

"भंवरी, तुमने मेरी आँखें खोल दी। सच में, मैं कितना स्वार्थी हो गया था? मेरे लिए जैसळगिर से अधिक महत्त्वपूर्ण लूणकरण हो गया था। ऐसे कितने ही लूणकरण आए और गए। जो अपने लिए जिए वे श्मशान में राख हुए और हवा के एक झोंके से विलीन हो गये। मैं वैसा कायर नहीं हूँ। वह जीवन अर्थहीन है जो देश और समाज के काम न आए। मैं अर्थहीन लम्बा जीवन नहीं जीना चाहता। भले ही कितनी भी विपत्तियाँ आएँ, विरोधियों द्वारा प्राण हर लिए जाएँ, कुछ पलों का ही जीवन हो पर वह ऐसा हो कि दुनिया देखे और उस एक पल को भी युगों तक स्मरण करे। उन क्षणों को काल अपने कपाल पर लिख कर अनवरत चलता रहेगा।"

"सच है जीसा, कुछ भी कीजिए परन्तु पलायन कोई विकल्प नहीं। सोचिए सत्ताच्युत पाण्डव भी तो फिर से अज्ञातवास को जा सकते थे । सत्ता का मोह तो उन्हें भी नहीं था । प्रेम नहीं होता तो भीष्म पितामह को देखते ही अर्जुन के हाथ क्यों काँपते? उस धनुर्धर की समर्थ भुजाएं रणक्षेत्र के मध्य में गांडीव क्यों छोड़ देतीं? तब श्री कृष्ण ने क्या कहा, सभी जानते हैं। ये रिश्ते, नाते, सम्बन्ध सब हमारे बनाए हैं। प्रत्येक आत्मा की अपनी यात्रा है। उसके दुःख, उसकी पीड़ा, उसके कर्मों का फल है। हम सब यह सुनना चाहते हैं, सुनाना चाहते हैं लेकिन करना नहीं चाहते क्योंकि अपनों का मोह हमें दूसरों की पीड़ाओं के लिए भी ऐसा करने से रोकता है।"

"गंगा के जैसी पवित्र संस्कृति की ये अजस्र धारा, ये सभ्यता, ये परम्पराएँ सब कुछ तब ही बचेंगी जब यह राष्ट्र बचेगा । जीसा, इस राजगद्दी पर दाता बैठें, आप बैठें या करमसी काकोसा बैठें, कोई फ़र्क नहीं पड़ेगा। फ़र्क तब पड़ेगा जब उस गद्दी पर इस संस्कृति का प्रवाहक या रक्षक नहीं रहेगा। प्रजा को आश्वस्त करने वाला नहीं बचेगा। आज राज के प्रति प्रजा का विश्वास डगमगा रहा है। चारों तरफ चोर, डाकुओं, लुटेरों, बलात्कारियों, अधर्मियों का बोलबाला है। धर्मभीरु और सज्जन लोग आसुरी प्रवृत्ति वाले दुर्जन लोगों द्वारा सताए जा रहे हैं। वे पीड़ा से कराहते हुए शासक की तरफ देख रहे हैं लेकिन शासक को उनकी कोई चिन्ता नहीं। ऐसी स्थिति अधिक समय तक नहीं रहती। अंततः प्रजा जब अपनी पीड़ा से तिलमिला उठेगी तब किसी और का वरण करेगी। उससे पूर्व स्थिति को संभाला जाए यही जैसळगिर के हित में है।"

फिर से एक गहरी नि:स्तब्धता। बहुत समय बीत जाने के बाद बोले—''ठीक है, मैं लूणकरण की आवाज़ नहीं सुनूंगा। सुबह तक जैसळगिर का युवराज कोई निर्णय अवश्य लेगा।''

उमादे अबोली ही उठी और चली गई।

लूणकरण जी रात भर करवटें लेते हुए सोच विचार करते रहे। सुबह होने पर इतना ही बताया कि ''सेना की व्यवस्था करने कंधार जा रहा हूँ। शीघ्र ही लौट आऊंगा।''

लूणकरण जी अभी कंधार पहुँचे ही थे कि पीछे पीछे समाचार लेकर दूत भी पहुँच गया।

''हुकम, रावल सा जैतसी जी स्वर्ग सिधार गए।''

''ईश्वर उनकी आत्मा को शान्ति दे।'' एक नि:श्वास छोड़ा और अधखुली आँखों से आसमान को निहारते बोले—''वह जो भी करता है ठीक करता है। उसकी ही इच्छा थी कि राजसत्ता की लड़ाई में बाप बेटे के मध्य युद्ध द्वारा यह रिश्ता कलंकित न हो अन्यथा सेना लेकर मेरे जैसळगिर पहुँचने तक वह ठहर भी सकता था।''

''लेकिन हुकम, राजकुँवर करमसी ने स्वयं को रावल घोषित कर दिया है।''

लूणकरण जी अभी तक राजनीति की चौसर पर इतना कुछ देख चुके थे कि इस बात से वे ज्यादा चौंके नहीं।

प्रभात की किरण निकलते ही कोई आठ सौ कन्धारी सैनिकों के साथ युवराज लूणकरण ने जैसळगिर के लिए प्रस्थान किया।

जैसळगिर पहुँचे तो खेतसिंह, बाघा और बुजुर्ग सिरदारों की सैनिक टुकड़ी तैयार थी। उधर राज्य की सेना में से भी आधे से अधिक सैनिक करमसी से विद्रोह पर उतारू हो गए तो उसके पास समर्पण के सिवाय कोई विकल्प नहीं बचा। इस तरह 1528 ई. में लूणकरण जी का राजतिलक हुआ और वे जैसळगिर के रावल बने।

इस बार नेक और निष्कपट रावल के मन की प्रार्थनाएँ सुनी गईं या प्रजा के आँसुओं से भीगे शब्दों ने प्रभु को द्रवित किया, कारण जो भी रहा हो ज्येष्ठ के महीने में बरसना शुरू हुआ तो आषाढ़, सावण में भी जरूरत के समय फिर से बरसा। जिस वसुधा पर सूर्य किरणों के तेज़ से जैसळगिर की धरा पर अग्निकुण्ड सा आभास

होता था, लगता था प्रकृति के इस ताण्डव में शेष बचे मनुष्य, पशु, पक्षी, रूंख (वृक्ष) सब झुलस झुलस कर प्राण त्याग देंगे, आज वही धरा धानी चूनर ओढ़ कर सभी के मन को हर्षा रही थी। ओरण, गोचर और खाली पड़ी पड़ती भूमि पर हरी घास उग आई थी तो खेत, खलिहानों में फसल लहलहा रही थी।

राजा, किसान, चरवाहे, पशु हर कोई ख़ुशी से झूम उठा। ऐसे मौसम में ससुराल गई बेटियों का मन भी कोसों तक फैले पीहर के श्वेत धोरों पर बारिश की फुहारों में उन्मुक्त विचरण को लालायित हो उठा। उनके अधरों पर लोकगीतों के शब्द थिरकने लगे।

सावण पेली तीज रो माँ मिना तेड़ो मेले जामण जायो वीर

(श्रावण की प्रथम तृतीया को माँ मेरे माँ जन्मे भाई को लेने के लिए भेजना)

ससुराल गई बेटियों का पहला सावण पीहर में ही होता है। अधिकांश बहनों को उनके भाई ससुराल से पीहर ले आए। धानी चूनर ओढ़े धारित्री। लबालब हुआ जैसळगिर का मुख्य तालाब गड़सीसर। राजा, प्रजा सभी का हर्ष, उत्साह, उमंग देखते ही बनते थे। मनुष्य, पशु, पक्षी, प्रकृति सभी मुस्कुराते हुए, हर्षाते हुए। ऐसा दृश्य इस मरू प्रदेश में बहुत कम ही देखने को मिलता है। सावण की तीज (छोटी तीज, श्रावण शुक्ल तृतीया) बीती और कुछ समय बाद ही भादवा की तीज (बड़ी तीज, भाद्रपद कृष्ण पक्ष तृतीया) आ पहुँची। कहते है इस दिन एक सौ आठ वर्ष की कठोर तपस्या के पश्चात माँ पार्वती ने भगवान शिव को पति रूप में पाया था। जैसळगिर में सुहागनों और कुँवारी कन्याओं के लिए सबसे बड़ा त्यौहार। विवाहिताएं अखण्ड सुहाग के लिए दिन भर व्रत करतीं तो कुँवारी कन्याएँ भगवान शिव जैसे आदर्श पति की प्राप्ति के लिए। यहाँ की भीषण गर्मी हर एक क्षण में एक एक बूंद पानी खींच कर देह से निकाल लेती फिर भी आस्था दैहिक कष्टों पर भारी पड़ती। भूख और प्यास की इस पीड़ा में भी ख़ुशी होती। एक सुखद अनुभव होता। प्रभात की पहली किरण से लेकर रात्रि में तीज के सकुचाते, शर्माते हुए चन्द्रमा के गगन में दर्शन देने तक झूले झूलना, नाच, गान, धमा चौकड़ी साबित करती थी कि स्त्रियों के जीवन में इससे बड़ा कोई उत्सव नहीं। प्रकृति की इस अनुकम्पा पर जब हर कोई नाच रहा था तो उमादे, भारमली और उनकी सहेलियाँ भी कैसे पीछे रहती? उन्होंने भी गड़सीसर तालाब जाने का निश्चय किया।

किले की तलहटी में चौदहवीं शताब्दी में रावल घड़सी जी ने गड़सीसर तालाब का निर्माण करवाया था। किनारे पर कलात्मक छतरियाँ और बैठने के लिए चबूतरा व वहाँ से पानी में उतरने के लिए सीढ़ियाँ। इस बार बरसात के मीठे पानी को पीकर

पेड़ों की हरियाली और स्वच्छ दूधिया पानी में दिखता उन छतरियों का प्रतिबिम्ब उसके सौन्दर्य में चार चाँद लगा रहा था। उमादे, भारमली और कुछ सहेलियाँ बहुत देर तक तालाब में नौका विहार करती रहीं और आखिर में थक गईं तो तालाब के मध्य स्थित छतरी तक पहुँचीं। दक्षिण से उत्तर दिशा को चलती पवन के झोंके दूर तक फैली जलराशि के स्पर्श से शीतल होकर झूले देने लगे। दासियों ने मखमली गद्दे और मसनद लगा दिए। कभी चौपड़ की कोड़ियां (पासे) फेंकने लगीं, कभी शतरंज की चालें चलने लगी तो कभी मन पांचेटों (पांच कंकरों से खेला जाने वाला खेल) में उलझा रहा। उनके खेलते खेलते आसमान पर सवार सूरज पश्चिम में उतरने लगा। सूरज का सिन्दूरी रंग गड़सीसर के पानी में भी घुलने लगा। साथ आई वरिष्ठ दासी ने पूजा की सामग्री तैयार की। सभी पालथी मारकर बैठ गईं। पहले तीज माता की पूजा की और फिर तीज की कथा हुई। विदाई लेता सिन्दूरी सूरज अभी भी आसमान में अटका था। चाँद निकलने में कुछ घड़ी की देरी थी। घर वापसी की तैयारी होने लगी। घर पहुँच कर चंद्र दर्शन के पश्चात भोजन करना था।

किनारे के चबूतरे पर खड़े भारमली बोली, ''भंवरी जीजा, आपने क्या मांगा?''

''माँगना क्या, जो प्रभु की इच्छा होगी, दे देंगे।''

''मुझे पता है। महादेव जैसा वर माँगा होगा।''

''धत...मैं कौनसी मरी जा रही हूँ ब्याह को?''

''अच्छा, मन में तो लड्डू फूट रहे हैं और ऊपर से इनकार। सच में नहीं मांगा तो बोल दो कि आपने जो मांगा वह मेरा।''

''हां भई, तू ले लेना।''

''ऐसे नहीं, महादेव का नाम लेकर बोलें।''

उमादे को लगा जैसे सब सहेलियों के सामने उसकी चोरी पकड़ी गई हो। चोरी के संदेह से मुक्त होने हेतु उमादे ने अंजुली में पानी भरा और अर्ध्य देते हुए सभी को सुनाते हुए बोली–

''हे भोलेनाथ, हे माँ पार्वती, मैंने अगर वर मांगा हो तो वह भारमली को मिल जाए। हे सूर्यदेव, आपको साक्षी मानकर यह सब कह रही हूँ।''

''अब तो तेरे जीव को चैन मिला?''

भारमली और सब सहेलियों की हँसी का एक जोरदार ठहाका तालाब के सिन्दूरी पानी में घुल गया और उनकी सवारी महलों को चल पड़ी।

उमादे ने अपनी चोरी छिपाने को ऐसा बोल तो दिया पर हिये में हूक़ सी उठी। तालाब में उठती लहरों–सी एक ठण्डी लहर पूरी देह में उठ गई। उसे भारमली की जन्मपत्री देखकर चंडू द्वारा कही बातें याद आई। वीर पति मिलेगा। शिव–पार्वती

जैसी जोड़ी होगी। कहीं भगवान शिव और माँ पार्वती ने सच में जो मैंने कहा वह अर्ज सुन ली तो? मैंने जो परम वीर, महाबली, अजेय योद्धा पति मांगा वो इस भारमली को मिल गया तो? भीतर ही भीतर थरथरा उठी परन्तु अगले ही पल मन ने कहा वह तो तेरी छोटी बहन जैसी है। मिल भी जाए तो दु:ख क्यों हो? तुझे तो उसके मंगल से ख़ुशी होनी चाहिए। चिन्ता क्यों?

ध्यान बांटने को उमादे ने बग्घी के पर्दे से बाहर झाँका। बग्घी महलों के निकट पहुँच चुकी थी। बग्घी के पहियों से उड़ती रेत को देख सोचा, वह रेत कब चिन्ता करती है कि यहाँ से उड़ने के बाद कहाँ जाकर गिरेगी और कर भी ले तो उसके हाथ में क्या है? मनुष्य के साथ भी तो ऐसा ही है। इस विचार के साथ ही भविष्य की चिन्ता उस रेत के साथ उड़कर गगन मण्डल में विलीन हो गई।

महल के गवाक्ष से महारानी ने युवा होती भंवरी को बग्घी से उतरते देखा तो निकट बिराजे रावल सा से पूछा, "हुकम, भंवरी के सगपन (सगाई) का क्या हुआ? राज में ही उलझे हैं या राजकुमारी का भी खयाल है?"

रावल सा कई महीनों से सोच रहे थे। चारों तरफ अनेक गिनायतों के ठिकाने थे। जांगळ प्रदेश (बीकानेर) के राठौड़, आमेर के कच्छवाहा, उमरकोट के सोढा, चित्तौड़ के सिसोदिया, मारवाड़ के राठौड़।

इन सभी के मध्य अपनी समर्थ भुजाओं और तलवार के बल पर तेजी से राज्य को विस्तार देते हुए ख्याति पा रहे थे जोधपुर के राव मालदेव। रावल लूणकरण जी का मन अक्सर वहीं जाकर अटक जाता।

मारवाड़ के राव मालदेव राठौड़

राव जोधा से राव मालदेव तक आते आते मारवाड़ राज्य जोधपुर नगर, सोजत और बीस गाँव तक सीमित रह गया। सोजत भी युवराज मालदेव के शौर्य और कूटनीति के कारण राव गांगा के समय पुन: मारवाड़ में शामिल हुआ था। मालदेव ने अपनी बुद्धि, चातुर्य और छल से सोजत के शासक अपने काकोसा वीरम के सेनापति जेता व उसके भाई सेनापति कूंपा मेहराजोत को मारवाड़ की सेना में शामिल कर लिया।

राव गांगा सुबह शाम अमल (अफ़ीम) लेते थे। प्रभात में प्रारम्भ हुआ अमल का दौर चार पुरस दिन चढ़ने तक जारी रहता। उन तीन चार घड़ियों तक राव गांगा पूर्ण रूप से अमल के अधीन एक अलग दुनिया में होते। सेवकी के युद्ध से कोई दो वर्ष बाद ऐसी ही एक प्रभात थी। गगन से बातें करते मेहरानगढ़ दुर्ग में महलों के झरोखों से शीतल पवन रह रह कर लोरी सुना रही थी। उपवन में लगे विभिन्न प्रजातियों के पुष्पों की मिलीजुली गंध की मादकता साथ ले आती। राव गांगा अपने महल के झरोखे में बैठ अमल आरोग (ले) रहे थे। आज भी रोजाना की तरह कई रजत प्याले गटक चुके थे। निकट ही युवराज मालदेव बैठे थे। अमल के नशे और शीतल वायु की थपकी से राव गांगा को झपकी आई। धम्म की आवाज़ के साथ वे झरोखे से नीचे रेत पर पड़े थे। शीघ्र ही गाँव गाँव में यह समाचार पहुँच गया कि राव गांगा नहीं रहे। जितने मुँह उतनी बातें, किसी ने कहा युवराज मालदेव की राव बनने की अधीरता ने यह कार्य किया तो किसी ने कहा अमल की लहर में राव गांगा स्वयं ही लुढ़क गए।

युवराज मालदेव को पाट (राजगद्दी पर) बिठाने की तैयारी होने लगी। नए महाराज के लिए पूरे मारवाड़ में उत्सव मनाया गया। अधिकांश प्रजा को तो इससे कोई मतलब नहीं था कि अचानक क्या हुआ और क्यों हुआ? उगते सूरज की पूजा की जाती है। यही समाज स्वीकृत सत्य है। राजमहलों की बात तो और भी निराली है। वहाँ तो एक तरफ़ जाने वाले के लिए मातमी धुन बजा कर शोक संवेदनाएं प्रकट

की जाती हैं तो दूसरी तरफ होने वाले राजतिलक के लिए संगीत के स्वर बिखरते हैं। नृत्य का आयोजन होता है। सुरा से लबालब प्याले अधरों की प्यास बुझाते हैं। महलों और नगर को सजाया जाता हैं। अपनी चिंताओं और पीड़ाओं को भूलकर प्रजा को भी उत्सव में शामिल होना होता हैं। विक्रम संवत् 1588 के ज्येष्ठ माह के शुक्ल पक्ष की चतुर्थी (1531 ई.) को शुभ मुहूर्त में महाराज राव मालदेव का राजतिलक हुआ।

जिस समय राजतिलक समारोह चल रहा था उस समय दरबार में मेड़ता का राव वीरमदेव मेड़तिया भी सामने बैठा था। मालदेव जब युवराज थे तब सेवकी के युद्ध की अफ़रातफ़री में मारवाड़ का हाथी मेड़ता की ओर चला गया था जिसे युवराज मालदेव के कहने पर भी वीरम मेड़तिया ने वापस नहीं किया था। राव गांगा ने विस्मृत करने को कहा लेकिन मालदेव इस अपमान को विस्मृत नहीं कर सके। राव मालदेव वीरम का सामर्थ्य भी जानते थे और इस समय जोधपुर की कमजोरियां भी। मालदेव ने समारोह के मध्य में ही मेड़ता पर आक्रमण हेतु सेना भेज दी परन्तु वीरम के गुप्तचरों ने कुछ ही पलों में सूचना उस तक पहुँचा दी। वीरम समारोह के मध्य से निकल मेड़ता पहुँचा। युद्ध हुआ और मालदेव की सेना को पराजित होना पड़ा।

यह पहली पराजय अवश्य हुई परन्तु उसके पश्चात मालदेव ने तलवार उठाई तो उसे विश्राम के लिए म्यान में नहीं रखी। अपनी तलवार को रक्त स्नान कराते हुए सबसे पहले फलौदी पर अधिकार किया। फिर शमशीर के शौर्य की खनक नागौर और बिलाड़ा को सुनाई दी। नागौर का शासक मुहम्मद खां मारा गया। बिलाड़ा में सैकड़ों सीरवी जला दिए गए। दोनों जगह मालदेव की विजय हुई।

इसी समय वीरम मेड़तिया ने रीयां के शासक सहसा पर आक्रमण किया। सहसा केसरिया करने को तैयार था लेकिन मालदेव ने नागौर से सहसा की सहायता के लिए सेना भेजी। वीरम मेड़तिया को पीछे हटना पड़ा, सहसा मालदेव की शरण में आ गया लेकिन नागौर में कम सैनिक बचे होने से नागौर मालदेव के हाथ से निकल गया।

स्वभाव के जिद्दी राव मालदेव ने फिर से आक्रमण किया और नागौर व मेड़ता विजय किए। वीरम साथियों के समझाने पर साके का इरादा छोड़ मांडू के बादशाह से अधिकृत किए गए अजमेर चला गया। इस तरह राव मालदेव ने अपने शौर्य, युद्ध कौशल और कूटनीति से किसी सुनामी की तरह बढ़ते हुए फलौदी, नागौर, रियां, बिलाड़ा, मेड़ता हस्तगत कर लिए।

उमादे का विवाह

मालदेव जैसा वीर और प्रतापी राजा जो राजपूताना ही नहीं सम्पूर्ण उत्तर भारत में शौर्य के प्रतीक के रूप में उभर रहा था, उससे पारिवारिक सम्बन्ध जोड़ने का मन तो था ही साथ ही ऐसे साम्राज्यवादी नीति वाले व्यक्ति से सम्बन्ध जोड़ना रावल जैतसी जी की कमजोरियों के कारण हुई अव्यवस्थाओं से उबरते हुए जैसळगिर की राजनैतिक जरूरत भी थी। इसलिए रावल लूणकरण जी ने उमादे की माँ सिसोदिया राणी जी से सलाह कर अपना दूत जोधपुर भेजने का तय किया।

रावल लूणकरण जी पूजा के बाद सदैव की भाँति सूर्य को जल का अर्ध्य दे रहे थे कि दृष्टि स्वर्ण सा आभास देती दुर्ग की मुख्य पोल की पीतवर्णी भीतों (दीवारों) पर जाकर टिकी। प्रभात के अलसाए सूर्य का ताम्बई प्रकाश पीली भीतों पर कसुम्बल रंग छिड़क रहा था। कसुम्बल यानि प्रेम, शुभता और निकटता का प्रतीक। तभी पोल का मुख्यद्वार खुला, घोड़ों पर सवार कुछ लोग और उनके साथ लदा काफ़ी सामान द्वारपालों द्वारा जाँच के पश्चात भीतर भेजा जा रहा था। आगे आने पर उनके घोड़े तो रोक लिए गए लेकिन सामान की बग्घी, वे और सुरक्षा कर्मी पैदल पैदल महलों की तरफ बढ़े आ रहे थे। रावल सा को समझ नहीं आया कि माजरा क्या है। वे लोग महल तक पहुँचते उससे पूर्व दूत ने आकर सूचना दी कि जोधपुर से बाईसाराज की सगाई हेतु राव मालदेव जी का दूत आया है। हुकम हो, तो महलों में हाज़िर हो।

यह संयोग ही था कि रावल लूणकरण जी ने उमादे की सगाई हेतु अपना दूत जोधपुर भेजने को सोचा, ठीक उसी दिन राव मालदेव जी अपने दरबार में किसी से जैसळगिर की राजकुमारी 'उमादे भटियाणी' के अप्रतिम सौन्दर्य और अद्भुत बौद्धिक चातुर्य के बारे में सुन रहे थे। साँझ होते होते बगड़ी ठाकुर सेनापति जेता से सलाह के बाद उनकी ओर से विवाह का प्रस्ताव लेकर दूत जैसळगिर के लिए प्रस्थान कर गया और आज प्रभात वेला में जैसळगिर के महलों में उपस्थित हो गया।

कुआँ प्यासे के पास आ जाए, इससे ज्यादा प्रसन्नता की क्या बात हो सकती है। महलों में रावजी के दूत का लाड (प्रेम), कोड (ख़ुशी) से स्वागत सत्कार किया गया। उनके द्वारा भेजे गए गुड़, खोपरे, आभूषण, पोशाक (विशिष्ट वस्त्र जो विवाहित राजपूताना की राजपूत स्त्रियाँ धारण करती हैं) व अन्य वस्त्र इत्यादि आदर सहित स्वीकार किए गए। जैसळगिर की राजकुमारी उमादे भटियाणी और मारवाड़ के राव मालदेव की सगाई तय हो गई।

जैसळगिर के हुँकारा भरते ही राव मालदेव जी व राजकुमारी उमादे की जन्मपत्री माराज को देते हुए ठाकुर जेतजी बोले—"माराज, जितना जल्दी हो सके विवाह का मुहर्त निकालें।"

बीच में ही रावजी बोले—"जल्दी क्या, अगले दो सप्ताह में ही तय कर दें। फिर हमें और भी कई काम हैं। कई राजा, महाराजाओं जागीरदारों से हिसाब चुकता करना है।" यह भी सच था कि राव मालदेव की तलवार म्यान में विश्राम करना जानती ही नहीं थी परन्तु यह भी सच था कि जिस दिन राजकुमारी उमादे के रूप सौन्दर्य का वर्णन सुना था, उसी समय से वे उस सौन्दर्य के आस्वादन हेतु अधीर हो रहे थे।

काफ़ी देर तक जन्मपत्रिकाओं और पञ्चांग के साथ माथा पेंच्ची के पश्चात माराज बोले—"हुकम, दो सप्ताह में ढूके कोनी (सम्भव नहीं)। जल्दी से जल्दी वैशाख वदि चौथ (वैशाख कृष्ण पक्ष चतुर्थी) को शुभ मुहूर्त है।"

रावजी बोले—"आप माराज हैं। किसी भी तरह ढूकाओ (संभव कीजिए) चाहे कोई पूजा पाठ वगैरह करनी पड़े।"

"हुकम, मैं ऐसा कर भी दूंगा तो जैसळगिर में राघो माराज बैठे हैं, वे स्वीकार नहीं करेंगे।"

रावजी ने भी राघो माराज के ज्योतिष ज्ञान और आड़ूपण (अकड़ू पना) का सुन रखा था। इसलिए बोले—"ठीक है, वैशाख वदि चौथ ही तय रही।"

विवाह की तिथि का समाचार जैसळगिर भेज दिया गया।

नियत तिथि-वार को राव मालदेव जी की जान (बारात) जोधपुर से निकल पड़ी। ऐसा लग रहा था कि सूरजदेव और मालदेव के मध्य प्रतियोगिता चल रही थी। दोनों तीव्र गति से भागे जा रहे थे। देव सूर्य आधे आसमान को पार कर चुके थे तो मारवाड़ के धणी की जान (बारात) धरती पर आधे से अधिक दूरी। जान इस समय मारवाड़

को कोसों पीछे छोड़ जैसळगिर के लाठी ग्राम की सीमा में प्रवेश करने वाली थी। जान क्या पूरा लश्कर था। ऐसा लग रहा था जैसे विवाह नहीं युद्ध करने जा रहे हों। हाथी, घोड़ों और ऊँटों पर सवार सैकड़ों जानी (बाराती)। हरेक के हाथ में तलवार। वैसे रास्ता लम्बा था और लम्बे रास्ते में डाकुओं, लुटेरों, बरफरों, सराइयों से सुरक्षा की दृष्टि से यह सब आवश्यक भी था। विशेषकर वापसी में जब उनके पास स्त्रियाँ, हीरे, मोती, जवाहरात, सोना, चाँदी भी होने थे।

सांझ होने में अभी समय था। फिर भी धारित्री से गगन तक हाथी, घोड़ों, ऊँटों के पैरों से उड़ती खंक (रेत) के कारण दूर दूर तक खुला होते हुए भी कुछ दिखाई नहीं दे रहा था। लेकिन सामने की तरफ ऐसी ही खंख (रेत) से जान सावधान हो गई। कहीं कोई डाकू लुटेरे तो नहीं? दीर्घ यात्रा में ऊँट घोड़ों पर हिचकोले खाने से ढीले पड़ चुके सिर के साफ़ों को जानियों (बारातियों) ने फिर से कस कर बांधा। राठौड़ी तलवारों की मूठ पर दाएँ हाथ की मुट्ठी कस ली। सतर्क होकर आगे बढ़ने लगे।

कोई आधा कोस दूर पहुँचे थे कि हवा के झोंकों के साथ ढोल, थाल के साथ कभी कभी संगीत के स्वर भी कानों तक पहुँचने लगे तो थोड़े आश्वस्त हुए। थोड़े और आगे बढ़े तो संदेह की कोई सम्भावना नहीं बची। मिसरी-से मीठे मारवाड़ी लोकगीतों का माधुर्य हवा में घुल कर कानों तक पहुँचने लगा।

अब निश्चित होकर जान (बारात) उस स्थान पर पहुँची जहाँ जैसळगिर से आई पड़जान (जान के स्वागत हेतु वधू पक्ष के लोग) थी। दूल्हे दुल्हन की तरह सजे सजाए हाथी, ऊँट और घोड़े। जाजम (बड़ी कलात्मक दरी) बिछी है। एक तरफ खाने पीने का सामान। दूसरी तरफ मंगणियार जान के स्वागत में अपने सुरों का माधुर्य बिखेर रहे हैं।

जान रुकी। बीन्धराजा (दूल्हे राजा) सहित सभी जानी (बाराती) हाथी, घोड़ों, ऊँटों से उतर कर जाजम (दरी) तक पहुँचे। आपस में जय श्री कृष्ण, जय माताजी और मुजरो सा के अभिवादन के साथ सभी गिनायतों ने हाथ मिलाए। कुछ निकट सम्बन्धी और पूर्व से परिचित लोग स्नेह से गले मिले। अभिवादन के पश्चात जानी (बाराती) और मांढी (वधू पक्ष) आमने सामने बैठे। जानियों के मध्य राव मालदेव जी को बड़े बाजोठ (भोजन और बैठने के लिए लकड़ी का बना पाटा) पर बिछाए पथरने (गद्दे) पर बिठाया गया। आमने सामने सभी गिनायत, अन्य समाज बंधु बैठे। अफ़ीम, चिलम, हुक्का, केशर मिला गर्म दूध, काजू, बादाम, खजूर, खारकां (सूखी खजूर) पतासे, मखाणे से भरे थालों में मनुहार होने लगी।

माराज (पण्डित जी) ने मन्त्रोचार के साथ राव मालदेव जी के तिलक किया।

मंगणियारों ने लगन की ताकीद की—

ओ तो बन्ना सा रा लगनिया लिखावां...लगनियां रो लेखड़ो भलेरो, चोखेरो...ओ तो बन्ना सा

(इन बन्ना के लगन लिखवा रहे हैं, लग्न में लिखा गया भाग्य अच्छा है, श्रेष्ठ है)

राव मालदेव जी के माराज द्वारा वधू पक्ष के जिम्मेदार व्यक्ति को गणमान्य लोगों की उपस्थिति में लगन दिया गया। इस समय लगातार होते युद्धों ने जीवन को इतना अनिश्चित कर दिया कि पूर्व परम्परा के विपरीत विवाह का लग्न भी बारात के साथ लाया जाता था क्योंकि एक बार लग्न तय होने के बाद उस लड़की या लड़के का विवाह कहीं और सम्भव नहीं होता था ।

सारे रीति रिवाजों के बाद पड़जान और जान जैसळगिर नगर के लिए रवाना हुए। नगर में पहुँचते ही जानी विश्राम हेतु अपने अपने निर्धारित स्थायी और अस्थायी डेरों में पहुँच गए।

जैसळगिर नगर को नई बीनणी (दुल्हन) की तरह सजाया गया। घरों की दीवारों पर दिप-दिप करते दीयों की कतारें। गलियों में थोड़ी थोड़ी दूरी पर मशालें प्रदीप्त थीं। जैसे किसी विशाल मेले का आयोजन हो। नगर और गाँवों में जिस दिन पता लगा कि जैसळगिर की बाईसाराज का विवाह है उसी दिन से सभी बन्धु जिससे जो सम्भव था कार्य करने के लिए पैरों पर खड़े थे। यहाँ विवाह में सब कुछ सहकार से होता। विवाह में कुछ कमी रह गई तो सिर्फ बेटी के बाप नहीं, सभी के लिए उलाहने की बात समझी जाती है।

राजा, महाराजाओं के लिए महलों में, ठाकुर, जागीरदारों के लिए उनके योग्य कक्षों में व्यवस्था की गई। अन्य के लिए कुछ विशाल तम्बू लगाए गए व कुछ बड़े बड़े पड़वे (घास से बनी दीवारें व छत वाले लम्बे आवास) बनाए गए। रेत नहीं उड़े उसके लिए पानी छिड़का गया और ऊपर जिरोइयाँ (दरियां) बिछाई गई। जिरोइयों के ऊपर नगर और गाँवों से इकट्ठे किए मांचे (चारपाइयाँ), पथरने (गद्दे), चद्दरें, रजाइयां लगाए गए। भोजन के लिए राजमहलों में कोई कमी नहीं थी, सब कुछ था, उसके बावजूद पिछले दो माह से बिना किसी आज्ञा या आदेश के प्रजा में जिसके पास जो था वह इसे अपनी जिम्मेदारी समझ कर पहुँचा रहा था। किसान बाजरे की बोरियों और घी के साथ सब्जी के लिए केर, सांगरी, कुमटिया पहुँचा रहे थे तो छांग (भेड़ बकरियां) के गवाल (ग्वाले) मांसाहारियों के लिए अपनी छांग से चुन चुन कर इतने बकरे ले आए कि जैसळगिर में उनके रखने के लिए जगह कम पड़ने लगी। मदिरा के लिए विशेषज्ञों द्वारा बड़े बड़े मटकों में पानी, गुड़, सूखे मेवे, केर की

झाड़ियों की जड़ के टुकड़े इत्यादि महीनों पहले से ही जमीन में गाड़ दिए गए थे जिन्हें अब उबाल कर तैयार करके बड़े बड़े बादलों और कूपड़ों (बर्तन) में भरकर रखा जा रहा है। खेतीहर बोरे भर भर कर ऊँटों के लिए ग्वारटी (बीज निकालने के बाद बची ग्वार की फलियाँ) पालो (बेर के पौधे के पते) सांख (खेजड़ी के पते) ले आए और घोड़ों के पावरे (खाने हेतु) में मोठ (दाल प्रजाति) ले आए। मनुष्यों व पशुओं के पीने के पानी हेतु अनेक टांकलियां (आस्थाई कच्चे टाँके) बनाई गईं और सारी टांकलियां लबालब कर दी गईं।

आज सुबह से घी, दूध, छाछ के चउड़े, घड़े, कुलड़ी और कूपड़ (सभी विभिन्न तरह के बर्तन) जिसके पास जो बर्तन था और जितना सामर्थ्य था उसके अनुसार भर कर लाने लगे । प्रथम दिवस कन्यादान किया जाता है ऐसे पुण्य के कार्य के साथ पशुओं या पक्षियों का वध करना उचित नहीं समझा जाता इसलिए कुशल रसोइयों के नेतृत्व में दोपहर से ही शाकाहारी भोजन बनाया जाने लगा। पूरे नगर में खोलते हुए घी तेल की महक फ़ैल रही है। हालाँकि गाँवों और नगर के सभी घरों को चूला न्योता (चूल्हा भी न जले यानि पूरे घर को भोजन का न्योता) दिया गया है। अधिकांश के तो कन्यावल (व्रत) रखा हुआ हैं जो बाईसाराज के फेरे होने के पश्चात ही छूटेगा अन्य लोग भी जानियों (बारातियों) के जीमने (भोजन करने) की प्रतीक्षा कर रहे हैं। मेहमान के भूखे रहते हुए घर के लोग भोजन करें, यह कैसे सम्भव है? रोज़ जिस जैसळगिर में देखने को इन्सान ही नहीं मिलता आज वहां चारों तरफ सफेद-झक तेवटा (धोती जैसा अधोवस्त्र) चोलिया (कमीज़), सिर पर कहीं केसरिया, कहीं चुनरी तो कहीं खाकी, गुलाबी या पंचरंगी रंगों के पोतिये (साफ़े) पहने इंसानों का रेला ही रेला। अक्सर शान्त रहने वाले जैसळगिर में कमायचा (एक लोक वाद्य), अलगूजा, मोरचंग, ढोलक और व्योम तक विचरण करते मंगणियारों के सुरों से पूरे वातावरण में संगीत का माधुर्य बिखर रहा है। मनमोहक मादकता पसर रही है।

पुत्रियों की साझी जिम्मेदारी सिर्फ पिता के गाँव, नगर के सगे सम्बन्धियों या स्वजातीय बंधुओं की ही नहीं बल्कि छत्तीस कौम की है। यहाँ तक कि माँ के पीहर से भी सभी लोग इसे अपनी जिम्मेदारी समझते हैं। यही कारण है कि दो दिन पहले ही उमादे की माँ सिसोदियाणी जी के पीहर मेवाड़ से न सिर्फ परिवार के सदस्य आए हैं बल्कि अन्य सभी जातियों के लोग जैसे खाती, सुनार, दर्जी, खवास, जाट, राइका, रैबारी, कुम्हार, लुहार, भील, दास, दासियाँ इत्यादि साथ में हैं। हीरे, मोती, जवाहरात, सोना, चाँदी, वस्त्र इतने लाए हैं कि पूरे नगर की बेटियों का दहेज हो

जाए। कोई चार पांच कोस दूर से हरेक रुंखड़े (वृक्ष) को भी ओढ़ना ओढ़ा दिया है। पूरे जंगल में लाल, पीले, धानी, केसरिया अनेक रंगों को देख ऐसा प्रतीत होता है जैसे इस ख़ुशी में पूरी रोई (जंगल) में महिलाएँ निरत कर रही हों। मामेरा (ननिहाल के लोग) आने पर गाजा-बाजा (गीत-संगीत) के साथ उनका बधावा करके महलों के भीतर लिया गया।

अभी महलों के द्वार पर खातीजी अपने द्वारा बनाया गया तोरण लेकर आए हैं।

मंगणियारों ने गाना प्रारम्भ किया,

खातीड़े रा बेटा तू तो चतुर सुजान तोरनियो घड़े लाइजे रे चनण रे रुंख रो...

(खाती के बेटे आप बहुत चतुर और अपने कार्य में निपुण हो। आप चन्दन के वृक्ष की लकड़ी का बहुत सुन्दर तोरण बना कर ले आओ)

खातीजी के बधावे के लिए रानी सिसोदियाणी जी स्वयं जल का कुम्भ, स्वर्ण थाल में कुमकुम, अक्षत, गुड़, रोली, नारियल लेकर उपस्थित हैं। पहले तोरण के तिलक किया गया। मोली बांधी गई। उसके उपरान्त खातीजी के भाल पर कुमकुम से तिलक कर उनके हाथ में मोली बाँध कर, मुँह में गुड़, हाथ में नारियल के साथ उनका लाग (वस्त्र, आभूषण, फदियाँ) दिया गया। द्वार के दोनों तरफ़ जल से अर्ध्य देकर उन्हें पोल के भीतर प्रवेश दिया गया।

खातीजी ही नहीं अन्य सभी किस्बी (समाज में जाति व्यवस्था के अनुसार विभिन्न कार्य करने वाले कर्मकार) भी आए हुए हैं। हालांकि वे सभी अपने द्वारा निर्मित सामान कुछ दिन पूर्व ही पहुँचा चुके हैं। सोनीजी द्वारा निर्मित स्वर्णाभूषण, लुहारजी द्वारा लोहे की पेटियां व अन्य लोहे की सामग्री पहुँचा दी गई। दर्जी जी तो घर बैठकर ही सभी के वस्त्र सिल रहे है तो मोचीजी द्वारा निर्मित जूतियाँ भी पहुँच चुकी हैं। हालाँकि विवाह में पहनी जाने वाली बीन्दोली (बीन्दणी की जूतियाँ), चूड़ा और पोशाक (वस्त्र) तो रिवाज के अनुसार बीन्दराजा (दूल्हे राजा) के घर से ही आनी है। कुम्भकारजी द्वारा निर्मित नए कुम्भ की स्थापना के साथ ही गणपति जी को विवाह में आमन्त्रित कर स्थापित किया जा चुका है। ख्वासजी के बिना तो विवाह की कल्पना ही सम्भव नहीं।

मंगणियारों द्वारा बधावे का गीत जारी है। महारानी जी ने खाती जी की तरह ही अन्य किस्बियों का भी बधावा किया। तोरण मुख्य द्वार पर बांध दिया गया। चारों तरफ चहल पहल, दौड़ भाग। हर कोई व्यस्त।

तभी एक आदमी दौड़ता हुआ आया और हाँफता हुआ बोला: ''हुकम, बीन्दराजा हाथी पर बिराज गए हैं और महलों को पधार रहे हैं।'' इतना सुनते ही सभी की कार्य करने की गति और बढ़ गई। महारानी जी महलों के भीतर आरती और तिलक की तैयारी के लिए गईं। उमादे के पास बैठी सहेलियां राव मालदेव जी

को देखने के लोभ में भागकर नीचे आ गईं।

ऊपर रह गई अकेली उमादे। इन्सान अकेला हो और बेकाम भी, तब सर्वाधिक व्यस्त होता है। देह से निकलते स्वेद और हृदय की धड़कनें कम करने के उद्देश्य से वह गवाक्ष के निकट आकर खड़ी हो गई। नीचे देखा तो सामेले (सुमेल) के लिए कुँवारी कन्याएँ सिर पर जल कुम्भ, जिनमें खेजड़ी की टहनियां डाल रखी थीं, लेकर रावजी की बधाई हेतु जा रही हैं और मंगणियार गा रहे हैं ...

''साजन आवता देखिया तो तोड़ दियो गल हार, लोक जाणे मोती चुगे मैं झुक झुक करूं जवार।''

(प्रेयसी कहती है—''साजन को आते देखा तो मैंने कण्ठ का हार तोड़ दिया ताकि लोगों को भ्रम रहे कि मैं मोती चुग रही हूँ जबकि मैं तो झुककर उन्हें प्रणाम कर रही हूँ')

ये स्वर उमादे के कानों से टकराए तो बुद्धि ने अनवरत विचार श्रृंखला के सागर में डुबो दिया। मन ही मन सोचने लगी कैसे होंगे वे? कवियों, चारणों और गायकों द्वारा जिनके शौर्य की गाथाएँ लिखी और गाई जा रही हैं, सम्पूर्ण भारत में ऐसा सामर्थ्यवान पुरुष नहीं, उस वीर का कैसा आभामंडल होगा? कैसी विशाल और बलशाली उसकी भुजाएं होंगी जो इस उमादे को आलिंगनबद्ध करेंगी...

जीव (मन) तो चाहता है गीत की नायिका की तरह मैं भी मोती चुगने के बहाने तिरछी दृष्टि से कुछ क्षण हाथी पर बिराजे रावजी को निरख (निहार) लूँ। पर ये रिवाज, समाज और राज ऐसा कहाँ करने देंगे? कुछ रिवाज निर्मम, निर्दयी और रसहीन लोगों द्वारा बनाए गए हैं। हाय कैसी विवशता! लोगों के समाने स्त्री अपने पति को भी नहीं देख सकती।

गवाक्ष में अकेली खड़ी उमादे मन का विलास कर ही रही थी कि महल में सहेलियाँ घुस आईं। चोरी चोरी महाराज को देखने का प्रयास करते हुए पकड़ी जाने पर वे चुहल करने लगीं। देखो तो सही, कितनी जल्दी हो रही है रावजी की बांहों के घेरे में कैद होने की। यह सुनते ही उमादे लज्जा से सिहर कर पुष्प की कलियों की तरह अपने भीतर सिकुड़ कर वहीं फर्श पर बैठ गई।

एक सखी दूसरी से बोली, ''अरे भई होने वाली मारवाड़ की रानी साहिबा को बता तो सही कि कैसा था रावजी का यौवन और सौन्दर्य?'' दूसरी बोली, ''देखकर हमारी तो पलकों ने झपकने से ही इनकार कर दिया।'' फिर दूसरी ने पहली के कुहनी मारी तो बाकी सब हँसने लगीं। तभी जल से भरा कुम्भ लेकर रावजी के सामेले में जाने वाली कुँवारी कन्या से एक ने कहा ''अरे तू ही इनको बता, कैसे थे महाराज? हमें तो लग रहा था जल कुम्भ को कम और तेरे सौन्दर्य और यौवन को अधिक निरखने वाले महाराज बाईसाराज तक पहुँचने से पूर्व कहीं तुझे ही

ब्याह कर ना ले जाएँ। दूसरी बोली—"हाँ जिस तरह से वे इसे अपलक निरखे जा रहे थे मुझे भी सचमुच चिन्ता हो रही थी कि कहीं बाईसाराज बाट जोहते (प्रतीक्षा करते) न रह जाएँ।" एक साथ हुए आक्रमण से बचने के लिए उस कन्या ने मुँह झुकाकर दोनों हथेलियों के भीतर स्वयं को छुपा लिया।

"अरे यूँ छुपती नहीं तो पक्का महाराज तुझे भी बाईसाराज के साथ ही ले जाते। राजा महाराजाओं के न जात का चक्कर, न संख्या का।"

तभी कोई बोली—"अरे, इसे लेकर वहीं से लौट जाते तो?"

"तो क्या, बाईसाराज को हम पीछे से भेज देते हा हा...ही ही।"

अबोली बैठी उमादे अचानक बोली, "मारवाड़ तो क्या, दुनिया का महाराज भी आए और विवाह करके सम्मान के साथ नहीं ले जाए तो उमादे किसी के पीछे नहीं जाने वाली। बड़ी आई पीछे भेजने वाली।"

"अरे! हम तो मजाक कर रही थी। क्रोध तो बाईसाराज के अधरों पर ही रहता है। अब न जाने क्या हाल होंगे मारवाड़ धणी के? लगता है अपनी तलवार से सभी को भयभीत करने वाले के भयभीत होने के दिन आ गए हैं।" ठहाके के साथ माहौल कुछ हल्का हुआ।

नीचे द्वार पर बंधे तोरण के सामने हाथी पर राव मालदेव जी बैठे हैं। तलवार और दरख्त की टहनी को साथ लेकर तोरन मारने की रस्म पूर्ण की। उमादे की माँ महारानी सिसोदियाणी जी हाथ में आरती के दीपक लिए आरती उतार रही हैं। तभी मंगणियारों की आवाज़ आई...

केसरियो तिलकाणो रे, हे हे हे म्हारा बन्ना मारुड़ा...

सभी को अंदाज़ हो गया कि दही लिलाड़ (दही से ललाट पर टीका) किया गया है।

सब सहेलियाँ अपने अपने काम में लग गईं। गोधूलि वेला के फेरे थे इसलिए उन्हें बिना देरी किए उमादे को श्रृंगार करवा कर नीचे चंवरी में लाने के लिए बोला गया था। मेहंदी पहले ही लगाई जा चुकी थी। सुगन्धित तेल लगाकर चोटी गूँथ बाल बना दिए थे। जोधपुर से आया रक्तवर्णी अस्सी कली का रेशमी घाघरा, ओढणा, कुर्ती, काँचली जिन पर सोने चाँदी का काम किया हुआ था, पहनाए गए। सिर पर रखड़ी और बोरला, नाक में नथ और फीणी, कानों में झूमर, गले में कंठी और आड, हाथों में कोहनी के ऊपर बाजूबंद, हाथ की कलाई में गोखरू, अँगुलियों अंगूठे से लेकर कलाई तक फैले हथफूल, अँगुलियों में बीन्टियाँ (अंगूठियाँ), कमर में कन्दोलो (कमरबंद), पैरों में पायल, पैर की अँगुलियों में बिछिया पहनाए गए। कमर तक घूंघट करके उस पर मोड़ बांधा गया। आखिर में जोधपुर से आई लाल रंग की बिन्दोली (विवाह के लिए जूतियाँ)। इन अतलसी वस्त्रों और स्वर्णाभूषणों में

उमादे का अप्रतिम सौन्दर्य। जड़ देखे तो चेतन हो जाए। चेतन देखे तो बेचेते हो जाए। हर कोई ठगा सा, ठहर गया अपनी जगह। ख्वासण जी (नाई की पत्नी) को ख्याल आया। भाग कर काजल ले आई और प्रेम से एक काली बिन्दी ठुड्डी के नीचे लगा दी।

उमादे और राव मालदेव जी दोनों चंवरी में बिराजे (बैठे) है। विभिन्न तरह के पुष्पों से सजी चंवरी। हवा फूलों की सौरभ से लदी है। अनेक फूलों की मिलीजुली गंध ने वेदी पर बैठे उमादे-मालदेव ही नहीं हर स्त्री-पुरुष में अजीब सी मादकता भर दी है। चंवरी के मध्य वेदी में रखी चन्दन की काष्ठ में अग्नि प्रज्वलित की जा चुकी है। केसरिया अग्नि की ज्वाला और उनके साथ उठते श्वेत धूम्र वलय विचित्र सौन्दर्य को जन्म दे रहे हैं। उमादे-मालदेव जी के सामने मंत्रोच्चार करते हुए राघो माराज हैं। बाएँ हाथ को रावल लूणकरण जी राणी सिसोदियाणी जी के साथ जोड़े से बिराजे हैं। दाएँ हाथ की तरफ़ युवराज मालदेव खड़े हैं। इस घेरे के बाहर उमादे के सभी सगे-सम्बन्धी, नौकर-चाकर दास-दासियाँ चौक से बाहर तक पसरे हुए हैं।

मनुष्य कितनी ही भीड़ में हो, अक्सर अकेला होता है। वह या तो भूतकाल के सुख-दुःख को स्मरण कर हँसता-रोता है या भविष्य के सुखद सपनों को बुनते हुए मुस्कराता है या फिर भविष्य के किसी काल्पनिक भय के बारे में सोचकर चेहरे पर चिन्ता की लकीरें खींच लेता है। जहाँ है, उस कालखंड में रहना उसके लिए सबसे दुरूह कार्य होता है।

चंवरी की वेदी पर बैठे हुए सभी की दैहिक क्रियाएँ माराज द्वारा दिए जा रहे निर्देशानुसार सम्पन्न हो रही हैं, लेकिन वेदी से उठ रहे धूम्र वलयों की भाँति सभी के मन में अनेक वलय बन और बिगड़ रहे हैं। सभी का मन विभिन्न दिशाओं में स्वच्छंदता से विचरण करने लगा है।

उमादे मन ही मन सोच रही है कि "मारवाड़ का धणी, जिसके सामर्थ्य और शौर्य का डंका पूरे भारतवर्ष में हो, न सिर्फ राजपूताना बल्कि शेरशाह और हूमायूँ भी उसके सामर्थ्य से थरथराते हैं, ऐसे वीर योद्धा के नाम का चूड़ा किसी भी नवयुवती की बांहों में पहनाया जाए तो ख़ुशी क्यों कर ना होगी? लेकिन क्या वीरता ही सब कुछ है? उसका सदाचरण, प्रेम, प्रीत, मोह, अपणायत (अपनापन), करुणा इन सभी का कोई मूल्य नहीं? मेरे विचार से स्त्री हो या पुरुष सभी के जीवन में इन सभी का भी बहुत महत्त्व है। केवल वीरता जीवन में रूखापन देती है। रूखेपन से सब कुछ चटक जाता है। शहद हजारों मधुमक्खियों को एक साथ जोड़े रखता है क्योंकि उसमें मिठास है, रस है, चिकनाहट है। प्रेमरस ही वह शहद है जो जीवन में

चटकन को, टूटन को, रूखेपन को जोड़ सकता है। रावजी में ये सारे गुण हैं या नहीं? इनके बारे में तो किसी ने कभी कोई चर्चा ही नहीं की।

रावल लूणकरण जी सोच रहे है कि अब हिन्दुस्तान में शौर्य का प्रतीक, हर राजा को निगल कर अपने साम्राज्य में मिलाने को आतुर यह व्यक्ति मेरा जंवाई हो गया। इसकी गिद्ध दृष्टि जैसळगिर पर भी होगी। उचित अवसर की प्रतीक्षा में होगा। परन्तु अब भंवरी (उमादे) का सौन्दर्य और समझ इतनी तो है कि वह इस विस्तारवादी पर ऐसी पकड़ बना लेगी कि मारवाड़ की तरफ से जैसळगिर पर आक्रमण नहीं होगा।

उमादे की माँ सिसोदियाणी जी रानी लोकमत पर आत्ममंथन कर रही हैं कि जिस घर को बेटी की चंवरी का धुँआ न लगा हो वह घर कुँवारा होता है अर्थात किसी गृहस्थ का नहीं होता, उसमें भूत रमते हैं। वह अशुभ होता है, उस घर का पानी पीना भी पाप है। पुत्री का जन्म और उसका विवाह करके हम निष्कलुष हुए, कर्त्तव्य से मुक्त हुए, यह महल भी शुद्ध हुआ।

इन सभी के मन में अपने अपने विचार, किस्से, कहानियाँ जन्म ले रही हैं और बिखर रही हैं। इस बीच माराज मन्त्रों के साथ साथ अपने विचार, किस्से, कहानियाँ सुनाते जा रहे हैं। रावजी हुकम और बाईसाराज, साथ ही आप सभी दम्पति ध्यान से सुनिए:

''प्रजापति दक्ष ने अपनी सत्ताईस नक्षत्र बेटियों का विवाह चन्द्रदेव के साथ कर दिया लेकिन चन्द्रदेव रोहिणी के रूप सौन्दर्य पर अत्यधिक मोहित थे और इस कारण उसे अधिक प्रेम करते। यह बात दक्ष प्रजापति तक पहुँची तो उन्होंने चन्द्रदेव को बहुत समझाया कि आपको सभी पत्नियों से एक समान व्यवहार करना चाहिए। बार बार समझाने पर भी रोहिणी के प्रति विशेष प्रीति जारी रही तो दक्ष प्रजापति ने उन्हें शाप दिया कि तुम्हारा यह रूप, सौन्दर्य और यौवन जिस पर तुम इतराते हो वह क्षय हो जाएगा। कहते हैं, उससे पूर्व धरती पर हर रात पूनम की रात होती थी क्योंकि हर रात्रि सोलहों कलाओं से खिला चन्द्रमा अपने अक्षुण्ण यौवन और सौन्दर्य का अमृत बरसा रहा होता था लेकिन उस दिन से उसका क्षय प्रारम्भ हो गया। चंद्रदेव भयभीत होकर ब्रह्माजी के पास पहुँचे तो उन्होंने कहा अब तो महादेव ही कुछ कर सकते है। आखिर चन्द्रमा की अत्यधिक भक्ति से प्रसन्न होकर शिवजी ने कहा दक्ष प्रजापति के शाप को फलीभूत होने से तो मैं भी स्थगित नहीं कर सकता परन्तु वर देता हूँ कि उस क्षय के पश्चात तुम पुनः अपने संपूर्ण रूप, यौवन, सौन्दर्य को प्राप्त करोगे। उसी दिन से दक्ष प्रजापति के शाप से पूनम के पूर्ण चन्द्रमा का क्षय होकर अमावस हो जाती तो फिर शिवजी की कृपा से वह पुनः बढ़ने लगता और अगली पूनम तक फिर से उसी पूर्णता को प्राप्त होने लगा। हुकम, कथा का सार यही

है कि अर्धांगिनियों के भिन्न भिन्न रूप, सौन्दर्य, गुण, यौवन, पारिवारिक पृष्ठभूमि होने के बावजूद पति का कर्त्तव्य है कि वह हरेक के साथ समान व्यवहार करे। जो दम्पति पक्षपात पूर्ण व्यवहार करेंगे या किसी अन्य स्त्री पुरुष के कारण अपने ही अर्ध की उपेक्षा करेंगे, सृष्टि या सृष्टा के द्वारा उसका तथा उसके दाम्पत्य का क्षय तय है।''

सुनाने वाले को लगता है वह किसी को समझा रहा है, ज्ञान दे रहा है, संस्कार दे रहा है लेकिन असल में यह उसका भ्रम होता है। कोई भी व्यक्ति वही सुनता है जो उसे सुहाता है, मीठा लगता है, मन को भाता है बाकी सब या तो सुनता ही नहीं या फिर गुनता नहीं यानि बिना मंथन किए सुन कर भी अनसुना कर देता है। ऐसा ही कुछ माराज के साथ हो रहा था। उनकी कथा से बेखबर राव मालदेव कोई नई पटकथा लिखने की सोच रहे थे। हस्त मिलाप तो उमादे से कर रखा था परन्तु मन ही मन अधरों का मिलाप किसी और से करने के विचारों में उलझे हुए थे।

मैंने कितनी ही सुन्दर कामिनियों को भोगा हैं किन्तु उमादे के पीछे बैठी उस कामिनी का सौन्दर्य अप्रतिम है। पूनम के चाँद-सा चेहरा, गुलाब की पंखुड़ियों-से अधर, रक्तिम आभा लिए कपोल। समंदर जैसी आँखों को देख कोई तपस्वी भी वर्षों की साधना छोड़ डूब जाए। जैसे कोई ब्रह्मकमल खिला हो। जिसका सौन्दर्य न सिर्फ अद्भुत होता है बल्कि वह सदैव वैसा का वैसा तरोताजा रहता है। मैंने अनगिनत अधरों का आस्वादन किया है परन्तु एक बार, सिर्फ़ एक बार मेरे अधर उन अधरों के छू लें तो इन्हें सदैव के लिए तृप्ति मिल जाए। जी करता है अभी इसी वक़्त अपने अधर उन अधरों पर धर दूँ पर ये समाज...धत्त!

किसने बनाया ऐसा समाज? इसके नियम, कायदे, परम्पराएं। मेरा वश चलता तो सारी मर्यादाएँ तोड़ देता, सारे बन्धनों से मुक्त हो कर उस मनमोहिनी से प्रेम करता। कितना कठोर है यह सामाजिक जीवन जिसमें मेरे जैसे समर्थ राजा को भी अधिकार नहीं कि वह अपने आप को तृप्त कर सके, अपने मन की कर सके। समाज और उसके नियम प्रजा के लिए होने चाहिए। राजा तो भगवान का रूप है। वह प्रजा और समाज दोनों से ऊपर है। वह समाज को नियमों में बांध सकता है। उसे नियमों में बांधने का अधिकार समाज को किसने दिया। मैं नए नियम बनाऊँगा। मैं जब भी चाहूँ, जहाँ चाहूँ ऐसे सौन्दर्य का आस्वादन न कर सकूँ तब मेरे इस सामर्थ्य, शौर्य, युद्धों में लिए जा रहे जोखिम का क्या अर्थ है? भविष्य किसने देखा है? जीवन आज है, कल ना रहे। इस धरती के सारे सुख मेरे जैसे वीरों के लिए ही तो हैं।

''अब रावजी हुकम और बाईसाराज फेरों के लिए खड़े होंगे।'' माराज के इस ऐलान से रावजी वहीं लौट आए जहाँ बैठे थे। रावजी और उमादे खड़े होकर माराज के निर्देशानुसार अग्नि के फेरे लेने लगे। आगे रावजी पीछे पीछे उमादे।

महिलाएँ गा रही थीं :

पेले फेरे बाईसा वीरो सा रा बाईसा
दूजे फेरे बाईसा मामोसा रा भाणजी
तीजे फेरे बाईसा भुआसा रा भतीजी
चौथे फेरे बाईसा हुआ परा पराया

तीन फेरों में आगे चलती उमादे चौथे फेरे में रावजी के पीछे हो गयी। 'चौथे फेरे बाईसा हो गये पराए!' ये सुनते ही अभी तक वेदी पर प्रसन्नता से सारी क्रियाएँ करते, शांत चित्त बैठे रावल लूणकरण जी और महारानी सा की आँखें डबडबा आईं। पानी भरी आँखों से राव मालदेव के आगे अग्नि का फेरा लेते उमादे को देखा। आश्चर्य हुआ कि झुकी गर्दन, नयनों के आगे भीगा ओढ़ना फिर भी आसानी से चल रही थी। रावल सा का ध्यान स्वयं की देह पर गया, वह इतनी भारी हो चुकी थी कि बैठना भी मुश्किल हो रहा था। उन्होंने स्वयं से ही प्रश्न किया क्या यह वही लूणकरण है जिसकी तलवार और भुजाओं के सामर्थ्य पर पूरा जैसळगिर सुरक्षित अनुभव करता है? ये मुझे क्या होता जा रहा है? ऐसा लगा जैसे उस एक 'पराए' शब्द ने देह की सारी शक्ति, सारा सामर्थ्य, सारा तेज़ निचोड़ कर निकाल दिया हो। कुछ पलों के लिए शरीर में ऐसा कुछ भी नहीं बचा जो सहारा दे सके, उन्हें सीधा बैठा कर रख सके। वे लगभग लुढ़कने जैसे हो गए। एकदम शक्तिहीन, जीवनहीन, निरुत्साह परन्तु किसी तरह मन कड़ा करते हुए रावल सा ने स्वयं को सम्भाला। महारानी सा को आश्वस्त करने हेतु उधर दृष्टिपात किया। एक बार नम हुई पलकों के पश्चात वे सम्भल चुकी थीं। स्त्री भीतर से शायद पुरुष से अधिक समर्थ होती है या फिर पिता का घर छोड़ने का दर्द, ससुराल में छोटी छोटी बातों पर अनवरत अन्तहीन दर्द, प्रसव का दर्द, ऐसे असंख्य दर्द स्वयं में इतने घनीभूत कर चुकी होती है कि उसे दर्द की अनुभूति उतनी अधिक नहीं होती। ऐसे में एक माँ ने बेटी के बसते हुए घर की खुशियों में उससे बिछड़ने के दर्द को भी दर्द के उस गहरे सागर में उड़ेल दिया होगा, उसे आसानी से पी गई होगी, किसी के सामने प्रकट होने तक भाप बनाकर हवा में उड़ा दिया होगा।

फेरे पूर्ण हुए। मारवाड़ के राव मालदेव राठौड़ और जैसळगिर की राजकुमारी उमादे भटियाणी सभी परिजनों की उपस्थिति में अग्नि देव को साक्षी मान दम्पति हुए। जब दो तन एक मन हो गए तो अब बाह्य बन्धनों की कैसी आवश्यकता? हथजोड़ (हस्त मिलाप) और पल्ला बन्धन (एक लम्बे वस्त्र द्वारा दोनों का बन्धन) खोल दिए गए। आगे आगे मंगणियार, पीछे राव मालदेव जी वधू के परिवार के लोगों के साथ जान के डेरे (बारात जहाँ रुकी थी) को जाने लगे और उमादे को सखियाँ महल में ले जाने लगीं। ठंडी रात में मंगणियारों के सुरों ने मिश्री घोली:

प्रीत करो तो एड़ी करो जेड़ी करे कपास जीते जी भेलो रे, मरे ना छोड़े साथ....

(प्रीत करो तो ऐसी करना जैसी कपास करता है जीवित रहते हुए वस्त्रों के रूप में हमारे साथ रहता है, मृत्यु पर भी साथ नहीं छोड़ता इन्सान के साथ ही जलता है)

जैसे शीत ऋतु की रातों में बिना अहसास हुए शीतलता गले में बैठ जाती है वैसे ही अनजाने में कपास और प्रीत की यह बात उमादे के मन में बैठ गई। उसने मन ही मन तय किया कि जीवन भर का साथ तो है ही लेकिन मैं मृत्यु पर भी महाराज का साथ दूंगी।

प्रीत की पहली रातः सुहागरात

उमादे अपने महल में। रात्रि गहराती जा रही है। रावजी को भोजन के लिए आमन्त्रित किया गया। महल के बाहरी आगंतुक कक्ष में राव मालदेव जी अपने सम्बन्धियों व साथियों के साथ बड़े बड़े गद्दों पर मसनद का सहारा लिए बैठे हैं। एक तरफ़ केसर कस्तूरी, गुलाब, चन्द्रहास, जगमोहन जैसी अनेक नामी तथा बेनामी मदिरा सजी हुई है। दूसरी तरफ बकरे, मुर्गे, हिरण, खरगोस, तीतर, तिलोर से बने मांसाहारी व शाकाहारी व्यंजन सजे हैं। नौकर चाकर मदिरा के रजत प्याले भर कर दे रहे हैं। बाजोठ पर रखे बड़े बड़े स्वर्ण थालों में विभिन्न प्रकार की खाद्य सामग्री परोसी जा रही हैं। कक्ष के बाहर द्वार के निकट बैठे मंगणियार महफ़िल में संगीत का रस भर रहे हैं। रात्रि का दूसरा प्रहर भी बीतने आया है परन्तु मदिरा के दौर में समय का होश किसी को नहीं। मनुहार पर मनुहार हो रही। राव मालदेव मारवाड़ जैसे वृहद राज्य के राजा और ऊपर से आज तो जैसळगिर के जंवाई राजा भी, ऐसे में दो दो राजा वाले पद पर सम्मानित व्यक्ति की तीमारदारी को हर कोई प्रस्तुत है। उनकी नजरों में आने के लिए हर कोई अपने सामर्थ्य से बढ़कर फदियाँ, सोना, चाँदी, हीरे, जवाहरात न्योच्छावर किए जा रहा है।

अचानक इस कक्ष में एक युवती ने प्रवेश किया। सभी की दृष्टि स्थिर हो गयी। अपलक निरखते हर कोई स्वयं से पूछ रहा था कि ऐसा अप्रतिम सौन्दर्य भी इस धरा पर होता है? लगा जैसे आज चतुर्थी का चन्द्रमा गगन से धरा पर उतर आया हो। कौन है यह स्त्री? रहस्य गहराता, लोग बुद्धि के घोड़े दौड़ाते, कानाफूसी कर खोजबीन करते, कयास से कोई परिणाम निकालते उससे पूर्व उस युवती ने ही अपना परिचय दे दिया। वह रावजी की तरफ मुखातिब होते हुए बोली—"अन्नदाता हुकम, खम्माघणी। महफ़िल में इस व्यवधान के लिए राज माफ़ करावें। मैं बाईसाराज उमादे की दावड़ी (दासी) भारमली। महलों से अर्ज करवाया है कि अन्नदाता हुकम जनाना महल में पधारें।"

"ओह्ह...हम तो भूल ही गए कि आज हमारी सुहागरात हैं। बस अभी चलते हैं। थोड़ी सी और पी लें।"

भारमली को देख महल के बाहर बैठे मंगणियारों ने भी अनुमान लगाया कि अब राव मालदेव जी सुहागरात के लिए महलों में पधारेंगे। वे खड़े होकर तार सप्तक में गाने लगे :

पायळ गेरी रे बाजणी अरे रांसीले रे मोयलां में जाग...

(महलों की गहराई से झंकृत होती पायल की आवाज़ सन्देश दे रही है कि रसिक बन्ना की प्रतीक्षा में वहाँ कोई जाग रहा है)

जब दारू (मदिरा) के दौर चलते हैं तो थोड़ी थोड़ी देर में मंगणियारों के गले में भी प्याला उंडेल दिया जाता है। अब तक उस दारू ने मंगणियारों पर भी अपना असर दिखाना शुरू कर दिया है। इस समय रात्रि की निस्तब्धता में मुक्त कण्ठ से गाए जा रहे ये शब्द महलों ही नहीं पूरे नगर में सुने जा सकते हैं। पूरे जैसळगिर को समझते देर नहीं लगी कि इन मंगणियारों के पीछे पीछे महाराज सुहागरात के लिए महलों में पधार रहे हैं। मिश्री घोलते ये स्वर उमादे के कानों में भी पड़े। अकेली बैठी उसने पाँव हिला कर दो चार बार अपनी पायल की खनक सुनी। उसे हँसते हुए भाभीसा द्वारा दी गई सलाह याद हो आई कि बाईसा जब रावजी महलों में पधारे तब इस पायल को खोल देना नहीं तो ये सारे भेद खोल देगी। यह सोच कर वह स्वयं से ही लजा गई। दोहरी होकर चेहरा घुटनों के मध्य ले गई और हथेलियों से पलकें बंद कर ली। काफ़ी देर बाद चुपके चुपके हथेलियों को थोड़ा दूर करते हुए अधखुली आँखों से पायल को देखा। ऐसा लगा जैसे पायल उसे चिढ़ा रही हो, कह रही हो कि देखना आज रात मैं कैसे परेशान करती हूँ तुम्हे? उसने हथेलियों को चेहरे से हटाया और दोनों पैरों की पायल को दोनों हाथों से दबोच लिया।

कभी खनकाती तो कभी पकड़ लेती। काफ़ी देर तक उसके और पायल के मध्य यह क्रीड़ा चलती रही। न जाने क्यों अब तक मंगणियारों की जिस आवाज़ को निकट आ जाना चाहिए था वह पूर्व स्थान से ही आ रही थी और अब तो शब्द भी बदल गए। वे फिर से गाने लगे थे:

भर लाए कलाळी दारू दाखां रो...पीवण वालो लाखां रो।

न मंगणियार आगे बढ़े, न भारमली वापस आई...क्या हुआ? क्यों हुआ? अभी तक क्यों नहीं आए? कब तक आएंगे? ऐसे अनेक प्रश्न थे पर जवाब कुछ भी नहीं। बहुत देर बाद उत्साह का स्थान सूनापन और उदासी ने ले लिया।

काफी देर बाद भारमली बोली—"अन्नदाता हुकम, रात्रि का दूसरा प्रहर भी बीता जा रहा है। क्षमा करें हुकम, दारू तो राज के लिए जब कहेंगे हाज़िर हो जाएगी लेकिन आज का पर्व बाईसाराज के जीवन में पहली और आखिरी बार आया है।"

"बड़ी बुद्धिमान लगती हो....अपना नाम क्या बताया था तुमने?"

"हुकम, भारमली।"

"हाँ भारमली। सच कहा, दारू तो हम कभी भी पी सकते हैं परन्तु ऐसे अप्रतिम सौन्दर्य की स्वामिनी अपने सुकोमल हाथों और होठों से कब कब पिलाएगी? आपके बाईसाराज के साथ सुहागरात का अवसर पहली बार आया है तो यह अवसर भी तो पहली बार ही आया है और शायद आखिरी बार भी। जैसळगिर वाले इतने उदार थोड़े ही हैं कि महारानी के साथ ऐसा सौन्दर्य भी हमें सौंप देंगे।"

मारवाड़ के धणी (स्वामी) से अपनी ऐसी प्रसंशा सुन कर भारमली का मुखमंडल तप्त लौहखंड जैसा गर्म और लाल हो गया। सम्पूर्ण देह में तीव्र स्पंदित हृदय से गतिमान ऊष्ण रक्त से उसे लगा सचमुच उसकी देह अग्नि में तपते हुए किसी लौहखंड की तरह दग्ध हो रही है। ऐसा लगा जैसे सारी देह पिघल जाएगी और उसका अस्तित्व समाप्त हो जाएगा। लाख प्रयास के उपरान्त भी उसकी लजाती हुई पलकों को ऊपर उठना मंजूर न हुआ। ऐसे में नज़रें अपने ही पैर के फर्श खुरचते अंगूठे पर स्थिर हो गईं। बढ़ी हुई धड़कनों और हृदय में मचे घमासान की बेखयाली के साथ विचार आया कि क्या सच में मैं इतनी सुन्दर हूँ? या अन्नदाता हँसी ठिठोली कर रहे हैं? अगर सच भी हो तब भी मारवाड़ के अन्नदाता के लिए क्या महत्त्व? भंवरी जीजा के सौन्दर्य के सामने मेरा सौन्दर्य तो सूरज को दीया दिखाने जैसी बात है। फिर अन्नदाता के तो परियों जैसी अनेक रानियाँ, पड़दायतें, रखैलें, दासियाँ हैं। अवश्य मुझसे दिल्लगी की है वर्ना अन्नदाता की नज़रों में मेरी क्या औकात?

"सुनो भारमली, अपने इन सुकोमल हाथों से हमें भी तो मदिरा पिलाओ।"

अपनी ही उधेड़बुन में खोई भारमली ने कुछ भी नहीं सुना।

"लगता है भाटियों को राठौड़ों पर विश्वास नहीं है इसलिए इसे मदिरा पान करवाने के लिए मना कर रखा है। वैसे उचित ही है, जिस पर कामदेव की इतनी कृपा बरसी हो वह सेवा चाकरी करेगी तो कब किस की नीयत बिगड़ जाए कहा नहीं जा सकता।"

हा हा हा...पूरी महफ़िल में जोरदार ठहाका गूंजा। ठहाके की आवाज़ सुन भारमली अचानक अपने अंतर्मन के विचारों से विलग हुई। अबकी इस ख्याल से लजा गई कि उसकी चोरी पकड़ी गई। बात को आधी अधूरी समझ कर बोली— "अन्नदाता, आज्ञा करावें। दासी सेवा में हाज़िर है।"

पास ही खड़ा दास बोला, "अन्नदाता को दारू परोसो।"

विशाल कक्ष के भीतर मदिरा की महक के साथ बाहर से मंगणियारों के शब्दों का नशा भी बिखर गया। वह मदिरा प्रेमियों के मद को दोगुना कर रहा है। मदिरा से मदमस्त अनेक लोग साथ में गुनगुनाने लगे।

भर लाए कलाळी दारू दाखां (द्राक्ष) रो,
पीवण वालो लाखां रो, होजी पीवण वालो...
दारू पियो रंग रमो (खेलो) और राता (लाल) राखो नैण
बैरी (शत्रु) थांरा (आपके) जल मरे सुख पावेला सैण (अपने)

(दारू पीकर रंगरेलियां मनाओ, नयनों को लाल रखो, शत्रु जलकर मर जाएँगे और अपने सुख पाएँगे)

भारमली ने स्वर्ण प्याला भर कर बांकी चितवन के तीर चलाते हुए मदिरा रावजी के सामने प्रस्तुत की। रावजी ही जानते हैं कि उस एक तिरछी नज़र में कितने मदिरा के प्यालों का नशा था। रावजी ने प्याले के साथ उसकी सुकोमल अँगुलियों पर दबाव बनाते हुए अपने हाथ के सामर्थ्य का अहसास करवाया। अधरों की स्मित और उस मृगनयनी की कटार जैसी आँखों ने महाराज के हिये पर उनकी अँगुलियों से बने दबाव से कहीं अधिक दबाव बनाया। एक साथ दोनों देह तड़प उठीं। प्रकट रूप में कोई चोट नहीं दिखी पर लगी तो अवश्य। अधिक गहरी कहाँ लगी? हाथ पर या हृदय पर? यह उन दोनों के सिवाय कोई नहीं जान पाया।

लोक लज्जा के कारण उन हाथों के स्पर्श को मन मस्तिष्क में संजोए हुए देह फिर से अपने कर्म में लग गई। बेखयाली में प्याले भरने लगी और अन्य सभी सिरदारों को देने लगी।

सावधानी के बावजूद दारू का असर मंगणियारों पर भी होने लगा। वातावरण में धीमे से तैरने वाले शब्द अब तूफान मचाने लगे। तार सप्तक की तीव्रता से सिरदारों की गुंदी हुई आँखें खुलने लगीं तो सीने से लगी लटकी हुई टेढ़ी गर्दन सीधी होने लगी।

ठण्डे धोरों, हवा की शीतलता, मंगणियारों के गले की तरलता और रात्रि की निस्तब्धता के कारण गीत के स्वर निर्बाध उमादे के महलों तक पहुँचने लगे।

भर लाए कलाळी दारू दाखां रो...
साजन आया हे सखी और कांई भेंट करां
थाळ भरयो गज मोतियाँ ऊपर नैण धरां

(हे सखी! साजन आए है उन्हें क्या भेंट करूं? गजमुक्ताओं, हीरे, मोती, माणिक्य व अनेक अमूल्य रत्नों से भरे थाल और उन सब के ऊपर अपने दो नयन भी रख दूंगी)

महल के गवाक्ष से संगीत के स्वरों को अपने साथ लाया शीतल पवन का झोंका क्षण भर से भी कम समय में साजन के प्रति विवाह पूर्व देखे गए हजारों स्वप्नों को एक साथ झंकृत कर गया। उमादे का कोमल हृदय इस उधेड़बुन में तीव्र गति से धड़कने लगा कि सचमुच वे अब भारमली के साथ आते ही होंगे। मैं तो

लज्जा से दुहरी हुई जा रही हूँ। न आँखें खोल पा रही हूँ न काँपते हाथों में थाळ उठाने का सामर्थ्य हैं। खड़ी होने का प्रयास करती हूँ तो पाँव थरथराने लगते हैं। स्वेद से भीगे वस्त्र ऐसे लग रहे है जैसे मेरे ऊपर कोई जल का पात्र उड़ेल दिया गया हो। भाभीसा थाळ सजा कर रख गए हैं लेकिन ऐसे में मुझसे उनका स्वागत नहीं हो पाएगा। मुझे क्या होता जा रहा है? स्वयं को भी समझ नहीं आ रहा। प्रथम मिलन की घबराहट में क्या सभी कन्याओं के साथ ऐसा ही होता हैं? रावजी कहीं अपना अपमान समझ कर नाराज़ तो नहीं हो जाएंगे? कहीं रूठ गए तो? मुझसे तो मेरी काया ही नहीं मान रही उन्हें कैसे मनाउँगी?

मन अगले ही क्षण राह निकालने लगा। भारमली उनके साथ ही तो आएगी। उसी को संकेत कर दूंगी। वह आरती उतार लेगी और तिलक भी कर देगी परन्तु ऐसा किया जा सकता तो भाभीसा तिलक आरती के लिए मुझे ही क्यों कहते? वे भी तो कर सकते थे? सभी कितने निर्मम और निष्ठुर हैं। मुझे अकेली छोड़ कर चल दिए। आज अपनी लाडली भंवरी की किसी को कोई चिन्ता नहीं।

इधर उमादे रावजी के तिलक आरती की चिन्ता में मग्न हो रही थी। उधर रावजी भारमली के हाथों से प्याले पर प्याला गटकते जा रहे थे। फिर से मंगणियारों का स्वर गूंजा :

भर लाए कलाळी दारू दाखां रो...

ऊँचे पाये ढोलियो (चारपाई) और ढीली पड़ी निवार

सालू थांरा सळ (सलवटें) भरिया और रमिया (खेले) राजकुँवर

(ऊँचे पायों की चारपाई है, उसकी निवार ढीली पड़ी है, चद्दर में सलवटें पड़ी है ऐसा प्रतीत होता है उस पर राजकुमार क्रीड़ारत हुए है)

मदिरा का नशा, गीतों की उत्तेजना और अद्भुत सौन्दर्य की प्रतिमूर्ति भारमली की उपस्थिति। यह त्रयी रावजी को अधीर किए जा रही थी। आखिर उनके धैर्य ने जवाब दिया। उन्होंने संकेत किया और सभी अतिथि व नोकर चाकर उस कक्ष से बाहर चले गए। महलों का वरिष्ठ रसोईया सारी सामग्री, दारू वगैरह कौन सी चीज कहाँ पड़ी है, कैसे परोसनी है, भारमली को बता कर गया। "आवश्यकता हो तो आवाज़ दे देना। रावजी के जीमने (भोजन कर लेने) तक मैं कक्ष के बाहर ही प्रतीक्षा कर रहा हूँ।"

कक्ष के भीतर रह गए राव मालदेव और भारमली। भारमली के जीवन में यह पहला अवसर था जब एकान्त में वह किसी पुरुष के साथ थी। वह लज्जा से दोहरी हुई जा रही थी। अन्नदाता के कहने और चाहते हुए भी नजरें ऊपर नहीं उठा पा रही थी।

अरे भई, दारु भी पिलाएगी या हमें स्वयं ही उठकर लेना होगा?

धीरे से काँपता हुआ स्वर प्रस्फुटित हुआ:—"हुकम, मैं परोसती हूँ।"

भारमली अपनी जगह से उठी। रावजी के सामने ही रखी सुराही से प्याला भरने लगी। भारी सुराही के कारण मदिरा का प्याला भरने के लिए झुकी तो ओढ़ना कन्धे से सरक गया। राव मालदेव की दृष्टि कुरती (चोली) काँचळी (कुरती के भीतर ब्रा जैसा वस्त्र) के भीतर से बाहर की ओर उभर आए भारमली के रूप सौन्दर्य पर अटक गई। क्षण भर में भारमली के सीधे होते ही वह सौन्दर्य तो अदृश्य हो गया परन्तु रावजी की आँखों, हिये और मन में ऐसा कैद हुआ कि बन्द या खुली आँखों के पर्दे पर उसके सिवाय कुछ नहीं दिखता।

"भारमली, जरा निकट आओ।"

"हुकम, अभी आई।" कहकर वह दीवार के पास रखे सलाद और बकरे की भूनी हुई कलेजी लेने गई। कक्ष के मध्य में रखे दीये के प्रकाश में उसकी प्रतिछाया दीवार पर उभर आई। जैसे किसी ने अग्र और पृष्ठ भाग के एक एक आंगिक उभार को दीवार पर उकेर दिया हो। स्वयं भारमली से भी उन्मादकारी उसकी प्रतिछाया थी। उसे देख रावजी की अधीरता और बढ़ गई। अब वे स्वयं के वश में नहीं थे। भारमली ने सलाद और कलेजी का थाल उनके ढोलिये (पलंग) के निकट रखा भी नहीं कि उससे पूर्व रावजी का हाथ उसकी कलाई पर था।

थाल वाले हाथ की सुकोमलता को रावजी के तलवार की मूठ पर कठोर हो चुके हाथों ने महसूस किया। उन्हें बचपन का वह दृश्य स्मरण हो आया जब वे मक्खन को पकड़ने का प्रयास करते थे और हाथ में कुछ नहीं आता था। कहीं यह सुकोमलता भी मक्खन की तरह छूट तो नहीं जाएगी? खो जाने की आशंका में भारमली को शीघ्रता से अपनी ओर खींच लिया। उनकी समर्थ बाँह के हल्के से खिंचाव से ही पुष्प सी हल्की भारमली उनके निकट पहुँच गई। झटके से कुछ लटें आज़ाद हुईं और उसके चेहरे से होते हुए रावजी के चेहरे पर जा लहराईं। मदिरा के नशे से कहीं अधिक भारमली के श्याम केशों की महक बहकाने लगी। वह बचने का प्रयास कर रही थी परन्तु वहां उसकी सुनने वाला कौन था? जैसे बालक अपने मन पसंद पुष्प को हथेली में लेकर मसल देता है रावजी की समर्थ भुजाओं ने अपने घेरे में उस कोमलांगिनी को दबोच लिया। उसके केशों की महक सूंघते रावजी के नथुने उसके चेहरे पर थे और इस खींचतान में जूड़ा खुल जाने से किसी कजरी बदरी की भाँति घनी केश राशि दोनों चेहरों को ढक रही थी। भारमली जितना बचने का प्रयास करती उतनी ही अधिक उसकी देह गंध रावजी को उन्मत्त करने पर आमादा थी।

अधर अधरों का आस्वादन किए जा रहे थे। अधरों के आस्वादन के बीच में गालों पर लिए गए चुम्बन दीवट के मन्द प्रकाश में भी किसी खिले हुए गहरे लाल

गुलाब की भाँति भारमली के गालों पर उभर आए। ऐसा लग रहा था जैसे कितने ही जीवन की प्यास थी जिससे आज पूर्ण तृप्त हो जाना चाह रहे थे रावजी।

"अन्नदाता, आप क्या कर रहे हैं? हुकम, आज आपकी सुहागरात है। मदिरा के सहस्त्रों प्यालों से भी अधिक नशीले जिनके अधर हैं वे आपके लिए पलकें बिछाए बैठी हैं और आप हैं कि उन्हें विस्मृत कर कभी मदिरा के प्यालों का तो कभी इस दासी के शुष्क ओष्ठों का पान कर रहे हैं। आज इन भुजाओं के आलिंगन में भर जाने का अधिकार सिर्फ़ बाईसाराज़ का है।"

"तो उनका अधिकार कौन छीन रहा है? हम तो बस एक बार तृप्त होना चाहते हैं। जब से तुम्हें चंवरी में देखा है, एक अजीब सी बेचैनी है। मन में बस एक ही चाहत कि इन अधरों का आस्वादन कर लूँ। जब तक ऐसा नहीं होगा हमारी अधीरता कम होने की बजाय बढ़ती जाएगी। एक बार, बस एक बार इन रसभरे रक्तिम ओष्ठों को मेरे अधरों पर रख दो, मेरी सारी बेचैनी, मेरी तड़प, मेरा दर्द पी जाओ तो फिर मैं मुक्त होकर जैसा तुम कहोगी, समाज के नियम, कायदों, रिवाजों का निर्वहन करते हुए उमादे का अधिकार उसी को दूंगा।"

"ऐसा अपराध मत कीजिए अन्नदाता, मारवाड़ की महारानी महलों में आपकी प्रतीक्षा कर रही है। यह अनर्थ होगा, अन्याय होगा, पाप होगा। आज की रात्रि उनकी है। हुकम, मेरी हाथ जोड़ विनती है। न तो ऐसा अन्याय आप कीजिए और न ही मुझे भागीदार बनाइये। इस दासी पर उनके अनेक उपकार हैं।"

"तो एक उपकार हम पर भी कर दो, भारमली।"

वह अपना प्रलाप किए जा रही थी पर जहाँ केवल राव मालदेव, मदिरा और दासी भारमली हो वहां उसकी कौन सुनता? महाराज तो उसकी कमनीय देह की मादक कस्तूरी सरीखी देह गंध और मदिरा के नशे के असर में बेचेते थे। दो घूँट और गटकते हुए भुजाओं के घेरे में कैद भारमली की पीठ पर रमते बेतरतीब हाथ उसके ऊपरी अर्ध को कुरती से मुक्त करने के पश्चात कांचळी की डोरी ढूंढ़ रहे थे। कांचळी की गाँठ खुलते ही सारे अंग बंधन मुक्त हो गए। देह गंध को आतुर नासिका और अंग अंग के आस्वादन से तृप्त हो जाने के लिए अधर अब चेहरे से आंगिक उभारों का स्पर्श करते हुए नाभि तक बढ़ने लगे।

अब रावजी के हाथ ऊपर से नीचे की तरफ़ बढ़ते हुए कटि प्रदेश पर क्रीड़ारत होने लगे थे। जैसे ही अधोवस्त्रों की डोरी का बंधन उनकी अँगुलियों की पकड़ में आया उसी समय लज्जा के कारण भारमली ने फूंक मारी तो दीवट की बाती फड़फड़ा कर बुझ गई। बाहर खड़े हरसिंगार से फूल झरने लगे। चम्पा और चमेली सकुचाकर अपने ही भीतर सिमटने लगी। महलों से दूर खेजड़ी पर जीवणी (दायीं) कोचरी (एक पक्षी) तीव्र चुभते स्वर में बोलने लगी। अधिकांश जानी (बाराती)

और मांढी (वधू पक्ष के लोग) सुरा के मद में मदहोश थे या फिर दिन भर की थकान के कारण गहरी नींद में थे। राव मालदेव और भारमली तो जागते हुए भी होश में नहीं थे। उनके होश तो वासना के नशे ने हर लिए थे। एक अनिर्वचनीय दैहिक आनन्द से अनुभूत होते हुए इतने संवेदना शून्य हो गए थे कि मेघ गर्जना होती तो वह भी उन्हें सुनाई नहीं देती। ऐसे में कोचरी को कौन सुने?

दीप का बुझना नियति का इशारा था कि इंसान कैसे अपने ही कर्मों से जीवन में अँधेरा भर लेता है। कोचरी का आर्त स्वर स्मरण दिला रहा था कि मानव जब धन, दौलत, ऐश्वर्य और सामर्थ्य के शिखर पर होता है तब वह शेर की तरह दहाड़ता हैं। उसे लगता है धर्म, अधर्म, पाप, पुण्य सब व्यर्थ की बातें हैं। जो वह करता है वही सत्य है, वही पुण्य है, वही धर्म है। वह तो समर्थ है। लोगों के कर्मों का निर्णय या न्याय करने वाला है। वह क्यों किसी और न्यायाधिपति से डरे? उस समय वह भूल जाता है कि कितना ही समर्थ व्यक्ति हो जब असंगत चाल चल रहा होता है तब ग्रह नक्षत्रों की, प्रकृति की, नियति की चाल बदलने लगती है। उसकी चाल वक्री होने लगती है। उसकी दृष्टि टेढ़ी होने लगती है। जब वह परिवर्तन पूर्ण होता है तब उस परमसत्ता का निर्णय सबके सामने होता है। उस समय शेर की दहाड़ कोचरी के आर्त स्वर में बदल जाती है लेकिन तब उस समर्थ के पास भी अपने भाग्य को दोष देने के सिवाय कुछ शेष नहीं बचता है। राव मालदेव जी यह सब जानते समझते थे या नहीं वे ही जानें लेकिन ये पल ऐसे तीव्र दैहिक सुख की अनुभति देने वाले थे कि इस समय उनके स्थान पर कोई ऋषि मुनि होते तो उनकी चेतना भी इस सुख द्वारा ऐसे हर ली जाती।

दीपक के बुझने से महल में चारों तरफ़ अंधकार फ़ैल गया। तमस के उस साम्राज्य में, महल की उन दीवारों के भीतर उस रात्रि क्या हुआ कोई नहीं जानता था लेकिन वह जानता था जो राव मालदेव जी के भीतर था, भारमली के भीतर था, महल की उन निर्जीव दीवारों के कण कण में सजीव था, वायु के प्रवाह में व्याप्त था, दीप ज्योति के बुझने के बाद उस अंधकार में भी विद्यमान था। वह परमसत्ता जो हर समय सजग होती है, स्वयं प्रकाशित होती है, वह अपने दिव्य नेत्रों से सब कुछ देख रही थी कि कैसा पाप हुआ, किस तरह से किसी निर्दोष के अरमानों का गला घोंटा गया, किसी की भावनाओं और संवेदनाओं की हत्या की गई। वह परमसत्ता न सिर्फ देख रही थी बल्कि तय भी कर रही थी कि यह पाप है या पुण्य? दण्ड दिया जाए या पुरस्कार?

अनजाने में हुए इस अपराध से भारमली थरथराने लगी। उसका एक एक अंग शिथिल हुआ जा रहा था। वह सोचने लगी महारानी सा, राजमाता सा और रावल सा की बहुत उग्र प्रतिक्रिया निश्चित ही होगी और माँ तो मुझे मार ही डालेगी। थोड़ी

बहुत संवेदना अगर कहीं से मिलने की सम्भावना थी तो उनसे जिनकी मैं असली अपराधी हूँ यानि भंवरी जीजा से। वे मुझे समझती हैं। वे अवश्य विश्वास करेंगी कि यह अपराध मैंने स्वेच्छा से नहीं किया होगा।

महारानी बनकर कितना अकेलेपन का दंश झेलना पड़ता है इस तथ्य से उमादे अनभिज्ञ नहीं थी लेकिन दुर्भाग्य से प्रथम रात्रि को ही यह अकेलापन उसे डस रहा था। ऊपर से नि:स्तब्ध रात्रि को चीरते हुए कोचरी का वह आर्त स्वर कानों में क्या उतरा झील सी आँखों के किनारों से ऊष्ण जल की नहरें निकल आई। कुछ तो अशुभ घट रहा है। तो क्या कंधार की तरह फिर से कोई अनहोनी घटित होने जा रही है? ऐसी किसी आशंका मात्र से वह सिहर गई। आकाशीय बिजली की भाँति एक संवेदना सिर से पाँव तक दौड़ी और वह निढाल हो गई।

रावजी अभी तक महलों में पधारे क्यों नहीं? भारमली भी कहाँ चली गई? सब कुछ ठीक तो है? वे कुशल तो हैं? कोई अस्वस्थ होता तो गीतों की आवाज़ थोड़े आती। तब फिर इस शुभ अवसर पर भी किसी तरह की कोई राजनीति हो रही? किसी भी प्रश्न का उत्तर तो दूर, कहीं कोई ओर या छोर, कोई सिरा तक नहीं मिल रहा था, जिसे पकड़ कर अनुमान भी लगाया जा सके। थके हारे मन के कारण उठने या हिलने डुलने का सामर्थ्य भी नहीं रहा। पलंग पर बड़े से मसनद के सहारे बैठे बैठे ही उसने गवाक्ष से बाहर की तरफ देखा। नीचे उपवन में हरसिंगार के कितने ही फूल जमीन पर बिखरे पड़े थे। ऐसा लगा जैसे किसी ने अभी तक देखे गए उसके सारे सपने एक एक कर बिखेर दिए हों। जैसळगिर की सुनहरी रेत से जो ख्वाबों के महल बनाए थे वे महल अचानक ढहते हुए महसूस हुए। तो क्या उस पक्षी के आर्त स्वर के माध्यम से अज्ञात नियन्ता द्वारा उसके ज्ञात भवितव्य की कोई पूर्व सूचना दी जा रही थी? किसी अज्ञात भय के कारण सिहरते हुए उसने उठने का प्रयास किया ताकि अकाल में तिड़की धरती की तरह कंठ में पानी की कमी से पड़ी दरारों को शीतल जल से कुछ राहत दे सके परन्तु भयाक्रान्त काँपती देह में इतना सामर्थ्य भी नहीं बचा था। वह नहीं उठ पाई।

उनीदी आँखों से उमादे प्रतीक्षा करती रही। न महाराज आए और न ही भारमली। रात्रि का तीसरा प्रहर भी बीतने को आया। शराब, कबाब और शबाब के स्वाद और स्पर्श सुख से तृप्त होकर रावजी गहरी नींद में सोए तब काफ़ी प्रयासों से उन समर्थ भुजाओं के आलिंगन से भारमली स्वयं को मुक्त कर पाई। भागते हुए सीधे उमादे के महल में पहुँची। द्वार पर पहुँचते ही कदम ठिठक गए। इस समय वे निद्रा में होंगी, जगाना उचित नहीं रहेगा? जगाऊँ भी किस लिए? क्या मुँह लेकर

उनके सामने जाऊँ? यह समाचार देने के लिए कि जब आप सुहाग की सेज पर पतिदेव की प्रतीक्षा कर रही थीं, उस समय यह दासी उनके साथ सुहागरात मना रही थी।

भारमली अधिक कुछ सोचती या निर्णय करती तब तक उमादे ने उसकी पदचाप सुनकर आवाज़ दे दी।

"कौन? भारमली?"

"जी, हुकम।" उसने मन में ही प्रश्न किया, बाईसाराज अभी तक जाग रहे हैं? मन ने उत्तर भी ढूँढ.लिया कि जिसका भाग्य सो रहा हो उसे तो जागना ही था। भारमली सिर झुकाए भीतर पहुँची तो देखा उमादे आँसुओं की धार से भविष्य के लिए बुने गए सपनों को मिटा रही थी।

भारमली अपना चेहरा हाथों में छुपाए सुबकियाँ लेते हुए बोलीः—"हुकम, दासी होते हुए भी मुझ जैसी अभागन को आपने छोटी बहन का मान दिया। रावल सा ने बेटी जैसा सम्मान दिया। फिर भी इस कुजात (बुरी जाति वाली) ने आपके साथ विश्वासघात किया, छल किया, अनर्थ किया।" और फिर उसने सब कुछ वैसे ही बता दिया जैसा घटित हुआ था।

उमादे राजा महाराजाओं की आदतें भी जानती थी और दासियों की विवशता भी। जीसा में सामर्थ्य, वीरता, संवेदनशीलता जैसे अनेक गुण थे फिर भी उसने माँ को भीतर ही भीतर कुढ़ते हुए, रोते हुए, बिलखते हुए देखा था क्योंकि स्त्री के लिए सबसे कठिन पल होते है जब उसका अर्ध किसी अन्य स्त्री के साथ पूर्णाकार हो रहा होता है। स्त्री अपना धन, दौलत, ऐश्वर्य सब कुछ बाँट सकती है लेकिन अपने पति को बंटते हुए देखना उसके लिए मृत्यु से भी अधिक पीड़ादायक होता है। स्त्री की इस पीड़ा को समझे बिना, राजप्रासादों में यह पाप तो सदियों से होता आया है।

जैसळगिर में अधिकांश पानी के कुएँ साठीके (साठ पुरस) होते थे। लोग कहते हैं कि गहरा पानी पीने के कारण यहाँ के लोगों में भी गहराई बहुत अधिक होती है। शायद यही कारण था कि उमादे ने उसी क्षण निर्णय ले लिया कि रिश्तों की निकटता बनी रहे, उनका माधुर्य बना रहे, उनमें गाँठ नहीं पड़ जाए इसके लिए बिना किसी को बताए गरल पी जाना बेहतर है। हो सकता है राव मालदेव जी इसे मेरी निर्बलता समझें या फिर सामान्य घटना समझ कुछ सोचे ही नहीं पर कभी कभी सम्बन्ध बचाने के लिए ऐसा जोखिम उठा लेना चाहिए। वीर होने के साथ अगर वे बुद्धिमान भी हैं तो मेरी ख़ामोशी उनमें बहुत बड़ा परिवर्तन भी कर सकती है। जीवन के प्रति, सम्बन्धों के प्रति, प्रेम और त्याग के प्रति उनकी सोच, उनका नज़रिया बदल सकता है।

"सुन भारमली।"

"जी भंवरी जीजा।"

"इस घटना का कोई अन्य साक्षी?"

"भंवरी जीजा, आपको अपनी भारमली के शब्दों पर अविश्वास?"

"नहीं वो बात नहीं है। तू नहीं समझेगी। हां या ना में बता।"

"ऐसी घटनाओं के भी कोई साक्षी होते हैं हुकम? हम दो ही थे, अपराधी भी और साक्षी भी।"

"मुझे विश्वास है, तुम्हारा कोई दोष नहीं रहा होगा। मेरे सुहाग में ही दुर्बलता होगी। उनके अपराध के लिए तू क्यों अपने को दोषी मानती है? तेरे पास उनके आदेशों की अवहेलना करने की क्षमता थोड़े ही थी। जो हो गया उसे तेरा और मेरा दुर्भाग्य समझ कर बिसार दे। आगे से इस घटना की चर्चा अपने आप से भी नहीं करना। मेरा आशय समझ गई?"

"जी भंवरी जीजा। इसी क्षण से इस जिह्वा पर ताला समझिए।"

भंवरी जीजा ने तो क्षमा कर दिया था लेकिन भीतर ही भीतर इसकी ग्लानि भारमली को खाए जा रही थी। अपराधी अपने अपराध की स्वीकारोक्ति नहीं करके प्रकट तौर पर तो सजा से बच जाता है लेकिन उसकी अंतरात्मा उसे कचोटती रहती है, जलाती रहती है, दण्ड देती रहती हैं। वही स्थिति भारमली की थी।

वह सोचने लगी कि रावजी के पास जाना मेरी इच्छा से नहीं हुआ, मेरा सौन्दर्य भी ईश्वर का दिया है, रावजी के सामने असहमति प्रकट करने का दासी को अधिकार नहीं था। प्रारम्भ में महाराज की इच्छा थी और मेरी अनिच्छा परन्तु एक समय के पश्चात देह का कण कण तरंगित होने लगा, आनन्द से आह्लादित होने लगा, मैं महाराज का साथ देने लगी। फिर देह और मन भी एकाकार हो गए। मैं पाप, पुण्य जैसे प्रश्नों से दूर गहरे सागर में डूब गई, जहाँ सिर्फ़ आनन्द ही आनन्द था। इसलिए ईमानदारी से कहूँ तो इस पाप में मैं भी साथ थी। कुछ समय बाद बुद्धि ने भी देह और मन का साथ देना प्रारम्भ कर दिया। फिर ऐसा समय भी आया था जब न सिर्फ उस सुख से आनन्दित हुई थी बल्कि मन ही मन सोचा भी था कि जिस तरह से महारानी सा मुझे नापसन्द करती हैं परन्तु रावल सा बेटी की तरह रखते हैं, हो ना हो माँ नाम नहीं बताती हो पर रावल सा ही मेरे पिता हों। अनेक दास दासियों की माताओं ने उनके बाप का नाम बताया है तो मेरी माँ को ही छुपाने की क्या आवश्यकता है? कोई सामान्य व्यक्ति होता तो शायद बता भी देती लेकिन अन्नदाता से किसे भय नहीं लगता? जिसे मुझे बेटी कहते हुए शर्म आती है पर मेरी माँ के सौन्दर्य को, उसके यौवन को भोगने का आनन्द नहीं छोड़ना चाहता था उस व्यक्ति की बेटी के सुहाग का मैं भोग करूं, उसके साथ आनंदित होऊं तो क्या गलत है?

कौनसा अन्याय है? मैं सोचने लगी थी जैसे यह कोई अपराध नहीं, प्रतिशोध है।

परन्तु शीघ्र ही भंवरी जीजा का मासूम, निर्लिप्त, निष्कलुष, प्रेम भरा चेहरा मेरी आँखों के सामने तैर गया तो मुझे स्वयं पर शर्म आने लगी। जब उन क्षणों का ज्वार उतर गया तो मुझे अपराध बोध होने लगा। मान लूँ कि रावल सा ने ऐसा अपराध किया भी हो तब भी उसका दण्ड जो मुझे छोटी बहन की तरह रखती है उन भंवरी जीजा को क्यों मिले? यह अपराध बोध मैं किसी के सामने फूट कर निकालना चाहती थी लेकिन भंवरी जीजा ने जिह्वा बंद रखने को कह कर उसके बाहर निकलने पर, मेरे चैन पर, मेरे सुकून पर सदैव के लिए कील ठोंक दी थी।

उस रात्रि जो हुआ, मन और बुद्धि पक्ष या विरोध में अपने तर्क या कुतर्क करते रहते लेकिन भारमली के लाख न चाहने पर भी देह फिर से वह सब कुछ पाने को लालायित होने लगती। सोचते ही पूरे तन में एक सिहरन सी व्याप्त हो जाती। संगीत के किसी साज की तरह झंकृत हो उठती। मन सोचने लगता कितना ही अच्छा हो अगर रावजी मुझ दासी को भी मांग ले।

जब तक पर्दा न हटे, इंसान अक्सर गलतफ़हमियों में जीता है। भारमली सोचती थी कि यह बात किसी को पता नहीं लेकिन घर पहुँचते ही माँ ने कहा—''भारमली जो कुछ हुआ, मदिरा के नशे में घटा समझ कर भूल जा। राजा महाराजाओं के लिए महारानियाँ भी अतलवी वस्त्र की तरह हैं। अवसर पर पहन लिया जाए। हमारे जैसी दासियाँ तो किसी सामान्य वस्त्र की तरह हैं जिसे एक बार पहना और फेंक दिया।'' हालाँकि वह माँ के जितनी अनुभवी नहीं थी लेकिन परमात्मा ने स्त्री को शायद अतिरिक्त बुद्धि दी है, कम से कम पुरुष की वासनामयी कामनाओं को पहचानने और समझने की। उसका किसी पुरुष के साथ पहला संसर्ग था और प्रणय के उन पलों में भय, लज्जा और पीड़ा के कारण ठीक से आँखें भी नहीं खोल पाई थी फिर भी क्षण भर के लिए अपनी अधखुली आँखों से उसने रावजी की आँखों में देखा था, उनके होठों के स्पर्श में महसूस किया, उनके बाहुपाश की जकड़ से अनुभूत किया था कि वे भारमली को विस्मृत नहीं कर सकते। वे अवश्य चाहेंगे कि जीवन में फिर कोई अवसर आए जब वे कुछ पल भारमली के साथ बिता पाएँ।

प्रभात में उमादे अपने महल से निकल महलों के मध्य बने बड़े चौक में पहुँची। कल का बना चंवरी का मण्डप अभी भी सामने खड़ा था। उस पर सजे पुष्प सूख चुके थे। वे हवन के ताप से सूखे, जल की कमी से या वह टहनी जिसे वे अपनी समझते थे उससे विलग होने की पीड़ा से सूखे, कौन जाने? किसी के भीतर की पीड़ा और

उसका कारण अन्य कोई कब जान सका है? हर किसी की अपनी पीड़ा और उसके कारण। हम अपने द्वारा भोगी गई पीड़ा के अनुसार कल्पनाओं के चित्र उकेरते रहते हैं, प्रश्नों के उत्तर ढूँढ़ते रहते हैं। हवन कुण्ड में वह प्रज्वलित, प्रकाशमान, तापयुक्त अग्नि जिसके समक्ष रात्रि में राव मालदेव और उमादे द्वारा एक दूसरे को वचन दिए गए थे वह अग्नि अब निरी श्वेत श्याम राख में बदल चुकी थी। यहाँ पर कल गोधूलि वेला में ही तो माराज ने कहा था—''अब पाणिग्रहण संस्कार के पश्चात आप दोनों दम्पति हो जाएंगे। पूर्व में आपका स्थान, जाति, गोत्र, परिवार कुछ भी रहा हो, कोई बड़ा या छोटा हो इस संस्कार के पश्चात दोनों की स्थिति एक समान हो जाएगी। जीवन पर्यन्त एक दूसरे को समान समझेंगे। अतः किसी भी तरह से धन, दौलत, राज्य, सामर्थ्य, सौन्दर्य, स्त्री, पुरुष या किसी अन्य कारण से अपने में बड़ा होने का अहंकार हो तो इसी समय हवन की इस ज्वाला में होम कर दें। आज से पूर्व किसी स्त्री या पुरुष के लिए हृदय में विशेष स्थान हो, मन में उसके साथ दाम्पत्य का विचार आया हो या फिर दैहिक आसक्ति हो तो उन सभी विचारों को भी सदैव के लिए अग्नि की इस ज्वाला में भस्म हो जाने दें। सुखी दाम्पत्य के लिए यह सब आवश्यक है।''

उमादे को ग्रीष्म ऋतु में भी लगा जैसे ठण्डी पड़ चुकी राख को देख पूरी देह को शीतलता ने जकड़ लिया हो। उस जाड़े से तन में जड़ता, अकड़न और आलस, तो मन में एक अजीब सी विरक्ति का भाव और अवसाद घिर आया। रात्रि में चटके दाम्पत्य के सम्बन्धों से मन में इतना खारापन रिसा कि जिह्वा पर कड़वाहट फ़ैल गई। क्या रावजी को इसका भय नहीं है कि यूँ उन्माद में प्रज्वलित वासना की ज्वालाएँ दावानल बन कर सब कुछ लील जाती हैं? क्या उनकी स्मरण शक्ति दुर्बल है जो चंद घड़ियों में ही अगन के समक्ष दिए वचनों को विस्मृत कर बैठे? अधिक कुछ सोचती उससे पूर्व माँ के कक्ष में पहुँच गई।

रावजी ने जैसळगिर आने से कुछ समय पूर्व ही रियां, मेड़ता और नागौर विजय किए गए थे। वहाँ से महमूद खां के सैनिकों के विद्रोह के समाचार आ रहे थे इसलिए बहुत आग्रह के बावजूद उन्होंने प्रभात में ही विदाई देने को कह दिया।

विदाई से पूर्व सुबह कुँवर कलेवे (विवाह के अगले दिन जंवाई को घर पर नाश्ते के लिए बुलाना, जिसमें दूल्हा, उसके मित्र, साले, सालियाँ सम्मिलित होते हैं) के लिए रावजी महलों में पधारे। कहते है अच्छी बातों का प्रचार प्रसार करना पड़ता है परन्तु बुरी बातें जंगल में लगी आग की तरह फैलती हैं। उमादे सोचती थी कि रात्रि की घटना के बारे में वह, भारमली और राव मालदेव ही जानते हैं लेकिन उसे आश्चर्य हुआ जब माँ ने कहा—''बेटी तू जिद्दी स्वभाव की है पर थोड़ा धीरज रखना, सिर में अगर जूँ पड़ जाए तो जूँ मारी जाती है। केश या शीश नही कटाते।

समय के साथ सब ठीक हो जाएगा। तू रावजी से उलझना मत।''

''जब जानती ही हैं तो अब क्या छुपाना। माँ, सुहाग की सेज पर अपने पति के साथ मक्खी भी बैठी हो तो तन-मन में आग लग जाती है। फिर यहाँ तो जीती जागती एक सुन्दर स्त्री न सिर्फ़ बैठी बल्कि रात भर वे उसके साथ क्रीड़ारत हुए है। अब भी आप मुझसे धैर्य की अपेक्षा रखती हैं?''

''जानती हूँ लाडेसर (प्रिय)। जिस स्त्री ने राजमहलों में सुहाग का जोड़ा पहने प्रवेश किया है उसने यह नारकीय दुःख भोगा है। इसे तुम राजनैतिक जरूरत कहो, अय्यासी कहो, गलत या सही कहो, पर परम्परा है जिसे मैं और तुम बदल नहीं सकते। मैं भी विवाह कर आई थी तब कुछ महीनों तक तो तुम्हारे जीसा का सारा ध्यान मुझ पर रहा, लेकिन धीरे धीरे सब कुछ बदल गया। वे कई दिनों तक मेरे महल में नहीं पधारते। उन्हें जब किसी दूसरे महल में जाते देखती थी तो मेरे देह और मन में अगन लगती थी, हिये में हूक-सी उठती थी, काळजे में शूल चुभती थी। ऐसा लगता था जैसे किसी जहरीले सांप ने काट लिया हो और अंग अंग मूर्छित हो रहा हो। ऐसा लगता जैसे कोई अपने मजबूत हाथों से मेरी ग्रीवा को दबा रहा है, मेरा दम घुटता, जी में अमूजणी सी होती। उनकी दूसरे महलों में जाने की आवृति बढती गई और मेरी ये बीमारी। कुछ ही महीनों में मैं सूख कर काँटा हो गई। मुझे लगने लगा अब मैं जी नहीं पाऊँगी। मुझे इससे पूर्व कभी महसूस ही नहीं हुआ था कि दुःख क्या होता है। तब पहली बार अनुभव हुआ कि धन, दौलत, ऐश्वर्य, नौकर, चाकर, जी, हुकम, राजमहलों के इन इन सब सुखों के बावजूद इंसान दुःख के सागर में गहराई तक डूबा हुआ हो सकता है। जीवन अर्थहीन लगने लगा। उदासी इतनी थी कि जीने की कोई लालसा नहीं बची। दुःख के इस सागर में डूबती निकलती गिन गिन कर दिन निकाले जा रही थी कि पिताजी ने मेवाड़ से लेने भेजा। वहाँ पहुँचने पर तेरे नानीसा यानि मेरी माँ ने बहुत समझाया कि राजप्रासादों में अनेक सुख है तो उस शापित जीवन का यह बहुत बड़ा दुःख भी है। इसलिए इस दुःख को स्वीकार कर उस पर विजय पाने की राह ढूंढो। उसका एक ही तरीका है कि अन्य रानियों को सौतन नहीं बहन समझो। विवाह से पूर्व तक मैंने माँ का दुःख कभी अनुभूत नहीं किया था। उस दिन पहली बार लगा मैं जिसे दुःख मान रही हूँ माँ तो उसे भोग चुकी है फिर भी वह हँसती है, मुस्कराती है, हम बच्चों पर ही नहीं, सब रानियों पर भी, महाराणा सांगा पर भी उतना ही प्यार लुटाती है। उनके प्रेम की निर्मल सरिता का प्रवाह कभी रुकता नहीं। उस दिन के पश्चात मैंने स्वयं को बदल दिया। तेरी सभी माताओं को बहन समझा। तब से रावल सा अपनी किसी अन्य पत्नी को मुझसे अधिक प्रेम करते, मेरे से अधिक उसका ख्याल रखते तो मुझे ईर्ष्या नहीं होती, जलन नहीं होती, बेचैनी नहीं होती। यह इसलिए कह रही हूँ कि सुख, चैन, आनन्द

से रहना है तो तेरा हित शायद इसी में है कि तू चुप रहे।

''रावजी से विवाह करके मैंने भी सदियों से चली आ रही बहुपत्नी प्रथा को स्वीकार किया है माँ। मेरे हिस्से का सब कुछ अपनी अन्य ब्याहता को देते तब मैं स्वीकार कर लेती लेकिन यह तो निरी लम्पटता है कि दासी और पत्नी में भी फ़र्क न रहे। कम से कम अवसर का तो ख्याल रखते। सुहागरात को भी सामने जो स्त्री देह दिख जाए उसी के साथ क्रीड़ारत हो जाए? जिस व्यक्ति में पत्नी के लिए इतना भी सम्मान नहीं उसके लिए वह पत्नी नहीं सिर्फ भोगी जाने वाली देह है। जो स्त्री को सिर्फ़ भोग्या समझे, ऐसे नराधम के साथ उमादे नहीं रह सकती।''

''अरे लाडेसर, तू जानती है, तू क्या कह रही है? तू अपने पति के साथ नहीं रहेगी? तेरे पिताजी लूणकरण जी को लोग देवता की तरह पूजते हैं, जिस जैसळगिर, उसकी परम्पराओं, उसकी संस्कृति का बखान करते लोग थकते नहीं उनका क्या होगा? सिर्फ़ इतिहास बन कर रह जाएगा? आने वाली पीढ़ी को बताने के लिए कुछ भी नहीं बचेगा? क्या पल भर में सब कुछ स्वाहा हो जाएगा? हमारे मुँह पर कालिख पुत जाएगी?''

''चिन्ता नहीं करें माँ। ऐसा कुछ नहीं होगा। इस परिवार की, इस जैसळगिर की, अपने पुरखों की नाक नहीं कटने दूंगी। आपकी भंवरी (उमादे) राव जोधा के घर की बहू बन कर जाएगी। राव मालदेव की पत्नी भी रहेगी लेकिन वैसी ही बाल ब्रह्मचारिणी बन कर रहेगी, जैसी आज तक है। अपने पूर्वज, अपने इष्ट देव श्री कृष्ण जिनकी पूजा आज दिन तक मन से करती आई हूँ उनसे आज पहली बार कुछ माँग रही हूँ। हे देव! इतना सामर्थ्य देना कि अगर आज दिवस तक मन, वचन, कर्म से मैं ब्रह्मचारिणी हूँ और आगे भी रहूँ तो बलात पति तो क्या परमेश्वर भी मुझे स्पर्श करने का प्रयास करे तो वह उसी समय भस्म हो जाए।''

क्रोध में आवाज़ कितनी तेज हो गई थी, माँ बेटी दोनों को ध्यान ही नहीं रहा। जब पास के कक्ष में कुँवर कलेवे में सम्मिलित उमादे के भाई युवराज मालदेव ने आकर उन दोनों को चुप करवाया तो ध्यान आया लेकिन तब तक ये सारी बातें राव मालदेव भी सुन चुके थे।

बारात को विदाई दी गई। रावजी द्वारा भारमली को भी साथ भेजने का परोक्ष आग्रह किया गया। लूणकरण जी असहमत थे। वे भारमली के रूप सौन्दर्य, चातुर्य, कमनीयता को भी जानते थे और राव मालदेव जी के कामुक स्वभाव से भी अब अनजान नहीं रहे। ये दैहिक सम्बन्ध शीघ्र समाप्त होने वाले नहीं थे। आज भारमली उमादे को अपनी बड़ी बहन मानती है, उसमें अपराध बोध भी है, क्षमा भी मांग रही

है लेकिन धीरे धीरे महाराज की, महलों की आदत हो जाएगी, नशा हो जाएगा तो आश्चर्य नहीं कि वह भी महारानी के बराबर अधिकार लेना चाहे, उसकी प्रतिद्वंदी बन जाए। जीवन में बहुत कुछ इतना धीरे धीरे बदलता है कि व्यक्ति कल्पना भी नहीं करता, वैसा घटित हो जाता है। इसलिए ऐसे सम्बन्ध तो जितने शीघ्र समाप्त हो, ऐसे कांटे तो जितना जल्दी निकल जाएँ उसी में हित है, यही बुद्धिमता है लेकिन जंवाई को मना करने से पूर्व श्वसुर को सौ बार सोचना पड़ता है। राव मालदेव जैसे जंवाई को इंकार करना तो राजनैतिक रूप से भी निरापद नहीं था। निर्णय बहुत कठिन था।

उन्होंने उमादे से पूछा—"भंवरी, रावजी का आग्रह है कि भारमली को भी दहेज़ में दिया जाए। यूँ तो अनेक दासियाँ और हमारी क्षमता अनुसार सब कुछ देंगे परन्तु उसे देना मुझे कुछ उचित नहीं लगता है, मन नहीं मानता है।"

"जीसा (पिताजी), आप चिन्ता क्यों करते हैं? मेरा भाग्य मेरे साथ भारमली के होने या नहीं होने से नही बदलेगा। भारमली तो उस अपराध की माध्यम है, कारण नहीं। कारण तो मैंने वरण कर लिया। उस इंसान से कितनी भारमलियों को आप दूर रखेंगे?" उलझी बात रावल लूणकरण जी के भी समझ में आ गई।

बाईसाराज उमादे के साथ राघो माराज अपने बेटे चंडू और पूरे परिवार के साथ ऊँट गाड़े पर सवार हुए। सुनार, दर्जी, खाती, कुम्हार, लुहार, चर्मकार, नौकर-चाकर, दास-दासियाँ अपने अपने परिवार सहित ऊँट गाड़ों में बैठे। भारमली और अन्य दो दासियाँ हाथी पर सजी उमादे की डोली में उसके साथ बैठीं। हीरे, मोती, अन्य कीमती जवाहरात व उनसे जड़े स्वर्ण आभूषण, स्वर्ण व रजत के बर्तन व अन्य सामग्री, सोने और चाँदी के काम वाले पलंग, गद्दे और रेशमी चद्दरें। उमादे, राव जोधा के परिवार, जेठ-जेठानियों, जेठुतों-जेठुतियों, देवर-देवरानियों, उनके बच्चों, ननदों, भुआ सास तथा उनके परिवार जनों, सभी के लिए एक से बढ़कर एक स्वर्णाभूषण और रेशमी व छींट के अतलसी वस्त्र। सुरक्षा के लिए सैनिकों की टुकड़ियाँ। ऊँट, घोड़ों, गायों के अनगिनित टोले लेकर ग्वाले जोधपुर के लिए निकले।

जोधपुर के महलों में जो कुछ हुआ...

रात्रिकाल में बारात जोधपुर पहुँची। राव जोधा की नगरी भी नयी बीनणी की तरह सजी थी। वह नई महारानी उमादे भटियाणी के स्वागत में पलक पांवड़े बिछाए प्रतीक्षारत थी। कोसों तक फैले नगर के परकोटे पर हजारों दीपक जल उठे। सोजत, मेड़ता, नागौर, सिवाना, जालौर जाने वाले नगर के सभी विशाल द्वारों, सोजती दरवाज़ा, मेड़ती दरवाज़ा, नागौरी दरवाज़ा, सिवांची दरवाज़ा, जालौरी दरवाज़ा के दोनों ओर बड़ी बड़ी मशालें जल रही थीं और मध्य में सैकड़ों दीपक दिप दिप कर रहे थे। इन द्वारों से नगर के मध्य तक पूरे रास्ते जलती हुई मशालें और दीपक रात्रि में भी दिवस का आभास दे रहे थे। प्रजा ने भी अपने प्रिय महाराजा और महारानी के प्रति आस्था, ख़ुशी और अपणायत प्रकट करने हेतु अपने घरों की दीवारों को टिमटिमाते दीपकों से सजा रखा था। ऐसा प्रतीत हो रहा था जैसे नई महारानी के स्वागत में आज सम्पूर्ण गगन मण्डल अपने सारे ग्रह नक्षत्रों के साथ धरती पर उतर आया हो।

राजमाताएँ, महारानियाँ, अन्य सगे सम्बन्ध की महिलाएँ, गणमान्य प्रजा जनों के घरों से आई महिलाएँ, दासियाँ सभी नई महारानी के दर्शन को अधीर हो रही थीं। सभी को कौतुहल था कि जिस उमादे के सौन्दर्य और चातुर्य की ख्याति सम्पूर्ण राजपूताना में है वे असल में कैसी दिखती हैं? जबकि महारानी लाछलदे कच्छवाही और लिखमी कँवर सिसोदियाणी जी के धैर्य का बाँध इसलिए टूटा जा रहा था कि सचमुच ऐसा अद्भुत रूप सौन्दर्य हुआ तो हमारा क्या होगा? अभी तक जो राव मालदेव जी हमारे थे आज से सदैव के लिए सिर्फ़ उमादे के तो नहीं हो जाएंगे?

बधावे के रीति रिवाजों के पश्चात सभी की जिज्ञासा शान्त करने हेतु राव मालदेव की माताजी सिरोही के देवड़ा शासक जगमाल लाखावत की पुत्री राजमाता माणकदे (पदमा) देवड़ी जी के कहने पर नणद बाईसा द्वारा भाभीसा उमादे का घूँघट उठाया गया। गौरवर्णा, नवपुष्पित गुलाब की पंखुड़ियों से ओष्ठ, पलकों की चादर

ओढ़े समंदर-सी गहराई लिए नयन, मुख पर आभा मण्डल ऐसा जैसे सैकड़ों सूर्य एक साथ प्रदीप्त हो उठे हों। अचानक कोलाहल शान्त हो गया। कक्ष में अजीब सा सन्नाटा। अधर हिलना भूल गए तो पलकें झपकना। जिस आँख ने भी देखा बस निरखती रह गईं।

जब बेचेते हुई इन महिलाओं की चेतना लौटने लगी तो सबसे पहले महारानी लाछलदे कच्छवाही और लिखमी कँवर सिसोदियाणी जी की दृष्टि आपस में टकराई। आँखों से ही एक दूसरी को कहा—"अपने हाथ से तो महल, महाराज और राज सब फिसल गए।" दोनों के चेहरों पर ऐसी उदासी छा गई जैसे अब उनका जीना ही निरर्थक हो।

सब रीति रिवाज़ों के पश्चात उमादे ने रावजी तक सन्देश भिजवाया कि उसके लिए राजप्रासादों से अलग कक्ष बनवाया जाए। वह उसमें रहेगी। जब तक वह तैयार न हो जाए वह यहाँ उसके लिए निर्धारित महल में रहेगी लेकिन उसमें उसकी आज्ञा के बिना किसी को प्रवेश की अनुमति नहीं होगी। राव मालदेव जिन्हे सिर्फ़ सुनाने की आदत थी, आज अबोले, सर झुकाए, बिना किसी विरोध के महारानी उमादे की शर्त सुन रहे थे। शायद रावण को सीता के बलात स्पर्श का जो भय था वैसा ही भय मालदेव को था। उन्होंने जैसळगिर में कुँवर कलेवे के समय उमादे और उसकी माँ का संवाद सुन लिया था कि कोई भी मुझे बलात स्पर्श का प्रयास करेगा वह उसी समय भस्म हो जाएगा। न जाने उस आवाज़ में कौन सी शक्ति थी, कैसा सम्मोहन था, कैसा दृढ निश्चय था कि रावजी ने बिना किसी तर्क-वितर्क, विचार-विमर्श, सवाल-जवाब के उस बात पर विश्वास कर लिया।

अगले दिवस साँझ को एक संदेशवाहक महारानी उमादे के पास पहुँचा और बोला कि रावजी एकान्त में आपसे बात करना चाहते हैं। आज्ञा मिलते ही महाराज उमादे के महल में पहुँच गए।

वह योद्धा जिसके लिए जीवन का अर्थ ही युद्ध हो। वह योद्धा जो अगर रणक्षेत्र में निहत्था हो और सामने अनेक योद्धा तलवार लेकर आ जाएँ तब भी उसके हाथ न काँपें लेकिन आज इस स्त्री में न जाने क्या था, उसकी दृष्टि में कैसी प्रचंडता थी, उसके सूर्य सम प्रदीप्त चेहरे के आभामंडल में कैसा तेज़ था कि राव मालदेव जी के हाथ या पैर ही नहीं सम्पूर्ण देह थरथरा रही थी। ऐसा लग रहा था जैसे अचानक किसी मेमने के सामने कोई शेर आ गया हो।

करबद्ध होकर बोले—"महारानी, मुझसे अनजाने में, मदिरा के नशे में जो अपराध हो गया, उसे भूल जाएँ। मुझे क्षमा करें।"

"हुकम, ये आप क्या कर रहे हैं? हाथ जोड़ना न तो मारवाड़ के धणी को शोभा देता है और न उमादे चाहती है कि उसके स्वामी परमसत्ता के सिवाय किसी

के भी सामने कभी हाथ जोड़ें। ऐसा मत कीजिए। इससे आप से अधिक पीड़ा मुझे होती है महाराज।''

तत्काल हाथ नीचे करते हुए रावजी ने भी अनुभव किया कि सचमुच कितना दुरूह कार्य उन्होंने किया। जीवन में कितने ही कष्ट आए, विपरीत परिस्थितियाँ आईं पर किसी के सामने हाथ नहीं जोड़े। अपनी ही पत्नी के सामने यूँ हाथ जोड़े खड़े रहना शायद किसी सामान्य जन या दास ने भी नहीं किया होगा परन्तु आज क्षण भर के लिए ही सही पर मारवाड़ का धणी ऐसा करके खड़ा था। पितृसत्तात्मक समाज का पौरुषीय दम्भ बहुत गहरे तक आहत हुआ था परन्तु एकबारगी उमादे के साथ न होने के विचार मात्र से हिये पर दूज सी आ गई थी, साँसें रुक गई थीं। लगा था अब जीवन असम्भव है। उस समय की वह घुटन, बेबसी, अकेलेपन का दर्द उन्हें हाथ जोड़ने के लिए इस महल तक ले आया था।

''हुकम, आप स्वयं का अपराध स्वीकार कर ही रहे हैं तो मेरी विनती है कि दण्ड भी स्वीकार करें।''

''अवश्य, मैं किसी भी प्रकार के दण्ड के लिए प्रस्तुत हूँ। यहाँ तक कि मृत्यु दण्ड भी लेकिन जीवित रहते हुए आपसे दूरी का यह दण्ड मत दीजिए।''

''जोधपुर में जब तक मैं ना कहूँ मेरे महल में सभी का प्रवेश निषेध रहे और उस सभी में मारवाड़ के स्वामी राव मालदेव जी भी शामिल होंगे।''

''यह कैसा दण्ड है महारानी? पत्नी के महल में पति का प्रवेश निषेध?''

''मारवाड़ के धणी जिस दिन मुझे पत्नी समझेंगे, उस दिन द्वार खटखटाने की भी आवश्यकता नहीं होगी।''

''आपकी दृष्टि में हम आपको पत्नी समझने लग गए हैं, उसके लिए हमें क्या करना होगा?''

''हुकम, उसके लिए आपको दासी, वेश्या, व्यभिचारिणी और पत्नी के अंतर को समझना होगा। स्त्री के मान, सम्मान, मर्यादा, इज्जत, आबरू के महत्त्व को समझना होगा।''

''हम यह सब समझते हैं। मदिरा के नशे में हुई एक गलती का ऐसा दण्ड उचित नहीं है महारानी।''

''आप ऐसा समझते होंगे परन्तु हमें विश्वास करने के लिए समय चाहिए महाराज।''

''स्वीकार है लेकिन यह निषेध कब तक रहेगा? कितने दिवस का?''

''वह तो आपके आचरण पर निर्भर करेगा महाराज। हो सकता है कुछ दिन का ही हो और हो सकता है जीवन भर के लिए हो।''

''जीवन पर्यन्त?'' रावजी के होठों में हलचल तो हुई पर शब्द बाहर तक

नहीं आए। कभी कभी सागर अपने मध्य से उठी विशाल लहर को किनारे तक पहुँचने से पूर्व ही निगल जाता है, ठीक वैसे ही भीतर से शब्दों के साथ विस्मय का प्रादुर्भाव भी हुआ परन्तु आँखों और चेहरे पर भाव आने से पूर्व शान्त हो गया।

दोनों ने अबोले ही एक दूसरे को हाथ जोड़े और रावजी कक्ष से प्रस्थान कर गये।

रावजी की आज्ञा से महारानी उमादे को उनकी पसन्द का महल दे दिया गया। जैसळगिर से साथ लाई कुछ दासियाँ सेवा हेतु रख लीं। भारमली को छोड़कर इस महल के बाहर का कोई खास या आम तो क्या कार्यवश राज के नौकर चाकर भी बिना आज्ञा उधर झाँक भी नहीं सकते थे।

भारमली को अन्नदाता की आज्ञा से स्वतन्त्र महल दिया गया। वह अपनी भंवरी जीजा के पास आ सकती थी और आती भी थी। जिस उमादे ने भारमली को इतना प्यार दिया, सगी बहन की तरह रखा उसी का घर बिखेरने के लिए जैसळगिर से आई अधिकांश दासियाँ उससे घृणा करती थीं लेकिन बाईसाराज आज भी स्नेह बरसाती थी इसलिए दासियाँ भी अपने होठों को सी लेती थीं।

उमादे जल्दबाजी में किसी तरह का कोई गलत निर्णय नहीं लेना चाहती थी। लगभग एक सप्ताह बीत चुका था। इस बीच रावजी तीन बार अपने संदेशवाहक भेज चुके लेकिन कोई लाभ नहीं हुआ। महारानी लाछलदे और लिखमी कँवर को अवश्य लाभ हुआ क्योंकि इन सात दिवस में रावजी ने किसी पड़दायत या दासी का मुँह नहीं देखा। प्रत्येक रात्रि इन में से किसी एक महारानी के महल में उपस्थित होते परन्तु उमादे के व्यवहार में कोई बदलाव नहीं आया। उन्हें रावजी पर कोई दया नहीं आई।

सात दिवस में मारवाड़ के धणी का धैर्य जवाब दे गया। बीतते समय के साथ अपराधी को अपना कृत्य छोटा लगने लगता है और दिया गया दण्ड बड़ा। इतना ही नहीं वह अक्सर अपने उस कृत्य को मन ही मन सही ठहराने लगता है। उसके पक्ष में तर्क गढ़ने लगता है। वह तो उस समय की विवशता थी, अन्य विकल्प ही नहीं था, ऐसा तो सभी करते हैं, ऐसा सोचकर अपराधी स्वयं को न्याय संगत सिद्ध करने लगता है। उन्माद में घटित क्षणिक घटना को उनकी अर्धांगिनी अनावश्यक तूल दे रही है। ऐसा सोच कर रावजी मन ही मन स्वयं को उचित ठहराने लगे। अकेले में अक्सर बोलने लगते—''इस भटियाणी का इलाज़ मुझे ही करना होगा। इसे प्यार से समझ नहीं आएगा।''

रात्रि में महारानी उमादे अपने महल में पोढ़ी (सो रही) थी। निद्रा और भाग्य से तो

बैर (शत्रुता) था। फूलों जैसा बिछोना भी कांटो की तरह चुभ रहा था, करवटें बदल रही थी कि अर्धरात्रि से कुछ पूर्व वायु के झोंके के साथ गवाक्ष से मंगणियारों के साज और कण्ठ स्वरों ने कानों में दस्तक दी।

पायळ गेरी बाजणी...
अरे रासीला रे महलां में जाग
अन्नदाता रे...नैना रा बादल रे...पायळ गेरी बाजणी, बिछिड़ा पा बाज्या

(दूर कहीं महलों के भीतर से पायल की झंकार सुनाई दे रही है। यह संकेत है कि उन महलों में कोई रसिक बलम की प्रतीक्षा में करवटें बदल रही है, जाग रही है। हे अन्नदाता, हे नयनों के मेघ...महलों से पायल की झंकार सुनाई दे रही है, सुहाग के प्रतीक बिछिये भी बज रहे हैं) उमादे के महल के निकट से होकर गुजरते हुए मंगणियार गाते रहे लेकिन अपनी ही उलझन में उलझा मन इससे आगे कुछ भी सुन नहीं पाया। जब स्वयं के भीतर कोई युद्ध चल रहा हो तो बाहर बजते हुए युद्ध के नगाड़े सुनाई कहाँ देते हैं?

ये रावजी लश्कर लेकर कहाँ जा रहे हैं? अपने अर्ध के अभाव में अकेलेपन की दाहक अग्नि से तो मैं जल रही हूँ। मंगणियारों के स्वरों में जिस पायल के बजने का संकेत हैं वह तो मेरे इन पैरों में है। जिन्हें सर्वस्व मान कर पैरों में बिछिए पहने है उनकी अर्धांगिनी तो मैं हूँ। इस महल में हूँ। तब फिर वे कौन से महल को पधार रहे हैं? इधर आगे तो किसी महारानी का महल भी नहीं है। पड़दायतों और दासियों के साथ राजा महाराजाओं के सम्बन्ध तो जग जाहिर हैं लेकिन उन्हें महाराज के महल में पहुँचने का आदेश दिया जाता है। महाराज कभी उनके महल में जाते भी हैं तो चुपके से। इस तरह से गाजों बाजों के साथ तो उसकी पायल की आवाज़ पर ही जाया जाता है जिसे समाज के सामने, अग्निदेव को वचन देकर अर्धांगिनी स्वीकार कर लाए हों।

कभी कभी इन्सान देह को किसी संकल्प के लिए विवश करता है लेकिन स्वयं का ही मन शत्रु बन उस संकल्प को तोड़ने की राह निकाल लेता है। उमादे के न चाहते हुए भी मन उसकी देह को घसीट कर गवाक्ष तक ले गया। दरवाजे का एक पल्लू थोड़ा सा खोलकर देखा। बींदराजा (दुल्हे राजा) जैसे वस्त्र पहने रावजी मंगणियारों के साथ आगे बढ़े जा रहे हैं। आगे किसी महारानी का महल नहीं था यानि तय था कि किसी दासी के यहाँ जा रहे थे। मन ने अनुमान लगाया भारमली के महल? रावजी और भारमली के सम्बन्धों को वह जानती थी। भारमली ही क्यों, पीछे जो यह पूरी बस्ती है यह उन्ही सम्बन्धों की तो साक्षी है। यह पाप कर्म सिर्फ़ मारवाड़ के महलों या राव मालदेव तक ही सीमित नहीं हैं। जहाँ जहाँ सत्ताधीश सर्वेसर्वा है, सामर्थ्यशाली है, स्वयं को नैतिक मूल्यों से ऊपर समझता है वहाँ ऐसी

बस्तियाँ तो बसती ही हैं। हर महल के आखिरी छोर पर ऐसी बस्तियाँ सामान्य हैं। राजसी शक्ति के सामने नतमस्तक हो हम महारानियों ने और प्रजा ने इसे स्वीकार कर लिया है परन्तु ऐसा पहली बार हो रहा है कि कोई महाराजा गाजे बाजे के साथ, आह्वान करते हुए जा रहा है। खैर, समय की गति को कौन समझ पाया है। न जाने वह किस भवितव्य को उघाड़ना चाह रहा हो? उमादे गवाक्ष बन्द कर पुनः अपने पलंग पर आ बैठी।

रावजी का तो उद्देश्य ही इस महल की स्वामिनी के मन में हलचल पैदा करना था। वे सम्पूर्ण राह में अपनी दृष्टि इस महल पर गड़ाए हुए थे। उन्हें चार अंगुल भर खुले गवाक्ष के पीछे किसी के मन में छुपी बेचैनी और तड़प को समझते देर नहीं लगी। उस बेचैनी से रावजी के मन को इतना चैन मिला जितना किसी राज्य को विजय करने पर भी नहीं मिलता।

क्रोध मनुष्य की बुद्धि को ऐसा हर लेता है कि वह शत्रु को ताप से बेहाल करने हेतु स्वयं को जलाने की भूल भी कर सकता है। रावजी मन ही मन बुदबुदाने लगे, आज से इस भटियाणी की ही दासी महारानी की तरह रहेगी। मारवाड़ का धणी उसके महल में हर रोज़ रातें रंगीन करेगा। भटियाणी अकेली बैठी कुढ़ती रहे, सड़ती रहे, बिलखती रहे। मैं तो क्या कोई नौकर चाकर भी नहीं पूछेगा तब उसे अपनी औकात समझ आएगी। अभी तक उसने मेरा प्रेम ही देखा है, प्रतिकार देखेगी तो सब समझ आ जाएगा।

अगले दिन रावजी की विश्वस्त दासी गवरी उमादे के महल में पहुँची।

उमादे बोली, "आज तो सुबह सुबह समय कैसे मिला गवरी काकी?"

"महारानी सा हुकम, कल तो काम करके बहुत थक गई थी। इस बूढ़े शरीर से अब कुछ किया नहीं जाता। अन्नदाता हुकम फिर किसी काम में जोत दें, सोचा उससे पहले आपके यहाँ चक्कर लगा आऊँ।"

उमादे महलों की राजनीति, कूटनीति, इन दासियों की व्यवहार कुशलता, उनके मन की बात सब जैसळगिर के राजप्रासादों से ही समझने लग गई थी। लेकिन कुछ भी प्रकट किए बिना बोली—"ऐसा क्या हुआ कि कल आप थक गई?"

"हुकम, आप से तो कोई बात छानी (छिपी) हैं नहीं। अन्नदाता हुकम कल रात में भारमली के महल पधारे थे। वो भी गाजे बाजे और मंगणियारों के साथ। हुकम, भगवान झूठ ना बुलवाए, ये केश धोले (श्वेत) हो गए पर राजाओं को दासियों के यहाँ जाने के ऐसे खेल हमने तो नहीं देखे। जब जाना ही गाजे बाजे के साथ हुआ तो भारमली को नई बींदणी की तरह तैयार भी तो करनी थी हुकम। वह

जिम्मेदारी तो अन्नदाता ने ज़माने की खारिज़ की हुई हमारे जैसी बूढ़ियों को दी थी।''

गवरी किस्सागोई में बहुत होशियार थी फिर भी जैसे बुझता दीपक फड़फड़ाता है वैसे ही उसके बीतते हुए यौवन का नैराश्य भाव उभर कर आ ही गया परन्तु अगले ही पल उसे अपने स्वामी का उद्देश्य स्मरण हो आया। उसकी महत्ता स्मरण हो आई। अपनी भाव भंगिमाओं से अब स्वामी को आसक्त भले न कर पाती हो, ढलते यौवन के कारण स्वामी ने दैहिक सुख से भले ही वंचित कर दिया हो, तब भी उनकी सबसे विश्वासपात्र आज भी वही है। उस विश्वास के बदले रावजी से सोने, चाँदी हीरे मोतियों के अनेक उपहार ही नहीं मिलते बल्कि दासों ही नहीं महल के अन्य लोगों में भी उसका भय है।

स्वयं को संभालते हुए वह बोली—''हुकम, मैं तो अन्नदाता की आज्ञानुसार भारमली के महल में उसे बताने के लिए गई कि आज रात्रि रावजी उसके महल में पधारेंगे। किसी दासी के जीवन का सबसे बड़ा दिन। मैं उसे समझाने लगी कि अनेक दासियाँ तो क्या महारानियाँ भी ऐसे सपने देखते देखते यौवन पूर्ण कर लेती हैं पर महाराज के चरण उनके यहाँ नहीं पड़ते हैं। अनेक का ऐसा भाग्योदय कितनी ही प्रतीक्षा के पश्चात होता है।'' उसी समय कनखियों से उमादे के चेहरे के भाव पढ़ने का प्रयास करते हुए बोली, ''फिर मैंने कहा भारमली- तू कितनी भाग्यवान है कि नई महारानी जिनके रूप सौन्दर्य को देखे तो पूनम का चाँद भी लज्जा कर बादल की ओट ले ले, उन्हें महलों में पधारे सप्ताह भर हुआ है और महाराज तेरे महल में पधार रहे हैं।'' गवरी ने फिर से बांकी चितवन से नई महारानी के भावों को जानने का असफल प्रयास किया।

''हुकम, तभी मेरे पीछे पीछे अनेक दासियाँ नए नए अतलसी वस्त्र लेकर भारमली के महल में पहुँची। उसकी गौरवर्णी सुकोमल देह को हल्दी, चन्दन और केशर की उबटन से मलने लगी। गुलाब जल, इत्र, फुलेल और विभिन्न पुष्पों को पानी में मिलाया गया। उस सुगन्धित नीर से नहलाया गया। विशेष अतलसी वस्त्र पहनाए गए। ऐसे सुन्दर वस्त्र कि अंग अंग उभर आया। केशों में सुगन्धित तेल लगाकर चोटी गूंथी गई। काजल, टीका, मेंहदी, हीरे जवाहरात से जड़े स्वर्णाभूषण पहनाए गए। कानों में फुलेल के फाहे डाले गए। फुलेल की खुशबू ऐसी कामुकता भरी थी कि गहरी नींद में सोया पुरुष भी जाग जाए। मुर्दा भी उठकर चलने लगे। दासियों का एक दल भारमली को तो दूसरा दल महल की सजावट में लगा था। एक एक हाथ धंस जाएँ ऐसे कोमल गद्दों पर मुलायम रेशमी चद्दरें बिछाई गईं। ऐसे ही कोमल तकिए रखे गए। मुलायम रेशमी चद्दर पर ताजे गुलाबों की पंखुड़ियां बिछाई गईं। महल में अनेक जगहों पर दीपक जलाए गए। उनके चारों तरफ तथा

महल के बाहर तक गुलाब, हजारा, मोगरा, पारिजात, रातरानी, कनेर, जूही, चम्पा, चमेली के सुगन्धित पुष्पों से सुन्दर रंगोलियाँ बनाई गई। इतना ही नहीं महाराज के महल से भारमली के महल तक पूरे रास्ते के दोनों तरफ इन सुगन्धित पुष्पों को सजाया गया। ऐसा पूर्व में महारानी लाछलदे और लिखमी कँवर को विवाह कर लाए तब भी नहीं किया गया था।''

गवरी को अपनी थकान का कारण बताने के लिए बात को इतना विस्तार देने की आवश्यकता नहीं थी यह वह भी जानती थी परन्तु उसे स्वामी का उद्देश्य सिद्ध करना था। उसे तो रावजी के इस तिरस्कार के प्रति उमादे की प्रतिक्रिया जानने की उत्सुकता थी। वह चाहती थी कि उमादे के काळजे में आग लग जाए लेकिन उमादे जाने किस मिट्टी की बनी थी कि या तो आग लगी नहीं या फिर लगी भी तो उसे बुझाने में स्वयं सिद्ध थी। इसलिए पूर्ण सजगता के उपरान्त भी गवरी को बाहर कोई लपटें दिखाई नहीं दीं। किसी पीड़ा से तड़पते हुए सहायता के लिए पुकारना तो दूर उमादे के चेहरे पर पीड़ा का कोई भाव भी प्रकट नहीं हुआ। काफ़ी प्रयास के पश्चात थक हार कर गवरी वहां से चली गई।

इंसान को बड़े दुःख के बाद छोटे दुःख अधिक प्रभावित नहीं करते। सुहागरात को जो हुआ था उस मृत्यु सदृश कष्ट के बाद उमादे पर रावजी और भारमली के मिलन की बातों का कोई विशेष असर नहीं हुआ। दरबार के पश्चात सांझ को रावजी ने गवरी से जानकारी ली तो संक्षेप में उसका यही संदेश था।

रावजी ने यह कार्य इसलिए किया था ताकि उमादे जिसे अब वे शत्रु समझने लगे थे वह पीड़ा से कराह उठे परन्तु उनकी अपेक्षा के विपरीत उसके होठों पर स्मित भले न थी तब भी चेहरे पर अपेक्षित भावों का अभाव तो था। इस पीड़ा के बाद भी कोई आह नहीं, कराह नहीं, आँसू नहीं, रुदन नहीं, इसने रावजी को विचलित कर दिया।

वे कई दिनों तक भारमली के महल में पधारते रहे। इस अपेक्षा के साथ कि आज नहीं तो कल आख़िरकार उमादे सौतिया डाह के भय से घबराकर नाक रगड़ कर उनके पास आएगी। विनती करेगी कि आप ऐसा मत कीजिए, मुझे आपकी सभी आदतें, सभी शर्तें स्वीकार हैं लेकिन उमादे की तरफ से ऐसा कोई प्रस्ताव तो क्या संकेत भी नहीं किया गया।

इंसान के पास महल, धन, दौलत, राज्य जितना अधिक होता है वह अपने विश्वसनीय लोगों पर उतना ही अधिक अविश्वास करने लगता है। राव मालदेव जी भी किसी पर विश्वास नहीं करते थे। उन्होंने गवरी के पीछे दासी लगा रखी थी जो उसके आचरण, उसकी हर एक गतिविधि की जानकारी रावजी तक पहुँचाती थी। उस दासी के पीछे भी एक दासी लगा रखी थी। वह इसलिए कि कहीं वह और

गवरी मिलकर उन्हें धोखा नहीं दे। ऐसे विभिन्न कार्यों के लिए कितने ही गुप्तचर थे और कौन किस पर नज़र रखता था, रावजी के सिवाय कोई नहीं जानता।

जिसे कार्य दिया गया हो उससे कोई पूरी विश्वसनीयता की अपेक्षा करे परन्तु उसकी विश्वसनीयता पर सन्देह करे तो उस कर्ता के हृदय को ठेस लगती है। जैसे ही उसे ऐसी जानकारी मिलती है तो वह जिस ऊर्जा से, जिस मनोयोग से कार्य कर रहा होता है उसका स्तर वैसा नहीं रहता। फिर वह एक उदासीन भाव से कार्य करने लगता है। जब गवरी को जानकारी मिली कि अन्नदाता ने उसके आचरण का ध्यान रखने को कोई दासी उसके पीछे लगा रखी है तो उसका भी हृदय विदीर्ण हुआ। अभी तक वह ऐसा ही समझती थी कि ढलते यौवन के कारण अन्नदाता ने उससे सिर्फ़ दैहिक दूरी बनाई है। श्वेत होती उसकी लटों में अब वह सामर्थ्य नहीं रहा कि अन्नदाता को बांधे रख सके लेकिन लटों के नीचे के स्थान अर्थात बुद्धि में आज भी वह चातुर्य है जिसने अन्नदाता को कैद कर रखा है परन्तु आज यह भेद खुलते ही जो गवरी अन्नदाता को अपना समझ कर कार्य कर रही थी अचानक उसके और रावजी के मध्य अपनेपन के बजाय केवल स्वामी और दासी का सम्बन्ध रह गया। अभी तक उमादे से बातों बातों में गलती से कभी कोई कड़वी बात निकली तो वह छुपा लेती थी ताकि अन्नदाता और महारानी के मध्य और दूरी न बढ़े क्योंकि मन से वह इन सम्बन्धों को जोड़ना चाहती थी परन्तु आज मन में वह अपनापन न रहने पर क्रोध वश उसने जाकर अन्नदाता को यूँ का यूँ कह दिया।

अन्नदाता हुकम, जब आपकी व भारमली की चर्चा हुई तो महारानी सा ने तपाक से जवाब दिया कि "जो मेरी दासी के योग्य है उस पुरुष को दासी मुबारक हो।" इतना कहते ही राव मालदेव जी के अहं पर ऐसी चोट हुई कि तिलमिला उठे। उसी समय उमादे को कोई नई चोट देने का मानस बनाने लगे। मन ही मन कोई योजना बनाते हुए बोले—"देखती जाओ, अब मालदेव को औकात बताने वाली 'भटियाणी' को मालदेव कैसे औकात बताता है।"

इस धरा पर कितना ही दु:ख पसरा है लेकिन सूर्य, चन्द्रमा, ग्रह, नक्षत्र, वृक्ष, नदियाँ, सागर सभी इन दुखों से निरपेक्ष रहते हैं। जिस तरह से ये सभी अनन्त काल तक अनन्त दुखों को देखते देखते उदासीन हो गए वैसे ही हर इन्सान सृष्टि के इन तत्त्वों की भाँति एक सीमा तक जीवन में दु:ख के आगमन पर छटपटाता है, तड़पता है, मुक्ति के प्रयास करता है लेकिन जब वह दु:ख उसके सामर्थ्य और धैर्य की सीमा से अधिक हो जाता है तब वह सारे प्रयास छोड़ कर उदासीन हो जाता है। उसे दुर्भाग्य समझ स्वीकार कर लेता है। उमादे के हृदय को रावजी ने प्रथम रात्रि जो कष्ट दिया

तब वह बहुत तड़पी, रोई, बिलबिलाई फिर भी धैर्य रखा, किसी को भी न बताकर रावजी को समझाने की सोची। जोधपुर पहुँचने पर भी आस नहीं छोड़ी। प्रयास किया कि वे उसकी भावनाओं को समझेंगे, अपने हित को समझेंगे, तृप्त होने की चाहत में जीवन पर्यन्त अतृप्त होकर नहीं भटकेंगे लेकिन हुआ वही जिसकी उसे आशंका थी। वे पत्नी के सर्वस्व समर्पण के स्थान पर किसी भी स्त्री की सुन्दर देह से सुख पाना चाहते थे, आनन्दित होना चाहते थे, तृप्त होना चाहते थे। आज तक अनुचित राहों से उचित गंतव्य किसे मिला है जो रावजी को मिल जाता लेकिन उन्हें समझाए कौन? वे महाराज हैं, अन्नदाता हैं, मारवाड़ के धणी हैं। जब प्रचुर शक्ति हो, विजय दुंदुभी बज रही हो, चारों तरफ़ किसी के जयकारे गूँज रहे हो तब चुपके से आकर अहंकार उसके दामन से ऐसे चिपकता है कि कोई चाहे भी तो नहीं छुड़ा सकता। यही राव मालदेव के साथ हो रहा था। वे अपने सामर्थ्य से उमादे को अपनी बनाना चाहते थे। उसकी दी सलाह मानने की बजाय सलाह देने वाली को ही झुका कर स्वयं को उचित साबित करने की अनुचित राह पकड़ ली तो इस असीम पीड़ा से उमादे टूट गई। अब वह सुख, दुःख, प्रेम, घृणा इन सबसे उदासीन हो गई लेकिन रावजी इस बात को समझ नहीं पाए। जैसे ही उन्हें ज्ञात हुआ कि उनकी हर रात भारमली के साथ बिताने की जानकारी के बावजूद उमादे को कोई फ़र्क नहीं पड़ा तो उन्होंने किसी अन्य तरीके से उमादे के मान मर्दन की योजना बनाई।

रावजी को ज्ञात हुआ कि मेवाड़ के राणा उदय सिंह से रूठ कर झाला जैतसी पाली के निकट मारवाड़ की धरती पर आया है। उसकी पुत्री स्वरूपदे अप्रतिम सौन्दर्य की स्वामिनी है तो उन्होंने झाला जैतसी के पास अपना संदेशवाहक भेजा कि मारवाड़ के राव मालदेव आपकी पुत्री से विवाह करना चाहते हैं और बदले में आपको पाली के निकट खैरवा ग्राम की जागीरी पट्टे में देना चाहते हैं।

झाला जैतसी ने तो कभी सपने में भी नहीं सोचा था कि मारवाड़ की धरती ऐसी शुभ साबित होगी। इस धरा पर कदम रखते ही बिना किसी प्रयास के बेटी मारवाड़ की महारानी और बाप जागीरदार। भाग्योदय के इस अवसर को उसने लपक लिया। शगुन के कोपरों (नारियल), वस्त्रों व स्वर्णाभूषणों के साथ भाई को उसी समय जोधपुर के लिए रवाना किया और स्वयं विवाह की तैयारियों में लग गया।

मारवाड़ के धणी की जान (बारात) की आवभगत कर सके इस समय ऐसी न तो झाला जैतसी की हैसियत थी और न रावजी के पास समय था कि विशाल जान लेकर जाते। रावजी को विवाह की भी जल्दी थी और राज्य की सीमाओं के विस्तार

की भी। इसलिए छोटी सी जान (बारात) ले तय मुहूर्त पर पहुँचे। रात्रि में फेरे हो गए। अगली सुबह जोधपुर के लिए प्रस्थान कर गये।

जोधपुर पहुँचते ही प्रजा और राजमहलों द्वारा रावजी और नई महारानी झाली जी का भव्य स्वागत हुआ। हालाँकि महारानियों ने थोड़ा ठंडा बर्ताव किया क्योंकि वे राजघरानों से सम्बद्ध थीं और नई महारानी जागीरदार की पुत्री। उमादे इन सब से अलग थी। उसका मानना था कि इन्सान बड़ा या छोटा, किस घर में जन्म लिया इससे नहीं बल्कि अपने विचारों और कर्मों से होता है। यह जानते हुए भी कि उसे नीचा दिखाने के लिए, उसका मान मर्दन करने के उद्देश्य से यह विवाह किया गया है फिर भी स्वरूपदे निष्पाप थी इसलिए उसने पूरे उत्साह से उसका स्वागत किया।

रात का तीसरा पहर। गीत, संगीत बंद हो चुका था। महल में अबोलापन। रात्रि की निस्तब्धता। महाराज मालदेव के आलिंगन में महारानी स्वरूपदे। सतरंगी सपनों को पलकों में बन्द कर महाराज के ओष्ठों द्वारा अपने ओष्ठों की नमी का आस्वादन किए जाने की प्रतीक्षा में महारानी स्वरूपदे स्वयं को विस्मृत कर चुकी थीं लेकिन महाराज के मन में उन पलों में भी एक टीस उठ रही थी। वैसी ही रक्तिम आभा, वैसा ही सौन्दर्य है इन अधरों में भी लेकिन 'उमादे' के अधरों के बिना मेरे ये अधर प्यासे ही रहेंगे। क्या वह भी इस समय मेरे अधरों के बारे में विचार कर रही होगी? नहीं नहीं...उसके जैसी निष्ठुर, निर्मम, रसहीन स्त्री यह सब क्यों सोचेगी? हालाँकि वे मन में ही बड़बड़ा रहे थे फिर भी 'निष्ठुर और निर्मम' शब्द न जाने कैसे स्वरूपदे के कानों तक पहुँच गए।

वो सचेत हुई। बाहों से मुक्त होते हुए पूछा—"हुकम, ये 'निष्ठुर और निर्मम' कौन? कोई शत्रु स्मरण हो आया?"

"हां, कोई शत्रु याद आ गया।"

स्वरूपदे को कुछ ही देर पूर्व गायी जा रही कलाळी स्मरण हो आई। रावजी दारू आरोग (पी) रहे थे और मंगणियार गा रहे थे:

भर लाए कलाळी दारू दाखां रो, पीवण वालो लाखां रो....
दारू मीठी दाखां री, सूरां मीठी शिकार
सेजां मीठी कामिनी, रण मीठी तलवार

(साकी मदिरा के प्याले भर लाया और पीने वाले का मूल्य लाखों में है...मदिरा द्राक्ष की अच्छी लगती है, सूरवीरों को शिकार अच्छी लगती है । सेज पर कामिनी अच्छी लगती है तो रण में तलवार अच्छी लगती है)

स्त्रियोचित विवेक ने भांप लिया कि ऐसे पलों में जब रावजी सेज पर मेरे जैसी कामिनी को आलिंगनबद्ध किए हुए हैं कोई स्मरण हो आया नहीं, कोई स्मरण हो आई ही होगी परन्तु प्रथम रात्रि में ऐसा पूछना उचित नहीं लगा।

"कोई शत्रु है, जिसका अब मुझसे कोई सम्बन्ध नहीं परन्तु अब भी पीछा नहीं छोड़ता। खैर, मैं भी इस प्रेम के, अनुराग के, मिलन के क्षणों में शत्रु को क्यों याद कर बैठा? आओ जिस अभेद्य घेरे के भीतर दुनिया का कोई विचार नहीं आ सकता मुझे अपनी उन सुकोमल बाहों में कैद कर लो। आज की रात्रि मालदेव और स्वरूपदे के बीच शत्रु, आत्मा, परमात्मा कोई भी नहीं आ पाए।"

दोनों ने एक दूसरे को आलिंगनबद्ध कर लिया। हाथों की अंगुलियाँ कभी घने केशों में उलझने लगती तो कभी पीठ पर नृत्यरत होकर रोम रोम को झंकृत करने लगी। प्यासे अधर ऐसे मिले जैसे हजारों कोसों की दूरी तय कर सरिता तृप्त होने को सागर से मिलती है। सूखे से तिड़कती मारवाड़ की धरती जैसी राव मालदेव की अतृप्त देह ने, उनके अधरों ने, उस अप्रतिम रूप और सौन्दर्य से लबालब कल कल करती मीठे जल की सरिता स्वरूपदे से अंजुली भर भर कर आस्वादन किया, कुछ प्यास मिटी तो गोता लगाया और तब तक गोते लगते रहे जब तक पूर्ण तृप्त न हो गए। लेकिन ये क्या? तृप्त तो हुए पर सिर्फ़ कुछ पलों के लिए। उस तृप्ति के कुछ ही क्षण पश्चात फिर से वही जलन, वही तड़प, वही प्यास!

ये कैसी प्यास है? क्या स्वरूपदे का यौवन, उसका सौन्दर्य, उसकी कमनीयता उमादे से कम है? सामने लगे आदमकद दर्पण में स्वयं और स्वरूपदे का चेहरा देखने लगे। दर्पण में बैठा मालदेव ही उनसे पूछने लगा असल में तुमने सुख पाने के लिए यह विवाह किया है या फिर उमादे का मानमर्दन करने के लिए? उसे झुकाने के लिए? क्षमा मांग कर तेरे चरणों में सिर पटकने के लिए? कितने मूर्ख हो तुम! किसी को दुःख देकर सुख पाने की चाहत! यह कैसा न्याय है? याद रखो मारवाड़ के धणी, दुनिया के धणी के न्याय के सिद्धान्त व्यक्ति देख कर नहीं बदलते, वह दुःख के बदले सुख नहीं, दुःख ही देता है।

रावजी ने आवाज़ दी, "सुनो..."

महल के द्वार पर खड़ी दासी चौकन्नी हो गई।

दासी के प्रवेश से पूर्व ही महारानी स्वरूपदे बोली—"हुकम, आप क्या कर रहे हैं? दासी को आवाज़ दे रहे हैं। अभी भीतर आ गई तो? आपने तो वस्त्र भी..."

दासी बुद्धिमान थी। जानती थी कि हो सकता है महाराज ने मदिरा के नशे में आवाज़ दी हो। उसने दरवाजे पर दस्तक दी। महारानी स्वरूपदे ने स्वयं व रावजी को रजाई ओढ़ाई और फिर दासी को कहा—"भीतर आ जाओ।"

"जी,अन्नदाता हुकम"

"यह दर्पण यहाँ किसने रखवाया है?"

"हुकम, अन्नदाता या महारानी सा की आज्ञा से ही ऐसा हुआ होगा।"

"कल इसे हटा देना।"

"हुकम, जो आज्ञा।"

समय बीतता जा रहा था। इस विवाह को भी कई महीने हो गये। रावजी को स्वरूपदे से कोई शिकायत नहीं थी लेकिन उन्हें दु:ख था कि ऐसी अद्भुत सौन्दर्य की स्वामिनी को सौतन बनाने के बावजूद उमादे को कोई जलन नहीं हुई। उसने इस नयी सौतन से भयग्रस्त होकर रावजी से कोई प्रेम निवेदन नहीं किया, अपना ख्याल रखने का आग्रह नहीं किया, अपने महल में पधारने की विनती नहीं की। दरबार में हो या महलों की मखमली सेज पर या फिर स्वरुपदे की सुकोमल बाँहों में, हर समय हृदय में काँटों का चुभना तो जैसे रावजी की नियति बन गई।

मानव स्वभाव है कि अगर वह शत्रु पर मानसिक चोट करे और शत्रु अविचलित रहे तो चोटकर्ता के अहंकार पर भयंकर चोट लगती है। वह स्वयं को अपमानित महसूस करता है। ऐसे में वह फिर से नई तैयारी के साथ शत्रु को और बड़ी चोट देने का सोचने लगता है। रावजी ने भी ऐसा ही किया। इंसान को जब बुरे ग्रह घेरते हैं तो ऐसा घेरते हैं कि पीछे जो बिखर चुका होता है उसे मुड़कर देखने, समेटने, जोड़ने तो देते नहीं बल्कि आगे बढ़ कर तोड़ने, बिखेरने, खंड खंड करने को प्रेरित करते हैं ताकि सब कुछ चूर चूर हो जाए। किरच किरच बिखर जाए ताकि पुनः जुड़ने की सारी संभावनाएं, सारी प्रक्रियाएं, सारे माध्यम ध्वस्त हो जाएँ।

राव मालदेव स्वयं से ही प्रश्नोत्तर करने लगे। भारमली सुन्दर है लेकिन दासी है। स्वरूपदे भी उतनी ही सुन्दर है लेकिन आयु में उमादे से थोड़ी बड़ी है। शायद यही कारण है कि भटियाणी का गुरूर अभी टूटा नहीं। अब तो उससे आधी उम्र की किशोरी लाऊँ तो उसका मान मर्दन होगा। कहाँ पूर्ण खिले पुष्प का सौन्दर्य और कहाँ बंद मासूम कली का सौन्दर्य? एक कन्या ध्यान में आई। जिसके लिए किसी सैनिक ने नागौर युद्ध के पश्चात आग्रह किया था।

राव मालदेव की सेना ने कूंपा मेहराजोत के नेतृत्त्व में नागौर पर आक्रमण किया था। नागौर का शासक मुहम्मद खान मारा गया। नागौर पर विजय हुई लेकिन इस युद्ध में मालदेव की तरफ से युद्ध करते हुए भाटी प्रथीराज जैतसीहोत केल्हण मृत्यु को प्राप्त हुआ। उसकी पुत्री इस समय मुश्किल से बारह तेरह वर्ष की थी यानि उमादे से आधी आयु की। अनेक बार युद्ध में खेत (बलिदान) रहे सेनापतियों, सैनिकों, ठाकुरों, जागीरदारों इत्यादि के परिवार और पुत्रियों को सहायता या उपकार हेतु राजा उन की पुत्रियों से विवाह कर उन्हें महारानियों का दर्जा देता था। नागौर विजय के समय रावजी ने उस किशोरी के अप्रतिम सौन्दर्य के बारे में सुना था परन्तु तब उमादे से विवाह हेतु जैसळगिर पधार गए। अब उस परिवार तक यह सन्देश

पहुँचाया कि अन्नदाता चाहते है उनकी पुत्री मारवाड़ की महारानी बने। परिजनों के लिए यह समाचार भगवान के वरदान से कम नहीं था। एक तो गरीबी ऊपर से पिता नहीं रहे। भाई उम्र में बहन से भी छोटे थे। ऐसे में बेटी के हाथ पीले करना हिमालय की चोटी फ़तह करने से कम नहीं था। अन्य रिश्तेदारों ने भी सोचा बच्ची महारानी बने या नौकरानी एक बार महलों में गई तो हमारा कल्याण हो जाएगा। उनकी पहुँच मारवाड़ धणी के महल तक है बस इतने में ही बहुत सारे काम आसान हो जाएंगे। इसलिए कैल्हण भाटी प्रथीराज जैतसीहोत की विधवा को सभी ने एक मत से कहा ऐसी शुभघड़ी तो किसी के घर सदियों में एक बार आती है।

वह शुभघड़ी आई। राव मालदेव जी आए और पंचायण भटियाणी से फेरे लेकर उसे जोधपुर के महलों में ले गए।

युद्ध, सीमा विस्तार और फिर लौट आना

उमादे से विवाह पूर्व राव मालदेव मेड़ता, फलौदी, नागौर, रियां, बिलाड़ा पर अधिकार कर चुके थे। मेड़ता के वीर और प्रतापी शासक वीरमदेव मेड़तिया ने मालवा (मांडू) के बादशाह बहादुरशाह के देहांत होते ही अजमेर पर अधिकार कर लिया था। अभी वीरम अजमेर रह रहा था। मालदेव ने वीरम को सन्देश भेजा कि मेड़ता मारवाड़ रियासत के अधीन जागीर रहा है। महाराज के रहते दुर्ग किसी जागीरदार के पास रहे यह उचित नहीं। हम आपको मेड़ता वापस दे देते हैं, आप अजमेर का दुर्ग हमें सौंप दें। वीरम इस पर सहमत नहीं हुआ। तब राव मालदेव ने अजमेर पर आक्रमण किया। वीरम को पराजित कर अजमेर के दुर्ग पर अधिकार कर लिया। वीरमदेव मेड़तिया और मेवाड़ से राणा विक्रमादित्य के अत्याचारों से दुखी होकर आई उसकी भतीजी कृष्णभक्त मीरा को अजमेर छोड़ना पड़ा।

वीरम आगे और मालदेव पीछे, नारायणा, चाकसू, लालसोट, बाबल, मोजाबाद होते हुए आखिर में वीरम रणथम्भोर के किले में शेरशाह के पुत्र की शरण में गया तथा कोई आश्रय नहीं रहने से मीरा वृन्दावन।

वीरम नाम का काँटा निकलते ही राव मालदेव अजेय हो गए। पहला प्रहार सिवाना पर किया। डूंगर सिंह कई महीनों तक डूंगर (पहाड़) पर बने दुर्ग में बैठा रहा अंतत: राशन के अभाव में शक्तिहीन होकर समर्पण किया। फिर भाद्राजून को अपनी सीमाओं में बांधा।

मालदेव अब मेवाड़ कूच की सोचने लगे लेकिन न चाहते हुए भी हर समय कचोटती उमादे की स्मृतियाँ और उसे कुचलने की चेष्टा, काले विषधर की भाँति फन उठाती देह सुख की तृष्णाएँ और तृप्त होने की चाह, युद्ध के लिए शत्रु की प्रत्येक चाल और षड्यन्त्र पर मन्त्रणा, मारवाड़ की अन्य सीमाओं की सुरक्षा, इन सबसे पार पाने के सूत्र तलाशने, लगातार होते युद्धों से सेना को कुछ दिन के लिए विश्राम देने और व्यवस्थित करने का मंतव्य लेकर वे मेवाड़ जाने से पूर्व जोधपुर आए।

उमादे को दासियों से जानकारी मिली कि रावजी जोधपुर पधारे हैं। जाने क्यों आँखें एक बार रावजी को देखना चाहती थीं। इतने युद्धों के पश्चात सब कुशल तो है? फिर उसने स्वयं से ही सवाल किया कि जिस पुरुष को मुझसे कोई प्रेम नहीं, जो सिर्फ़ अपने सामर्थ्य से, सत्ता के बल से, सौतनों के डाह से मुझे प्राप्त करने का प्रयास करता है, उसे देखने की चाहत मेरे भीतर क्यों? तो क्या मेरी इस देह में भी रावजी की तरह वासनाएँ जागृत हो रही हैं? मेरी देह भी तृप्त होना चाहती है? नहीं नहीं ऐसा तो बिलकुल नहीं है। किसी सामान्य किशोरी की तरह मैंने भी पति, प्रेम, रतिसुख, संतान सुख इन सभी सुखों से आप्लावित हो जाने के स्वप्न देखे अवश्य थे लेकिन उन सारे सपनों को तो सुहागरात के दिन ही रावजी के व्यवहार ने कुचल डाला। अब मैं और रावजी मिलकर चाहें, तब भी वैसा सम्भव नहीं। इस देह में संवेदनाएं ही नही बची हैं जो दाम्पत्य का सुख दे सके। यह तो मन ही है जो अभी तक भावशून्य नहीं हुआ है। मन आज भी उनका मंगल चाहता है।

उमादे विचारों के इस घमासान में हिचकोले खा रही थी। तभी पीले प्रभात ने धरती को सुनहरी रश्मियों से आलौकित किया। उमादे स्नान करके अपनी घनी केश राशि को सुखाने हेतु गवाक्ष में आ खड़ी हुई। ठीक उसी समय रावजी रानी स्वरूपदे के महल से निकले । उनकी दृष्टि ऊपर की तरफ गई तो झरोखे में खुली केशराशि के साथ उमादे खड़ी दिख गई। वही उमादे जिसे पाना उनके जीवन का सपना था। वही उमादे जिसे पाकर भी खो चुके। वही उमादे जिसे फिर से पाने के सारे उपाय व्यर्थ हो रहे थे। उसे पाना अब शायद कभी सम्भव नहीं होगा। इसलिए वे स्थिर होकर एक बार जी भर कर उसके इस रूप सौन्दर्य को आँखों में भर लेना चाहते थे। उनकी बुद्धि ने उनके हृदय से पूछा, क्यों किसी शत्रु को अपने भीतर उतारना चाहते हो? वह पीड़ा के सिवाय दे ही क्या सकता है? उसकी स्मृतियों को भी निकाल फेंकना चाहिए परन्तु बुद्धि के इन आदेशों को न तन ने सुना न मन ने। पैर वहीं ठिठक गए। उनका सारा सामर्थ्य व्यर्थ गया। ऐसा लग रहा था जैसे पाँव स्वयं के नहीं अंगद के हों। आख़िरकार इस युद्ध में हृदय बुद्धि से जीत गया। रावजी महल की दीवार का सहारा लेकर उमादे को निरखने लगे। केश सुखाती उमादे अब तांबे के पात्र से सूरज को जल का अर्ध्य देने लगी। रावजी को याद आया कि पहली बार देखा, तब घूँघट में थी। ठीक से इस सौन्दर्य का आस्वादन भी नहीं कर पाया । जिस अपार सौन्दर्य की सिर्फ़ चर्चा सुनी थी, आज वह सौन्दर्य की देवी साक्षात् सामने थी। जी भरकर देखने का अवसर था । उन्हें यकीन नहीं हो रहा था कि ऐसा सौन्दर्य यथार्थ में हो सकता है । प्रभात की कुछ रश्मियाँ लम्बी घनी केश राशि पर पड़कर केशों के श्याम रंग में सुनहरा रंग घोल रही थीं । सूरज के सुनहरे उजास से प्रदीप्त होता मुखमंडल, लम्बी नासिका। मृगनयनी की पलकों से झरता उजास जब विशाल नयनों तक

पहुँचता तो ऐसा प्रतीत होता जैसे दो आकाशीय सितारे उतारकर चेहरे पर जड़ दिए गए हों । पूरे चेहरे को एक साथ देखने पर लग रहा था जैसे शारदीय पूर्णिमा का चन्द्रमा किसी ने गगन मण्डल से उतार कर धरा पर धर (रख) दिया हो । लाख प्रयास के बावजूद राव मालदेव की नज़र हटने को तैयार नहीं हो रही थी । वे ठगे से सोचे जा रहे थे। मेरे महलों में ऐसा अद्भुत सौन्दर्य है और मैं अभागा उससे वंचित हूँ। जाने किस किस में उसे ढूँढ़ रहा हूँ। ऐसा सौन्दर्य तो स्वर्ग की अप्सराओं में भी सम्भव नहीं। मैं उसकी प्रत्येक शर्त स्वीकार करूँगा। कैसे भी हो, मैं उमादे को पाकर रहूँगा। मैंने स्वयं को तृप्त करने के लिए सैकड़ों सुन्दर युवतियों, किशोरियों को भोगा होगा परन्तु लगता है सृष्टि की सारी स्त्रियों को पा लूँ तो भी तृप्त नहीं हो सकता। उसे एक बार, बस एक बार भी पा लिया तो पूर्ण तृप्त हो जाऊँगा। उसे पाने का उपाय सोचते सोचते रावजी अपने महल की तरफ बढ़ गए।

वे थोड़े से आगे बढ़े तो उमादे की दृष्टि भी उन पर पड़ी। पूरी देह में एक सिहरन सी दौड़ गई। मन चाहता था खड़े खड़े यूँ ही घण्टों निरखती रहे परन्तु बुद्धि यह कहकर भीतर खींच ले गई कि जिस इंसान के लिए तुम्हारे और दासी में भेद नहीं उसके प्रति यह अनुराग क्यों? तुम जानती हो कि उसे उमादे अर्धांगिनी के रूप में नहीं, भोग्या के रूप में चाहिए। मन नहीं, सिर्फ़ तन चाहिए। क्या तुम भी रावजी की तरह तन का सुख चाहती हो? उसके पश्चात कोई पश्चाताप तो नहीं होगा? अगर नहीं होगा तो अभी महल में बुला लो। ये महल, ये समाज, ये दुनिया तो तेरे इस कृत्य की प्रशंसा ही करेगी। तब मारवाड़ का राज रावजी नहीं, तू करेगी परन्तु तेरे मन को ये सब स्वीकार है या नहीं? एक बार फिर से सोच ले। मन ने उसी समय उत्तर दिया- 'नहीं'। अगर ऐसा हुआ तो फिर यह मन नहीं रहेगा, यह हिया नहीं रहेगा, यह उमादे नहीं रहेगी। सब कुछ नया होगा। उमादे का पुनर्जन्म होगा। इस उमादे ने नयी उमादे को स्वीकार करने से इनकार कर दिया। बिना किसी तर्क वितर्क के अभी अभी जिस रश्मि ने मन में थोड़ा सा उजाला किया था उमादे ने उसे मुट्ठी में बंद कर लिया। फिर से मन में अँधेरा भरकर, उदासियों का कम्बल ओढ़, मरघट-सी सूनियाँण भरे महल में जा बैठी।

रावजी ने आज उमादे को क्या देखा, उसने तो मन में डेरा ही जमा लिया। वे प्रयास कर बाहर खदेड़ते कि थोड़ी ही देर में वो फिर से आकर मन मन्दिर में किसी देवता की तरह बिराज (बैठ) जाती। अपने मन में किए जा रहे इस अतिक्रमण पर उन्हें बहुत क्रोध आ रहा था पर लाचार थे। कुछ देर उसे भुलाने और मन बहलाने के लिए नौकर चाकरों से कह कर मंगणियारों को बुलाया गया। कुछ ठाकुर वगैरह जिन्होंने

रात्रि विश्राम जोधपुर दुर्ग में किया था वे भी अपने अपने कक्षों से अन्नदाता को जवारड़ा (प्रणाम) करने आ गए।

रावजी के महल के बाहर मंगणियारों ने प्रभाती (भजन) गायन प्रारम्भ किया। अफ़ीम की मनुहार होने लगी। लेकिन लोगों की भीड़ और संगीत के बीच भी उमादे का अप्राप्य सौन्दर्य आँखों को लुभाने सामने आ जाता। उसे भूल जाने के लिए रावजी के आदेश पर मदिरा के प्याले भरे जाने लगे। दिन चार पुरस चढ़ आया था। अब मंगणियार हरजस (हरि यश) छोड़ लोकगीत गाने लगे

जला रे म्हें तो राज रा डेरा निरखण आई रे,
ओ म्हारी जोड़ी रा जला ओ मिरगा नैणी रा जला...
जला रे रातां मायने रात भली रातो की रे,
ओ म्हारी जोड़ी रा जला ओ मिरगा नैणी रा जला...
जला रे राण्या मांयाली राणी भली भटियाणी रे,
ओ म्हारी जोड़ी रा जला ओ मिरगा नैणी रा जला...

(विवाहोपरान्त सुहागरात की अगली सुबह जब दुल्हन की सखियाँ और दूल्हे की सलहजें दूल्हे के डेरे का अवलोकन करने जाती है तब यह गीत गाया जाता है। बींदराजा को मुखातिब होते हुए वे कहती हैं- 'हे मृगनयनी के अर्धांग, जीवन में जितनी भी रात्रि देखी है उनमें श्रेष्ठतम रात्रि कल की थी। राणी अर्थात पत्नी के रूप में श्रेष्ठतम भटियाणी होती...')

राव मालदेव के सामने ठाकुरों के मध्य कविराज चारण आसाणंद भी बैठे हैं। यह गीत सुनते ही उनका अंग अंग खिल उठा। मुख पर सूरज की तरह उजास फैलने लगा। वे मालदेव जी की तरफ़ मुखातिब होते हुए बोले—"अन्नदाता हुकम, कितने सुन्दर शब्द और भाव हैं इस गीत के? सुन्दर ही नहीं सच्चे भी। 'राण्या मांयाली राणी भली भटियाणी'। कोई भी स्त्री कितनी भी सुन्दर हो, विवेकवान हो, नेक हो भटियाणी की बराबरी कर ही नहीं सकती। उसका धैर्य, रागरंग, घर परिवार की मर्यादा के लिए त्याग, सभी को साथ लेकर चलने के इरादे, रिश्ते नातेदारों की चिन्ता, ऐसी अनेक बातें है जिन्हें अनुभूत करने के उपरान्त ही लोगों ने कहा हैं कि 'जे सुख चावे जीव रो तो धण (घर) भटियाणी लाव'। आप पर ईश्वर की कृपा है कि देव दुर्लभ सौन्दर्य और विवेक की धारिणी उमादे भटियाणी से आपका हथजोड़ा हुआ।" आसाणंद जी ने तो लोगों की अनुभूति, लोक श्रुतियों, लोक गीतों के आधार पर बोल दिया परन्तु राव मालदेव जी की अनुभूति तो ठीक इसके विपरीत थी। वे तो भटियाणी के नाम से ही चिढ़ने लगे थे। लेकिन उन्हें अनेक शिकायतें थीं तो 'भटियाणी' के सौन्दर्य से तृप्त होने का मन भी था। आज सुबह ही तो कोई उपाय सोच रहे थे कि किस तरह से उमादे को पाया जा सकता है?

रावजी को उम्मीद की किरण दिखी। उन्हें वह दिन स्मरण हो आया जब वे विवाह करके उमादे को जोधपुर के महलों में लेकर आए थे। ठीक उन्हीं दिनों में ये आसाणंद भी आए थे।

आसाणंद बारहठ नामक यह व्यक्ति दीत बारहठ के पुत्र थे। जैसळगिर राज्य में मालानी (बाड़मेर) के निकट भादरेस ग्राम के निवासी। पिता जी के साथ सपरिवार वहाँ से नागौर आए तो वहाँ के शासक मोहम्मद खान ने गाँव घुघरीयाली जागीरी में दिया। जब नागौर पर मालदेव का आधिपत्य हो गया तो उन्हें कुछ ओर ग्राम जागीर में दिए जाएं ये विनती करने आए थे परन्तु मालदेव ने इनकार कर दिया। तब क्रुद्ध होकर आसाणंद तथा उनके भाइयों और बहन ने स्वयं को घायल कर आत्महत्या करने का प्रयास किया। जब महारानी उमादे को सूचना मिली तो उन्होंने उन सभी को बुलवाया।

महारानी बोली, ''कविराज आप क्रुद्ध न हों । ऐसे विरले ही महापुरुष होंगे जिनके भाग्य में सत्ता के साथ अहंकार का योग न लिखा हो । वह तो सत्ता के साथ ऐसे संलग्न होता है जैसे लोहे के साथ जंग, बस थोड़ी सी नमी युक्त वायु की आवश्यकता होती है, यह कार्य उनके निकट पसरे चाटुकार पूरी कर देते हैं । जिस तरह कोई सुन्दरी अपने रूप, गुण और लावण्य के बखान से आत्ममुग्ध होकर अनजाने में ही समर्पण कर अपना अहित कर बैठती है । वह तभी समझती है जब सब कुछ खो देती है ठीक वैसे ही शासक की गद्दी पर बैठा व्यक्ति इन चाटुकारों के झूठ से ऐसा आसक्त होता है कि वह सत्य को झुठला कर स्वयं को धोखा देने लगता है । वह उस तन्द्रा से तभी जागता हैं जब एक दिन अचानक सिंहासन डोलने लगता है । समय के साथ इस मद का नशा उतरेगा, तब वे विद्वानों, अपनों, परायों का भेद भी जानेंगे और उनका सम्मान भी करेंगे । आप धैर्य रखें। आप हमारे लिए सम्मानीय हैं। आपकी आव भगत, सेवा, चाकरी में मेरे व्यक्तिगत सेवक रहेंगे। आप रावजी, राज्य और प्रजा के लिए मंगलकामना करें।''

सेवा से शीघ्र ही आसाणंद व उनके भाई बहन स्वस्थ हो गए। वे महारानी के व्यवहार से बहुत प्रसन्न हुए। महारानी उमादे, रावजी, उनके परिवार और राज्य को शुभाशीष देकर विदा हुए। कालान्तर में उन्ही आसाणंद जी को मालदेव जी ने जोधपुर बुलवा लिया। वे उनके दरबार में रहने लगे। उमादे द्वारा की गई सेवा व स्नेह आज भी आसाणंद विस्मृत नहीं कर पाए थे।

यही कारण था कि आसाणंद जी द्वारा भटियाणी की प्रशंसा करने पर रावजी के मन में आशा की एक रश्मि कौंधी। रावजी जानते थे उमादे और आसाणंद एक दूसरे को बहुत मानते हैं। वे बोले—''बारहठ जी मेरा अनुभव तो कहता है कि इस भटियाणी की बजाय भाटा (पत्थर) ब्याह कर ले आता तो भी बेहतर था। भाटे को

जहाँ मन हो रखा तो जा सकता है। ये तो आई है उस दिन से स्वयं अपने महल से बाहर नहीं आती और मैं उनके महल के भीतर नहीं जा सकता। हमने तो ऐसा दाम्पत्य सुख पाया है। आप न जाने कौनसे सुख और किस भटियाणी की बातें कर रहे हैं?''

''अन्नदाता हुकम, आप सब कुछ इस बारहठ पर छोड़ दें और यह साबित करके रहेगा कि हमारी भटियाणी बाईसा से श्रेष्ठ कुछ भी नहीं।''

तीर निशाने पर लगा, यह सोचकर मालदेव जी बोले—''तब फिर नेक काम में देरी क्यों बारहठ जी? अमल (अफ़ीम) की किणची (टुकड़ा) लो और आपके बाईसाराज से मिलने पधारो।''

''हुकम, आप तो बाईसाराज के महल में सन्देश भिजवाओ कि आसाणंद आ रहा है। अमल-वमल अब वापस आकर ही लूँगा।''

उमादे के महलों में किसी का भी प्रवेश निषेध था। रावजी को आशंका थी कि उमादे इंकार कर देगी और ऐसा हुआ तो सारी योजना विफल हो जाएगी। इसलिए उन्होंने कहा—''बारहठ जी, आपके तो बाईसाराज हैं। आप भी हमारी तरह अनुमति लेकर जाएंगे? फिर तो यह पीहर का गना (सम्बन्ध) नहीं हुआ।''

''ठीक है हुकम। तो फिर बिना अनुमति के ही जाता हूँ।''

अनेक बार समय और परिस्थितियां संवेदनशील हृदय को, हँसते मुस्कराते मनुष्य को भी पत्थर में बदल देते हैं। कोई अपना सम्पूर्ण जीवन ही किसी को सौंप दे परन्तु सामने वाला उसे नजरंदाज़ करे, आत्म समर्पण करने वाले को महत्त्वहीन करार दे तो इस तिरस्कार से हतोत्साहित होकर अक्सर वह जीवन से, सम्बन्धों से, सुख-दुःख से उदासीन हो जाता है। उसे जीवन में सब कुछ रसहीन लगने लगता है। इंसान तो क्या प्रकृति से भी उदासीन हो जाता है। फूलों का खिलना या मुरझाना भी उसके लिए एक जैसी घटना हो जाती है। रावजी के व्यवहार ने उमादे को ऐसा ही कर दिया था। वे महीनों तक महल से बाहर भी नहीं निकलतीं। सभी से मिलना जुलना बन्द कर दिया। कभी कभार भारमली आती तो उसके साथ कुछ समय अवश्य बिताती परन्तु तब भी भारमली ही बोलती। महलों, रावजी, महारानियों, राजमाताओं, दासियों के समाचार, किस्से कहानियां सुनाती परन्तु उमादे हाँ हूँ करती रहती या फिर अबोले ही उसके चेहरे को ताकती रहती।

उमादे के महल के बाहर आसाणंद जी ने अपना परिचय दिया तो दासी ने उन्हें ससम्मान आगन्तुक कक्ष में बिठा कर महारानी सा तक सन्देश पहुँचाया।

अवसाद में डूबी उमादे ने क़हा—''बारहठ जी से कह दे, अभी मन स्वस्थ

नहीं है। वे क्षमा करें। जब थोड़ा ठीक महसूस होगा तो मैं स्वयं बुलावा भेजूंगी, तब आप पधारना।''

दासी ने यह संदेश आसाणंद जी तक पहुँचाया परन्तु वह बारहठ जी ही क्या जो अपनी बात मनवाए बिना चले जाए। रावजी को इंसान की पहचान थी। उन्होंने कोई आसान पासा नहीं फेंका था, बहुत सोच समझ कर चुना था। दासी से बोले—''ठीक है। बाईसाराज को बोलना, आसाणंद बाहर बैठा प्रतीक्षा कर रहा है। आपको जब उचित लगे तब पधारना। आया हूँ तो बात किए बिना नहीं जाऊँगा।''

उमादे समझ गई कि बारहठ जी बिना बात किए नहीं जाने वाले। वो ये भी जानती थी कि आसाणंद जी जैसा इंसान अकारण तो नहीं आया होगा। कोई महत्वपूर्ण मुद्दा ही होगा। साँसे चल रही थीं इसलिए पता चल रहा था देह है वर्ना उसके होने का अहसास भी नहीं होता था। ऐसी घोर उदासी में कोई विचार, कोई बात, कोई विमर्श कैसे सम्भव था? परन्तु उनकी जिद के सामने क्या करे?

दासी ने आकर महारानी उमादे से पूछा—''हुकम, भोजन का समय हो गया है ले आऊं?''

'हूँ, हूँ...दोपहर हो गई? भोजन का समय? बारहठ जी अभी भी बाहर बिराजे हैं?''

''हुकम, बिराजे हैं।''

''उनको भोजन करा दिया?''

''नहीं हुकम।''

''मेहमान भूखा रहे और गृह स्वामी भोजन करे, ये कहाँ की रीत है?''

''मेरी तरफ़ से आग्रह करके पहले उनको भोजन करवाओ।''

दासी भोजन लेकर गई और थाल आसाणंद जी के सामने रखते हुए बोली—''हुकम, महारानी सा ने भोजन हेतु आग्रह किया है।''

''बाईसाराज ने भोजन आरोग लिया (खाया)?''

''नहीं हुकम, उन्होंने ही फ़रमाया है पहले मेहमान तृप्त होंगे। फिर घर के सभी लोग।''

उस वृद्ध ने अन्न से भरी थाली को स्पर्श किया, हाथ ललाट को लगाया और प्रणाम करते हुए थाली को पीछे सरका दिया।

हाथ जोड़कर बोले—''बाईसाराज से जाकर कहें कि आसाणंद जोधपुर के महलों के लिए मेहमान हो सकता है पर उमादे भटियाणी के लिए नहीं। भाटियों और बारहठों के ये सम्बन्ध आज के नहीं है पीढ़ियों के है। इसीलिए मैंने कभी उन्हें महारानी सा नहीं कहा सदैव बाईसाराज ही कहा हैं। पहले वे जीमेंगे (खाएंगे) तभी मैं अन्न ग्रहण करूँगा।''

आख़िरकार उमादे को पहले भोजन शुरू करना पड़ा।

दासी ने फिर जाकर कहा—"महारानी सा भोजन आरोग रहे है। आप भी शुरू करवाएं।" तब आसाणंद जी ने भोजन किया।

अब तक उमादे समझ चुकी थी कि बारहठ जी धरना उठाने वालों में नहीं हैं। उनके सामने प्रस्तुत हुए बिना मुक्ति नहीं। बेहतर है किसी तरह हाथ जोड़ विदा किया जाए। भोजनोपरान्त बाहर आकर अबोले ही करबद्ध हो, झुक कर खम्माघणी का संकेत किया। उमादे के चेहरे पर आए भावों से आसाणंद जी समझ गये कि वो उनके आने का प्रयोजन जानना चाह रही है।

आसाणंद जी उठकर झुकते हुए बोले घणीखम्मा बाईसाराज । "हुकम, मैं प्रयोजन अवश्य बताऊंगा पहले आप वचन दें कि इस धोली (श्वेत) दाढ़ी की लाज रखेंगी।"

बहुत देर तक उमादे हाथ जोड़े खड़ी रही।

तब आसाणंद जी फिर बोले—"बाईसाराज, उम्मीद और विश्वास के साथ आया हूँ। अन्नदाता को मैं वचन दे कर आया हूँ। इसलिए आप मुझे वचन दें कि मेरे शब्दों की लाज रखेंगे, तो मैं कुछ अर्ज (विनती) करूं।"

उमादे समझ गई। महाराज को वचन दे आए यानि मामला सीधा नहीं उलझा हुआ है।

वो बोली—"काकोसा आप आयु और अनुभव में मुझसे बड़े हैं, विद्वान हैं, चतुर हैं। आप ही बताइए बिना सुने या जाने मैं वचन कैसे दे सकती हूँ?"

बाईसाराज, आपके जीसा रावल लूणकरण जी से सात पीढ़ी पूर्व जैसळगिर के रावल हुए है दुर्जनसाल जी। जनमानस जिन्हें रावल दूदा के नाम से जानता है। उनका नाम तो आपको स्मरण ही होगा। जब वे युद्ध में खेत (बलिदान) हुए तो महारानी सा ने सती होने के लिए शीश लाने का आग्रह किया। इस आग्रह पर सभी लोग जड़ हो गए क्योंकि रणक्षेत्र में नरमुंडों के ढेर लगे थे। हर चेहरे पर घावों से इतनी विकृति आ गई थी कि पहचान करनी मुश्किल हो रही थी। ऐसे में महाराज का शीश कैसे लाया जाए? सभी एक दूसरे को उदासी भरी प्रश्नसूचक निगाहों से देख रहे थे।

महारानी सा उनकी दुविधा समझ गई। वे बोली—"आप लोग दुखी मत होइए। शायद मैंने ही पूर्व जन्म में कोई पाप किए होंगे। मेरे ही खाते में पुण्य का अभाव रहा होगा तभी तो प्रभु ने पहले सुहाग उजाड़ दिया और अब सती होने का सुख भी छीन लेना चाहता है।" ऐसा कहते हुए संयोग से उनकी सजल दृष्टि सांदू खांप के चारण हूँपाजी की दृष्टि से टकराई।

हूँपाजी करबद्ध होकर बोले—"महारानी सा, कुछ पल आप और रुकें। अगर इस चारण ने जीवन भर मन से माँ सरस्वती की आराधना की है तो माँ आज इसकी

लाज रखेगी। आप एक बार मुझे भी प्रयास करने दीजिए।''

हूँपाजी अपने घोड़े पर सवार हो रणक्षेत्र की तरफ़ चल पड़े। पीछे अनेक लोग। अब महारानी सा से भी रहा नहीं गया। वे भी रथ में बैठ कर पीछे चल दी। रणक्षेत्र के मध्य में जा कर माँ सरस्वती को नमन कर हूँपाजी ऊँची आवाज़ में दोहे व गीत उच्चारित करने लगे। कुछ ही पल बाद महारानी सा तथा अन्य उपस्थित लोग विस्फारित नेत्रों से देखते रह गए! वे सभी दंग रह गए जब उन नरमुंडों के ढेर से बिना धड़ का सिर हिलता हुआ हड़हड़ कर गगनभेदी हँसी हँसने लगा! सभी स्तब्ध थे! निःशब्द थे! आश्चर्यचकित थे! हूँपाजी थाल में उस भाल को ले आए और महारानी सा सती हुए।

(तभी तो वर्षों बाद किसी कवि ने कहाः

सांदू हूंपे सेवियो, साहब दुर्जण सल्ल।
बिड़दातां मुख बोलियो, गीतां दूहां गल्ल॥

सांदू खांप के हूँपाजी ने रावल दुर्जणसाल जी की प्रशंसा में गीत और दोहे सुनाए तो रणक्षेत्र में रावल दूदा का कटा हुआ सिर हँसता हुआ बोलने लगा)

''बाईसाराज, मैं उन्ही हूँपाजी की सांदू खांप से हूँ। विश्वास कीजिए, मैं ऐसी कोई ओछी (छोटी) बात नहीं कहूँगा जो आपकी मर्यादा के विपरीत हो, जिससे आपकी या आपके कुल की इज्जत कम होती हो, जो नारी सम्मान के विपरीत हो। अगर मेरी जगह रावल लूणकरण जी होते तो उन्हें बिना सुने वचन नहीं देतीं?''

''बात अविश्वास की नहीं है। मेरे कहने का अर्थ यह कदापि नहीं कि आप कुछ गलत कहने आए है परन्तु अनेक बार एक ही स्थिति में रखी वस्तु को अनेक दृष्टि या अनेक कोण से देखी जाए तो वह भिन्न प्रतीत होती है। कुछ को जैसी वह है वैसी दिखती है जबकि अन्य को उसका भ्रमित करने वाला स्वरूप भी दिखता है यानि हम जो कुछ अपनी दृष्टि से देख पा रहे हैं वही सत्य नहीं है। सत्य उसके इतर भी हो सकता है। मेरे लिए आपमें और जीसा में कोई भेद नहीं है लेकिन मुझे आपकी बात को अपनी स्थिति के सापेक्ष भी तो देखना होगा।''

''बाईसाराज, यह बारहठ हाथ जोड़ आग्रह करता है, आप अपनी जिद छोड़ दें।''

''हाथ जोड़ विनती है आप मेरे सामने हाथ नहीं जोड़ें। आप बारहठ जी हैं, बुजुर्ग हैं, आदरणीय हैं परन्तु आप सम्भवतया जानते नहीं कि रावजी ने ऐसा क्या किया जिस कारण मुझे रूठना पड़ा। किसी से रूठना और 'रूठना पड़ा' में बहुत अंतर होता है। रूठना मनाना पति पत्नी के मध्य युगों से होता आया है और अधिकांश समय अपनी छोटी छोटी इच्छाओं, कामनाओं, सपनों की पूर्ति के लिए होता है परन्तु यहाँ तो मैंने अपने सपनों को सदैव के लिए कुचल डाला, सारी इच्छाओं को

भस्मीभूत कर डाला, अपनी हर एक कामना का गला घोंट डाला। केवल चरमराते हुए, चटकते हुए, अहंकार और भोग में भस्मीभूत होते हुए दाम्पत्य सम्बन्धों की मर्यादा बनाए रखने के लिए, स्त्री सम्मान जीवित रखने हेतु और अपने अस्तित्त्व को कम से कम इतना सा जीवित रखने के लिए कि स्वयं से आँख मिला सकूं, उसके लिए यह रूठना है अन्यथा मेरा जी (मन) ही जानता है कि जिसे सर्वस्व माना उसी से सदैव के लिए दूरी बना लेना कितना दुरूह कार्य है परन्तु मेरे पास जीवित रहने हेतु अन्य कोई विकल्प नहीं है।''

''बाईसा, आप तो स्वयं साक्षी हैं मेरे साथ उन्होंने कैसा बर्ताव किया परन्तु मैं जानता हूँ वे दिल के बुरे नहीं हैं। उनके पाषाण ह्रदय होने में, उनके जिद्दीपने में, उनके अमर्यादित आचरण में परिस्थितियां दोषी हैं।''

एक समय था जब जोधपुर के संस्थापक राव जोधा के पौत्र राव सूजा मारवाड़ के शासक थे। राव सूजा ने अपने ज्येष्ठ पुत्र बाघा की मृत्यु होने पर परम्परानुसार उनके ज्येष्ठ पुत्र वीरम को युवराज घोषित कर रखा था परन्तु राव सूजा के स्वर्गवास पर ठाकुरों के आशीर्वाद से मारवाड़ के राजा घोषित किए गए बाघा के कनिष्ठ पुत्र गांगा यानि मालदेव के पिताजी। यह सब बालक मालदेव ने अपनी आँखों से देखा था। इतना ही नहीं बालक मालदेव ने यह भी सुना था कि जब मारवाड़ की राजधानी मण्डोर पर राव चूंडा का अधिकार था तब उन्होंने ज्येष्ठ पुत्र रिणमल के स्थान पर कनिष्ठ पुत्र कान्हा को उत्तराधिकारी घोषित किया। इस अपमान के कारण रिणमल मेवाड़ चले गए और अपनी योग्यता के बूते राणा कुम्भा के प्रिय हो गए। कभी कभी जो योग्यता व्यक्ति को शिखर तक पहुँचाती है वही उसकी बैरन (शत्रु) बन जाती है। राणा से रिणमल की निकटता का अर्थ था पीढ़ियों से सत्ता का आस्वादन कर रहे अयोग्य व्यक्तियों का धीरे धीरे सत्ताच्युत हो जाना। अत: उन चाटुकारों ने मिलकर चाल चली और परिणिति हुई रिणमल की हत्या।

ऐसे में रिणमल के समर्थ और बुद्धिमान पुत्र जोधा के पास वहाँ से भागने के सिवाय कोई रास्ता नहीं था। वे मेवाड़ से मण्डोर पहुँचे परन्तु यहाँ कौन सा स्वागत होना था? पीछे तलवारें लिए मेवाड़ के लोग तलाश में और आगे मारवाड़ के लोग घात में। परिचय विहीन युवक जोधा उचित समय की प्रतीक्षा करता रहा। सही समय पर शमशीर की खनक से अपने पिताजी रिणमल से अन्यायपूर्वक छीने गए मारवाड़ व उसकी राजधानी मण्डोर पर पुन: अधिकार किया। सुरक्षा की दृष्टि से मेहरानगढ़ दुर्ग की स्थापना कर राजधानी मण्डोर से वहाँ ले गए, नगर बसाया जो वर्षों बाद जोधपुर कहा जाने लगा। राव जोधा ने अपने भाइयों, भतीजों, बेटों, सभी को जागीरें दी लेकिन उनका देहावसान होते ही सभी ने अपने को स्वतन्त्र घोषित कर दिया। राव जोधा के सामर्थ्य के सामने सब मिमियाते थे लेकिन उसके अस्त

होते ही हर कोई शेर बन बैठा।

बालक मालदेव ने तो देखे सुने गए इन किस्सों को ज्यादा नहीं समझा परन्तु मस्तिष्क के परिपक्व होने पर मन में उभरी उन स्मृतियों, उनके कारणों, उनकी सार्थकता का विचार करने लगा, विश्लेषण करने लगा। उसे समझ आने लगा कि राजनीति ही नहीं जीवन में भी किसी की सेवा, प्रेम या अपणायत का अधिक महत्व नहीं होता है। अधिकांश लोगों के लिए बल और दबाव के सिवाय कोई नीति कार्य नहीं करती।

ऐसे अनेक दृष्टांत थे जिन्होंने कोमल हृदय को पाषाण में बदल दिया। इसलिए अप्रतिम शौर्य और साहस का नाम बन गए राव मालदेव राठौड़। भय या पराजय उनके शब्दकोष में नहीं। जिस दिशा में उनकी तलवार जाती, विजय का डंका बजाकर ही लौटती। उनके यहाँ सिर्फ़ राजनैतिक गणनाएं हैं, राज्य की सीमाओं के विस्तार की योजनाएं हैं, रणक्षेत्र है, युद्ध है, रक्तपात है, अपने स्वार्थ हैं, दैहिक सुख है परन्तु उस हृदय में प्रेम के लिए, करुणा के लिए, सुकोमल संवेदनाओं के लिए कोई स्थान नहीं है।

''मैं जानता हूँ रावजी से अक्षम्य अपराध हुआ है, लेकिन रिश्ता बचाने और निभाने का एक ही तरीका है क्षमा। किसी को तो बड़ा दिल करना होगा। अनेक बार पराजय में भी जय होती है अन्यथा पराजय के भय से ही जीवन भर, पल पल हम पीड़ा से कराहते रहते है, क्षय होते जाते हैं, हारते जाते हैं। जीवन पर्यन्त उस अनिश्चय की स्थिति में रहने की बजाय एक अवसर लेना चाहिए।''

''मैं आपकी बात से सहमत हूँ। मैं जानती हूँ कि जब हम अपना रोना रोते रहते हैं उस समय भी कालचक्र अपनी गति से चल रहा होता है। हम अपनी जगह पर, अपनी स्थिति में खड़े रह जाते हैं और समय आगे बढ़ जाता है। बेहतर यही है कि हम शीघ्रता से अपनी समस्याएं सुलझा कर, समय के साथ आगे बढ़ते हुए सुख पूर्वक जीना शुरू कर दें अन्यथा दु:ख को भोगते हुए जीवन बीत जाएगा। लेकिन ऐसा प्रयास अपराधी द्वारा भी तो किया जा सकता है। पीड़ित ही क्यों करे?''

''जानता हूँ बाईसाराज, प्रयास उनकी ओर से ही होना चाहिए लेकिन वे मारवाड़ के धणी हैं, सिंहासन पर विराजमान हैं, शौर्य और सामर्थ्य के प्रतीक हैं। जब मैं घायल हुआ था तब अपने ही कहा था कि 'सत्ता का बल, उसका नशा, उसका अहंकार किसी साधु संत को भी भटका देता है।' कुछ पल के लिए हम ही अपने को लघु घोषित कर दें, इसमें उनकी आत्मतुष्टि होती हो और वे ठीक राह पर चलने लग जाएँ तो इसमें भी तो हम सभी का कल्याण है।''

उमादे फिर से मौन हो गई परन्तु पलकों की सतह पर आई नमी ने भीतर का सन्देश बाहर तक पहुँचा दिया।

उस वृद्ध की पलकें भी भीग गईं। रुंधे हुए गले से निकले अस्पष्ट स्वर थरथराते होठों द्वारा बाहर की तरफ धकेले गए। ''बाईसाराज, रावल लूणकरण जी भी होते तो मुझे वचन दे देते परन्तु इन्सान अपने बच्चों के सामने अक्सर पराजित होता है। सम्भव हो सके तो अपने इस काकोसा के शब्दों का मान रखना। जिस विश्वास से आया था वह टूट गया तो यह डोकरा (वृद्ध) मारवाड़ के धणी को मुँह नहीं दिखा पाएगा।''

''बाईसाराज, मनुष्य अपने प्रयास से सत्ता, धन, दौलत, महल आदि सुख के जितने साधन हैं सब कुछ पा सकता है लेकिन उन सभी से सुखी तब तक नहीं हो सकता जब तक उसके पास ऐसा सम्बन्ध न हो जिसे अपने मन की व्यथा, सुख, दु:ख, पीड़ा, छोटे से छोटी और बड़े से बड़ी बात बेहिचक बता सके। जो हर विपत्ति में हाथ थामे रखे, ऐसे सम्बन्धों को किसी भी कीमत पर सहेज कर रखना चाहिए।''

''मैं जानता हूँ जोधपुर के इन महलों में सुख, ऐश्वर्य, वैभव की कोई कमी नहीं है फिर भी अपने बाईसाराज के मुख पर घिर आए उदासियों के घेरे शुभ संकेत नहीं हैं। ये मानुषी जीवन सौभाग्य से मिलता है, छोटी छोटी बातों में या अहंकार में उलझ कर पीड़ा से कराहने के लिए नहीं है। एक बार इस वृद्ध का मान रखने के लिए ही सही, आप इस जिद को छोड़कर अन्नदाता से हुई गलती को विस्मृत कर दें। एक बार आपने घावों से बचा कर उपकार किया था। आप और रावजी नए सिरे से जीवन प्रारम्भ कर एक उपकार और कर दो।''

''मैं जाकर उनसे आग्रह करूँगा, पोतिया (साफा) पांवों में रखकर कहूँगा कि वे अपने अपराध के लिए कर हाथ जोड़ कर आपसे क्षमा मांग लें। आप बड़ा दिल करके उन्हें क्षमा कर देना।''

''वे मुझसे माफ़ी मांगें? काकोसा, इसका मतलब आपने रावल दुर्जनसाल जी से लेकर रावल लूणकरण जी और अपनी बाईसा को समझा ही नहीं। जिन्हें हृदय में बसा मैंने परमेश्वर समझा वे मेरे सामने करबद्ध प्रार्थना करें? और मैं ख़ुशी से आह्लादित होऊँ? आपकी उमादे की सोच इतनी ओछी (उथली, निकृष्ट) नहीं। मैं तो चाहती हूँ मेरे शीश का मुकुट, जिसे परमेश्वर ने इतना सामर्थ्य दिया है वे अर्धांगिनी से तो क्या उस दाता से भी कभी कुछ नहीं मांगें। आप तो बस मेरी ओर से इतनी अर्ज (विनती) कर देना कि अर्धांगिनी का अपना स्थान, सम्मान और मर्यादा होती है, उसे बनाए रखें।''

''मेरे मन में उनके प्रति कोई द्वेष नहीं, सिर्फ़ प्रेम है परन्तु पीड़ा इसलिए होती है कि वे जिस राह से सुख पाना चाहते हैं उससे मुझे तो दु:ख मिल ही रहा है परन्तु उन्हें भी दु:ख के सिवाय कुछ हाथ नहीं आएगा। वे गलत राह चलें और मैं उन्हें सही राह दिखाने का प्रयास भी न करूँ, यह अपराध होगा अन्यथा स्वयं को इन महलों में

बन्द कर के कौन सा सुख और आनन्द ले रही हूँ, यह मैं भी जानती हूँ। आप अगर उन्हें पत्नी और दासी का भेद समझा सकें, यह समझा सकें कि वे जिस सुख से तृप्त होने की कल्पना संजोए हुए हैं वह मृगतृष्णा है, केवल छल है, दुःख की राह है तो आपकी यह पुत्री आपके प्रत्येक शब्द को ललाट पर परमात्मा के लिखे भाग्य की तरह धारण कर लेगी। रावजी को दुखी देख मैं कौनसा सुख पाती हूँ परन्तु लाचार हूँ, मेरे पास कोई उपाय नहीं।''

आसाणंद जी के नयनों से फिर वर्षा की झड़ी शुरू हो चुकी थी। थरथराते दोनों हाथों को जोड़ते हुए एक बार फिर से रुंधे गले से निकलते काँपते स्वरों को पूरे सामर्थ्य से बाहर की ओर धकेलते हुए बोले—''आज मैं धन्य हुआ, जैसळगिर धन्य हुआ, यदुकुल धन्य हुआ, भटियाणी ने साबित कर दिया कि 'राण्या मांयाली राणी भली भटियाणी'। बाईसाराज, मैं आभारी हूँ आपने इतना मान रखा। मैं पूरा प्रयास करूँगा कि अन्नदाता को समझा पाऊँ।'' काँपते हाथ आशीर्वाद की मुद्रा में ऊपर उठाते हुए बोले—''कुळदेवी माँ स्वांगियां जी और इष्ट देव भगवान श्री कृष्ण आपका चूड़ा अमर करें, दाम्पत्य जीवन में रस भरें। आप दोनों का जीवन मंगलमय हो।''

उमादे एक सुखद अनुभूति से भर उठी। उदासियों के सूखे रेगिस्तान में अनवरत विचरण करते हुए वर्षों बाद आज वह प्रत्यक्ष अपनत्व से भरे किसी बुजुर्ग के नमी युक्त प्रेम को अनुभव कर रही थी। आशीष की मुद्रा में उन काँपते हाथों से ऐसा लग रहा था जैसे पूरा व्योम कंपित होकर उसे आशीर्वाद दे रहा हो। आखिर कोई इंसान दूसरे इंसान के लिए इससे अधिक कर भी क्या सकता है?

आसाणंद जी बाईसाराज से आज्ञा लेकर उनके महल से बाहर निकले। जोधपुर के दुर्ग मेहरानगढ़ के पश्चिमी कोने में मकराना के श्वेत संगमरमर से बने माँ चामुण्डा के मन्दिर के ऊपर भगवा ध्वज फहरा रहा था। साँझ के सिन्दूरी रंग से श्वेत संगमरमर रक्तवर्णी हो गया था। उसे देखते ही आसाणंद जी को उमादे का प्रदीप्त मुखमण्डल स्मरण हो आया। आभायुक्त होते हुए भी जैसे कोई उजाड़ भूमि हो। वर्षों से जिस भूमि पर पुष्प, पर्ण, घास कुछ भी ना हो ऐसा भावहीन चेहरा। उस सूने मुखमण्डल पर कुमकुम की छोटी सी बिंदिया महज यह बताने को लगी थी कि वह सुहागन है लेकिन चेहरे पर कोई उत्साह नहीं, उमंग नहीं, मुस्कराहट नहीं। कितना अच्छा होता माँ दुर्गा के मन्दिर पर फैला यह सिन्दूरी रंग उस मुखमण्डल पर फ़ैल कर उसकी आभा भी ऐसे ही बढाता। जब प्रस्तर का सौन्दर्य भी ऐसा है तो कितना अद्भुत सौन्दर्य उमादे का होता जब रक्तिम मुख पर शान्ति होती, अधरों पर स्मित होती,

नयनों में ख़ुशी होती। हाय रे भाग्य! तू भी कुछ लोगों के साथ कितना निष्ठुर और निर्मम हो जाता है!

बारहठ जी ने विचारों और बढ़ते क़दमों दोनों को एक पल के लिए विराम दिया और भगवान भास्कर को प्रणाम किया। माँ चामुण्डा को नमन किया। आँखें बन्द की तो उनसे गर्म जल की कुछ बूँदें निकली। वह अर्ध्य अर्पित किया और मन ही मन बुदबुदाए—"माँ तुम तो दया करो, अपनी पुत्री के दुःख हरो।" आँखें खोल पूर्व दिशा में आगे बढ़े। कुछ पलों में ही अन्नदाता के महल पहुँच गए। महल में प्रवेश करते ही उनके चेहरे पर विश्वास की गहरी रेखाएं देख रावजी समझ गए कि सुखद सन्देश लाए हैं।

"बारहठ जी, दारू (मदिरा) मंगवाई जाए?"

"हुकम जरूर, पर आज नहीं। बाईसाराज मिलने अवश्य पधारेंगे (चूंकि उमादे का महल सामान्य सा, जिसे कक्ष कहना उचित होगा इसलिए उनका रावजी के महल में जाना तय हुआ) पर आप से विनती है वैसी भूल फिर न हो। वे बहुत भली हैं। आपके सुख में, दुःख में हर समय साथ खड़ी रहेंगी। द्वारिकाधीश जी ना करे ऐसा कभी हो पर दुर्भाग्य से ऐसा अवसर आया कि सत्ता न रही तब भी खुले आसमान के नीचे उसी विश्वास के साथ आप उन्हें खड़ी पायेंगे परन्तु अपने सुहाग को, अपने अर्ध को, राव मालदेव को बंटते हुए वे नहीं देख पाएंगी, इस बात का ख्याल रखिएगा। इस वृद्ध से न तो बाईसाराज के आँसू देखे जाते हैं और न ही आपकी उदासी। आप दोनों का का जीवन मंगलमय हो, जोधपुर के महलों में खुशियों का साम्राज्य हो।" इतना कहकर रावजी की तरफ बिना देखे बाहर निकले ताकि उनके सामने आँखें फिर न छलक जाए।

लगभग दो वर्षों की प्रतीक्षा के पश्चात महारानी उमादे और राव मालदेव जी की सुहागरात आई थी। महलों में इससे बड़ा उत्सव क्या हो सकता था? नौकर-चाकर, दास-दासियाँ हर कोई अपने कार्य में लग गया। रावजी के महल को सजाया जाने लगा। कोई पुराने कालीन हटा कर उसके स्थान पर नए कालीन बिछा रहा था तो कोई गद्दे, चद्दर, तकिए बदल रहा था। कुछ नए पर्दे टांग रहे थे तो कुछ महल के कोने कोने में दीपक प्रज्वलित कर रहे थे। कुछ विभिन्न तरह के फूलों की लड़ियाँ बना टांग कर द्वार और खिड़कियाँ सजा रहे थे तो कुछ उन्हीं फूलों की पंखुड़ियों से मांडणे (रंगोलियाँ) बनाने में व्यस्त थे।

उस रूप सौन्दर्य के सामने सृष्टि का सारा सौन्दर्य, सारी कमनीयता, इन्द्रियों को उद्दीप्त करने के सारे साधन शून्य हैं। उसे पाने के पश्चात जीवन में कोई प्यास शेष

नहीं रहेगी। वे पूर्णतः तृप्त हो जाएंगे। सदैव के लिए आश्वस्त होकर अपने राज्य की सुरक्षा, अपने शत्रुओं के मान मर्दन में लग जाएंगे। ऐसा सोचते सोचते अपनी अधीरता कम करने हेतु रावजी महल से बाहर चहलकदमी करने के लिए चौक में आ गए। बाहर बाहें पसारे अँधेरे से मुक्त होने के लिए, मन में थोड़ा उजाला भर लेने के लिए, गगन में चमकते असंख्य सितारों को निरखने के लिए दृष्टि को ऊपर की तरफ घुमाया परन्तु गगन में एक भी सितारा नहीं था। अनन्त दूरी तक विस्तीर्ण, काले घने मेघों से आच्छादित स्याह आकाश बहुत भयावह लग रहा था। कुछ घड़ी पूर्व जब मेघ नहीं थे, गगन के जिस सौन्दर्य को देख मन हर्षित हो रहा था, चहक रहा था, कुलांचे मारने लगा था, अब उसी गगन को देख मन आशंकित हो रहा था, भयभीत हो रहा था, थरथरा रहा था। देखते ही देखते आकाश में बिजलियाँ चमकने लगीं। पूर्वोत्तर दिशा से धरती पर बरसती बारिश की आवाज़ धीरे धीर निकट आने लगी और कुछ ही देर में उसकी फुहारें देह को भिगोने लगीं। आसमान से बरसती जल बूंदे तो बहुत शीतल थी लेकिन मेघ, बरसता पानी, गरजता अम्बर, चमकती बिजली और भीगी देह का साथ रावजी को और तप्त किए जा रहा था। अब तो उमादे के प्रेम के छींटे ही तपते मन को राहत दे सकते थे।

बचपन के बाद आज पहली बार रावजी यूँ खुल कर बारिश में भीग रहे थे। राजप्रासादों की परंपराएं, रीति-रिवाज, सुरक्षा व्यवस्था ऐसा कहाँ करने देती है? मारवाड़ में बरसात तो हवा के एक झोंके की तरह होती है, थोड़ी ही देर में बंद हो गई। वे भीतर पधारे। दासी नए वस्त्र लेकर उपस्थित थी, उन्होंने वस्त्र बदले। दारू आ चुकी थी, दास दासियाँ संकेत की प्रतीक्षा कर रहे थे। काफ़ी समय से साँझ होते ही रावजी भारमली के महल में चले जाते हैं। वही अपने हाथों से दारू पिलाती है फिर भोजन करवाती है उसके उपरान्त वहीं रात्रि विश्राम होता है।

उसके आदी हो चुके तन और मन उसकी बाट जोह (प्रतीक्षा कर) रहे थे परन्तु वह नहीं आई। हालाँकि भीतर ही भीतर वे आशंकित भी थे कि वह आ गई तो शायद वे आज भी स्वयं पर काबू नहीं रख पाएं और सब किए धरे पर पानी फिर जाएगा। हाथ आया अवसर खो दिया तो जीवन भर हाथ मलते रह जाएंगे। सब जानते समझते हुए मन आज भी उसी के हाथों से मदिरा पीना चाहता था। अधर उन्हीं उंगुलियों का स्पर्श चाहते थे, उन्हीं अधरों का आस्वादन चाहते थे। भुजाएँ उसी को आलिंगनबद्ध करना चाहती थीं।

उन्होंने एक दासी से पूछा—''क्या भारमली स्वयं को मारवाड़ की महारानी समझने लग गई है कि हम ही उसके महल में जाएंगे। वह क्यों नहीं आई? उसे ज्ञात नहीं है कि महाराज के आदेश पर महारानियों को भी इसी महल में आना पड़ता है। उस दासी की इतनी औकात?''

"नहीं हुकम, वह तो महारानी सा उमादे के आदेश पर उनके श्रृंगार हेतु उनके महल में गई है। राज का आदेश हो तो बुलावा भेजते हैं, अभी हाज़िर हो जाएगी।"

"उमादे के महल में?" रावजी को लगा जैसे मधुमक्खियों के छत्ते में हाथ डाल दिया। किसी अनजाने भय से सिहर उठे। उन्हें लगा कोई गलती से यह समाचार न पहुँचा दे कि रावजी भारमली को याद कर रहे थे। ऐसा हुआ तो सब तहस नहस हो जाएगा। इसलिए बोले—"तब ठीक है उसे महारानी सा की सेवा में ही रहने दो, हमारी सेवा तो रोज करती है। यहाँ तो तुम सब लोग हो ना। अच्छा, अब परोसगारी करो।"

आदेश होते ही दासी गवरी की बेटी चिरमी ने मदिरा उड़ेली और अपने खुले सुगन्धित केशों को अन्नदाता के निकट लाते हुए प्याला अधरों से लगा दिया। माँ और मासी ने कहा था कि कहाँ दो वर्ष पुरानी भारमली और कहाँ नयी खिलती कली के जैसी तुम! जिसे किसी ने स्पर्श तक नहीं किया उसके अधरों का आस्वादन एक बार अन्नदाता कर लेंगे तो फिर भारमली को भूल जाएंगे। आज भाग्य से यह अवसर आया है गँवा मत देना। अन्नदाता की कृपा कुछ दिनों के लिए ही हो गई तो इतना कुछ तो मिल जाएगा कि तुम्हारे जीवन भर के लिए आराम हो जाएगा। इसलिए चिरमी निकट आना चाहती थी परन्तु रावजी आज दूर रहना चाहते थे। अतः प्याला अपने हाथ में लिया और पीने लग गए। कुछ देर पश्चात चिरमी ने दूसरा प्याला भरा और अन्नदाता के हाथों में थमाने ही वाली थी कि उसी समय उसकी ओढणी सरक कर नीचे गिर पड़ी। उसे उठाते हुए मदिरा छलक पड़ी और साथ ही यौवन भी, रावजी की दृष्टि उसके अंगों पर पड़ी परन्तु उन्होंने अपने को संयत करते हुए प्याला हाथ से लिया और पीने लग गए। दो के बाद तीन चार...प्याले, हर बार चिरमी का नया पैंतरा और रावजी का स्वयं को उससे बचाना ऐसा लग रहा था जैसे कोई शह और मात का खेल हो।

उधर उमादे के महल में भारमली व अन्य दासियों द्वारा मुल्तानी मिट्टी, मालानी के कपुरड़ी की पीली मिट्टी, हल्दी, चन्दन, केशर, ताजे दूध की मलाई, आटे और गुलाब जल से उबटन बनाई गई। भारमली ने कई घड़ियों तक अपनी भंवरी जीजा के वह उबटन मली। इस बीच कितनी ही बार दासियाँ सन्देश लाई कि अन्नदाता याद फरमा रहे हैं। हर बार यही जवाब दिया गया कि महारानी सा श्रृंगार कर रहे है।

उमादे स्नान के लिए जाने लगी तो बोली—"भारमली तू थोड़ी देर के लिए रावजी की सेवा में चली जा।"

"भंवरी जीजा, अभी तो आपका श्रृंगार शेष है।"

''इतना सा कार्य तो अन्य दासियाँ भी कर लेंगी। फिर कोई सन्देश आए उससे पूर्व तू यह सन्देश लेकर पहुँच जा कि शृंगार होते ही मैं पहुँच रही हूँ और मेरे पहुँचने तक वहीं रहना।''

वह समझ गई। भंवरी जीजा फिर से अन्नदाता की परीक्षा लेना चाहती है। वह हाथ जोड़कर बोली—''हुकम, मुझ पर दया करो। मुझे क्यों भेज रहे हो? क्या मैं इतनी बुरी हूँ? भंवरी जीजा, मैं जानती हूँ कोई भी दासी इसे सौभाग्य समझेगी कि मारवाड़ का धणी उसे आलिंगनबद्ध करे। जो पल महारानियों के जीवन में भी कभी कभी आता है वह पल दासी के जीवन में रोज़ आए, उसके लिए इससे अधिक हर्ष का विषय क्या हो सकता है? परन्तु जिसने एक दासी को छोटी बहन का दर्जा दिया, सगी बहन से भी अधिक प्रेम किया, उसके हर अपराध को क्षमा किया, वह एक बार फिर उसके विवाहित जीवन में ज़हर घोले, ऐसा अपराध मुझसे मत करवाइए। यह सौन्दर्य और यौवन देकर ईश्वर ने तो मेरे साथ अन्याय किया है पर वहाँ भेजकर आप तो मत कीजिए। आप चाहें तो मुझे विष दे दीजिए मैं पी लूंगी परन्तु यह कार्य मत करवाइए।''

''अरे, क्यों ईश्वर और मुझे कोसती है? किसी ने कोई अन्याय नहीं किया। अब वैसा कुछ नहीं होगा। अगर हो भी तो इसमें तू अपने को अपराधी क्यों मानती है? किसी गलत कार्य का भी आपसी सहमति से होना, बिना किसी विरोध के होना और विरोध के बावजूद होना इन सभी में जमीन आसमान जितना अंतर है। पहले में इच्छा व प्रसन्नता है, दूसरे में अनिच्छा व लाचारी है, तीसरे में बलात व पीड़ा है। पहले में दोनों साझीदार समान रूप से अपराधी हैं। दूसरे में एक व्यक्ति साझीदार नहीं है लेकिन दूसरे के दबाव के सामने प्रतिरोध की बजाय बेमन से स्वीकृति दे देता है। तीसरे में एक की अनिच्छा के बावजूद दूसरे द्वारा बलात कृत्य कारित किया जाता है। अत: दूसरे और तीसरे में एक अपराधी है तो दूसरा पीड़ित। जो कार्य तेरे साथ बलात किया जा रहा है उसमें तेरा अपराध कहाँ?''

हिचकियाँ लेती हुई भारमली बोली—''परन्तु दुनिया तो दासी को ही दोषी ठहराएगी ना?'' भीगी पलकों के कारण काजल भारमली के पूरे मुंह पर फ़ैल गया।

उमादे हँसने लगी:—''तेरा काला मुँह तो देख, भूतनी जैसी डरावनी लग रही है। चिंता मत कर, अब रावजी तेरी तरफ नज़र उठाकर भी नहीं देखेंगे।''

रोते हुई बोली—''मेरे मुँह पर कालिख तो पहले ही लग गई। एक बार और क्यों चाहते हो भंवरी जीजा...''

''कुछ नहीं होगा। अब देरी मत कर। तू जा। मैं बस आ ही रही हूँ।''

भारमली अन्नदाता के महल के लिए निकली और उमादे स्नानागार में।

उसके बाद दो बार फिर अन्नदाता के महल से दासियाँ आईं परन्तु यही

समाचार ले गईं कि महारानी सा श्रृंगार कर रही हैं।

रात्रि का दूसरा प्रहर भी आधा बीत चुका। अनेक बार आग्रह के उपरान्त भी अन्नदाता ने भोजन नहीं लिया। अभी तक मदिरा का प्याला हाथ में था। मशालें जल रही थी परन्तु कुछ दीपक मंगल (बुझ) हो गए थे तो कुछ मंगल होने से पूर्व फड़फड़ाने लगे थे। दासियों ने तेल डालने का आग्रह किया लेकिन उन्होंने संकेत से मना कर दिया। सभी को बाहर खड़ी रहने की आज्ञा दी। भीतर सिर्फ़ मदिरा, अन्नदाता और भारमली।

कुछ समय बाद सोलह श्रृंगार किए उमादे ने महल के मुख्य द्वार में प्रवेश किया। कुछ देर पूर्व चमकती आकाशीय बिजलियाँ तो बंद हो गई थीं परन्तु इस स्याह रात्रि में भी धरित्री पर उमादे के अप्रतिम सौन्दर्य की बिजली ऐसी चमक रही थी कि जिसने भी देखा वह चेतना शून्य होकर अपनी जगह पर थिर हो गया। उस देव दुर्लभ सौन्दर्य की देवी ने रावजी के महल के मुख्य द्वार से प्रवेश किया और फिर परदे लगे दो अन्य द्वार पार किए। यहाँ पर साथ आई दासियों से आरती का थाल लिया। अक्षत, कुमकुम, रोली, जल उसमें रखे। उसमें रखा दीपक प्रज्वलित किया। मुखमंडल के निकट पकड़े थाल में दीपक के प्रकाशित होते ही लगा जैसे पूर्णमासी का चन्द्रमा धरा पर उतर आया हो। दासियों को वहीं रुकने का संकेत किया। आरती का थाल लेकर वह सौन्दर्य की देवी मन्द्र सप्तक में झंकृत होती पायल के मधुर संगीत के साथ विशाल द्वार पर लगे भव्य पर्दों को चीरते हुए रावजी के शयन कक्ष के भीतर जाने लगी।

''अन्नदाता हुकम, छोड़िए। बाईसाराज का श्रृंगार हो गया होगा। वे पधारते ही होंगे।''

''श्रृंगार, श्रृंगार, श्रृंगार...उन्हें पता नहीं है कि राव मालदेव काल की भी प्रतीक्षा नहीं करते। कितनी ही बार जेता और कूंपा जैसे योग्य सेनापतियों के यह कहने पर भी कि अभी समय उचित नहीं है आप युद्ध मत कीजिए राव मालदेव नहीं माने और आक्रमण किया गया। तब भी विजयश्री ने आगे बढ़ कर मेरा वरण किया। भटियाणी स्वयं को समझती क्या है? राव मालदेव कोई भिक्षु नहीं जो महारानी की दया का पात्र बन कर प्रतीक्षा करता रहे। सुख और भोग वीरों की प्रतीक्षा करते है वीर उनकी नहीं। अब और प्रतीक्षा सम्भव नहीं। आओ किसी वल्लरी की तरह मुझसे लिपट जाओ। मैं तुम्हे अपने आलिंगन में लेकर तृप्त हो जाना चाहता हूँ।''

''मैं तो दासी हूँ, यह देह भी आपकी दास है, आपकी आज्ञा की अनुगामी है हुकम। मैं अन्नदाता को सुख दे सकूँ यह मेरे लिए प्रसन्नता का विषय है परन्तु बाईसाराज आपकी अर्धांगिनी हैं। अन्नदाता हुकम, आप और मैं दोनों जानते है कि इस बार फिर से कोई ऊँच नीच हो गई और वे रूठ गईं तो साक्षात श्रीकृष्ण भी मना

नहीं पाएंगे। आप तनिक सा धैर्य रखें। बाईसाराज बस पधारते ही होंगे।''

''वो तो क्या उसके आराध्य श्रीकृष्ण ही भले रूठ जाएँ। अब और प्रतीक्षा मुझसे नहीं होगी।'' बाहें फैलाकर भारमली को आलिंगनबद्ध करना चाहा। वह तो किसी तरह से निकल गई परन्तु उसकी रेशमी ओढ़नी रावजी के हाथों में आ गई। ओढ़नी में भारमली की देह गंध सूँघते ही रावजी और अधिक उन्मत्त हो उठे। वे अपने पलंग से उठे और फिर से उसे अपनी भुजाओं में समेट लेना चाहा परन्तु भारमली नीचे बैठकर छूट गई। शीघ्रता से अपने में ही सिमट कर बैठी भारमली को दोनों हाथों से उठाया और गोद में भर लिया। वह आँखें बन्द करके छटपटाती रही, छोड़ने की विनती करती रही परन्तु उन समर्थ भुजाओं के बन्धन से मुक्त नहीं हो सकी।

ठीक इसी क्षण महारानी उमादे ने राव मालदेव जी के महल में प्रवेश किया। बाहर प्रतीक्षारत सभी दासियाँ कान लगाकर उन दोनों की हँसी के ठहाके, प्रेम के संवाद, दम्पति के मध्य का वार्तालाप सुनने को आतुर थीं।

अचानक महारानी उमादे की पायल का संगीत ठहर गया। एक चीत्कार सुनाई दी। किसी थाल के गिरने का स्वर और फिर अनवरत हिचकियाँ।

किसी अनहोनी की आशंका के साथ दासियाँ भागते हुए आज्ञा लिए बिना ही भीतर पहुँची। महारानी उमादे किसी निष्प्राण प्रतिमा की भाँति धरा पर जड़वत बैठी थीं। थाल धरा पर पड़ा था। कांपते हाथों ने अभी भी थाल को पकड़ रखा था। अक्षत, कुमकुम, रोली सब नीचे बिखरे पड़े थे। बुझा दीपक उल्टा पड़ा था। कक्ष में लगे अधिकांश दीपक पहले ही बुझ चुके थे। ऐसा लग रहा था जैसे चारों और अँधेरे का साम्राज्य हो। सब कुछ धुंधला गया था। किसी को कुछ स्पष्ट नज़र नहीं आ रहा था।

जितनी बाहर रात्रि की निस्तब्धता थी उतना ही महल के भीतर अबोलापन, किसी का किसी से कोई संवाद नहीं, अचानक उत्पन्न परिस्थितियों और अँधेरे से घबराई दासियों ने कुछ दीपक जलाए। कक्ष में थोड़ा कुछ स्पष्ट दिखने लगा। सब दासियाँ स्थिति समझने का प्रयास कर ही रही थीं कि क्या हुआ? इतने में महाराज के पलंग पर पायल की झंकार से सभी का ध्यान उधर गया। शिकारी को देख थरथर काँपती हिरनी की तरह भयभीत भारमली झट से पलंग से उतरकर उसके एक कोने के निकट अपने ही भीतर सिमट जाने को आतुर थी। ललाट पर सलवटें खिंच आईं। अपने पैरों के अंगूठों को ऐसे घूरे जा रही थी जैसे सारा अपराध उन अंगूठों का हो। पल भर में हुए इस घटनाक्रम के कारण ओढ़ना महाराज के हाथों में ही रह गया था। बिखरे हुए केश, उलझी लटें, नेत्रों से कपोलों पर फैला काजल, अधरों पर उभर आया तेजी से प्रवाहित होते रक्त का वर्ण, साँसों की तीव्रता और फूलती सिकुड़ती नासिका, ये सब प्रमाण थे फिर से हुए या होने जा रहे उस अपराध के, जो कारण था उमादे के रूठ जाने का।

उमादे के कंठ से कोई स्वर नहीं निकला। आँखों से कोई आँसू नहीं निकला। इन्सान उसके सामने आँसू बहाता है जिसे उन आँसुओं की परवाह हो, देखकर मन चिंतित हो, उन्हें पोंछने का सामर्थ्य व साहस हो। उस इन्सान के सामने अपने अमूल्य आँसुओं और शब्दों को व्यय करना व्यर्थ है जिसके लिए इनका कोई मोल नहीं। उमादे साहस बटोरकर वहाँ से उठी, जिस दिशा से आई थी उसी दिशा में मुड़ी और तीव्र गति से चलते हुए उन्हीं पर्दों को चीरते हुए अपने महल को चल दी।

भारमली ने भी अन्नदाता के हाथों में उलझी अपनी ओढ़नी खींची। न नज़रें मिलाई, न कुछ बोली और न ही कोई संकेत हुआ। एक अबोलेपन के साथ अपने महल को प्रस्थान कर गई।

अब महल में रह गए थे अकेले रावजी। मंगल (बुझे) हुए दीपक तो दासियों ने फिर से प्रज्जवलित कर दिए पर अमंगल घट चुका था। महल में उजाला भर गया था परन्तु रावजी के जीवन में फिर से अँधेरा भर गया। शेष रही रात्रि काटने के लिए दासी को फिर से दारू लाने का कहा।

अधिकांश दासियाँ इस हादसे से दुखी थीं। चिरमी दुखी थी या प्रसन्न वह स्वयं भी नहीं समझ पा रही थी। बस एक के बाद एक प्याले भर कर देती रही जब तक अन्नदाता कहते रहे। अन्नदाता के ललाट पर उभर आई चिन्ता की लकीरों, मुखमण्डल पर फैले स्वेद और एक के बाद एक गटकते जा रहे प्यालों से ही प्रकट हो रहा था कि इस समय अन्नदाता को उसके सौन्दर्य, अधरों या यौवन किसी में रूचि नहीं थी। बस वे पीते रहे और वो पिलाती रही। आख़िरकार नशा इतना अधिक हो गया कि कब प्याले के स्थान पर चिरमी उनके हाथों में आई रावजी स्वयं को भी पता नहीं। सुबह नींद से जागे और अपने पलंग पर उसे देखा तब ध्यान आया।

कितना दुखद होता है जब दीर्घकाल तक हम किसी अवसर की तलाश में भटकते हैं, प्रतीक्षारत रहते हैं, व्याकुल रहते हैं। अचानक वह अवसर हमें मिलता हैं। हम झोली फैला कर भर लेना चाहते हैं, मुट्ठियों में कैद कर लेना चाहते हैं। तृप्त हो जाना चाहते हैं परन्तु पल भर में दृश्य बदल जाता है। झोली खाली रह जाती है, मुट्ठियों से रेत की तरह सब कुछ फिसल जाता है। हम अतृप्त रह जाते हैं। कल रात्रि ऐसा ही रावजी के साथ हुआ परन्तु अपने अपराध का दोष किसे दे? दो वर्ष बाद अवसर आया था और अब पश्चाताप से हाथ मलते रहने के सिवाय कुछ भी नहीं बचा था।

अब तो स्वयं का सामना करने की शक्ति भी नहीं बची थी फिर भी सुबह होते ही सन्देश भेजकर उमादे के महल के अतिथि कक्ष में पधारे। मन में सोचने लगे कि इससे अधिक किसी का दुर्भाग्य क्या होगा कि पति पत्नी के अतिथि कक्ष में बैठा है।

कुछ ही देर में श्वेत वस्त्र धारण किए, ललाट पर कुमकुम की बड़ी बिन्दी लगाए उमादे आई और 'खम्मा घणी हुकम' कह कर सामने खड़ी हो गई।

नजरों को चुराते हुए रावजी बोले—"महारानी सा, आपको हम पसंद नहीं थे तो विवाह से पूर्व भी इनकार किया जा सकता था। जैसळगिर में हुई भूल तो हम स्वीकार करते हैं परन्तु कल रात्रि तो आपने षड्यन्त्रपूर्वक हमें ऐसा करने को विवश किया और जब हम आपकी प्रतीक्षा करते करते मदिरा के नशे में बहक गए तब आप हमारे महल में आए। यह सब आपने जानबूझ कर किया ताकि हम गलती करें। इसे कहीं से भी युक्तिसंगत नहीं कहा जा सकता। घी लगी वस्तु हो और हम उसके पास प्रज्वलित दीपक रखेंगे ऐसे में जलने की सम्भावना तो रहेगी ही।"

"हुकम, दीपक पास में हो तो हम स्वयं को जल से आप्लावित कर शीतल भी तो कर सकते हैं। हमें दूसरे प्रभावित करेंगे या हम दूसरों को प्रभावित करेंगे यह तो हमारे मन, वचन, कर्म और इच्छा शक्ति पर निर्भर करता है। जो ऐसा नहीं कर पाते, स्वयं को संयत नहीं रख पाते, भोग की उस सरिता में बह जाते हैं, उन्हें दु:ख भोगना ही होता है।"

"महारानी उमादे, जोधपुर के इन महलों के ऐश्वर्य, मेरी वीरता, मेरे शौर्य, मेरे सामर्थ्य के कारण ही आपके जीसा रावल लूणकरण जी ने आपका विवाह मेरे साथ किया है। मुझ पर कोई उपकार नहीं किया है।"

"हुकम, सम्भव है ऐसा ही हुआ हो परन्तु ऐसा जैसळगिर रियासत ने किया होगा। ऐसा वहां के रावल ने किया होगा। ऐसा मेरे जीसा ने किया होगा परन्तु उमादे और राव मालदेव जी ने तो एक दूसरे को अपना अर्धांग स्वीकार किया है। दो अर्ध मिलकर एक हो गए तो उनके मध्य महल, वैभव, ऐश्वर्य, शौर्य, वीरता कहाँ से आ गए? महाराज वीर होने का अर्थ यह तो नहीं कि सामने शत्रु हो या मित्र अपना हो या पराया सभी को पददलित किया जाए। यह वीरता नहीं अहंकार है। स्मरण रहे महाराज, वीरता से व्यक्ति अजेय हो जाता है परन्तु अहंकार और पराजय का चोली दामन जैसा साथ है।"

"महारानी उमादे, जानती हैं आप किससे बात कर रही हैं?"

"हुकम, मारवाड़ के धणी से परन्तु यह भी जानती हूँ कि वे मेरे पति हैं और इस समय पति पत्नी के मध्य संवाद हो रहा है। अगर सत्य कड़वा है तब भी मैं परिणाम की चिन्ता किए बिना उसे कहूँगी। यही मेरा धर्म है।"

"महारानी उमादे, इस मेहरानगढ़ से जोधपुर नगर की तरफ दृष्टि घुमाइए। मेड़ती द्वार, नागौरी द्वार, सोजती द्वार, जालोरी द्वार, सिवांची द्वार वे सब इस मालदेव की वीरता की गाथा गा रहे हैं। इतना ही नहीं इस मारवाड़ के इतने सारे कोट (दुर्ग) दान में नहीं मिले हैं। राव मालदेव की इन भुजाओं और तलवार के सामर्थ्य से लोगों

ने उसकी दासता स्वीकार की है। महारानी, ईश्वर प्रदत्त सामर्थ्य और वीरता के होते हुए भी कोई योद्धा इस वसुंधरा पर विजय की दुंदुभी नहीं बजाए, साम्राज्य का विस्तार न करे, मृगया का आनन्द न ले, मदिरा से उन्मत्त न हो और मादक सौन्दर्य से युक्त कामिनियाँ सदैव उसकी समर्थ भुजाओं में वल्लरियों की तरह लिपटी न हों तो उस दाता का अपमान है जिसने इतना सामर्थ्य दिया।''

''महाराज 'वीर भोग्या वसुंधरा' से मैं असहमत नहीं हूँ। इन्द्रियजन्य सुखों से अनुभूत होना गलत नहीं है। यदि ये सुख अपराध होते या त्याज्य होते तो समाज में विभिन्न तरह के व्यंजन, सुरापान या विवाह जैसी परम्पराएँ ही क्यों प्रारम्भ होतीं परन्तु हर समय इन सुखों की चिन्ता, इनसे तृप्त होने की चाह, उस चाहत में अर्धांगिनी और दासी का भेद भी भूल जाए, यह उचित नहीं। क्षण भर के लिए सोच कर देखिए, कोई भी महारानी अपने जीवन में किसी नौकर, दास या अन्य पर पुरुष को भी उतना ही सम्मान दे, महत्त्व दे, स्थान दे जितना आपको देती है तब आपकी प्रतिक्रिया क्या होगी?''

''महारानी उमादे! आप सीमा पार कर रही हैं। मेरा ही नहीं सम्पूर्ण कुल का अपमान कर रही हैं। क्या यदुवंशियों की, कृष्ण के वंशजों की, जैसळगिर के भाटियों की यही कुल परम्परा है? मैं तो रात्रि में जो कुछ हुआ उसके लिए क्षमा मांगने आया था परन्तु अकारण आपकी ये अकड़, ये कुतर्क, ये आत्ममुग्धता देखकर लगता है समझाना व्यर्थ है।''

''क्षमा करें महाराज, उनकी कुल परम्परा बहुत ही उज्ज्वल रही है और आज भी है। उमादे भी उसे भूली नहीं है। उसे पति, पिता, ससुराल और पीहर सभी का सम्मान याद है। निश्चिन्त रहिए। उसके द्वारा कभी भी उन सीमाओं का उल्लंघन नहीं होगा। हद पार आपने की है, मैंने नहीं। मैंने तो केवल पर पुरुष का उदाहरण दिया था। आपने तो व्यवहार में दासी को महारानी का स्थान दिया है। सम्पूर्ण महल वासियों को चर्चा का अवसर दिया है। इसके उपरान्त भी आपको लगता है मैं गलत हूँ, आपकी कुल परम्परा का अपमान कर रही हूँ तो मुझे खेद है। भविष्य में कभी इस तरह की स्थितियों में हम न उलझें इसलिए करबद्ध विनती है कि इस उमादे को अजमेर दुर्ग जाने और रहने की अनुमति प्रदान करें।''

''महारानी उमादे, राव मालदेव को ऐसी धमकियां नहीं दें। कल जाती हों तो आज ही चली जाएं। विश्व में इस यौवन और अप्रतिम सौन्दर्य की स्वामिनी आप अकेली नहीं हैं। महारानी स्वरुपदे व अन्य तो हैं ही, युद्धों से फुर्सत मिलते ही अभी सैकड़ों और महारानियाँ इन महलों की शोभा बढ़ाएँगी।''

सैकड़ों और महारानियाँ इन महलों की शोभा बढ़ाएँगी...उमादे मन ही मन हँसी परन्तु चेहरे पर भाव नहीं आने दिया। इस बात की ही तो लड़ाई है कि पत्नी

कोई सजावट का, शोभा बढ़ाने का, मन करे तब भोगा जा सकने वाला सामान नहीं है। आपका पुरुष मन इस बात को शायद न तो कभी समझ पाएगा और न ही स्वीकार कर पाएगा। सब कुछ मन में सोचकर रह गई। बोली कुछ नहीं।

अब जोधपुर में रहने का कोई कारण नहीं था। अगले सूर्योदय के साथ ही सूर्यवंशियों के इस नगर को अन्तिम बार नम आँखों से निरखा। मेहरानगढ़ को देखा। अपने दुर्भाग्य को स्मरण किया और पहुँच गई राव मालदेव जी की माँ के यहाँ। राजमाता ने अन्य राजमाताओं व महारानियों को वहीं बुला लिया। भीतर से प्रसन्न होती महारानियों ने प्रकट तौर पर आँसू बहाए। दासियों ने अपनी आँखों की नमी समर्पित की।

सिर्फ़ एक भारमली थी जो भंवरी जीजा के महल में गई। बहुत देर तक लिपट कर रोती रही और फिर आग्रह किया—"जीजा हुकम, ठहर जाते। क्या पता अन्नदाता में कभी बदलाव आता।"

"भारमली, मन को झूठे दिलासे देने से किसी का भला नहीं होगा। वासनाएँ नशे की तरह होती हैं जो कभी छूटती नहीं। व्यक्ति जितना अधिक भोगता है उतना ही अधिक अतृप्त होता जाता है। अगर सम्पूर्ण सृष्टि भी उसके सामने रख दी जाए तो वह तृप्त नहीं होगा। वह कुछ अधिक प्राप्त करने के लिए किसी नयी सृष्टि की खोज करेगा। युद्धों द्वारा दूसरे की धरती पर अधिकार, दूसरे की संपत्ति पर अधिकार, दूसरे की स्त्रियों पर अधिकार यह सब इंसान तृप्त होने के लिए ही तो करता है लेकिन उसकी तृष्णा और बढ़ती जाती है। देह के माध्यम से प्राप्त सुखों से व्यक्ति कभी तृप्त हो ही नहीं सकता। देह सदैव अतृप्त रहती है यही उसका धर्म है।"

"ठहरना संभव नहीं तो मुझे भी आपने साथ ले चलो जीजा। भंवरी जीजा, श्रीकृष्ण की सौगन्ध खाकर कहती हूँ कि मैंने कभी अन्नदाता से आग्रह नहीं किया कि मेरे महल में पधारें और न ही कभी किसी तरह की राजनीति। मैं भी समझती हूँ कि जो इन्सान अर्धांगिनी बनाकर जिन महारानियों को लाए उनके भी नहीं हुए तो मेरे क्या होंगे परन्तु दासियों के अधर सदैव हँसने, मुस्कराने, आस्वादन करने के लिए होते हैं, बोलने या असहमति के लिए नहीं, यही उनका धर्म है। जब तक यौवन है, सौन्दर्य है, कमनीयता है तब तक उनका भोग ही दासियों के जीवन का प्रयोजन हैं परन्तु भूंड (बदनामी) मेरे ही भाग (भाग्य) में लिखी है। सभी महारानियाँ और दासियाँ मुझे शत्रु समझती हैं। द्वेष रखती हैं, ताने मारती हैं।"

"तू दिल छोटा मत कर। अपना मन साफ़ है तो लोगों की बातों का बुरा क्यों मानना?"

"भंवरी जीजा, ताने सुनते सुनते अब थक गई हूँ।"

"तू तो जानती है रावजी मेरी कितनी सुनते हैं? फिर क्या पता तेरी देह को, तेरे यौवन को, तेरे सौन्दर्य को चाहते हुए समय के साथ वे तेरे से प्रेम करने लग जाएं। याद कर लुद्रवा, चंडू और तेरी जन्मपत्री। जिसमें महलों का सुख, वीर शासक से विवाह और शिव पार्वती जैसा दाम्पत्य सुख लिखा था। क्या पता वह सब सच होने का समय आ रहा हो। अब तो वह राज ज्योतिष ही नहीं, चंडू पंचांग से सैकड़ों वर्ष आगे की गणना करके सब कुछ बताने लगा है। चंडू और उस पंचांग को जोधपुर ही नहीं सम्पूर्ण भारतवर्ष के लोग मानने लगे हैं।"

"भंवरी जीजा, दिन में तारे देखने जैसे स्वप्न मत दिखाओ। दासियों के भाग्य कब से ऐसे होने लगे?"

"भारमली, भाग्य के निर्णय बड़े विचित्र होते हैं। भविष्य कब किसको आश्चर्यचकित कर दे कोई नहीं जानता। तू चिन्ता मत कर। सांवरिया सब ठीक करेंगे।"

उमादे की सीमा भारमली जानती थी। इसलिए अधिक बहस करने की बजाय हाथ जोड़े और बोली—"आपके शब्द फलें (फलीभूत हों), भंवरी जीजा।"

"अब तू जा। साँझ हो गई। सांवरिया को दिया बाती करके आखिरी बार रावजी से भी मिलकर आ जाऊँ। यहाँ रहते हुए अपने अन्नदाता का खयाल रखना।"

भारमली अपने महल में गई। दीप जला कर संध्यावदन किया। दासियाँ हंसती थीं कि हर रात पुरुष बदलने वाली हम दासियों के कैसे भगवान और कैसी पूजा परन्तु वह कहती थी—"मैं कब किसी के साथ लेटी हूँ? सुख के लिए अपराध करना और प्राण रक्षा के लिए उसी अपराध के अंतर को मानव समझे या ना समझे पालनहारा तो समझता होगा।" पूजा के बाद स्नान करके अन्नदाता के महल में जाने के लिए श्रृंगार करने लगी।

रावजी आँखें बन्द किए चिंतामग्न बैठे थे। उमादे ने धोक (चरण स्पर्श) दी। उनकी चरण रज ललाट पर लगाई और चरणों पर गिरने को आए मोतियों को छुपाने हेतु घूँघट किया, रावजी की तरफ़ पीठ कर जाने को उत्सुक हुई।

कभी कभी इन्सान जिसे शत्रु समझकर जीवन पर्यन्त न बोलने या देखने का तय कर लेता है उस शत्रु समझे जाने वाले का अप्रत्याशित प्रेमपूर्ण व्यवहार न चाहते हुए भी फिर से सोचने, फिर से उस सम्बन्ध की व्याख्या करने को विवश कर देता है।

जिसे मुझसे बैर है, मेरे साथ नहीं रहना चाहती, मुझ से दूर जाते हुए उसकी आँखों में आँसू? जाने से पूर्व मिलने आना? मेरी चरणरज ललाट पर लगाना? कितनी गहरी सोच होगी? कितनी उदार ह्रदय होगी? मैंने इस स्त्री के दैहिक

सौन्दर्य, उसकी कमनीयता, उसके यौवन से अधिक कुछ जानने, समझने, बूझने का प्रयास ही नहीं किया!

हर इंसान के भीतर कोमलता का न्यूनाधिक अंश होता है। रावजी जानते थे कि अगर अधिक देर तक सोचते, चिन्तन करते, मनन करते तो वह कोमलता आँखों के रास्ते झरकर हिन्दुस्तान में शौर्य के प्रतीक मारवाड़ के धणी को कहीं असमर्थ साबित न कर दे इसलिए बोलकर अपने भीतर की विचार श्रृंखला को तोड़ना आवश्यक समझा।

"महारानी उमादे, क्या आपने उचित राह चुनी है? धर्म-अधर्म, पाप-पुण्य की बातें करने वाली पत्नी, कुछ शर्तें थोपती है और शर्तें अस्वीकार करने पर पति को उसके अधिकारों से वंचित करना, उसकी आवश्यकताओं की अनदेखी करके, उसे अकेले छोड़कर चले जाना क्या धर्म है? कितने दम्पत्ति हैं जिन्हें आपस में प्रेम है? वैचारिक रूप से एकमत हैं? प्रेम के न होते हुए भी, अनेक असहमतियों के बावजूद भी क्या वे साथ रहने का, देह सुख का आनन्द नहीं ले सकते? अगर ऐसा होता तो इस जगत में अधिकांश दम्पत्ति अलग हो गए होते।"

"महाराज, आप ठीक कह रहे हैं। वेश्या और उसके भोक्ता के मध्य कौन सा प्रेम होता है? कौन से सम्बन्ध होते हैं? कौन सी वैचारिक समानताएं होती हैं? उसके बावजूद व्यक्ति सुखानुभूति करता है तभी तो बार बार उसके द्वार पर जाता है परन्तु मेरा सोचना है कि रति सुख या संतानोत्पति ही विवाह के प्रयोजन नहीं हैं। हुकम, प्राकृतिक रूप से देखें तो स्त्री भी अधूरी है और पुरुष भी, दोनों मिलकर ही पूर्ण होते हैं। वे पूर्णता पाने के लिए विवाह करते हैं। पति या पत्नी दोनों में से एक भी जब तक देह का, मन का, बुद्धि का एक अंश भी दूसरे से बचाकर रखेगा, अपने को पृथक इकाई समझेगा, स्वयं का अलग अस्तित्त्व स्थापित करने का प्रयास करेगा तब तक वे दोनों पूर्ण नहीं हो सकते। दोनों को सदैव अपूर्णता का आभास होता रहेगा। ऐसे में वे दोनों अपने अपने तरीके से किसी अन्य पुरुष या स्त्री में पूर्णता की खोज करते रहेंगे। फिर चाहे वो माँ, बाप, भाई, बहन जैसा कोई रक्त सम्बन्धी हो या कोई अनजान स्त्री या पुरुष। एक साथी वहां से अगर वह अंश पा भी ले जो अपने साझेदार से नहीं मिला था तब द्वेष के कारण, ईर्ष्या के कारण, अपनी उपेक्षा के कारण उसकी प्रतिक्रिया में उसका साझेदार कोई दूसरा अंश उससे छीन लेता है, जिससे वह अब उस अंश की कमी महसूस करने लगेगा। क्रिया और प्रतिक्रिया की यह श्रृंखला चलती रहती है जिससे जीवन पर्यन्त वे असंतुष्ट रहते हैं, दुखी रहते हैं, चिन्तित रहते हैं। इसलिए महाराज संतुष्टि का एक ही तरीका है- 'एक दूसरे को पूर्ण समर्पण'। मैं नहीं कहती इसके बिना दाम्पत्य सम्भव नहीं परन्तु मेरे लिए आधा अधूरा समर्पण सम्भव नहीं है हुकम। हम लड़ते भी रहें और मिलते भी रहें। हम एक

का होने का दावा भी करें और अनेक से सम्बन्ध भी रखें।''

''हुकम, समाज, कुटुम्ब, मित्र व्यक्ति को सुरक्षित होने का, दुनिया की भीड़ में अकेला न होने का आश्वासन देते हैं परन्तु इतने सारे सम्बन्धों के होते हुए भी अकेलेपन के भय को समूल निगलने में वही इंसान सक्षम होता है जो इतना निकट हो कि दो तन होते हुए भी एक मन हो। एक दूसरे के अबोलेपन को भी समझ जाए। शब्दों से पूर्व भावों को पढ़ ले। दोनों के मन का सामंजस्य ऐसा हो कि जिस समय अन्य लोगों को अधरों पर मुस्कराहट दिख रही हो उसी समय मुस्कराहट के पीछे साथी के भीतर कुछ चटक रहा है, कुछ टूट रहा है, कुछ बिखर रहा है उसे देख लेने की दृष्टि हो। जब तक दम्पत्ति में इस तरह का भाव नहीं हो, विवाह से ऐसा उद्देश्य पूर्ण न होता हो तब तक सारे सुखों के होते हुए भी मुझे यह साझेदारी निरर्थक लगती है।

हुकम, इन आघातों से स्वयं को इतना समर्थ कर लिया है कि अब शत्रु को भी क्षमा कर सकती हूँ। इसलिए आप मन में अपराध बोध नहीं रखें। अब उमादे को आपसे कोई शिकायत नहीं, कोई नाराजगी नहीं, कोई ईर्ष्या नहीं। मैं तो इसे विधाता की इच्छा समझ कर प्रस्थान कर रही हूँ। आपका जीवन मंगलमय हो।''

एक तरफ सत्ता तथा देह सुख से तृप्त होने को आतुर अधीर वीर बैठा था तो दूसरी तरफ सत्ता के ऐश्वर्य और देह सुख से बैरागी ब्रह्मचारिणी इन सुखों को तज कर धैर्य से अपनी यात्रा को प्रस्थान कर रही थी। उसके आभामंडल को, उसके मुख पर शान्ति के साम्राज्य को, अधरों की स्मित को, महाराज मालदेव ने देखा। महल के बाहर उसकी राह के दोनों तरफ करबद्ध खड़े नौकर-चाकरों, दास-दासियों ने देखा, महलों और दुर्ग में लगे एक एक पाषाण ने देखा, अपना निर्णय थोपने वाली नियति ने मारवाड़ की उस महानायिका को आश्चर्यचकित होकर विस्फारित नेत्रों से देखा! सृष्टि में जो कुछ चेतन था वह निःशब्द होकर अपने स्थान पर जड़ हो गया! जो जड़ था वह चेतन होकर आँखें फाड़-फाड़ कर देखने लगा! इस सांसारिक सौन्दर्य, इन सम्बन्धों, इन सुखों से विरक्त उमादे धैर्यवान सरिता की तरह अनगिनित विघ्न बाधाओं की परवाह किए बिना अपने गन्तव्य की तरफ बढ़ चली।

महल से निकलती उमादे ने गीली पलकों के किनारों से देखा- हिन्दुस्तान में शौर्य के प्रतीक, रक्त से सनी जिस तलवार ने मारवाड़ की नई सीमाएं तय कीं, उस शमशीर के स्वामी, मारवाड़ के धणी के थरथराते हाथों में गिलास का पानी छलछला कर गिर रहा था तो बंद पलकों के पीछे छिपाने के लाख प्रयास के बावजूद छलछलाते आँसू बाहर निकल आए।

राव मालदेव और सेना का मेवाड़ कूच

उमादे अजमेर चली गई। अब रावजी की दिनचर्या मदिरा, स्वरूपदे और भारमली से शुरू होती और वहीं समाप्त। दरबार में बहुत कम समय व्यतीत करते। सभी सिरदारों को चिन्ता होने लगी। एक दिन अवसर देख कर सेनापति जेता ने स्मरण करवाया— "अन्नदाता हुकम, हम जोधपुर कुछ दिवस थकान मिटाने हेतु आए थे। दीर्घ अवकाश देख कर सैनिक अपने अपने गाँव लौट जाएंगे और खेती जैसे अन्य कार्यों में लग जाएंगे। चारों तरफ से शत्रु भी सिर उठाने लगेंगे और सबसे महत्वपूर्ण यह कि खानवा के युद्धोपरान्त मेवाड़ में अभी जो अराजकता है, सूनियाण है, नेतृत्त्व का खालीपन है, वह हमारे लिए अवसर है। ऐसे में संभव है वहां की प्रजा भी उस दासी पुत्र बनवीर का साथ देने की बजाय हमारा सहयोग करेगी।"

राव मालदेव ने कुछ क्षण आँखें बन्द की और मन ही मन सोचा। महारानी स्वरूपदे का सौन्दर्य है। भारमली की कामुकता है। मदिरा का नशा है। अनेक दास दासियों की सेवा शुश्रूषा हैं। इन सबके उपरान्त भी काळजे की आग कब बुझती है? वह तो दिन रात यूँ ही सुलगती रहती है। हिये की दाजनी कब कम हुई है? कुछ कमी सी है, कुछ अधूरापन सा है, हर समय एक बेचैनी सी है, जो बैठने नहीं देती, सोने नहीं देती, चिन्ता मुक्त होने नहीं देती। इसलिए बेहतर है कुछ दिनों के लिए स्वयं को युद्ध में झोंक दिया जाए। अवसर भी है और आवश्यकता भी। मसनद का सहारा लिए लेटे हुए वे एकदम से सीधे होकर बैठ गए। अचानक लगा जैसे निद्रा से जागे हों। जैसे उनकी खोई हुई स्मृति लौट आई हो। जैसे बेचेते से चेते में आये हो। "सेनापति जेता, सेना को तैयार करो। माराज से मुहर्त पूछो और संभव हो तो कल सवेरे ही शुभ घड़ी में प्रस्थान किया जाए।"

प्रभात में मारवाड़ की सेना ने मेवाड़ के लिए कूच किया। महारानी स्वरूपदे ने रावजी के ललाट पर कुमकुम से तिलक किया, अक्षत लगाए, हाथों में तलवार पकड़ाई, चरणरज स्वयं के ललाट पर लगा विजय की कामना करते हुए विदाई दी।

कुछ वर्ष पूर्व सम्पूर्ण भारतवर्ष में मेवाड़ के महाराणा संग्राम सिंह को चुनौती

देने की क्षमता किसी भी राजा या बादशाह में नहीं थी लेकिन बाबर व महाराणा सांगा के मध्य खानवा में हुए युद्ध द्वारा नियति के उस आघात ने जीवन में पहली बार महाराणा सांगा के ललाट पर कोई पराजय लिखी। भारत माता के उस वीर पुत्र की आँखें सदैव के लिए बंद हो गईं। इस युद्ध के परिणाम ने न सिर्फ़ भारत का राजनैतिक मानचित्र बदला बल्कि संस्कृति, सभ्यता और परम्पराओं का भविष्य भी बदल दिया। इस संक्रमण काल का प्रारम्भ भारतवर्ष के साथ मेवाड़ को भी कमजोर करता जा रहा था। महाराणा सांगा के स्वर्गवास पर उनके पुत्र रतन सिंह का राजतिलक हुआ। बुरा समय कुछ भी अच्छा नहीं होने देता। ऐसा ही मेवाड़ के साथ हुआ। महाराणा रतन सिंह योग्य थे लेकिन मेवाड़ के रूठे हुए भाग्य को उनका होना भी स्वीकार नहीं था। शीघ्र ही उनका स्वर्गवास हो गया। उनके स्थान पर महाराणा सांगा के पुत्र विक्रमादित्य का राजतिलक हुआ लेकिन शीघ्र ही उसकी हत्या कर दासी पुत्र बनवीर महाराणा बन गया। इस समय मेवाड़ में बनवीर के अत्याचारों से चारों तरफ अराजकता की स्थिति थी।

मालदेव की सेना मेवाड़ पहुँची। बनवीर की क्षत विक्षत सेना ने राव मालदेव की सशक्त सेना से युद्ध किया परन्तु वे मारवाड़ की राठौड़ी सेना के सामने टिक नहीं पाए। बदनोर से प्रारम्भ हुई विजययात्रा कोसीथल, वीसलपुर, मदरिया, नादोलाई (नाडोल), जाजपुर तक बढती गई।

राव मालदेव की सेना किसी आँधी तूफ़ान की गति से आगे बढती जा रही थी कि महाराणा सांगा के किशोरवय पुत्र उदय सिंह का संदेशवाहक राव मालदेव के पास पहुँचा।

राजकुँवर उदय सिंह महाराणा सांगा की मृत्यु के समय आयु में साढ़े पाँच वर्ष के ही थे। बनवीर ने उसे मारने की योजना बनाई परन्तु उदय सिंह की धाय माँ स्वामीभक्त पन्ना ने बनवीर की कटार के नीचे राजकुँवर के स्थान पर अपने पुत्र चन्दन को लिटा दिया। उदय सिंह को सुरक्षित चितौड़गढ़ से कुम्भलमेर ले गई। अपने कलेजे के टुकड़े का बलिदान देकर सिसोदिया वंश का कुलदीपक जीवित रखा।

सन्देशवाहक बोला--"हुकम, उदय सिंह जी बनवीर के विरुद्ध निर्णायक युद्ध करना चाहते हैं। जिसके लिए मारवाड़ के अन्नदाता हुकम से सहयोग की अर्ज की है।"

चारों तरफ अपने शत्रुओं के रहते हुए राव मालदेव को मेवाड़ से मित्रता का यह उचित अवसर लगा। उन्होंने साथ देने का निश्चय किया।

सेनापति कूंपा, पाली का सोनगरा अखेराज आदि के नेतृत्त्व में राव मालदेव की सेना ने उदय सिंह की सेना के साथ मिलकर ग्राम महोली के निकट बनवीर से

युद्ध किया। उदय सिंह की विजय हुई। उनका राजतिलक हुआ। मेवाड़ बनवीर के अत्याचारों से मुक्त हुआ। राव मालदेव जी को आदर और सम्मान सहित बसंतराय नामक हाथी व चार लाख फिरोज़ियाँ (फिरोजी सिक्के) भेंट कर विदाई दी गई।

राव मालदेव ने अपने जीते हुए मेवाड़ के क्षेत्र नाडोल, जोजावर, बीसलपुर में थाने बिठाए लेकिन मेवाड़ के इन चंद गाँवों से राव मालदेव को तृप्ति नहीं हुई। उन्होंने जेता, कूंपा व अन्य सेनापतियों से राय कर के सेना को जालौर कूच करने का आदेश दिया गया। पहले जालौर और फिर सांचोर पर विजय पताका फहराई। अब कुछ तृप्त हुए तो जोधपुर लौट आये।

मानवी मन अजीब पहेली है। व्यस्तता कम होते ही वह भूत या भविष्य में उलझ जाता है। जोधपुर के महलों में आते ही रावजी का मन भी उमादे में अटक गया। वह तो एक पहेली है। मेरी अर्धांगिनी होकर भी मेरी नहीं। अजमेर जाने से पूर्व भी मेरे लिए मंगलकामना अवश्य की परन्तु उस पर मेरा कोई अधिकार नहीं, उसकी देह मेरे लिए अप्राप्य है, उसकी आज्ञा के बिना दो घड़ी उसके साथ बैठ भी नहीं सकता। विवाह द्वारा नियति ने जो सुख मेरे भाग्य में लिखा था उमादे ने उसे मिटा दिया। मेरे जीवन में कड़वाहट भर दी।

रावजी के मन की इस कड़वाहट को कम करने के लिए स्वरूपदे ने बहुत प्रयास किये। अपने प्रेम, सौन्दर्य, कमनीयता से मिश्री घोली परन्तु खारापन कम नहीं हुआ। रावजी का मन उखड़ सा गया। वे दिन रात बेचैन रहते, किसी कार्य में मन नहीं लगता। महलों में, दरबार में हर समय अबोले, बात बात पर क्रोधित हो जाते। उनके भीतर बहुत कुछ दाह हुए जा रहा था। जब भीतर दुःख के ज्वालामुखी फूट रहे हों तो बाहर से राजप्रासादों का ऐश्वर्य, स्वरूपदे का प्रेम, भारमली का भोग सभी मिलकर भी उन्हें सुख कैसे दे पाते? वे जितना स्वयं को सुख के क्षणों में व्यस्त रखने का प्रयास करते, उतनी ही उमादे की स्मृतियाँ आकर पीड़ा दे जातीं, बेचैन कर जातीं, ईर्ष्या से भर जातीं, नैराश्य और कुण्ठा से भर जातीं। ऐसे में भारमली का महल अब उनका स्थायी ठिकाना बन गया।

महारानी स्वरूपदे के लिए रावजी के अवसाद से बड़ी चिन्ता उनकी भारमली से निकटता थी। इससे मुक्ति हेतु उन्होंने अन्य रानियों, सेनापति जेता और कूंपा को सहमत कर लिया कि इस नैराश्य, कुण्ठा और अवसाद से उबारने के लिए रावजी से स्थान परिवर्तन का आग्रह किया जाए।

सभी ने मिलकर रावजी को अजमेर जाने को राजी किया।

चिंताएँ सदैव मन रूपी घर के द्वार के बाहर छुप कर प्रतीक्षा कर रही होती हैं।

जैसे ही भीतर वाली चिंता को निकल कर जाते हुए देखती हैं बाहर वाली भीतर प्रवेश कर जाती है। ऐसा ही महारानी स्वरूपदे के साथ हुआ। कल तक जिसका लक्ष्य था कि किसी भी तरह से रावजी को भारमली से दूर किया जाए, आज उनके अजमेर प्रस्थान की सहमति देते ही स्वरूपदे को नई चिन्ता सताने लगी। उसने पहले सोचा ही नहीं था कि भारमली तो अधिक से अधिक रावजी को छीन लेती परन्तु उस भटियाणी से राजीपा (सुलह) हो गया तो वह सब कुछ छीन लेगी। रावजी तो उसके होंगे ही, हो सकता है मारवाड़ का अगला रावजी भी उसका बेटा हो। वह रात भर जाग कर करवटें बदलती रही और सुबह होते ही सोलह शृंगार कर रावजी के महल में गई। पाँव धोक (चरण स्पर्श) दिया, आलिंगनबद्ध करते बोली—''हुकम, आपके बिना मैं नहीं रह पाऊँगी, मुझे भी साथ ले चलें।'' परन्तु उदासी से भरे रावजी ने उदासीनता के साथ उसका यह प्रस्ताव ठुकरा दिया। कुछ सैनिकों के साथ वे अजमेर के लिए निकल गए।

राव मालदेव अजमेर के किले तारागढ़ में

अरावली की सुरम्य पर्वत श्रृंखला पर स्थित अपने नाम के अनुरूप गगन को चूमता अजयमेरु का दुर्ग तारागढ़। वीरम मेड़तिया को पराजित कर यहाँ मारवाड़ की विजय पताका फहराने के बाद आज रावजी का पुनरागमन हुआ था।

रात्रि हो चुकी है और राव मालदेव तारागढ़ में महल के बाहर बरामदे में खुले में बैठे मदिरा पान कर रहे हैं। घोर अँधेरी रात्रि में तारागढ़ के ऊँचे भाल पर पवन के तीव्र वेग से या उसकी शीतलता से, वे ही जाने पर उजाले के लिए प्रज्वलित की गई मशालें थर-थर काँप रही हैं। तमस का ऐसा साम्राज्य कि लगता है इन प्रदीप्त मशालों को पल भर में निगल जाएगा। व्योम को स्पर्श करता तारागढ़ का मस्तक। ऐसा प्रतीत हो रहा है जैसे काली चादर ओढ़ कर चाँद, सितारे नीचे उतर आए हैं। ठिठुरती पवन हर झोंके के साथ निकट की पहाड़ियों पर फैले गुलाबों की महक का कुम्भ लाकर उड़ेल देती।

निःस्तब्ध रात्रि, अंधियारे आसमान में बिखरा सितारों का सौन्दर्य, शीतल पवन का स्पर्श, नासिका की राह से होते हुए अंग अंग में फैलती गुलाब की महक और मदिरा का नशा सब मिलकर राव मालदेव को यथार्थ की दुनिया से आभासी दुनिया में ले गए। सुरा का एक एक घूँट, जीवन में जो नहीं मिला उसकी याद घोल घोल कर भीतर उतारने लगा। चाँद, सितारे, गुलाब सभी जिस सौन्दर्य को देख कर स्तब्ध हो जाएँ, उस अनिन्द्य सुन्दरी उमादे का बिम्ब उनके सामने साकार हो उठा। महाराज मालदेव और महारानी उमादे युगल में बैठे गगन छूते तारागढ़ को, अपने राज्य को, आनन्द से विभोर प्रजा को निहार रहे हैं। आसमान की काली चादर से निकल सितारे तारागढ़ के प्रांगण में नृत्यरत होने लगे, ठिठुरन भरी पवन की पायल छम छम बजने लगी। चारों तरफ फैली सघन हरीतिमा। हर एक वृक्ष पर लगता था उमादे मुस्करा रही है। ऐसा लगने लगा जैसे उन वृक्षों की गतिशील शाखाएँ न होकर उमादे अपनी बाहें फैलाकर नृत्य कर रही है।

ठिठुरन भरा झोंका आया। मदिरा से मिली ऊष्णता के बावजूद रावजी सिर से पाँव तक सिहर गए। वे अपने स्वप्न की दुनिया से बाहर निकले। सामने हर एक वृक्ष को गौर से देखा, नशे से बंद होती पलकों को अँगुली और अंगूठे की सहायता से फैलाते हुए आँखें फाड़ फाड़ कर देखा परन्तु उमादे कहीं नहीं थी। ऊपर देखा चन्द्रमा आसमान में मुस्करा रहा था, सितारे अपने ही सौन्दर्य पर इतरा रहे थे, ठिठुरती पवन के पास भी रावजी के लिए सहानुभूति का कोई शब्द नहीं था। काळजा जल गया। हिये में हूक उठी। छाती पर दाजनी आई। ये कैसी अर्धांगिनी है? जिसे मेरे अपमान में सुख मिलता है! मेरी पीड़ा में आनन्द मिलता है! मेरे दाह होने पर उसके काळजे को ठण्डक मिलती है!

मैं मारवाड़ का धणी, सम्पूर्ण मारवाड़ के स्त्री पुरुष मेरे अनुसार चलते हैं और यह स्त्री चाहती है कि मैं इसके अनुसार चलूँ? इसकी मनमानी के आगे झुकता रहूँ? बहुत सहन कर लिया मैंने। अब इसके नखरे नहीं सहे जाएंगे। शीश झुकाकर, करबद्ध होकर, चरण पकड़ कर इसे राव मालदेव की इच्छा का सम्मान करना होगा। मेरे आदेश का पालन करना होगा।

राव मालदेव क्रोध से लाल पीले होकर तलवार लेकर अपने महल से निकले। सुरक्षा प्रहरियों की हिम्मत नहीं हुई कि पूछें—"अन्नदाता, कहाँ जा रहे हैं?" वे बस साथ हो लिए। लेकिन संकेत कर उन्हें वहीं रोक दिया। कुछ ही देर में वे महारानी उमादे के महल के बाहर थे। महल के भीतर प्रवेश करने लगे तो वहां पर तैनात डांडी चाकर (सुरक्षा प्रहरी) ने रोक लिया। रावजी ने तलवार निकाली तो उसने भी तलवार निकाल ली।

"कौन हो तुम और कहाँ से हो?"

"हुकम, मैं महारानी उमादे भटियाणी सा का डांडी चाकर सांगा भाटी। जैसळगिर के झिंझनियाली गाँव से हूँ। महारानी सा का आदेश है कि उनकी आज्ञा के बिना किसी को भीतर जाने की अनुमति नहीं है।"

"जानते नहीं, मैं कौन हूँ?"

"हुकम, आपको कौन नहीं जानता? आप तो हमारे अन्नदाता हो, मारवाड़ के धणी हो, इस दुर्ग के स्वामी हो। परन्तु मैं कर्त्तव्य के सामने मजबूर हूँ।"

"तुम जानते हो- एक पल में तुम्हारी यह नौकरी छीनी जा सकती है, दुर्ग से बाहर किया जा सकता है या सिर धड़ से अलग किया जा सकता है।"

"हुकम, जानता हूँ। परन्तु सच्चे क्षत्रिय को सिर्फ़ कर्त्तव्य स्मरण रहता है और उसका पालन ही उसका धर्म है। लाभ हानि यश अपयश सब विधाता के हाथ है।"

"विधाता पर इतना विश्वास? जानते हो तुम्हारा भाग्य 'मैं' अभी तय कर सकता हूँ।"

''हुकम, हो सकता है कुछ समय पूर्व इस दुर्ग के स्वामी वीरमदेव मेड़तिया ने भी किसी से ऐसा कहा हो और उससे पूर्व मालवा (मांडू) के बादशाह बहादुरशाह ने भी यही बात दोहराई हो।''

''तुम धृष्टता पर उतर आए हो।''

''खम्मा हुकम, मैं भी क्षत्राणी का जाया हूँ, अदब जानता हूँ। यह धृष्टता नहीं कर्त्तव्य है ।''

उच्च स्वरों में इनका वार्तालाप सुनकर किलेदार सांकर सूरावत भाटी भागता हुआ वहाँ पहुँचा।

''अन्नदाता हुकम, क्षमा करावें। बाईसा हुकम का आदेश है कि उनकी आज्ञा के बिना महल के भीतर कोई नहीं जा सकता। इसलिए मैंने ही इसे ऐसा कह रखा है।''

''तुम्हे तो मैं ठीक समझता था पर तुम भी इस जैसे ही निरे मूर्ख निकले। मैं 'कोई' नहीं हूँ! मारवाड़ का धणी राव मालदेव हूँ जिसने अपनी शमशीर के सामर्थ्य से विजयश्री की माला इस तारागढ़ के शीश पर पहनाकर इसे मारवाड़ की सीमाओं में बांधा है और तुम सभी मेरे ही आदेश से उसी तारागढ़ की सेवा में नियुक्त अदने से चाकर हो।''

''खम्मा हुकम, आपको स्मरण करवाने की आवश्यकता नहीं, मैं जानता हूँ।''

इस वार्तालाप की आवाज़ें महल के भीतर उमादे तक भी पहुँचीं।

भीतर से उमादे ने सांकर सूरावत को आवाज़ दी, ''काकोसा, आप रावजी को आदर सहित भीतर ले आइए।''

सांकर सूरावत लपक कर महल के भीतर पहुँचा।

''बाईसा हुकम, आप जानते नहीं वे क्रोध में लाल पीले हो रहे हैं और हाथ में तलवार लिए हैं।''

''आप चिन्ता नहीं करें, उन्हें भीतर ले आइये।''

''मगर बाईसा हुकम, मुझे आसार (हाव भाव) अच्छे नहीं लगते।''

''आप ले आइए।''

सांकर सूरावत ने आदर सहित अपने अन्नदाता को अतिथि कक्ष में बिठाया। स्वयं बाहर आया परन्तु निश्चिन्त नहीं हो पाया।

किसी अनहोनी की आशंका में स्वयं सजग होकर द्वार के बाहर खड़ा हो गया। उस अनुभवी योद्धा के कान इतने सजग थे कि कक्ष के भीतर से आती साँसों की ध्वनि को भी सुन रहे थे। दृष्टि इतनी तीव्र कि बाहर खड़े खड़े भी भीतर की हर एक गतिविधि को देख रही थी।

जैसे ही महारानी उमादे ने कक्ष के भीतर प्रवेश किया, क्रोध से भरे राव

मालदेव जिनकी साँसों की आवाज़ बाहर तक सुनी जा सकती थी, उठकर खड़े हो गए।

राव मालदेव व उनकी शमशीर जिन्हें सम्पूर्ण भारतवर्ष में शौर्य का पर्यायवाची माना जाता था, उनके सामने उमादे खड़ी थी । ज्येष्ठ की बळती दोपहरी में धूणी जलाए स्थिर सन्यासी की भाँति! ठिठुरती रात में शांत बैठे अघोरी की भाँति! आँधी में भी थिर अगन की लपटों की भाँति! जिसे देखते ही शत्रु भय के मारे थर थर काँपने लगते थे, उनके चेहरे की हवाइयाँ उड़ने लगती थीं, कण्ठ सूखने लगते थे म्यान विहीन उस शमशीर के सामने अविचलित उमादे नज़रें मिलाकर, हाथजोड़, झुककर बोली—''खम्मा घणी हुकम।'' उसकी आँखों में विचित्र शान्ति का साम्राज्य था, उनमें हिमालय-सी अचलता थी, ऐसी निडरता जैसे मृत्यु ने भी उसे अभयदान दे रखा हो।

राव मालदेव की तरफ से खम्मा घणी का जवाब नहीं दिया गया। उनका खड्ग वाला हाथ जहाँ था, वहीं थिर हो गया। उनकी आँखें उमादे के भयहीन मुखमंडल को अपलक निरखने के सिवाय कुछ ना कर सकीं। अबोलेपन के एक दीर्घ अंतराल के उपरान्त सूखे कण्ठ से अधरों तक की यात्रा करते थके माँदे शब्द लड़खड़ाने लगे।'' तू अ अ अ म्हे भ भ भ अ अ य नहीं लगता? यह तलवार एक पल में प्राण हर लेती है। युद्धों में इसे देखते ही शत्रु के प्राण सूख जाते हैं।''

''जानती हूँ हुकम। परन्तु यह भी जानती हूँ कि जो शस्त्र और शास्त्र भय देते हैं वे ही निर्भय भी करते हैं। आसक्ति हमें बांधती है, भय देती है। निर्मोह हमें निर्भय करता है। आपकी यह शमशीर अधिक से अधिक इस उमादे का जीवन ले सकती है। जब इस जीवन से कोई मोह नहीं तब फिर शमशीर से भय कैसा?'' बचपन से तलवार का सामर्थ्य देखते आ रहे वीर का अहंकार चूर चूर होकर बिखर गया। तलवार वाले पुरुषार्थी हाथ शक्ति विहीन लगने लगे।

भाटे (पत्थर) की बनी है यह 'भटियाणी'। न सोतिया डाह से जलती है न तलवार से डरती है। बुदबुदाते हुए रावजी अपने महल में जाने लगे और बैरागी उमादे द्वार बंद करने लगी। आँखों से सांकर सूरावत को यह कहना नहीं भूली कि वे महल तक साथ जाकर अन्नदाता को सकुशल पहुँचा कर आए।

जोधपुर के राजप्रासादों में षड्यन्त्र

स्वरूपदे ने जितना अप्रतिम सौन्दर्य पाया था, उतना ही चातुर्य और चालाकियां भी। योजना बनाना, उसमें लोगों को सम्मिलित करना, उस योजना को परिणाम तक पहुँचाना उसे खूब आता था। उसने जेता और कूंपा को मूल लक्ष्य बताए बिना रावजी के मानसिक स्वास्थ्य के बहाने उन्हें अजमेर भेज यह साबित कर दिया। यह उसकी योजना का प्रथम चरण था।

अब उसने योजना के द्वितीय चरण पर अमल शुरू किया। स्वरूपदे ने सभी महारानियों को अपने महल में बुलाया और बोली—"बहनों, हम सब जानती हैं रावजी भारमली के महल के सिवाय किसी और महल में नहीं पधारते। चलो हम सभी तो यह सहन भी कर लेंगी परन्तु कल को उसके बच्चे भी होंगे। जब मेवाड़ में दासी पुत्र बनवीर महाराणा बन गया तो कौन कह सकता है कि यहाँ भारमली का पुत्र नहीं बनेगा? मेवाड़ जैसे बुरे दिन मारवाड़ के भी आ गए तो? कभी सोचा है किसी ने? जिस उमादे ने बचपन से सगी बहन की तरह रखा उसी को महलों से निकलने पर मजबूर कर दिया तो मेरे, आपके या हमारे बच्चों के लिए वह निर्मोही एक क्षण भी सोचेगी? अभी मेरी बात भले बुरी लगे परन्तु कल को महलों का ये ठाट, ठसक, वैभव नहीं रहेगा तब सभी को समझ आएगा।"

महारानी लाछलदे कच्छवाही बोली—"हम सब समझ रही हैं परन्तु आप क्या सोचती हैं, हमारे कहने से वह रावजी को अपने महल में आने के लिए मना कर देंगी? वैसे भी मारवाड़ के धणी को मना करने वाली भारमली या हम होती कौन हैं? जो काम हम भी नहीं कर सकतीं उसके लिए उस दासी को कैसे दोष दें? लाछलदे की बात पर हूँकारा भर कर अन्य सभी महारानियों ने भी सहमति जताई।

स्वरूपदे बोली—"आप सही कह रही हैं हुकम, न तो वह मना कर सकती है, न करेगी और न ही रावजी रुकने वाले है। इसलिए हमें कुछ ऐसा करना होगा कि रावजी के वापस पधारने पर भारमली उन्हें मिले ही नहीं।"

एक साथ कई स्वर निकले—"आपका मतलब भारमली उस अँधेरे कुएँ में! जिनमें दुर्ग की स्थापना से अब तक के सारे राज दफ़न हैं?" आयु में सबसे छोटी महारानी पंचायण भटियाणी किसी की हत्या का सोचकर ही भय के मारे काँपती हुई रोने लगी। कई अन्य के भी आँसू आ गए तो कई इसलिए इनकार करने लगीं कि "रावजी भारमली से बहुत प्यार करते हैं, जैसे ही उन्हें ज्ञात होगा, हम भी उसी कुएँ में फेंक दी जाएंगीं।" लाछलदे बोली, "हत्या के लिए मैं भी सहमत नहीं हूँ। रावजी तो भँवरे हैं। कल किसी और महारानी या दासी पर दिल आ जाएगा। हम किस किस की हत्या का पाप अपने गले बांधती रहेंगी?" फिर से सभी ने हूँकारा भरा।

स्वरूपदे बोली—"हत्या के लिए कह कौन रहा है?"

लाछलदे बोली—"तो अभी आपने क्या कहा? रावजी के आने पर वह महलों में मिले ही नहीं!"

"हां, मैंने यह तो कहा परन्तु यह कब कहा कि उसकी हत्या की जाए?"

"बिना हत्या के ऐसा कैसे सम्भव है?"

"उसे ऐसी जगह भेज दिया जाए, जहाँ से वापस आना सम्भव नहीं हो।"

"क्या मतलब? हम कुछ समझी नहीं।"

"महारानी लाछलदे चाहें तो ऐसा सम्भव है।"

लाछलदे बोली—"महारानी स्वरूपदे, आप पहेलियाँ ही बुझाती रहेंगी या कुछ बताएंगी भी?"

"थोड़ा धैर्य रखिए। विस्तार से बताती हूँ हुकम। आप सभी ये जानती हैं कि जैसळगिर वाले तो अपनी पुत्री के सुखी जीवन के लिए किसी भी हद तक जाने को तैयार बैठे हैं। महारानी उमादे ने रोक लिया वर्ना उनके भतीजे खेतसिंह तो रावजी से युद्ध के लिए भी तैयार थे। अब जैसळगिर की राजनीति में खेतसिंह इतना महत्वपूर्ण हो गया है कि उसकी बात रावल लूणकरण जी भी टालने वाले नहीं। वैसे रावल सा भी पुत्री उमादे के लिए कुछ भी करने को कह ही चुके हैं। महारानी लाछलदे, आप हम सब से ज्येष्ठ हैं। अगर आप जैसळगिर वालों को समझाएंगी कि "हम अभी भी निराश नहीं हैं। अगर वे लोग भारमली को ले जाएं तो समय के साथ रावजी और महारानी उमादे के मध्य की दूरियाँ निकटता में बदलने की संभावना है।" तब भारमली को निश्चित ही इन महलों से जाना होगा। एक बार जैसळगिर वाले ले गए तो रावजी के चाहने पर भी वापसी संभव नहीं होगी क्योंकि तब यह लड़ाई किसी दासी के लिए नहीं बल्कि दो सत्ताओं के सामर्थ्य के लिए होगी।

महारानी लाछलदे जानती थी कि भारमली के महलों में न रहने पर ये स्वरूपदे ही दीवार बनकर उसके आगे खड़ी होंगी। वे नहीं चाहेंगी कि रावजी मेरे महल में

पधारें फिर भी संभावनाओं के घोड़े पर बैठी ये इच्छाएँ ही हैं जो अच्छे खासे बुद्धिमान इंसान को भी अपराध के लिए तैयार कर लेती हैं। योजना समझने और सभी की स्वीकृति के पश्चात महारानी लाछलदे ने सबसे पहले सेनापति जेता को विश्वास में लिया। जेता भी चाहता था कि यह भारमली नाम का काँटा यहाँ से निकले तो शायद रावजी, महारानी उमादे और जोधपुर के महलों के बुरे दिन फिरे (बदले)। जेता के सहयोग से महारानी लाछलदे ने जैसळगिर खेतसिंह के पास संदेश भिजवाया।

खेतसिंह तो बाट जोह (राह देख) रहा था कि भुआसा उमादे के सुख की कोई राह तो निकले। अब जब जोधपुर के महलों में महारानियाँ स्वयं भारमली को सुरक्षित स्थान पर लाकर सुपुर्द करना चाह रही थीं तो अवसर का लाभ उठाने में ही समझदारी थी। उसने स्वयं से ही पूछा, ऐसा कौन हो सकता है जो मेहरानगढ़ दुर्ग से भारमली को सुरक्षित निकाल लाए। हालाँकि महारानियों ने आश्वस्त किया था कि उन्होंने ऐसी व्यवस्था कर रखी है कि आने वाले को कोई जोखिम नहीं होगा, उसे सुरक्षित निकासी दी जाएगी। फिर भी राजनीति में कब पासा पलट जाए, कोई नहीं जानता। मित्र के वेश में कितने शत्रु छुपे होते हैं इस बात को खेतसिंह महारानियों से बेहतर जानता था। उसे ऐसा व्यक्ति चुनना था जो वीर और योद्धा तो हो ही साथ ही प्राणों की बाजी लगाने का सामर्थ्य भी हो। भारमली के लिए प्राणों की बाजी? मन में आते ही उसे अधिक कुछ सोचने की आवश्यकता नहीं हुई। मन वर्षों पूर्व की एक घटना में अटक गया, जब जैसळगिर में लूणकरण जी युवराज थे और उन्होंने राज्य से अलग एक सैनिक टुकड़ी का प्रशिक्षण प्रारम्भ किया था। उसे भारमली की बेचैनी का वह दृश्य स्मरण हो आया जब उमादे की तलवार बाघा के लगी थी। खेतसिंह आश्वस्त हो गया कि जोधपुर की सम्पूर्ण सेना भी सामने आ गई तब भी बाघा भारमली को हासिल करके ही रहेगा।

तीज का दिन और सांझ का समय। महारानी लाछलदे ने भारमली के महल में दासी भेजी। इस सन्देश के साथ कि तीज माता की पूजा हेतु भारमली को भी साथ चलना है। श्रृंगार करके मेरे महल में आ जाए। भारमली पहुँची। उन्होंने हीरे मोतियों से जड़ी एक सुन्दर स्वर्ण कंठी गले में पहनाई। महारानी सा ने कभी कोई उपहार नहीं दिया था। आज अचानक उनका उपहार देना समझ नहीं आया परन्तु मारवाड़ की सबसे ज्येष्ठ महारानी सा को न तो इंकार कर सकती थी और न ही पूछ सकती थी। पूजा का थाल लेकर महारानी सा के साथ निकट ही मेहरानगढ़ दुर्ग की तलहटी में स्थित रानीसर-पदमसर तालाब गई। पीछे पीछे दासियाँ व सुरक्षा प्रहरी चल रहे थे।

रानीसर राव जोधा की धर्मपत्नी महारानी जसमादे हाडी जी द्वारा मेहरानगढ़ दुर्ग के साथ साथ ही बनवाया गया था। जबकि पदमसर हाल ही में लाछलदे की सास, राव गांगा की अर्धांगिनी व राणा सांगा की पुत्री महारानी पद्मिनी (पद्मावती) सिसोदियाणी जी द्वारा बनवाया गया था।

तालाब देखते ही भारमली का मन जैसळगिर पहुँच गया। तीज का ही त्यौहार था, जैसळगिर के दुर्ग की तलहटी में दूर तक फैला गड़सीसर का बेरंग पारदर्शी जल, भंवरी जीजा का साथ व खूब हँसी मजाक।

मैंने पूछा था, भंवरी जीजा आपने क्या मांगा?

माँगना क्या, जो प्रभु की इच्छा होगी दे देंगे।

मुझे पता है महादेव जैसा वर माँगा होगा।

धत...मैं कौन मरी जा रही हूँ ब्याह को?

अच्छा, मन में तो लड्डू फूट रहे हैं और ऊपर से इनकार। सच में नहीं मांगा तो बोल दो आपने जो मांगा वह मेरा।

हां भई तू ले लेना।

ऐसे नहीं, महादेव का नाम लेकर बोलें

तब भंवरी जीजा ने अंजुली में पानी भरा और बोलीं—"हे भोलेनाथ, हे माँ पार्वती मैंने अगर वर मांगा हो तो वह भारमली को मिल जाए।"

क्या सचमुच कहीं ऐसा तो नहीं हुआ कि उन्होंने भगवान भोलेनाथ से रावजी को माँगा हो और बाद में की गई उस प्रार्थना की वजह से मुझे मिल गए। शायद इसीलिए माँ कहती थी कि गलती से भी ऐसा कुछ नहीं बोलना चाहिए जो हम नहीं चाहते हैं। क्या पता उस समय जिह्वा पर माँ सरस्वती विराजमान हो और कहा गया फलित हो जाए। मुझे तो लगता है, ईश्वर ने मुझे भंवरी जीजा की शत्रु के रूप में ही पैदा किया है। उन्होंने वही किया जैसा मैंने चाहा परन्तु मैंने तो उनका सुहाग, उनके महल, वैभव, सुख, चैन, आनन्द सब कुछ छीन लिया। बुरा करने वालों को नरक मिलता है पर मेरे जैसों के लिए तो कुम्भी नरक में भी ठिकाना नहीं होगा।

भारमली इस पीड़ा को ओर अनुभव करती उससे पूर्व ऊँट लिए गहरी काली लम्बी दाढ़ी और मूंछों वाला एक युवक वहां आ उपस्थित हुआ। जैसळगिर का पोतिया (पगड़ी) बांधे, विशाल आँखें, चेहरे पर रोब, कमर में बंधी तलवार। जिस निडरता से आ रहा था उससे लग रहा था कि कोई सामान्य व्यक्ति तो नहीं है। कोई आधा एक कोस दूर एक दर्जन के लगभग ऊँटसवार और घुड़सवार दिख रहे थे। उस युवक को जवाब देने हेतु उठी ही थी कि महारानी सा ने बैठने का इशारा किया और स्वयं उधर जाने लगी। वह समझ गई की महारानी सा को उस युवक के बारे में जानकारी है। उसे अपनी ही मूर्खता पर हँसी भी आई कि दुर्ग की तलहटी में

महारानी सा की उपस्थिति में वैसे भी कोई अनजान कैसे आ पाता? अजेय कहे जाने वाले राव मालदेव के मारवाड़ की सुरक्षा इतनी कमजोर तो नहीं।

झुक कर वह युवक बोला—"खम्माघणी हुकम।" महारानी सा भी बोले—"घणीखम्मा।"

इस आवाज़ में कैसा सम्मोहन है? ताजे गुड़ सा मीठापन।

महारानी सा ने पूछा, "जैसळगिर से आए हैं?"

"जी हुकम, जैसळगिर से खेतसिंह जी ने भेजा है।"

अगला प्रश्न महारानी सा करते या वह युवक कुछ बोलता उससे पूर्व भारमली सब जान गई। अब उसे समझ नहीं आ रहा था कि वह क्या प्रतिक्रिया करे? किसे कहे? कैसे प्रभु का आभार प्रकट करे? खेतसिंह जी को धन्यवाद दे या महारानी सा को? वह चीखे, रोए, हँसे या मुस्कराए? क्या पल भर में दृश्य यूँ भी बदलते हैं? इसी को लोग भाग्य कहते हैं? आज उसके सामने उसका प्रेम, उसके प्राण, उसका सर्वस्व खड़ा था और वह इतनी देर तक पहचान भी नहीं पाई? पहचानती भी कैसे? कहाँ तो वर्षों पूर्व बिना दाढ़ी मूँछ का किशोर बाघा और कहाँ ये लम्बी, घनी दाढ़ी मूँछों, रोबीली आवाज़ वाले युवा बाघजी। अब भारमली को उस युवक के चेहरे का, उसकी आवाज़ का, उसकी देह गंध का, सम्मोहन समझ आ चुका था। वह तो इसी समय अपने बाघजी से आलिंगनबद्ध होकर जी भर कर रोना चाहती थी, कितनी ही शिकायतें करना चाहती थी, कितनी ही प्रेम वृष्टि करना चाहती थी परन्तु स्त्री सुलभ लज्जा ने बेड़ियों में ऐसा जकड़ा कि मिलना तो दूर महारानी सा के सामने वह उनसे बात भी कैसे करे? कैसे कहे की उसके प्राण बाघजी में बसते हैं। कहीं मैं कोई स्वप्न तो नहीं देख रही हूँ? अगर असल भी है तब भी मैं यूँ ही मौन रही तो मेरे बाघजी सदैव के लिए फिर से मुझसे दूर तो नहीं हो जाएंगे? भीतर ऐसे सैकड़ों तूफान मचल रहे थे लेकिन बाहर से वह किसी मूर्ति की तरह जड़ हो गई थी।

महारानी सा से मुखातिब उस युवक ने अपना वाक्य पूर्ण किया—"मैं बाघा कोटड़िया। जैसळगिर रियासत की कोटड़ा जागीर से।"

फिर एक मुद्रिका निकाली और यह कहते हुए महारानी सा को सुपुर्द कर दी कि "आपकी भिजवाई हुई सेनाणी (निशानी)"

महारानी सा ने भारमली को अपने निकट बुलाया और गले में पहनी कंठी की तरफ इशारा करते हुए उस युवक से बोली—"खेतसिंह जी की भेजी हुई सेनाणी भी ठीक से देख लो।"

अब उसे महारानी सा द्वारा उपहार में पहनाई कंठी का राज कुछ समझ में आया लेकिन अब भी यह समझ में नहीं आ रहा था कि यह सब क्या और क्यों हो रहा है?

युवक ने कंठी पर क्षणिक दृष्टिपात किया। भारमली को लगा, इस एक क्षण में उस कंठी के एक एक नगीने में छुपा कोई गहरा राज वह युवक जान गया है। बेचेते भारमली की आँखें अपलक उस युवक को देखती रही। युवक ने अपना ऊँट बिठाया। भारमली की तरफ़ बढ़ा। बलिष्ठ भुजाओं में उठाया और क्षण भर में दोनों ऊँट पर थे। ऊँट उसके साथियों की तरफ दौड़ने लगा। न महारानी कुछ बोलीं, न युवक। भारमली को कहाँ और क्यों ले जाया जा रहा है? वह कुछ भी नहीं जानती थी। इस समय वह मात्र दृष्टा थी। निकलने से पूर्व महारानी सा ने आशीर्वाद दिया, "सदा सुखी रहे।" उसे न तो कोई दु:ख हो रहा था और न ही कोई भय लग रहा था। दु:ख शायद इसलिए नहीं हो रहा था कि दीर्घकाल से वह मन से चाहती थी कि भंवरी जीजा के प्रति उसने जो अपराध किया है उसका प्रायश्चित करे। आज अनजाने में ही वैसा अवसर हाथ आ गया था। भय इसलिए नहीं लग रहा था कि वह दुनिया के सबसे सुरक्षित और प्रेम करने वाले हाथों के घेरे में थी।

महारानी लाछलदे वापस महल में पहुँची तो देखा स्वरूपदे व अन्य महारानियाँ प्रतीक्षा कर रही हैं। उनके पहुँचते ही महारानी स्वरूपदे बोलीं—"बहनों, मैं तो उस दिन बात करके भूल गई लेकिन महारानी लाछलदे ने अपनी अद्भुत योग्यता से पूरे कार्य को अंजाम दिया और भारमली को महलों से विदाई दे दी। आप और मैं होती तो ऐसा नहीं कर पाती।" सभी ने लाछलदे की योग्यता का लोहा माना तथा वाह वाह करते हुए विदा हुई।

स्वररूपदे अपने महल में पहुँची। उसे अब योजना के तीसरे चरण पर कार्य करना था अर्थात जितना शीघ्र सम्भव हो रावजी को पुन: जोधपुर के महलों में लाया जाए। कहीं रावजी के हृदय के तार महारानी उमादे से जुड़ गए तो? यह सोच कर स्वरूपदे की नींद उड़ी हुई थी। चैन की नींद हेतु रावजी का फिर से जोधपुर के राजप्रासादों में होना जरूरी था।

स्वरूपदे ने सेनापति जेता को बुलावा भेजा। सेनापति अतिथि कक्ष में पहुँचे। महारानी के पहुँचते ही जेता ने उठकर हाथ जोड़ झुकते हुए 'खम्माघणी' बोला।

महारानी सा ने भी झुककर 'घणीखम्मा' बोला और हेतु बताया—"हुकम, आप तो जानते ही हैं रावजी का स्वास्थ्य ठीक नहीं रहता है। वे अजमेर पधार तो गए परन्तु चिन्ता के मारे मेरा मन नहीं लगता। बेहतर होगा किसी तरकीब से आप उन्हें वापस जोधपुर के महलों में ले आएँ। किसी भी तरह से सम्भव नहीं हो पाए तो फिर मेरे अजमेर जाने की व्यवस्था करें क्योंकि ऐसी स्थिति में अजमेर में उन्हें सिर्फ़ दासियों के भरोसे छोड़ना उचित नहीं होगा।"

"हुकम, आज सुबह ही अन्नदाता का सन्देश आया है कि अब वे काफ़ी ठीक महसूस कर रहे हैं और युद्ध हेतु डीडवाना पधारेंगे। उनकी योजनानुसार मुझे सेना लेकर कल ही डीडवाना के लिए प्रस्थान करना है। संभवतया युद्धोपरान्त वे जोधपुर ही पधारेंगे।"

जोधपुर आएँ या नहीं आएँ परन्तु रावजी उमादे से दूर जा रहे हैं, यह सुन कर स्वरूपदे तो जैसे गंगा नहाई। "तब ठीक है आप निश्चिन्त होकर कल युद्ध के लिए प्रस्थान करें। माँ चामुण्डा शीघ्र ही आप और रावजी के सिर पर विजय का सेहरा बांधे।"

सेनापति ने अभिवादन किया और प्रस्थान कर गए।

स्वरूपदे की योजना का तीसरा चरण भी पूर्ण हो गया। आज कई दिनों बाद उसे चैन की नींद आई। प्रभात में उठकर योजना के चतुर्थ चरण पर सोचने लगी। अब उसे अधीरता से प्रतीक्षा थी रावजी के जोधपुर पधारने की।

अजमेर के दुर्ग में भी वैसी ही व्याकुलता बनी रही जैसी जोधपुर में थी तो रावजी ने स्वयं को फिर से युद्ध में झोंक देना ही उचित समझा। रावजी नियत दिवस अजमेर से डीडवाना पहुँचे। जोधपुर से जेता और कूंपा सेना सहित पहुँचे। कुछ ही दिनों में डीडवाना पर मारवाड़ का ध्वज फहरा दिया गया। वहाँ से बीकानेर के लिए निकल पड़े।

इस समय बीकानेर में राव जैतसी का शासन था। जैतसी को समय पर सूचना मिल गई। उन्होंने राजकुमार कल्याणमल व राजपरिवार को सरिसा नामक नगर भेज दिया और मंत्री नागराज को शेरशाह के पास सहायता हेतु। शेरशाह ने सहायता से इनकार भी नहीं किया परन्तु तुरन्त सहायता करने की बजाय अपनी निर्धारित योजनाओं के साथ आगे बढ़ता रहा। सोहुवे (सौवे) नामक गाँव में मंत्री भीमराज और राव जैतसी ने कूंपा के नेतृत्व में आई सेना का सामना किया। युद्ध में जैतसी मारे गए। बीकानेर किले पर कूंपा ने अधिकार किया और मालदेव जोधपुर लौट गए।

कल्याणमल उसी दिन से पिता और राज्य दोनों के छीन लिए जाने का दुःख दिल पर लिए उचित अवसर की तलाश में घूमता रहा और अंततः शेरशाह से जा मिला।

राव मालदेव जानते थे राज्य की सीमाएँ जितनी फैलाते जाते हैं शत्रु का फैलाव भी उतना ही होता है। इसलिए जोधपुर आकर किले के चारों तरफ पक्का परकोटा बनवाया, अनेक पोल बनवाई, रींया, दूनाड़ा (धून्धाड़ा) पीपाड़, गुदवो (गुन्दोज़), रायपुर, कुण्डल (सिवाना) में छोटे किले बनवाए।

उनकी वीरता, शौर्य और सुदृढ़ सुरक्षा व्यवस्था की कहानी सुनाते मन्दोदव, अजयमेरु, अर्बुद, जालंधर, घाटशाल, लोध्रक, कराल, पूंगल, पारकर के नौ विशाल दुर्ग थे। इन्हीं विशाल और भव्य कोट (किलों) के कारण महाप्रतापी शासक राव मालदेव को अब 'नव कोटि रा धणी' (नौ किलों के स्वामी) कहा जाने लगा। वे अब अजेय शासक बन चुके थे। राजपूताना ही नहीं सम्पूर्ण भारत वर्ष में उन्हें चुनौती देने का सामर्थ्य अब किसी में नहीं रहा।

रावजी के जोधपुर आगमन पर स्वरूपदे के आदेशों से महल, दुर्ग, परकोटा, द्वार और सम्पूर्ण नगर दीपकों के प्रकाश से झिलमिला उठा। मंगणियारों ने राग मांड में 'केसरिया बालम पधारो नी म्हारे देश' गीत के साथ नव कोटि मारवाड़ के धणी का स्वागत किया तो महारानी स्वरूपदे ने मुख्य द्वार के दोनों ओर जल से अर्ध्य देकर बधाया, ललाट पर विजय तिलक किया, अक्षत लगाए, गुड़ खिलाया, मोली बांधी फिर महाराज के महल में इस वचन के साथ छोड़ आई कि रात्रि में वे स्वरूपदे के महल में पधारेंगे।

इस समारोह में राजमाताएँ, महारानियाँ, दासियाँ सभी थीं लेकिन जिसे रावजी की दृष्टि ढूँढ़ रही थी बस वही नहीं दिख रही थी। रावजी ने अपने महल में थोड़ी देर विश्राम किया। फिर मदिरा के लिए आदेश दिया तो चिरमी व अन्य दास दासियाँ उपस्थित हुईं। भारमली अब भी नहीं दिखी तो रावजी का धैर्य जवाब दे गया। उन्होंने उसे बुलाने के लिए कहा तो बाहर जाने की बजाय सभी नौकर उनसे नजरें चुरा कर एक दूसरे को देखने लगे। वे समझ गए सब कुछ ठीक नहीं है। उनके पीछे जोधपुर के महलों में अवश्य कोई षड्यन्त्र हुआ है। उन्होंने पूछा—"भारमली अपने महल में नहीं है?"

"जी अन्नदाता, नहीं है। उसका महल बंद है।"

"कहाँ है वह?"

"प्राणों की भीख दें अन्नदाता हुकम, हमें जानकारी नहीं।"

"ठीक है तुम लोग बाहर जाओ और किलेदार तिलोकसी बरंगाजोत को सन्देश पहुँचाओ कि अन्नदाता ने इसी समय याद फ़रमाया है।"

किलेदार भागता हुआ अन्नदाता के महल में पहुँचा।

"खम्माघणी अन्नदाता। हुकम, ने याद फ़रमाया?"

"तिलोकसी, भारमली का क्या हुआ और ऐसा किसने किया? तुमने मुझ तक जानकारी क्यों नहीं पहुँचाई?"

"क्षमा करें हुकम। सेनापति जेता सब जानते थे। वे डीडवाना पधारे थे तो

उचित अवसर पर आपको बता ही देंगे यह सोचकर मैंने युद्ध के बीच में संदेश नहीं भिजवाया।''

''अच्छा, इसका मतलब सेनापति जेता भी इस षड्यन्त्र में शामिल है? किसने करवाई उसकी हत्या?''

''नहीं हुकम, हत्या नहीं। जैसळगिर के खेतसिंह के इशारे पर कोटड़ा का बाघा कोटड़िया उसे ले गया।''

''अच्छा, तो ये उस खेतसिंह की कारीगरी (होशियारी) है? वह नहीं जानता कि नव कोटि मारवाड़ के धणी से बैर (शत्रुता) मोल ले रहा है? कहीं भारमली के बदले जैसळगिर का कोट (दुर्ग) नहीं देना पड़ जाए। जब स्वयं के लिए रहने का स्थान नहीं होगा तब भारमली को कहाँ रखेंगे वे भाटी सिरदार?''

''खैर, उन्हें तो बाद में देखूँगा। पहले तो ये बताओ कि जोधपुर के महलों में विभीषण कौन है? घर के भेदी और षड्यन्त्र बिना मेहरानगढ़ में परिंदा भी आ जा नहीं सकता इंसान तो क्या आए या जाए!''

''अन्नदाता, क्षमा करवाएं। वह नाम लेना मेरे जैसे अदने से चाकर के लिए उचित नहीं होगा। आप सेनापति जेता से ही पूछें तो बेहतर होगा हुकम।''

''जोधपुर के दुर्ग में राव मालदेव की इच्छा विरुद्ध कार्य करने वाला कोई भी हो, कितना ही बड़ा हो वह उसी समय छोटा हो गया जिस समय उसने यह कृत्य किया। वह इस दुर्ग में रहने योग्य तो क्या जीवन जीने योग्य भी नहीं रहेगा। प्राणों की भीख मांगता फिरेगा। तुम निश्चिन्त होकर नाम बताओ तुम्हारा बाल भी बांका नहीं होगा।''

''अन्नदाता...म..महा...हुकम...ह...ह...''

''डरो मत, निश्चिन्त रहो।''

''अन्नदाता हुकम, महारानी सा लाछलदे हुकम ने भारमली को बाघा तक पहुँचाया।''

''ठीक है, तुम निश्चिन्त होकर जाओ।''

किलेदार के जाते ही दास दासियाँ भीतर आए। अर्धरात्रि तक प्यालों में मदिरा उड़ेली गई। चिरमी ने मदिरा से अन्नदाता के अधर छुए। अपने रूप सौन्दर्य व कमनीय आदाओं से उनका दिल छूने का प्रयास किया परन्तु आज अन्नदाता का मन उचटा हुआ था। सम्पूर्ण मारवाड़ में जिस नव कोटि के धणी के विरुद्ध किसी में एक शब्द बोलने का सामर्थ्य नहीं था उसी के अपने घर में, उसी की अर्धांगिनी ने उसकी इच्छा के विरुद्ध उसकी सबसे प्रिय दासी को महलों से बाहर करने का दुस्साहस किया था। उसे क्या सजा दी जाए जो नज़ीर बन जाए ताकि फिर से कोई ऐसा कृत्य करने का विचार भी नहीं करे। इसी उधेड़बुन में थे कि मदिरा के असर से बैठे बैठे ही

लुढ़क गए। चिरमी चाहती तो आवाज़ देकर द्वार के बाहर बैठे नौकर चाकरों में से किसी को भी बुला सकती थी परन्तु उसने इस अवसर का लाभ उठाने हेतु अकेली ही अन्नदाता की भारी देह को खींच कर पलंग पर सीधा किया, साफ़ा उतारा, कोट उतारा इस बीच मुंदी आँखें थोड़ी सी खुलने लगीं। दारू का चढ़ता नशा था या फिर स्त्री देह की गंध का असर था, बेचेते की हालत में उन्होंने चिरमी को अपने आलिंगन में भर लिया। चिरमी के मन में वर्षों से संजोए एक बीज का आज प्रस्फुटन हो गया। दोनों शरीरों में हरकत अवश्य हुई परन्तु चिरमी ने भी महसूस किया कि किसी एक का भी मन जब क्लांत हो, अशान्त हो, दुखी हो तब सहवास तो किया जा सकता है परन्तु आनन्द नहीं लिया जा सकता।

उधर भारमली की अनुपस्थिति में रावजी को अपने सौन्दर्य और यौवन का दास बनाने यानि योजना के चतुर्थ चरण को पूर्ण करने हेतु मन के उल्लास और तन की प्यास के साथ महारानी स्वरूपदे सोलह शृंगार कर अपने महल में प्रतीक्षा करती रही। उन्हें रावजी को यह समझाना था कि यह सब महारानी लाछलदे और उनके बेटे कुँवर राम का किया धरा है ताकि वे लाछलदे के महल में न फटकें। मेरी सुन्दर देह में ही अटकें। परन्तु अँधेरी रात्रि का सूनापन, अकेली स्वरूपदे और टूटते बिखरते सपनों के साथ तीसरा प्रहर भी बीत गया। थक हार कर प्रतीक्षा करती पलकें बंद हो गईं।

किसी समय रावजी महारानी स्वरूपदे के सौन्दर्य पर मोहित थे। पूरे महल में अफ़वाह फ़ैल गई थी कि इस मोह के कारण महारानी स्वरूपदे ने महारानी लाछलदे से महाराज के ज्येष्ठ पुत्र कुँवर राम की बजाय अपने पुत्र कुँवर चन्द्रसेन को युवराज घोषित करवाने का वचन ले लिया था। सच क्या था कोई नहीं जानता परन्तु इस अफ़वाह ने कुँवर राम को विचलित कर दिया। इस अफ़वाह के प्रतिशोध में वह भी महाराज के विरुद्ध षड्यंत्र के प्रयास करने लगा। इस कुण्ठा ने उसे शराबी, षड्यंत्रकारी तथा अपराधी बना दिया। इसके कारण न सिर्फ़ पिता पुत्र के मध्य दूरियां बढ़ती गई बल्कि रावजी और महारानी लाछलदे के मध्य भी एक अबोलापन और उदासीनता पसर गए थे। वर्षों से पति पत्नी के मध्य बनी इस दूरी और तनाव में ताज़ी घटना ने आग में घी का काम किया। प्रतिक्रिया स्वरूप रावजी ने सन्देश भेजा कि बेहतर होगा मारवाड़ से निष्कासन का आदेश दूँ उससे पूर्व माँ बेटे दोनों जोधपुर छोड़ नव कोटि मारवाड़ में जहाँ मन हो उन महलों में चलें जाए।

लाछलदे को प्रातः उठते ही यह समाचार मिला। उसने पीछे के सारे घटनाक्रम पर दृष्टिपात किया। उसने क्या किया था? सूत्रधार तो स्वरूपदे थी। उसने तो सिर्फ़ साथ दिया परन्तु अब क्या हो सकता था? अब तो स्वरूपदे का खेल पूर्ण होने आया था और उनके पास राजमहल छोड़ने के सिवाय कोई उपाय नहीं था।

रे मनुष्य! तू तो गहरे सागर का, अनन्त विस्तार लिए ब्रह्माण्ड का, सृष्टा की अनगिनित रचनाओं का रहस्य जानने और समझने की चेष्टा करता है परन्तु इतना योग्य और बुद्धिमान होकर भी आज तक मानव मन को नहीं समझ पाया। वह अनेक बार जिस समय सबके सामने हँस रहा होता अपने ही भीतर रो रहा होता है। वह जिस समय सभी के सामने तुम्हे सखा कह कर पुकार रहा होता है उसी समय भीतर शत्रुता के वट वृक्ष को खाद और पानी दे रहा होता है। वह जिस समय सामने से तुम्हे प्रेमभाव के साथ आलिंगनबद्ध कर रहा होता है, ठीक उसी समय पीठ की तरफ उसके हाथ में छुरी होती है लेकिन तुम कुछ भी देख नहीं पाते, कुछ भी समझ नहीं पाते, कुछ भी जान नहीं पाते । मनुष्य को समझते हुए तुम्हारी सारी विद्वता, तुम्हारा सारा चातुर्य, तुम्हारी सारी कूटनीति धरी रह जाती है और इसीलिए तुम एक बार नहीं अनेक बार उससे छले जाते हो । लाछलदे सोच रही थी कि मित्र बन कर, बहन बन कर, अपनी बन कर स्वरूपदे ने कितना बड़ा छल किया है? वह भूल गई थी कि राजनीति में तो अक्सर अपने निकटतम व्यक्ति की चिता जलाकर रोटियां सेंकी जाती हैं।

महारानी स्वरूपदे सुबह उठी तो विश्राम के अभाव में टूटता तन, थका हुआ मन, भेद खुल जाने से आशंकित हारी हुई बुद्धि थी। अब भी यही सोच रही थी रावजी को किस तरह से रूप जाल में बांधा जाए कि वे लाछलदे के महल में न जाएँ। तभी दासी ने आकर समाचार दिया कि अन्नदाता ने महारानी लाछलदे और कुँवर राम को जोधपुर के महल छोड़ने का आदेश दे दिया। भाग्य का अनुमान मनुष्य कहाँ लगा पाया है? स्वरूपदे को जो प्रयास पूर्वक करवाना था उससे भी कहीं अधिक भाग्य ने बिना किसी प्रयास के कर दिया। वह जिन काँटों से बचाव का प्रयास कर रही थी भाग्य ने उन्हें सदैव के लिए दूर पटक दिया।

स्वरूपदे की योजना का चतुर्थ चरण पूर्ण हो गया। उसे तो अब अवसर देखकर सीधे पंचम व अन्तिम चरण की नींव रख कर उस पर महल बनाना था।

राव मालदेव भँवरे थे। फूल बिना रह नहीं सकते थे। अब जब भारमली न रही तो पुनः महारानी स्वरूपदे के रूप सौन्दर्य और मादकता का आस्वादन करने लगे। स्वरूपदे आठों प्रहर मदिरा के साथ रावजी की सेवा में। अपने मन की बात और बीच बीच में लाछलदे व कुँवर राम के अपराध स्मरण करवाना नहीं भूलती। कुँवर राम द्वारा स्वच्छंदता पूर्वक किए जाने वाले कार्यों से रावजी का मन खिन्न था ही। आख़िरकार रावजी ने घोषणा कर दी कि मारवाड़ का युवराज चन्द्रसेन ही होगा। स्वरूप दे की योजना पूर्ण हो गई, जीवन का सपना पूर्ण हो गया। मन ही मन ख़ुशी से नाच उठी।

रावजी की रातें स्वरूपदे के अलावा अन्य महारानियों, पड़दायतों, दासियों के यहाँ भी व्यतीत होती। सेवा में कोई कसर नहीं परन्तु कुछ कमी, कुछ अतृप्ति, कुछ व्याकुलता का भाव बना रहा। किसी में भी भारमली वाली बात कहाँ? वे सोचते, उसमें कामुकता, यौवन, सौन्दर्य, नशीलापन इन सब के अतिरिक्त कुछ और भी था। क्या था मैं नहीं जानता। शायद मुझे उससे प्रेम हो गया हो?

नव कोटि मारवाड़ के धणी को एक दासी से प्रेम? ये अनुचित है परन्तु प्रेम सामाजिक, राजनैतिक, आर्थिक स्थिति देखकर या आज्ञा लेकर थोड़े ही होता है? मैं असहाय हूँ। स्वयं से कितना ही झूठ बोलूं पर ये सच है कि भारमली के बिना नहीं रह सकता। मानव स्वभाव है कि जो चीज नहीं मिलती या मिलने के बाद दुर्भाग्य छीन लेता है उसका स्मरण बार बार हो आता है। सावन भादो में आसमान में घिर आती घटाओं की तरह दिन रात उमादे और भारमली का बिम्ब पल प्रतिपल रावजी के पटल पर बन जाता। वे स्वीकार कर चुके थे कि उमादे भाग्य में नहीं, अप्राप्य है। परन्तु भारमली? क्या वह दासी भी इस नव कोटि के धणी के लिए अप्राप्य है?

सेनापति जेता को बुलाया और बोले—"कल ही बाघा कोटड़िया के विरुद्ध सेना भेजी जाए और आप स्वयं उसका नेतृत्त्व करोगे।"

"अन्नदाता हुक़म, आपका आदेश सिर आँखों पर परन्तु अगर हर्ज़ न हो तो एक अर्ज है।"

"बोलिए क्या कहना चाहते हैं?"

"हुकम, अकेले बाघा की इतनी हिम्मत थोड़ी ही थी कि नव कोटि मारवाड़ के धणी से बैर (शत्रुता) ले। इसमें तो खेतसिंह का हाथ है यानि जैसळगिर के रावल लूणकरण जी भी साथ है। हुकम, हम सभी जानते हैं कि खेतसिंह बीस साल आगे की योजना बना कर चलता है। उसने कुछ किया है तो सिर्फ भावनाओं के उबाल से ही नहीं किया है। वह भावुक है, संवेदनशील है, अपनी भुआसा उमादे के लिए जान भी दे सकता है परन्तु वह ऐसे उत्तेजना के क्षणों में भी धैर्य के साथ योजना बनाकर निर्णय लेता है। उसे यूँ हल्के हाथ नहीं लेना चाहिए। आप तो जानते हैं हुकम जैसळगिर और मेवाड़ राजपूताना के सबसे पुराने सुदृढ़ राज्य हैं। रावल लूणकरण जी के शौर्य पर भी कोई सन्देह नहीं किया जा सकता। ऐसे में एक दासी के कारण उनसे टकराना मुझे उचित नहीं लगता। भगवान ना करे अगर भाग्य जैसळगिर वालों का साथ देता है तो सदैव अजेय रहने वाले, हिन्दुस्तान में शौर्य के नाम से प्रसिद्ध, मारवाड़ के मुकुट, नव कोटि के धणी राव मालदेव जी के नाम पर कालिख लग जाए और वह भी एक दासी के कारण, क्या यह उचित होगा?"

"सेनापति जेता, ऐसा भयग्रस्त शौर्य किस काम का? हमें जैसळगिर पराजित कर देगा? क्या मारवाड़ इतना कमजोर हो गया? बढ़ती उम्र के साथ आपको भय

लग रहा है तो आप विश्राम कीजिए मैं स्वयं जाऊँगा।''

''नहीं हुकम, ऐसी कोई बात नहीं है। बात पराज़य की नहीं है। किसकी होगी, रणक्षेत्र में तय होगा परन्तु दोनों पक्षों की शक्ति का क्षीण होना तय है। ऐसे समय में जब अफगान शेरशाह हुमायूँ को भारत से निष्कासित कर अपना सामर्थ्य बढ़ा चुका है। अपनी सीमाएं सम्पूर्ण उत्तर और मध्य भारत तक बढ़ा चुका है। वह किसी भी समय चुनौती दे सकता है। ऐसे में अपनी सैन्यशक्ति को व्यर्थ गंवाने में कोई सार नहीं है हुकम।''

जेता बोलता रहा जा था और रावजी के भीतर रक्त उबाल ले रहा था। रावजी का मन कह रहा था शक्ति व्यर्थ गंवाने से उसका क्या तात्पर्य है? इस दुनिया में भारमली से महत्त्वपूर्ण क्या है? तभी उनकी बुद्धि ने समझाया, व्यवहारिक बनो राव मालदेव! सेनापति ठीक कह रहा है। सत्ताएँ प्रेम से नहीं, सामर्थ्य से प्राप्त होती हैं। कल को अगर सत्ता ही नहीं रही, ये महल नहीं रहे, ये सामर्थ्य नहीं रहा तो कौन भारमली और कैसी भारमली? जैसे लता किसी मजबूत वृक्ष के तने से लिपटती है वैसे दासियाँ भी सदैव सामर्थ्य और सत्ता से लिपटी रहती हैं।

''तो क्या भारमली को वापस लाने की कोई तरकीब नहीं?'' उन्होंने जेता से किसी चिंताग्रस्त मासूम बच्चे की तरह प्रश्न किया।

''हुकम, नहीं क्यों है? वैसे भी युद्ध से पूर्व सारे विवाद बातचीत से, शान्ति से, कूटनीति से सुलझाने के प्रयास कर लेने चाहिए। युद्ध तो सदैव आखिरी विकल्प होना चाहिए। अगर अन्नदाता की आज्ञा हो तो पहले हम आसाणंद जी को भेजें। उनके मूल गाँव भादरेस और कोटड़ा की सरहद लगभग एक है। कविराज को भाटी भी मानते हैं और कोटड़ियों में भी उतने ही सम्मानित हैं। उनकी बात और जिद का वे दोनों सम्मान करेंगे, उसे टाल नहीं पाएंगे।''

अंत में तय हुआ कि अगले ही दिन आसाणंद जी बारहठ को कोटड़ा भेजा जाए ताकि वे बाघजी कोटड़िया को समझा कर वहाँ से भारमली को ले आएँ। शान्ति से कार्य नहीं हुआ तो फिर युद्ध के बारे में विचार किया जाएगा।

महारानी स्वरूपदे सोच रही थी कि सब कुछ उनकी योजनानुसार चल रहा है। राव मालदेव जी सोच रहे थे कि उनकी अनुपस्थिति में जो अपराध कर दिया गया वह अलग बात है लेकिन अब आसाणंद जी जाएंगे और शीघ्र ही भारमली जोधपुर के महलों में होगी। मारवाड़ की धरती पर जो कुछ होगा उनकी योजना से होगा परन्तु होनहार को उन दोनों की योजनाओं से क्या? उसकी तो अपनी योजनाएं तय होती हैं। डीडवाना से कूंपा का सन्देश आया कि शेरशाह की सेनाएं मारवाड़ की तरफ बढ़ी आ रही हैं। स्वरूपदे और मालदेव दोनों की योजनाएँ धरा पर धरी रह गईं, होनहार की योजना अपनी राह बढ़ चली।

सुमेलगिर्री का युद्ध

शेरशाह ने पहले हुमायूँ को भारत से भागने को मजबूर किया। उसके बाद मुल्तान, ग्वालियर, मालवा, रणथम्भोर एवं रायसीन पर विजय प्राप्त की। इस तरह लगभग पूरे उत्तर भारत पर शेरशाह का अधिकार हो गया। अब उसकी नज़र दक्षिण भारत, मेवाड़ और मारवाड़ पर थी।

राव मालदेव फलौदी के बाद, नागौर, रीयां, बिलाड़ा, सिवाना, भाद्राजून, जालौर, मेवाड़ के कुछ भाग, मेड़ता, अजमेर, टोंक, सांचोर, डीडवाना और बीकानेर पर विजय पताका फहराता हुआ तेजी से आगे बढ़ रहा था। शेरशाह जानता था कि वह मेवाड़ या दक्षिण के किसी बड़े राज्य से युद्ध में व्यस्त हो गया और मालदेव नाम के इस तूफान को नहीं रोका गया तो शीघ्र ही सम्पूर्ण उत्तरी भारत में फ़ैल जाएगा। हर कहीं मारवाड़ का ध्वज फहराता हुआ मिलेगा। इसलिए सबसे पहले उसने मालदेव की तलवार की धार कुंद करने का सोचा।

राव मालदेव द्वारा सत्ताच्युत किए गए मेड़ता के वीरमदेव मेड़तिया और बीकानेर के कल्याणमल मन में बैर लिए ऐसे ही किसी अवसर की तलाश में थे। उनको साथ लिए शेरशाह आगरा से बढ़ता हुआ फतेहपुर सीकरी, आमेर, डीडवाना के निकट होते हुए अजमेर की तरफ बढ़ने लगा।

राव मालदेव ने जोधपुर से रणवासे (अन्त:पुर) को सिरोही भेजना तय किया। उन्होंने अजमेर के किलेदार को समाचार करवाया कि महारानी उमादे भटियाणी को भी सिरोही भिजवा दिया जाए। महारानी लाछलदे कच्छवाही और कुँवर राम सिंह को तो रावजी के आदेश से जोधपुर छोड़ना ही था। उन्होंने भी सिरोही जाना तय किया।

अजमेर का किलेदार जैसळगिर का भाटी सांकर सूरावत भारी क़दमों से उमादे के महल की तरफ बढ़ते हुए सोचने लगा कि भाग्य कितना निर्मम होता है? महलों

में जन्म, महलों में विवाह परन्तु भाग्य को पल्ले में थोड़ा सा भी सुख बांधना भाया ही नहीं। मैं उसके मन की वेदना को तो नहीं हर सकता था पर उसके भोजन, भजन, रहन सहन में कोई कष्ट न हो यह ख्याल तो रखता था। अन्नदाता ने तो आज तक कभी खबर भी नहीं ली। जिसके प्रति पति की ही ऐसी बेरुखी हो उसका सिरोही में कौन और कितना ख्याल रखेगा?

विचारमग्न किलेदार महल तक पहुँच गया। प्रवेश हेतु आज्ञा की आवश्यकता नहीं थी। इस सम्मान के बावजूद वो वृद्ध सारी मर्यादाएं जानता था। अन्नदाता की कृपादृष्टि भले न हो फिर भी वे मारवाड़ की महारानी हैं। उसके अपने जैसळगिर की राजकुमारी हैं और वह किलेदार। आज्ञा लेकर उमादे के महल में उपस्थित हुआ।

''बाईसा हुकम, शेरशाह मारवाड़ पर आक्रमण के लिए बढ़ा आ रहा है। अजमेर पहुँचने वाला है। सुरक्षा कारणों से अन्नदाता ने आपको सिरोही पधारने को कहा है। यहाँ अन्नदाता, सेनापति जेता व कूंपा सेना लेकर पहुँच रहे हैं। उचित समझें तो अभी, नहीं तो कल सूर्योदय से पूर्व आप सिरोही के लिए प्रस्थान करें। किले की सुरक्षा के लिए मुझे यहाँ रुकना होगा वर्ना मैं स्वयं आपकी सेवा में चलता।''

''भाभोसा, शायद मुझ में ही कोई कमजोरी रही होगी जो यदुवंशी होकर भी आपने अपने ही कुळ की बेटी पर अविश्वास किया। जिस कृष्ण ने युद्ध से परान्मुख हुए अर्जुन को भी युद्ध के लिए तैयार किया उन्ही के वंशज भयग्रस्त हो युद्ध से भागने की योजना बनाएँ, क्या यह उचित है?''

''वो बात नहीं है बाईसा। हम जानते हैं अन्नदाता की तलवार शत्रु का मान मर्दन करेगी और उनकी विजय होगी। ईश्वर करें, कभी इस जीभ पर पराजय शब्द भी न आए परन्तु युद्धों में किसका समय कब बदल जाए कहा नहीं जा सकता। युद्धबंदियों के साथ ये लोग कैसा व्यवहार करते हैं आप जानती हैं।''

''आप निश्चिन्त रहिए। मैं पुष्प सी कोमल उन महारानियों में नहीं हूँ जिन्हें लगता है, सिर्फ़ महाराज की सेज सजाना ही उनके जीवन का लक्ष्य है। मुझ में पत्थर सी कठोरता भी है। मुझे घुड़सवारी भी आती है और तलवार व ढाल काम लेनी भी आती हैं। महल में कैद रहने वाली उमा को आपने देखा है। अब रण क्षेत्र में शत्रु के शोणित से तिलक करते हुए भी देख लें। विश्वास कीजिए भाभोसा, निराश नहीं करुँगी। मातृभूमि के लिए साका करने वाले रावल भोजदेव, रावल जैसल, रावल मूलराज, रावल दुर्जनसाल (रावल दूदा) जैसे पूर्वजों के रक्त की एक बूँद भी मेरे रक्त में है तब तक इन भुजाओं में इतना सामर्थ्य तो होगा कि विजयश्री का वरण कर सकूँ। किसी कारण ऐसा न भी कर पाई तो आप चिन्ता मत कीजिए। राजसी सामर्थ्य से जिस देह पर राव मालदेव भी अधिकार न पर पाए वह देह उस दुष्ट के हरम की शोभा नहीं बढ़ाएगी। दुर्भाग्य से पराजय का मुँह देखना पड़ा और युद्ध भूमि में शीश

नहीं कटा तो उसके हरम को जो राह जाती है उस पर बढ़ने से पूर्व अपने ही सिर को धड़ से अलग करते समय मेरे हाथ नहीं कांपेंगे। रावजी मेरे अपने हैं, उनसे नाराजगी या रूठना हो सकता है परन्तु महाराज का शत्रु उनसे पहले मेरा शत्रु है। मेरे जीते जी वह तलवार लेकर रावजी तक पहुँच जाए या मारवाड़ की धरती पर पैर रखे यह उमा का स्वाभिमान कभी स्वीकार नहीं करेगा। आप रावजी को सन्देश भिजवाइए कि उमादे प्राणों के मोह में सिरोही नहीं जाएगी बल्कि प्राणों का अर्ध्य देने रणक्षेत्र में जाएगी।''

अनेक तर्क वितर्कों के बावजूद उमादे अजमेर छोड़कर जाने को राजी नहीं हुई। किलेदार सांकर सूरावत हँसे, ''वाह रे हम भाटियों का जिद्दी स्वभाव!'' निराश होकर उमादे के सिरोही न जाने का संदेश अन्नदाता को भिजवाया।

राजा महाराजाओं के जिन विवाहेतर सम्बन्धों को सदियों से पत्नियाँ और समाज स्वीकार करते आ रहे थे, रावजी के उन संबंधों के कारण जिस निर्भयता से रावजी, मारवाड़ के राज, राजसी ठाठ, वैभव, धन, दौलत सभी को किसी फ़क़ीर की तरह ठोकर मार दी, उस जिद्दी उमादे को अजमेर के महल से निकालना और युद्ध न करने के लिए मनाना दुरूह था। यह रावजी भी जानते थे।

अचानक रावजी के मन में यह खयाल आया कि किसी तरह से इस युद्ध के बहाने उमादे को जोधपुर आने के लिए राजी कर लिया जाए तो जोधपुर के किले में फिर से कभी पैर न रखने का प्रण भी टूट जाएगा। अब तो उसकी सौत भारमली भी महलों में नहीं रही। भारमली का खयाल आते ही अचानक दु:ख की एक लकीर चेहरे पर खिंच आई। काळजे पर कटार चल गयी। हिये में हुदका उठा। उसके बिना महलों में मरघट-सी सूनियाण लगती है। मन में उदासी घर कर गई है। बस शेरशाह को वापस भगा दूँ तो बाघा को औकात दिखाता हूँ कि राव मालदेव किस तूफान का नाम है। बाघा ही क्यों, अपने को बहुत चतुर समझने वाले खेतसिंह को भी, जिसने सारा षडयंत्र रच कर यह खेल खेला है। उसके आका, मेरे पूज्य ससुर जी, जैसळगिर के रावल लूणकरण जी को भी नहीं छोडूँगा।

अगले ही पल मन में दूसरा विचार आया। बस किसी भी तरह मेरी उमादे यहाँ आ जाए। तब मैं इन सबको माफ़ कर दूँगा। भारमली को सदैव के लिए भूल जाऊँगा। उमादे के बिना सब कुछ जीत कर भी हार गया हूँ। सब कुछ पाकर भी खो दिया है। जिस दिन से वह गई, मेरा चैन, मेरा सुकून, मेरी नींद सब कुछ छिन गया है। दिन बेचैनी से डग भरते हुए निकलते हैं। युगों-सी रातें करवट बदलते हुए सरकती ही नहीं। मेरी पीड़ा को न मदिरा कम कर पाती है, न स्त्री देह का सौन्दर्य

और यौवन हर पाता है। अर्धांगिनी होते हुए भी उसके सौन्दर्य को आँखों में भर लेने के लिए, पुष्प से भी कोमल उस देह को मेरी ये समर्थ भुजाएँ आलिंगनबद्ध कर लेने के लिए वर्षों से प्रतीक्षा कर रही हैं परन्तु वहां से तिरस्कार के सिवाय कुछ नहीं मिला। अब शायद युद्ध की विभीषिका से आए बुरे दिनों के पीछे अच्छे दिन भी आएँ। हे ईश्वर! उसे सद्बुद्धि देना। जिस शिद्दत से मुझे उसकी चाहत है वह भी मेरे लिए आतुर हो उठे। जोधपुर आने और अपने सिरमौर राव मालदेव से मिलने के लिए वो तड़प उठे।

रावजी जानते थे कि उमादे को जोधपुर ले आना आसमान से चाँद उतारकर लाने से कम दुरूह नहीं है। इस कार्य के लिए उन्हें दो नाम स्मरण हो आए आसाणंद रोहड़िया और उनके भतीज ईसरदास। मन की तुला में तोल कर देखा तो आसाणंद जी के लिए उमादे और रावजी दोनों समान थे जबकि ईसरदास जी रावजी को स्वयं के निकट प्रतीत हुए। पल भर भी देरी किए बिना नई आशा से भर कर उन्होंने ईसरदास जी को यह दायित्व देकर भेजा कि किसी भी तरह से समझा बुझा कर महारानी उमादे को जोधपुर ले आए।

ईसरदास जी अजमेर पहुँचे। सीधे महारानी उमादे के महल गए। ''खम्माघणी महारानी सा हुकम।''

''घणीखम्मा। ईसरदास जी, युद्ध की वेला में आपको तो अन्नदाता के साथ होना चाहिए। यहाँ कैसे पधारे? रावजी ने हमें रणक्षेत्र में आहुति की अनुमति दी या नहीं?''

''हुकम, अन्नदाता को न तो आपके सामर्थ्य या वीरता पर कोई संदेह है और न ही निष्ठा पर। इसलिए वे भी चाहते हैं कि आप युद्ध में भाग लें।''

यह सुनते ही उमादे के झीने वस्त्रों जैसे श्वेत पारदर्शी कपोलों पर एक रक्ताभा फ़ैल गई। सम्पूर्ण मुखमण्डल एक अद्भुत ओज से भर गया। विस्फारित नेत्रों से रश्मियाँ निकलने लगीं, जैसे अभी शत्रु को भस्मीभूत कर देंगी। उसके मन में आया, बात बीच में ही छोड़ अपनी तलवार उठाए और घोड़े पर सवार हो जाए। विवाहोपरान्त अभी तक जिस जीवन को वह अर्थहीन समझ रही थी उसका इतना बड़ा प्रयोजन भी हो सकता है, उसने कभी सोचा ही नहीं। अब तक वह अवसाद से इतनी घिर गई थी कि दिवस हो या रात्रि पल पल डसता अकेलापन उसे जीने देगा, इसमें संदेह होने लगा था। दिन तो फिर भी पूजा, पाठ, दासियों से बातचीत से निकल जाता पर रात का अकेलापन उसे व उसके ख़ाए हुए भोजन को खा जाता। रात भर करवटें लेते हुए पल प्रतिपल उसे आभास होता कि उसकी देह का थोड़ा

थोड़ा अंश ख़त्म होता जा रहा है। दिनों दिन घुलती जा रही देह की तस्दीक उसकी दासियाँ भी करती थीं। हर रोज़ घुल घुल कर मृत्यु से मिलने जा रही उमादे को आज जीने की राह मिल गई।

वह इन विचारों से बाहर आ भी नहीं पाई थी कि ईसरदास का परन्तुक उसे पुनः इस दुनिया में ले आया। उसे ध्यान आया अभी बारहठजी की बात पूरी नहीं हुई है।

"परन्तु महारानी सा...आप सुन रही हैं हुकम? आप स्वस्थ हैं या कोई परेशानी?"

"हाँ, मैं सुन रही हूँ। आप बोलिए।"

"अन्नदाता ने फ़रमाया है कि यह जानकर उन्हें भी प्रसन्नता हुई कि आप रणक्षेत्र में उनका सहयोग करना चाहती है परन्तु सूचना है कि शेरशाह के पास लखी सेना (एक लाख सैनिक) है। इतनी विशाल सेना से रावजी भी पहली बार टकराने जा रहे है। उन्हें आप पर पूरा यकीन है लेकिन मारवाड़ में किसी महारानी या महिला सेनापति ने सेना का नेतृत्त्व कभी नहीं किया इसलिए सैनिक कहीं हतोत्साहित नहीं हो जाएँ। अगर ऐसा हो गया तो यह दाँव हमें बहुत भारी पड़ेगा। बेहतर होगा जोधपुर दुर्ग की सुरक्षा की जिम्मेदारी आप सँभालें और अवसर आए तो रणक्षेत्र में शत्रु को करारा जवाब दें। अजमेर पर होने वाले आक्रमण का नेतृत्त्व अन्नदाता स्वयं करेंगे। अन्नदाता सेना सहित वहाँ से कूच कर चुके हैं। आप शीघ्र जोधपुर के लिए प्रस्थान करें।

इन तर्कों से उमादे संतुष्ट हो गई। वह समझती थी कि जिद अपनी जगह है और रावजी का आदेश अपनी जगह। वह यह भी जानती थी कि युद्ध-भूमि में सामर्थ्य, वीरता या देह बल से अधिक सैनिकों के मनोबल की आवश्यकता होती हैं। हिये से हारे का जीतना असम्भव होता है।

'रूठी रानी' उमादे को मनाकर जोधपुर ले जाने का यश शायद ईसरदास के भाग्य में लिखा था। उमादे ने वहाँ खड़े किलेदार सांकर सूरावत से कहा—"भाभोसा, मेरे जोधपुर जाने का प्रबन्ध किया जाए।"

अगली प्रभात में दासियों के साथ महारानी उमादे की पालकी, घोड़े पर सवार ईसरदास तथा सुरक्षा सैनिकों का क़ाफ़िला अजमेर किले से निकल कर घूघरा घाटी, मेड़ता, बोरुन्दा होते हुए जोधपुर के लिए आगे बढ़ चला।

उमादे के जोधपुर आने की सूचना से जितनी ख़ुशी राव मालदेव को हुई महारानियों को उतना ही दुःख। उन्हें लगा उसके आते ही वे महारानियों से दासियाँ हो जाएँगी।

अपने सौन्दर्य के बल पर राव मालदेव को मुट्ठी में रखने वाली महारानी स्वरूपदे झाली को भी लगा अब मारवाड़ का राज हाथ से गया। अपने बेटे चन्द्रसेन को युवराज घोषित करवाने के सपने मुट्ठी से फिसलती रेत की तरह बिखरते नज़र आए। महाराज के लिए युद्ध विपत्ति था तो महारानियों के लिए उमादे का आना उससे भी बड़ी विपत्ति। तुरत फुरत में जनाना खाने में बैठक आयोजित की गई। सिरोही प्रस्थान से पूर्व किसी तरह से इस आफ़त को रोका न गया तो सब तबाह हो जाएगा फिर सभी को सदैव के लिए सिरोही ही रहना पड़ेगा। जोधपुर के दुर्ग में उमादे का राज होगा।

स्वरूपदे बोली—"हम सिरोही के लिए प्रस्थान करें उससे पहले महारानी उमादे को जोधपुर आने से रोकने की कोई योजना बनानी होगी।" लाछलदे कच्छवाही भयभीत हुई। वो इसलिए कि इस षड्यन्त्र के लिए भी कहीं उसे जिम्मेदार नहीं ठहरा दिया जाए। पिछली बार तो महल छोड़ने के आदेश हुए। इस बार मृत्युदण्ड का ऐलान भी कर दे तो? इसलिए वह चुप रही पर अन्य सभी रानियों ने हूँकारे से सहमती प्रकट की।

स्वरूपदे बोली—"कैसा रहे अगर हम आसाणंद को हीरे मोतियों से लाद कर यह काम सौंप दें?"

लाछलदे को भय भी था और उमादे के प्रति सहानुभूति भी। इसलिए बोली—"यह निरी मूर्खता होगी। पहली बात तो आसाणंद जी उसूलों वाले हैं, दूसरी, उमादे के लिए उनके मन में जो श्रद्धा है उसके सामने तुम्हारे हीरे मोतियों का मोल कंकर पत्थरों से अधिक नहीं होगा और तीसरी बात यह कि वे रावजी के सामने हम सभी का भेद भी खोल सकते हैं। तब हम सब मारी जाएंगी।"

स्वरूपदे को मूर्ख कहे जाने पर कष्ट तो हुआ पर आसाणंद के मूल्यांकन में सच्चाई लगी और इस समय अपना काम भी बनाना था इसलिए चुप रही। उसकी बुद्धि में एक और विचार कौंधा। वह वोली—"जो आसाणंद जी उमादे के गीत गाते फिरते हैं कि तीन लोक में उस जैसी कोई नहीं, क्यों न हम उनके सामने उमादे को अपमानित करें?" आसाणंद की प्रकृति को देख कर यह बात अन्य महारानियों के भी हिये बैठ गई।

आसाणंद जी को बुलाया गया। सबसे पहले स्वरूपदे बोली—"बारहठ जी, आप अपने जिन बाईसाराज के उसूलों पर इतराते हैं, वे अपनी जिस नाक के सम्मान के लिए अजमेर गई हैं, सुना है वे उसूल और सम्मान भूल गई हैं। इन महलों के राजसी ठाट बाट, ऐश्वर्य, सुख सुविधाओं के लिए उसी नाक को रगड़ते हुए वे जोधपुर आ रही हैं या फिर रात्रि में करवटें लेते हुए जब भी आँखें खुलती हैं तो बिस्तर का सूना पड़ा पार्श्व देख उनका यौवन उन्हें यहाँ आने को मजबूर कर रहा

है? उनकी तड़पती सुकोमल देह महाराज की बलिष्ठ भुजाओं के बंधन की आतुरता में सब कुछ विस्मृत कर बैठी?'' इसी समय सारी महारानियाँ बेशर्मी से ठहाका लगाकर हँस पड़ीं।

स्वरूपदे के लिए किसी पर पुरुष के सामने ऐसी बातें बोलना दुरूह तो था पर कभी कभी काँटा निकालने के लिए ऐसी बेशर्मी जरूरी है, यह सोच कर वह बोल गई।

आसाणंद के सामने ऐसी ओछी (निकृष्ट) बात? जीवन में उनके साथ ऐसी धृष्टता कभी नहीं हुई थी। राव मालदेव ने भी जागीर देने से इनकार अवश्य किया था पर शब्दों और व्यवहार से यूँ आहत नहीं किया था। महारानियों के इस निर्लज्ज व्यवहार ने आसाणंद के भीतर आग लगा दी। बारहठ जी को लगा जैसे किसी ने उठाकर काँटों की बाड़ में पटक दिया हो। वे शूल भी ऐसे नहीं चुभते जितना इनकी बातों ने हिंये (हृदय) को छलनी किया। जिस सती उमादे पर सम्पूर्ण नारी जाति को गर्व करना चाहिए उसके लिए कोई स्त्री ही ऐसी हीन बातें करे? वो भी उसकी अपनी कही जाने वाली! यह स्त्री का अधोपतन है! क्या यह सम्भव है कि महारानी उमादे राजसी ठाट के लिए, सुख और आनन्द या फिर रतिसुख के लिए अपने आत्म सम्मान को भूल जाए? नहीं ऐसा नहीं हो सकता। उस सती ने ऐसा सोचा होता तो अभी तक धरती धूजणे (कम्पित होने) लगती। दिन में अँधेरा हो जाता। चारों तरफ हाहाकार मच जाता। स्वरूपदे की और मुखातिब होते हुए बोले—''महारानी सा, आप ये क्या कह रही हैं? मुझे कुछ समझ नहीं आ रहा है। भरी दोपहरी में, कोई कहे कि अँधेरी रात घिर आई है और चाँद तारे दिखाई दे रहे हैं, उस पर मैं कैसे विश्वास करूँ?''

सब एक स्वर में बोलीं—''बारहठ जी बा, हाथ कंगन को आरसी क्या? आप स्वयं जाकर पता कर लें। खबर झूठी हो और वे अजमेर से जोधपुर के लिए आती हुई न मिल जाएं तो हम सिरोही से वापस जोधपुर कभी नहीं आएंगी। आप कहें तो अभी आपके प्रस्थान की व्यवस्था करवाएं।'' अब महारानियों को जितनी शीघ्रता थी उससे कहीं अधिक आसाणंद को थी। वे इसी समय दो घुड़सवारों के साथ अजमेर की राह चल पड़े।

यह गोधूलि वेला थी। सारा पशुधन घरों को लौट रहा था। उनके पैरों से उड़ती धूल और साँझ की सूर्य रश्मियों के सिन्दूरी रंग के मिश्रण से ऐसा प्रतीत हो रहा था जैसे गगन से केशर बरस रही हो। आसाणंद को न तो केशर की उस बारिश का सौन्दर्य दिखाई दे रहा था और न ही पशुओं की गर्दन में बंधी छोटी बड़ी विभिन्न

आकार की टोकरियों (घंटियों) की टंकार से उत्पन्न सुरीले संगीत का माधुर्य लुभा पाया। उनके कानों में तो रह रहकर पिघले सीसे की तरह महारानियों के वे कटु स्वर टकरा रहे थे जो उमादे के लिए कहे गए थे। जोधपुर से कोई पन्द्रह कोस दूर कोसाना ग्राम के पास पहुँचे तो रात्रि विश्राम का सोचा। थोड़ा आगे बढ़े ही थे कि रास्ते के किनारे तालाब के पास मशालों का प्रकाश और विशाल तम्बू दिखा। आसपास ही अनेक घोड़ों के हिनहिनाने की आवाजों ने स्पष्ट कर दिया कि यह कोई बड़ा राजसी लश्कर है। डेरे तक पहुँचे। जय माताजी से सभी का अभिवादन किया। ज्ञात हुआ महारानी उमादे का ही लश्कर था जो जोधपुर जा रहा था। उमादे ईसरदास के आग्रह पर जोधपुर जा रही थीं लेकिन उनका प्रयोजन नहीं जान पाए। इसलिए वे ईसरदास के डेरे में तो रुके परन्तु अपना प्रयोजन बताना उचित नहीं लगा।

सभी ने रात्रि भोजन किया और सो गए। प्रभात में ईसरदास जब नित्यकर्म से निवृत्त होने गए तो आसाणंद जी अवसर देख महारानी से मिलने गए। किसी भूलवश आई हैं तो समझ जाएँगी और जीवन के कष्टों से परास्त होकर उन्होंने यह निर्णय लिया है तो उनकी इच्छा। मैं तो लोगों के जीवन अनुभव की हकीकत उनके सामने रख सकता हूँ। अपना जीवन कैसे जीना है, यह निर्णय तो उनको ही करना होगा।

कोई नित्यकर्म से निवृत्त होने जा रहा था, कोई दातून करने तो कोई नहाने गया यानि सभी अपने में उलझे थे। किसी को कोई शक नहीं हो इसलिए नीम का दातून मुँह में दबाए महारानी के डेरे तक पहुँच गए। निकट पहुँच कर दातून फेंका और सुरक्षा प्रहरी को परिचय देकर महारानी से मिलने की इच्छा प्रकट की। आज्ञा मिलते ही डेरे के भीतर बने छोटे से अतिथि गृह में पहुँचे।

"खम्माघणी, बाईसाराज।"

"घणीखम्मा बारहठ जी। आपने कैसे कष्ट किया पधारने का?"

"हुकम, सुनने में आया कि अन्नदाता का पूरा रणवासा सिरोही जा रहा है परन्तु आप जोधपुर पधार रही हैं तो मिलने आ गया।"

"ठीक सुना है आपने। शेरशाह सेना लेकर मारवाड़ की सीमा तक पहुँच गया है। ऐसे में सुरक्षा के लिहाज़ से यह आवश्यक था। मेरे जोधपुर पहुँचने के समाचार थे तो आप वहीं प्रतीक्षा कर लेते। यहाँ तक आने का कोई विशेष प्रयोजन?"

"खम्मा हुकम, पीढ़ियों के सम्बन्ध हैं और आपने तो मुझे जीवन दान दिया है, इसलिए मन में कुछ बात खटकी तो कर्त्तव्य समझ कर चला आया। जोधपुर आपका घर है। अवश्य पधारें परन्तु एक बात का खयाल रहे हुकम कि

माण रखे तो पीव तज, पीव तजै रख माण।
दो दो गयद न बंधहि, ऐकै कबू ठांण॥

(आत्मसम्मान रखना है प्रियतम को छोड़ और प्रियतम को रखना तो

आत्मसम्मान। एक ही ठाण पर दो दो हाथी नहीं बांधे जा सकते)

इससे अधिक आसाणंद को कुछ और कहने की आवश्यकता नहीं हुई। "सब समझ गई, बारहठ जी। उमादे इतनी कमजोर नहीं है कि आत्मसम्मान को विस्मृत कर दे। आवश्यकता होने पर मारवाड़ के लिए मैं युद्ध करूंगी लेकिन जोधपुर के किले से नहीं कोसाना ग्राम से ही।"

जोधपुर के किलेदार तिलोकसी बरंगाजोत तथा अजमेर रावजी को सन्देश भिजवाया, सैनिकों की व्यवस्था की और सभी को बता दिया गया कि शेरशाह के लौट जाने तक महारानी उमादे के डेरे अब कोसाना ही रहेंगे।

जिस समय राव मालदेव जोधपुर दुर्ग का प्रबन्ध किलेदार तिलोकसी बरंगाजोत को सौंप अजमेर के लिए प्रस्थान कर चुके, उसी समय शेरशाह अपने अस्सी हज़ार सैनिकों के साथ डीडवाना से आगे बढ़ चुका था। शेरशाह की सारी सेना साथ में थी जबकि राव मालदेव जी की कुछ सेना उनके साथ, कुछ कूंपा के साथ बीकानेर से आ रही थी तो कुछ अन्य किलों और थानों से पहुँचने वाली थी। अन्य जगह से आने वाली सेनाओं की प्रतीक्षा में राव मालदेव धीमी गति से आगे बढ़ रहे थे। इस कारण मालदेव से पूर्व ही शेरशाह अजमेर पहुँच गया। किलेदार सांकर सूरावत व उपस्थित सैनिकों ने वीरता के साथ युद्ध किया लेकिन संख्या बल के आगे उनका सामर्थ्य टिक नहीं पाया। अजमेर का किला शेरशाह द्वारा फ़तह कर लिया गया। कुछ सैनिकों को वहां छोड़ा और शेष सेना लेकर वह वापस डीडवाना की तरफ बढ़ने लगा।

उसने अजमेर से कोई बारह कोस दूर सुमेल (कुचील) में डेरा डाल दिया। सुरक्षा के लिए रेत से भरे कट्टों से दीवारें बनवाई। अब राव मालदेव अजमेर या सुमेल कहीं भी आक्रमण करते उन्हें खुले में लड़ना होता और जबकि शेरशाह की सेना किले या कट्टों से सुरक्षित हो गई।

राव मालदेव जब अजमेर से एक डेढ़ कोस दूर थे तो उन्हें यह जानकारी मिली। अनेक युद्धों के अनुभवी राव मालदेव समझ गए आगे बढ़ने में नुकसान है। उन्होंने आदेश दिया कि आगे की बजाय पीछे बढ़ा जाए लेकिन वर्षों से लगातार विजय पताका फहराते आ रहे उनके सेनापतियों और सैनिकों को लगा कि जो हुमायूँ और शेरशाह वर्षों तक राव मालदेव के पास दूत भेज समझौते और सहयोग की बातें करते थे आज उस शेरशाह के सामने यूँ घुटने टेकना राठौड़ों के सम्मान में कालिख जैसा है।

सेना पीछे तो बढ़ी, पर बेमन से। अजमेर से ढाई तीन कोस दूर गिर्री (घूघरा घाटी) पहुँचे तो सरदारों ने और पीछे बढ़ने से मना कर दिया। वे एकमत होकर बोले—"क्षमा करें अन्नदाता। गिर्री से अजमेर तक की भूमि आपकी तलवार द्वारा

हासिल की गई थी परन्तु अब और पीछे हटना हमारे लिए सम्भव नहीं है क्योंकि यहाँ से आगे जैतारण की सीमा प्रारम्भ होती है और यह भूमि आपसे भी पूर्व मारवाड़ राज्य की थी। जिसे हमारे पूर्वज राव उदा ने अपने शौर्य और सामर्थ्य से सीन्धलों का लहू बहाकर हासिल किया था। हम इतने कपूत (कुपुत्र) नहीं हैं कि अपने ही बाप दादा की जमीन रणक्षेत्र में शत्रु का रक्त बहाए बिना उसे सौंप दें।'' सरदारों के इस तर्क से राव मालदेव निरुत्तर थे। आख़िरकार गिर्री में ही डेरे डाले गए।

लगभग दुगनी सेना के बावजूद शेरशाह भी भयभीत था। वह इस क्षेत्र से अनजान था, उसे जानकारी देने वाले अधिकांश राजपूत सैनिक थे जिन पर उसे विश्वास नहीं था। राव मालदेव, जेता, कूंपा और अन्य राठौड़ सैनिकों के शौर्य, सामर्थ्य और युद्ध कौशल तथा उनका मारवाड़ के चप्पे चप्पे से वाकिफ़ होना उसे भयभीत कर रहा था। मारवाड़ को अपने साम्राज्य में मिलाना शेरशाह के गले की फांस बन गया था जो न तो निगलते बन रहा था और न ही उगलते। वह न तो युद्ध के मैदान में सीना दिखाना चाहता था और न ही सफेद झण्डा लहराकर पीठ दिखाना उसे मंजूर था।

शत्रु के पास दोगुनी सेना, अजमेर और सुमेल दोनों तरफ़ उसकी उपस्थिति, अपने ही सेनापतियों की नाराजगी, राव मालदेव को परेशान कर रही थी। महीनों तक अनिर्णय की स्थिति में दोनों सेनाएं डटी रहीं।

घूघरा घाटी, पौष माह की ठिठुरती हुई रात्रि। रात्रि का तीसरा प्रहर, करवटें बदलते हुए राव मालदेव थक गए तो अपने डेरे से बाहर आए। पदचाप सुनते ही सुरक्षा प्रहरी ने सावधान होकर अपनी तलवार संभाली। मशालों की मन्द रौशनी में उसने देखा, अरे! ये तो अन्नदाता। उसका हाथ ठिठक गया। रात्रि बहुत शीतल थी परन्तु वह चिन्ता से दग्ध रावजी के मन को राहत नहीं दे सकी। वे चहल कदमी करने लगे। सुरक्षा प्रहरी सजग होकर एक स्थान पर स्थिर हो गया। सरदारों और सैनिकों के डेरों के सामने प्रज्वलित मशालों की संख्या कम थी। मन्द प्रकाश में आँखों को ठीक से सूज (दिख) नहीं रहा था कि अचानक रावजी के कदम ठिठके। बगड़ी ठाकुर सेनापति जेता के डेरे के सामने काला साँप घेरा बनाकर बैठा था। जंगल में उसके स्वत: आने से भी इनकार नहीं किया जा सकता था और शत्रु द्वारा जान बूझकर छोड़ा जाना भी संभव था। कुछ असमंजस देख सुरक्षा प्रहरी दौड़ता हुआ आया। सांप देखते ही हाथ की तलवार को कमर में खोंसते हुए उसने अपना दण्ड लिया और निकट पहुँचा।

उसने निकट से देखा। ''हुकम, ये तो कपड़ा है!'' निश्चिन्त होने पर अन्नदाता को सौंप दिया।

रावजी उसे लेकर अपने कक्ष के भीतर गए। वह गहरे लाल रंग का खरीता (रेशमी थैला) था, जिसके भीतर एक पत्र था। उसे निकाला और पढ़ने लगे।

लिखा था—"आपका वादा याद करवाने हेतु यह खत भेज रहा हूँ। सावधानी और धैर्य से अंजाम देना। आपके महाराज को किसी तरह से कोई शक न हो। मुझे अपना वादा याद है। पहले आपको जागीरी मिलेगी। बाद में जोधपुर के किले में अपना नुमाइंदा बिठाऊँगा।" नीचे हस्ताक्षर थे- 'शेरशाह।' राव मालदेव तुरन्त अपने कक्ष से बाहर आए। सेवक के साथ सभी डेरों के बाहर ठीक से देखा। अन्य पाँच मुख्य ठाकुरों के डेरों के सामने भी ऐसे ही खरीते मिले।

राव मालदेव समझ गए कि ठाकुर लोग अपने बाप दादाओं की भूमि से पीछे न हटने की जिद क्यों कर रहे थे। सुबह होते ही राजाज्ञा हो गई कि युद्ध नहीं होगा, लश्कर जोधपुर के लिए रवाना होगा।

ठाकुर रात्रि की घटना से अनभिज्ञ थे। इतने दिन की प्रतीक्षा के पश्चात उनसे राय लिए बिना, अचानक वापसी का निर्णय उनके समझ नहीं आया । यह बात ठाकुरों को चुभ गई परन्तु रावजी बिना किसी विमर्श या प्रतीक्षा के सेना लेकर चल दिए। लगभग तीस हज़ार सैनिक उनके साथ चले गए और बीस हज़ार सैनिक, बगड़ी ठाकुर जेता, प्रधान कूंपा और अनेक अन्य ठाकुर वहीं डटे रहे। शेरशाह के पास अस्सी हज़ार सेना थी, इसलिए निर्णय हुआ कि रात्रि में अचानक आक्रमण किया जाएगा।

अँधेरा घिरते ही राठौड़ी तलवारें म्यान से बाहर आने लगी। मशालों के मंद प्रकाश में ऐसा प्रतीत होता था जैसे आकाशीय बिजली धरा पर अठखेलियाँ करने लगी है। भोजन तैयार हो चुका था लेकिन योद्धाओं को आज भूख नहीं थी। उन्हें तो शत्रु के लहू की प्यास थी। प्रतीक्षा थी रात्रि के थोड़े और गहराने की ताकि शत्रु बेफिक्र होकर गहरी नींद में सोया हुआ मिले। शत्रु शिविर में थोड़ी सी भी अव्यवस्था हुई तो फिर एक एक सैनिक चार चार का भक्षण कर विजय का सेहरा मारवाड़ के सर पर बांध देगा।

अर्धरात्रि से थोड़ा पहले कूच किया परन्तु भाग्य ने साथ नहीं दिया, सैनिक रात भर भटकते रहे। सुमेल का डेरा नहीं मिला। इधर सूर्य ने सूर्यवंशियों के लिए तनिक भी देरी नहीं की इसलिए जिस समय राठौड़ी सेना शेरशाह के डेरे पहुँची सुबह की जाग हो चुकी थी।

अफगानों में कुछ नींद से उठे ही थे, उन्हें समझ आता तब तक सिर धड़ से अलग हो गया। कुछ लोटे लेकर जंगल की तरफ जा रहे थे, कुछ जंगल से लौट रहे थे, कुछ पेड़ पौधों के पीछे बैठे थे। जो जहाँ था वहीं मारा गया। सुमेल के निकट रणक्षेत्र बन गया। राठौड़ों ने ऐसी मारकाट मचाई कि कुशल योद्धा होते हुए भी

अफगानों में अफरा तफरी मच गई। सूर्य आकाश के मध्य पहुँच गया। लाशों के ढेर देख घबराए शेरशाह ने तय कर लिया कि पराजित होकर कंधार की तरफ धकेला जाए उससे पूर्व श्वेत ध्वजा लहरा कर सन्धि का प्रयास करेगा।

भयाक्रान्त शेरशाह अपने कांपते हाथों से झण्डा उठाने को झुका ही था कि महावत बोला—''बादशाह सलामत, उधर देखें।'' शेरशाह ने सीधा होते हुए सामने देखा। राठौड़ी सेना के पीछे अजमेर की तरफ से उसका ध्वज लिए सेना आ रही है। मृतप्राय शेरशाह और उसकी सेना को जीवन दान मिल गया। वे दुगने उत्साह से लड़ने लगे। सामने से इतनी विशाल सेना का आक्रमण झेलती राठौड़ी सेना को पीछे से शेरशाह के सेनापति जलालखां जुलवानी ने घेरा। दोनों तरफ के आक्रमण से राठौड़ी सेना को अपने आधे से अधिक सैनिक यम को समर्पित करके भी पराजय का मुँह देखना पड़ा लेकिन संख्याबल के सामने पराजित राठौड़ों के शौर्य का लोहा मानते हुए शेरशाह को भी कहना पड़ा कि ''मैंने एक मुट्ठी बाजरे के लिए करीब करीब दिल्ली का राज्य दे दिया था।''

सुमेलगिरी के युद्ध ने साबित किया कि पलक झपकते ही सारा दृश्य कैसे बदल जाता है! सामर्थ्य, वीरता, शौर्य होते हुए भी धोखे से कोई शत्रु से कैसे पिछड़ जाता है!

युद्ध में जीवित बचे सैनिक महारानी उमादे के पास कोसाना चले गए। गिर्री से निकल कर राव मालदेव सेना सहित जोधपुर पहुँचे लेकिन अपने ही ठाकुरों द्वारा भीतराघात का संदेह उन्हें गहरे तक अवसाद में ले गया। मालदेव ने अनेक युद्धों का सफल नेतृत्व किया था लेकिन वे सारे युद्ध राजपूतों से किए थे। वहाँ युद्ध होते थे छल कपट नहीं। यह अनीतिपूर्ण कृत्य राव मालदेव, उसके ठाकुरों, और मारवाड़ राज्य सभी को जर्जर कर गया। सभी के बीच विषबेल बो गया। न ठाकुरों को समझ आया कि जिस मालदेव की तलवार से सारा देश भयभीत होता था उन्होंने ऐसा कायराना कृत्य क्यों किया और न ही मालदेव को समझ आया कि सबसे विश्वासपात्र प्रधान कूंपा और सेनापति बगड़ी ठाकुर जेता ने जागीरों के लिए उनके साथ ऐसा विश्वासघात क्यों किया?

हिये से हारे, मन से टूटे, तन से थके राव मालदेव ने जोधपुर दुर्ग किलेदार के हवाले कर सिवाना के गढ़ (दुर्ग) में गए। शेरशाह जोधपुर पहुँचा। स्वामी के टूटे हुए मनोबल का असर सैनिकों पर भी पड़ा। वे अधिक प्रतिरोध नहीं कर सके। किलेदार तिलोकसी बरंगाजोत सहित तीन सौ सैनिकों का बलिदान भी शेरशाह के ध्वज को फहराने से रोक नहीं पाया। कुछ ही दिनों में नागौर, भांगेसर (सोजत), मेड़ता,

बीकानेर पर भी शेरशाह का अधिकार हो गया।

जोधपुर दुर्ग स्थित माँ चामुण्डा मन्दिर को विध्वंस करवा कर मस्जिद बनवाई और सईद खां विलोच को नियुक्त किया गया। नागौर खवास खां को, मेड़ता वीरम को व बीकानेर कल्याणमल को सौंपा।

नागौर में भव्य मस्जिद के निर्माण हेतु खवास खां, जोधपुर के दुर्ग में बनाई गई मस्जिद देखने गया। वापस नागौर जाते समय रास्ते में उसे कोसाना ग्राम के मन्दिर से माँ चामुण्डा और श्री कृष्ण का जयघोष सुनाई दिया।

रात्रि में नागौर पहुँचा तो उसकी आँखों से नींद गायब थी। बेगम बोली—"सम्पूर्ण मारवाड़ पर शेरशाह का अधिकार हो गया। आपको नागौर का राज्य मिल गया। अब क्या गम है?"

"बेगम, तुम मेरे गम को नहीं समझोगी। ऐसा होता तो हर कहीं से अजान की आवाजें आतीं लेकिन मेरी छाती के ऊपर कोसाना में चामुण्डा और कृष्ण का जयघोष! जब तक कोसाना से इनकी जगह अजान की आवाज़ न आए मुझे चैन नहीं मिलेगा।"

अगले ही दिन उसने महारानी उमादे को सन्देश भेजा कि वह कोसाना के निकट अपने नाम से नगर बसाना चाहता है ताकि उसके नहीं रहने पर भी लोग उसे याद रखें।

उमादे षड्यन्त्र की गंध पहचान गई। उसने निर्भीकता से जवाब भिजवाया कि "खवासखां, ये मन्दिर, मस्जिद, अजान, आरतियाँ, तलवारें, ध्वजाएं, अपने नाम से बसाए नगर, प्रजा कुछ भी याद नहीं रखतीं। त्रेता युग के रामराज्य को आज भी याद करते हैं। विक्रमादित्य का न्याय अभी भी लोगों की जुबान पर है। प्रजा को केवल राजा द्वारा किए गए नेक कार्य, सुनीति, त्याग और श्रेष्ठ जीवन आचरण से फैली कीर्ति स्मरण रहती है। आप चाहते हैं कि लोग आपको याद करें तो आप भी नगर बसाने की बजाय कुछ नेक काम करें और अगर शेरशाह द्वारा अधिकृत मारवाड़ के मध्य मेरा यूँ स्वतन्त्र रहना आपको खटक रहा है तो स्पष्ट कर दूँ कि यहाँ मैं रहूँगी या आप, इसका निर्णय युद्ध के मैदान में ही होगा। जब कभी मन हो, आह्वान कर देना। 'रण बंका राठौड़ों' के साथ 'उतर भड़ किवाड़ भाटियों' की तलवार लिए उमादे स्वागत करते हुए मिलेगी।"

खवास खां राठौड़ों का शौर्य सुमेलगिरी में देख चुका था। वहां उनकी पराजय का सबसे बड़ा कारण महाराजा की अनुपस्थिति में सैनिकों का टूटा हुआ मनोबल था। यहाँ उमादे के कुशल नेतृत्व ने उसे पुनः स्थापित कर दिया था। अब संख्याबल का अंतर भी वैसा नहीं था। जिसे राजमहलों और दाम्पत्य का सुख भी विचलित नहीं कर सका उस उमादे के मनोबल और नेतृत्व को वह जानता था। पराजय और वह भी स्त्री से, यह विचार उसे भीतर तक झकझोर गया।

भयभीत खवासखां उमादे की बातों पर चिन्तन करने लगा। अभी तक की सभी घटनाओं का लेखा जोखा करने लगा। युद्धों से मानव को सुख मिलता है या दुःख? मालदेव विश्व के समस्त राज्यों, विश्व की समस्त देहों से स्वयं को तृप्त कर लेना चाहता था। इस तृप्ति के धोखे में जो जोधपुर उसका था, जो उमादे उसकी थी उन्हें भी खो दिया। आज दुःख से तड़प रहा है। उमादे को राज्य से कोई मोह नहीं था फिर भी वह उसी राज्य में स्वतन्त्र और आनन्द मग्न बैठी है। उसे खोने का भय भी नहीं। हुमायूँ के पास बहुत कुछ था लेकिन भोग की चाह में सेना और युद्ध के लिए समय नहीं था। आज न सेना है, न युद्ध के अवसर और न उसे सुख देने हेतु स्त्री पुरुष। शेरशाह के पास कितना कुछ है फिर भी हर समय अन्य राज्यों को हड़पने के लिए भागा भागा फिरता है, न सुख है, न भोग है, न आनन्द है। पाने की इस अंधी दौड़ में किस दिन सब कुछ खो देगा, कौन जाने! सत्ता, समाज, मज़हब, मस्जिद या मन्दिर सुख कैसे दे सकते हैं? सुख या दुःख तो इंसान अपनी ही आदतों, विचारों, कर्मों से पाता है। उसे समझ में आने लगा कि क्यों उमादे के चेहरे पर सूरज-सा उजास, होठों पर मुस्कराहटें अठखेलियाँ करती हैं और मन में सुकून छाया रहता है। खवास खां को बोलना—''लोग नेक कर्मों को याद रखते हैं।'' उमादे की इस एक पंक्ति से उसे जीवन सार समझ आ गया। भीतर वैराग्य का भाव जागने लगा। अपने किए पर पछतावा होने लगा। उमादे से युद्ध का इरादा तो छोड़ा ही नागौर भी छोड़ने का मानस बना लिया। कभी कोई व्यक्ति जगाने आता है, जीवन का रुख मोड़ने आता हैं, उसे लगा उमादे वह पैगम्बर है।

इसी समय कालिंजर अभियान के दौरान शेरशाह की मृत्यु हो गई। उसका बेटा आदिल शाह इस्लाम शाह के नाम से गद्दी पर बैठा। वह कालिंजर से आगरा के लिए निकला तो रास्ते में जोधपुर के समीप खवास खां उसके पास पहुँचा। ''बादशाह सलामत, इस नाचीज़ से जितना सम्भव हुआ, हुज़ूर की सेवा की। अब मन बेचैन हो उठा है, अकारण रात रात भर नींद नहीं आती। मुझे लगता है ये सत्ता का बल, वैभव, शराब, शबाब या कबाब कोई भी चीज़ इंसान को सुख नहीं दे सकती। ये सब दलदल है जिसमें हम गहरे तक धंसते ही जाते हैं। इंसानी ज़िन्दगी में थोड़ा बहुत सुख या सुकून है तो इनसे विरक्त होकर। अब मुझे मुक्त करने का आदेश फरमाएँ।

इस्लाम शाह ने सोचा ऐसे हतोत्साहित, अवसादग्रस्त सेनापति को रोकने का कोई फ़ायदा नहीं। उसने इज़ाजत दे दी। खवास खां कोसाना के निकट कुएँ खुदवा कर प्रजा व पशुओं के हित में पानी जैसी सुविधाओं से युक्त खवासपुरा नामक गाँव बसा कर सूफी सन्त शेख अलाई व छः सात हज़ार सवारों सहित मक्का के लिए निकल गया।

गढ़ सिवाना में राव मालदेव

वृद्ध होता अरावली अपने क्षरण के कारण पर्वतराज हिमालय जितनी ऊँचाई भले कायम नहीं रख पाया लेकिन अभी भी उसका फैलाव कम नहीं हुआ है। अरावली की उन्हीं श्रृंखलाओं का एक हिस्सा मालानी प्रदेश (बाड़मेर) में सिवाना के निकट है- 'छप्पन की पहाड़ियाँ।' इनकी चोटी पर निर्मित है 'गढ़ सिवाना'। सुमेलगिर्री युद्ध के पश्चात राव मालदेव का यही ठिकाना है।

शीत ऋतु ने मनुष्य या पशु ही नहीं रूंखड़ों (वनस्पति) तक को ठिठुरने के लिए विवश कर दिया है। पराजित योद्धा में ऊर्जा की कमी से ठिठुरन अधिक होती है। रावजी काफी समय से खुले चौक में आ रही धूप में बैठे थे। इस समय सूर्य की मंद पड़ती किरणों को निरखते हुए सोचने लगे कि ढलान कितनी बुरी होती है। कुछ देर पूर्व ऐसा लगता था इन रश्मियों से सबकुछ भस्मीभूत हो जाएगा परन्तु सूर्य के पश्चिम की ओर ढलते ही इनमें लाचारगी दिखती है। ऐसा लगता है जैसे अँधेरा निगलने का प्रयास कर रहा है और ये रश्मियाँ बचने के लिए छटपटा रही हैं।

प्रतिकूल काल में इन्सान भीतर से निस्तेज और सामर्थ्यहीन महसूस करने लगता है। मन विचारों का क्रीड़ास्थल बन जाता है। रावजी को लगने लगा जैसे रात्रि का तमस और शीत की ठिठुरन उनके प्राण हर लेंगे । पहाड़ों पर कतारबद्ध खड़े पेड़ अँधेरे में उन्हें किसी प्रेत से प्रतीत हो रहे थे।

''अन्नदाता हुकम, ठण्ड अधिक हो गई है। अब महलों में पधारें।'

''हम्म...'' अचानक जैसे किसी ने निद्रा से जगाया हो।

''कौन?''

''हुकम, मैं ठाकुर भैरुदास चम्पावत।''

रावजी ने चारों तरफ दृष्टि घुमाई। मशालें सांपिन की जिह्वा की तरह लपलपा रही थीं । उन्हें ऐसा लगा जैसे अँधेरे और इन मशालों में राव मालदेव को निगल जाने की कोई प्रतियोगिता चल रही हो और सारी दुनिया प्रतीक्षा कर रही हो कि दोनों में से विजय किसकी होती है?

यह कैसा समय आ गया है? राव मालदेव के निगले जाने की चिन्ता किसी को नहीं बल्कि प्रतीक्षा हो रही है!

"अन्नदाता हुकम, आपने कुछ फ़रमाया?"

रावजी को लगा जैसे उनके मुँह से कुछ शब्द निकले तो थे परन्तु भय में डूबे विचारों से कोई अवगत न हो इसलिए बोले, "नहीं नहीं। कुछ नहीं।"

इसी समय ललाट पर निकल आई स्वेद की बूँदें महसूस हुईं। जाड़े की ठिठुरन में भी मेरा ललाट नम? भीतरी दाह को ये बूँदें सभी के सामने प्रकट नहीं कर दें इसलिए ओर कुछ न मिला तो जल्दी से कमरबंद से उन्हें पोंछ डाली।

ये कैसा समय आ गया है? नव कोटि मारवाड़ के अधीन नौ विशाल कोट (किले) थे, अन्य छोटे छोटे किले जिन्हें मैं गुरूर से कोटड़िये (छोटे किले) कहता था। न तो मेवाड़ और जैसळगिर जैसे सदियों से स्थापित राज्यों में मुझे चुनौती देने की क्षमता थी और न ही भारत में स्थापित अफ़गान या मुगलों में । नव कोटि मारवाड़ का धणी (स्वामी), भारतवर्ष में शौर्य का प्रतीक, जिसके नाम से ये सब धूजते थे, आज वह इस सिवाना के कोटड़िये में! जोधपुर का मेहरानगढ़ दुर्ग शेरशाह के अधिकार में!

चिन्तन और चिन्ता करते हुए वे महलों में पधारे। चाकर दारू के प्याले भर कर देने लगा। इन सब बातों को, अपने दुःख को, अपने आत्म सम्मान को लगी ठेस को विस्मृत करने हेतु प्याले पर प्याला रिक्त किए जा रहे है परन्तु यादें इतनी ढीठ होती है कि पीकर व्यक्ति स्वयं को भले भूल जाए पर स्मृतियाँ अधिक स्पष्ट होकर उभर आती है।

मैंने अपने शौर्य, सामर्थ्य और तलवार से राज्य की सीमाओं का विस्तार किया ताकि उस विस्तृत भूखण्ड को, विशाल दुर्ग में स्थित भव्य राजप्रासादों के ऐश्वर्य को, अप्रतिम सौन्दर्य युक्त कामिनियों को भोग कर सुखों से पूर्ण तृप्त हो जाऊं लेकिन दुर्भाग्य ने ऐसा जकड़ा कि राज्य, दुर्ग, महल, स्त्री सौन्दर्य तो गए ही, अपनी ब्याहता पत्नियाँ भी सैकड़ों कोस दूर और मैं अभिशप्त हूँ इन शीत से ठिठुरते पत्थरों की गुफाओं में बैरागी जैसा एकाकी जीवन बिताने को। दुर्भाग्य ने कैसी अतृप्तता, कैसी आतुरता, कैसी दीन, हीन, दारुण अवस्था में पटक दिया है?

रावजी ने गीली पलकों को पोंछते हुए देखा- चारों तरफ पसरी ठण्ड और घुप्प अँधेरे के सिवाय कुछ भी नहीं था वहां। उन्हें लगने लगा जैसे बाहर का अँधेरा हर दीर्घ ठण्डी श्वाँस के साथ उनके भीतर जमता जा रहा है। रक्त के कण कण में व्याप्त होता जा रहा है। ऐसा लगा जैसे यह अँधेरा उन्हें, उनके राज्य, उनकी उमादे को निगल जाएगा।

आज उन्हें उमादे की बहुत याद आ रही थी। मेरी अपनी अर्द्धांगिनी, अग्नि

को साक्षी मानकर उम्र भर सुख दुख में जिसका साथ देने का वचन दिया, वह उमादे इन महलों में नहीं । शत्रुओं के मध्य कोसाना के जंगलों में बैठी है। मैं जान बचाकर सुरक्षा के लिए गीदड़ की तरह यहाँ आकर छुपा हूँ और उमादे जान की परवाह किए बिना शेरनी की तरह वहाँ अफगानों से लोहा ले रही है । उसे अगर कुछ हो गया तो?

अगले ही पल मन बदल गया। यह मुझे क्या होता जा रहा है? मैं क्यों उसकी चिन्ता करूँ? उसने कौन सी मेरी चिन्ता की है या सुख दिया है? उसने मुझे जलाने, तड़पाने और नीचा दिखाने के सिवाय किया ही क्या है? किसमें इतना सामर्थ्य था कि राव मालदेव के आदेश का उल्लंघन करे? उल्लंघन करना तो दूर, ऐसा सोचने की धृष्टता भी नहीं कर सकता था। मन में विचार भी आता तो मालदेव के ऐसे ऐसे गुप्तचर थे जो किसी के पेट की बात उसी समय निकाल कर परोस देते और अगले ही पल उसका सिर धड़ से अलग कर दिया जाता। उसी मालदेव के आदेश न मानने की धृष्टता ही नहीं की बल्कि उस उमादे ने यह कहा कि आज से मेरी आज्ञा के बिना कोई मेरे महल में प्रवेश नहीं कर सकता। उस 'कोई' में उसका पति परमेश्वर, मारवाड़ का धणी, राव मालदेव भी शामिल था। यह तो मेरा आदेश न मानने वाली उस स्त्री द्वारा स्वयं का आदेश मुझसे मनवाने का दुस्साहस था परन्तु जाने कौन सी शक्ति थी उसके शब्दों में कि जैसे तलवार देखकर भयाक्रांत बकरिया (बकरी का बच्चा) आँखें बंद करके गर्दन झुका लेता है, मैं भी बिना कुछ सोच विचार के उसकी आज्ञा का पालन करते रहा।

इस सबके बावजूद मैंने तो उसे युद्ध से पूर्व सिरोही या जोधपुर जाने का कह दिया था पर उस भटियाणी की जिद के आगे लाचार था। जोधपुर से सभी महारानियाँ सिरोही चली गईं परन्तु उसे तो रणक्षेत्र में शत्रु से लोहा लेकर अपना क्षत्रियत्व दिखाना था। कितनी अकड़ है कृष्ण के वंशजों में, जैसे हर बार युद्ध वे ही जीतेंगे। उसे सिवाना आने के लिए भी समाचार भिजवाया था। इससे अधिक मैं क्या कर सकता था?

मन ने फिर पाला बदला। वो जैसी भी है- जिद्दी या अकड़ू, अगर उसे कुछ हो गया तो? इतिहास मुझे धिक्कारेगा। मेरा सारा शौर्य मिट्टी में मिल जाएगा। पति के जीवित रहते पत्नी को शत्रु द्वारा बन्दी बना लिया जाए, उसे बेगम बना कर हरम में शामिल कर लिया जाए या उसकी हत्या कर दी जाए, किसी वीर के लिए यह स्वयं की मृत्यु से भी बड़ी वेदना है। चुल्लू भर पानी में डूब कर मर जाने जैसी घटना है।

तो मैं क्या करूँ? रावजी ने स्वयं से ही प्रश्न किया और उत्तर खोजने लगे। किले और राज्य तो शौर्य के साथ भाग्य की बात है । कल मैंने अपनी शमशीर के सामर्थ्य से बलात अधिकार किया था। आज शेरशाह ने । आज दुर्भाग्य ने मुझे घेर लिया तो क्या हुआ? न तो मेरी तलवार में जंग लगा है और न ही मेरी बाजुओं में

जकड़न आई है, अभी अभी सूर्यास्त से जो ये अँधेरा घिर आया है लेकिन कल फिर सूर्योदय की संभावना से कोई इनकार तो नहीं कर सकता। उन्होंने ठाकुर भैरुदास को आवाज़ दी और एक साथ कई प्रश्न किए।

"भैरुदास जी, कोसाना के क्या समाचार हैं? अफगानों से अभी भी युद्ध चल रहा है क्या? महारानी उमादे सुरक्षित हैं क्या?"

ठाकुर भैरुदास समझ गए कि आज अन्नदाता को दारू अधिक हो गई है वर्ना वे भी जानते थे कि सुमेलगिर्री युद्ध कभी का समाप्त हो चुका था। महारानी उमादे और युद्ध में बचे जोधपुर के सैनिक कोसाना में स्वतन्त्र रूप से रह रहे हैं।

"हुकम, महारानी सा सुरक्षित हैं। आप अब पोढाएं (सो जाएं) तो उचित रहेगा।"

"क्यों, मुझे क्या हुआ है?"

"कुछ नहीं हुकम। रात्रि बहुत अधिक हो गई है।"

"अच्छा तब ठीक है। मैं सो जाता हूँ।"

प्रभात में जागने पर रावजी को भी लगा रात्रि में कुछ ज्यादा ही भावुक हो गए थे और बोले भी कुछ ज्यादा। वे जानते थे कि अफगानों का तूफ़ान थम चुका था। महारानी उमादे सुरक्षित और स्वतन्त्र हैं। इतना ही नहीं सुनने में आ रहा था कि खवास खां भी उमादे के शौर्य, पराक्रम और दर्शन से अभिभूत होकर उसके सामने नतमस्तक हुआ और नागौर छोड़कर मक्का चला गया है।

ऐसे में मैं भले कितनी ही चिन्ता करूँ, विजय के दंभ में डूबी वह भटियाणी अब मेरे से क्यों बात करेगी? उससे वार्ता का अब कोई अर्थ नहीं। उसके कारण इस मन और देह ने बहुत पीड़ा और संताप भोगा है। मन की पीड़ा से मुक्ति की तो शायद कोई राह नहीं परन्तु इस देह को कुछ राहत, कुछ सुख, कुछ तृप्ति मिलनी चाहिए। मेरी भारमली ऐसा कर सकती है लेकिन इस समय तो वह भी उस खेतसिंह के चेले दुष्ट बाघा के पास है। समय आएगा तब बाघा ही नहीं खेतसिंह और ससुर लूणकरण जी से भी दो दो हाथ करूँगा परन्तु इस समय आसाणंद ही मेरा सहारा बन सकते हैं। आसाणंद जी को बुलाया और शेरशाह से हुए इस युद्ध से पूर्व हुई बातें स्मरण दिलाई। संकेत पाते ही वे बोले—"हुकम, मैं कल ही कोटड़ा के लिए निकल रहा हूँ।"

राव मालदेव ने अगले ही दिन कोसाना समाचार भिजवाया—"मैं चाहता हूँ सभी राठौड़ सिरदार बीती उसे बिसार कर अपनी मातृभूमि मारवाड़ को आततायियों से मुक्त करवाने हेतु पुनः एक छत्र के नीचे आ जाएँ।" अपने सेनापतियों से आह्वान किया—"वीरों के प्राण भी जाए तो युद्ध भूमि में। पुनः सेना को संगठित कीजिए। अस्त्र-शस्त्र और राशन जुटाइये। हम तलवार द्वारा मारवाड़ की सीमाओं पर रेखाएं खींचेंगे।"

भारमली, बाघजी और आसाणंद जी

बाघजी भारमली को जोधपुर से सीधे कोटड़ा अपने खेत स्थित ढाणी पर ले गए। रास्ते में वह कुछ पूछती उससे पूर्व बाघजी ने ही बता दिया कि महारानी सा उमादे के जीवन में आया भूचाल खत्म हो उसके लिए खेतसिंह के निर्देश पर मैं तुम्हे ले आया हूँ, अन्य कोई हेतु नहीं ।

भारमली को तीव्र वेदना हुई। उसके प्राण, उसकी आत्मा, उसका प्रेम, बाघजी कह रहे है कि उसे ले आने में उनका अन्य कोई हेतु नहीं। अपनी भारमली से इतने निर्लिप्त? संभवतया विवाह के कारण उन्होंने मुझसे यह दूरी आवश्यक समझी होगी परन्तु मैंने कब पत्नी का दर्जा माँगा है? मैंने कब देह सुख चाहा है? मैंने कौन से अधिकार माँगे या शर्तें लगाई हैं? अनेक प्रश्न थे पर अभी कुछ भी पूछना उचित नहीं लगा।

बाघजी कोटड़ा गाँव के रहने वाले। वीर और अदम्य साहसी। वीरता के कारण ही रावल लूणकरण जी के पोते खेतसिंह की उनसे गहरी मित्रता थी। कोटड़ा व छाहोरण के पहाड़ों से निकलने वाला पानी काक नदी में जाता था। इस पानी से गाँव के निकट उन्होंने अपना खड़ीन (छोटा बाँध बना कर बरसात का पानी इकट्ठा किया जाता है) बना रखा था। अच्छी खेती हो जाती। काफ़ी पशुधन भी। खेत में दो चारे (गोल झोपड़े) और कोटड़ी (पुरुषों के बैठने हेतु) के लिए एक पड़वा (चौकोर लम्बा झोपड़ा) बना रखा था।

मनुष्य को मनुष्य की अगली चाल ही समझ नहीं आती तो भाग्य की चाल कोई कैसे समझे? आज देख कर किसी का कल बताना बहुत मुश्किल। कल तक जो भारमली जोधपुर के महलों थी आज रन रोई (सूने जंगल) में बने झोपड़े में बैठी थी। जोधपुर में शृंगार के सिवाय कोई काम नहीं था परन्तु यहाँ स्वयं और बाघजी के लिए ही नहीं आए गए अतिथियों के लिए भोजन बनाना, बर्तन मांजना, सफाई करना, कपड़े धोना सब कुछ उसे ही करना पड़ता।

तवे की तरह तपती मरुभूमि। लू के झौंके, जैसे अगन की लपटें। आँधी के थपेड़े और रेत की बरसात। लेकिन कुछ ही दिनों में भारमली ने इन दुष्कर परिस्थितियों में भी जीना सीख लिया। इन सब के बावजूद वह निश्चिन्त थी, सुखी थी, आशा से भरी थी। उसे अपने बाघजी पर स्वयं से भी अधिक विश्वास था। जोधपुर के महलों में हर रात्रि की अगली प्रभात में उसे चिन्ता होती कि जब यौवन नहीं रहेगा तब उसका क्या होगा? वह चिंता अब नहीं रही। उन महलों में सिर्फ़ अन्नदाता को उससे मतलब था वह भी रात भर के लिए। महलों में सूर्य रश्मियों के दस्तक देते ही लगता जैसे वो और अन्नदाता एक दूसरे से अपरिचित हैं। प्रभात के सिन्दूरी उजाले में हर कोई नए सपने बुनता है परन्तु निराशा से भरी भारमली लड़कपन में देखे सपनों की कब्र पर बैठकर, उदासियों को पीकर फिर से अँधेरा होने की तैयारी में जुट जाती थी क्योंकि कर्त्तव्य समझे, धर्म समझे या आदेश उसे हर रात शृंगार करना होता था, अन्नदाता के सामने स्वयं को परोसना होता था।

एक जमाना बीत गया था, बाघजी और उसके प्रेम को। अब बाघजी की जुबान भले मौन थी परन्तु उनका अपनापन, परवाह व आँखों से उमड़ते भाव मौन नहीं थे। यह अहसास वैसा ही था जैसा वर्षों पूर्व अबोले ही जैसळगिर में होता था। रात भर भारमली चारे (झोपड़े) में रहती और बाघजी कोटड़ी में। सुबह होते ही सबसे पहले भारमली के पास जाते। पूछते, "सब ठीक है? कोई तकलीफ तो नहीं?" यह पूछना हर सुबह एक नयी आशा का संचार कर जाता। उसे ऐसा लगने लगा कि वर्षों तक जो वृक्ष पतझड़ से उजाड़ रहा उसमें फिर से नई कोंपलें फूटेंगी। उसे विश्वास होने लगा कि दासियों के भी भाग्य होते हैं।

रात्रि भोजन के उपरान्त बाघजी कोटड़ी जाने के लिए उठे। उदास स्वर में बोले—"भारमली, महलों में रहने वाली तुम इस धूप, लू और आंधियों को कैसे सह पाओगी? मैंने अपराध किया जो तुम्हें ले आया। अपने वचनों से बँधा हूँ, इसलिए जोधपुर तो नहीं परन्तु तुम कहो तो जैसळगिर के महलों में पहुँचा आता हूँ।"

भारमली की आँखों की कोरों से मोती टपकने लगे। हृदय ने स्त्री सुलभ लज्जा के सारे दरवाजे तोड़कर, शर्म की दहलीज़ को पार करते हुए निवेदन कर दिया कि "अब यह भारमली आपकी है। जैसळगिर में आपके साथ बीता एक एक पल मेरी स्मृति में है। मेरा रोम रोम आपकी उस छुअन को आज भी महसूस करता है। मेरा दुर्भाग्य था जो मुझे महलों में ले गया। अब हाथ जोड़ आपसे विनती है कि पुनः किसी महल में मत पहुँचाना। धूप हो या छाँव, आँधियाँ हों या बारिश , सुख हो या दुःख मुझे यहीं रहना है, अपने बाघजी के पास। मेरे मन से, हिये से, काळजे से, बाघजी अब नहीं निकल सकते। अब आप चाहें तो कोटड़ी पधारें (जाएँ) और आप चाहें तो रात्रि में यहीं पोढाएं (लेटें)।"

बाघजी भी शायद इस प्रतीक्षा में ही थे। वे उसे अपने सामर्थ्य से दासी की तरह हासिल नहीं करना चाहते थे बल्कि एक पत्नी या प्रेमिका की तरह आत्मसमर्पण करने पर पाना चाहते थे। तभी तो भारमली के ऐसा कहते ही उस वीर के बड़े बड़े नयनों से भी दो मोती निकल आएँ। भारमली को बाथ में भर लिया। वह भी उन बाँहों में लटूम गयी। निस्तब्ध रात्रि में झोपड़े में मौन पसर गया। ऐसा मौन कि चूल्हे में प्रदीप्त अग्नि की आवाज़ तक सुनी जा सकती थी। उस मौन के पश्चात जब दोनों की चेतना लौटी तो झींगुर की आवाज़ ने उस गतिक्रम को तोड़ा। उन्हें अहसास हुआ की कोई स्त्री और परुष आलिंगनबद्ध थे। इन क्षणों में जो सुख मिला उस सुख के सामने जोधपुर के महल या मारवाड़ का राज्य तो क्या एक नहीं सहस्त्रों इन्द्र के सिंहासन भी मिलते तो भारमली ठुकरा देती।

रात्रि का चौथा प्रहर समाप्त होने को आया। व्योम के श्याम रंग में सिन्दूरी रंग घुलने लगा। आज पीली प्रभात में भारमली के लिए दो सूरज उगे थे। एक आसमान में तो दूसरा धरा पर। अब भारमली बाघजी की अर्धांगिनी थी। न तो उन्होंने अग्नि देव के समक्ष फेरे लिए, न चंवरी में दुनिया के समाने एक दूसरे को वचन दिए क्योंकि 'उमादे' के पाणिग्रहण संस्कार को भारमली देख चुकी थी। जिन सम्बन्धों को बिखरना होता है, उन्हें देव भी नहीं जोड़ सकते और जिन्हें जुड़ना होता है. उन्हें असुर भी नहीं तोड़ सकते। इसलिए इन दोनों ने अपनी अंतरात्मा को साक्षी मानकर एक दूसरे को स्वीकार किया। मौन मन से अनंत जन्मों तक साथ निभाने का निश्चय किया। भारमली ने पहली बार अनुभव किया कि सिर्फ़ भोग के लिए स्त्री और पुरुष देह का मिलना, दो दम्पत्तियों के मिलन, दो अर्ध के मिलकर पूर्ण हो जाने, दो तन के एक मन हो जाने के सामने कितना बौना है? कितना क्षुद्र है? कितना बेचैनी भरा है? एक में क्षणिक सुखोपरान्त, दीर्घकाल तक दुःख ही दुःख, बेचैनी ही बेचैनी, निराशा ही निराशा। जबकि दूसरे में दीर्घकालीन सुख के साथ दिन भर की बेचैनियों पर विराम लग जाता है और जीवन में एक नई आशा का संचार होता है। रात्रि के अँधेरे में भी उजाले की अनुभूति होती है।

भारमली ने जाना कि गरीब की अर्धांगिनी होना भी किसी महाराजा की अंकशायिनी से बेहतर है। प्रेम के बिना सारे सुख, वैभव, ऐश्वर्य व्यर्थ हैं। वह बाघजी का प्रेम देख कर हर समय सोचती रहती कि इस ताम्रवर्णी पुरुष के लिए हृदय निकाल कर रख दूँ। देह तो क्या अपनी आत्मा को भी इसकी राह में बिछा दूँ।

सिन्दूरी रंग बिखेरते हुए सूरज धोरे के पीछे छुपता जा रहा था। बाघजी को अपनी ढाणी की तरफ आते आठ दस घुड़सवार दिखे। घर के भीतर थोड़ा अँधेरा घिर आया

था। भारमली दीया जलाने लगी। बाहर जिस ओटे (घर के बाहर बना चबूतरा) पर बाघजी बैठे थे एक दीया वहाँ रखने के लिए ला ही रही थी कि उनमें से एक घुड़सवार बाघजी के निकट पहुँच गया। भारमली उसे देखते ही दीवार की ओट लेकर घर के भीतर ही खड़ी हो गई। बाघजी से परिचय होने पर सवार ने बताया कि ''जोधपुर से आसाणंद जी बारहठ आपसे मिलने पधारे हैं।''

बाघजी की तो बांछें खिल गई। हिया इतनी तेजी से धड़कने लगा जैसे बाहर ही आ जाएगा। भारमली जानती थी कि आसाणंद जी साक्षात् सरस्वती का रूप हैं। उनका सानिध्य बड़े बड़े राजा महाराजाओं को भी भाग्य से मिलता है। वे यहाँ आ रहे हैं तो प्रसन्नता स्वाभाविक है लेकिन ऐसी ख़ुशी? जैसे लापता हुआ सगा भाई मिल गया हो।

असल में वह जानती नहीं थी कि कोटड़ा राणोजी के यहाँ बैठक में पहली बार संयोग से मिले बाघा और आसा की मित्रता बाद में बहुत गहरी हो गई थी। काल ने जैसे भारमली और बाघजी के मध्य दूरियाँ पैदा की, ठीक वैसे ही बाघा और आसा के मध्य भी। आसाणंद जी के जीसा दीठ बारहठ जब जागीर मिलने पर नागौर रियासत के घुघरियाली गाँव चले गए तो उसके बाद उन दोनों का कभी मिलना नहीं हुआ। समय अपनी गति से चलता रहा, आसा अपनी कविताओं, कथाओं, इतिहास के सामर्थ्य से कविराज आसाणंद हो गए तो बाघा अपनी वीरता के कारण बाघजी। आज बचपन के इन दो मित्रों के लिए वर्षों बाद पुनर्मिलन का अवसर आया था।

बाघजी प्रसन्न हुए परन्तु भारमली रावजी के छल कपट, कूटनीति, राजनीति सब देख चुकी थी। उसकी छाती ठणकी (आशंका हुई)। उसे दाल में काला लगा फिर भी बाघजी की इच्छा उसके लिए परमेश्वर की इच्छा थी। वो दीया लेकर कोटड़ी पहुँची। आले में रखा। मांचे (चारपाई) पर बैठे आसाणंद जी को पहचानते देर नहीं लगी कि यह भारमली है। शिष्टाचारवश वे अपने आसन से उठे ही थे कि भारमली ने पाँव धोक (चरण स्पर्श) दी। चूड़ा देख बाघजी बोले 'चूड़ो अमर रहे' (सुहाग अमर हो जाए)।

अचानक आसाणंद जी को ध्यान आया कि वे गलती कर बैठे हैं। सम्भवत: भारमली ने मेरे मित्र बाघजी के नाम का चूड़ा ही पहना है। तब फिर वे उसे कैसे ले जाएंगे जोधपुर? वे किस काम के लिए आए थे और क्या कर गए? शब्द तो ब्रह्म है। हर बार वे हमारी इच्छा से प्रस्फुटित नहीं होते। अनेक बार ईश्वर की इच्छा से निकलते हैं। आज शायद प्रभु ने ही मेरे साथ छल किया वर्ना एक एक शब्द सोचकर बोलने वाले के मुंह से ये शब्द कैसे निकलते?

हाथ जोड़ कर घुटनों तक घूँघट में भारमली जाने को उद्यत हुई और बोली— ''हुकम, आप सरस्वती पुत्र हैं, आपकी कृपा रही तो ऐसा ही होगा।''

मेरी कृपा रही तो? यानि भारमली मेरे आने का प्रयोजन समझ गई? भारमली के जाते ही आसाणंद अपनी गलती को मन के तर्कों से सुधारने लगे। दासियों के तो चूड़ा अमर ही होता है। कल तक राव मालदेव की अंकशायिनी थी। आज बाघजी के नाम का चूड़ा पहन लिया होगा। जोधपुर चलेगी तो फिर से रावजी के नाम का पहन लेगी। अक्सर पति की मृत्यु पर भी तो किसी के नाम का चूड़ा पहन लिया जाता है।

जाते समय बाघजी ने भारमली के घूँघट के पीछे से आँसुओं की धार देख ली थी। वे बोले—"आसाणंद जी, आप विराजें। मैं जल पान की व्यवस्था करवा कर आता हूँ।" उत्तर की प्रतीक्षा किए बिना घर की तरफ चल दिए।

"भारमली, कविराज के आने पर तेरी पलकें नम क्यों हैं? कहीं उस आदमी में कोई खोट तो नहीं? जन मानस में जैसी ख्याति है असल में वे वैसे नहीं हैं क्या? जोधपुर के महलों में तुम्हारा उनके साथ कोई कटु अनुभव या संवाद? मैं तो वर्षों पूर्व बचपन के मित्र आसा को जानता हूँ। तुमने तो कविराज आसाणंद को देखा है, परखा है। आदमी जीवन में कब बदल जाए कोई नहीं जानता। डाकू से संत और संत से डाकू भी हो जाते हैं। आदमी बुरा है तो फिर वह मित्र ही क्यों नहीं हो, बाघा के जीवन में उसका कोई स्थान नहीं।"

"हुकम, आप अनावश्यक संदेह कर रहे हैं। बारहठ जी उजले (साफ़) चरित्र के धनी हैं। चाहे दासी हो या रानी वे महिलाओं की बहुत इज्जत करते हैं। मेरे तो ख़ुशी के आँसू थे। आप निश्चित रहें।"

बाघजी इसलिए मान गए कि आसाणंद जी को महारानी उमादे से विशेष स्नेह था तो हो सकता जोधपुर के महलों में भारमली से भी स्नेहपूर्ण व्यवहार रखते हों, इसलिए भावुक हो गई हो।

भारमली इसलिए भयभीत थी कि कहीं आसाणंद जी अपने तर्कों से बाघजी को समझाकर उसे फिर से जोधपुर न ले जाएँ। परन्तु इस समय सब कुछ हिये में दबाए वह भोजन बनाने में व्यस्त हो गई। भोजन पकाते हुए उदास होकर सोचने लगी, किसी को बताने से भी क्या फायदा? होनहार ने दासी की कोख से जन्म देकर दासी बनना ही लिखा था। मैं ही ऊँचे सपने देखने लगी थी। न जाने क्यों सोच लिया कि किसी पतिव्रता की तरह मेरा भी पति होगा। किसी भले पुजारी की तरह मैं भी जीवन भर एक ही देवता की पूजा करती रहूंगी। जब परमात्मा ने ही लिख दिया इस देह को अनेक सेजों पर, अनेक लोगों के साथ क्रीड़ारत होना है तो मैं क्या कर सकती हूँ? परमसत्ता के सामने मेरी क्या क्षमता है? वाह रे भाग्य! तू भी कैसे कैसे सपने दिखाता है? एक पल शिखर पर तो दूसरे ही पल गर्त में। पलकें झपकी, ऊष्ण जल की दो बूंदे निकलीं, उन्हें बाघजी के नाम अर्पित कर दी। कुछ दिनों के लिए ही सही इस व्यक्ति ने मुझे वह सुख दिया, वह प्रेम दिया, वह अपनायत दी

कि इन मधुर स्मृतियों के सहारे ही अब कहीं भी ठेल दी जाऊँगी तो शेष जीवन बिता दूँगी। जोधपुर भेज भी दें तो बाघजी को कोई दोष नहीं। उन्होंने जितना किया वह क्या कम है? यह जानते हुए भी कि वह राव मालदेव की अंकशायिनी बन चुकी है और भी न जाने कितने पुरुषों की रातें रंगीन कर चुकी होगी, दासियों के कौन सा पतिव्रता जैसा धर्म होता है, उनका तो धर्म यही है कि स्वामी, प्रेमी, राजा, महाराजा, युवराज, ठाकुर, कुँवर, भँवर, सेठ, साहूकार यानि हर सामर्थ्यवान को प्रसन्न रखे। यह सब जानते हुए भी उस इन्सान ने न सिर्फ़ पत्नी बनाया बल्कि अन्तस से मुझे प्रेम किया।

कोटड़ी में जब बारहठ जी दारू से रुच गए (मन भर पी चुके) तो बाघजी-भारमली भोजन लेकर कोटड़ी पहुँचे। नए पथरने (गद्दे) के ऊपर छोटी गद्दी बिछाई उसके ऊपर बारहठ जी को बिराजने का आग्रह किया। सामने बाजोठ पर भोजन परोसा। उनके भोजन पूर्ण होने तक दोनों दम्पत्ति सेवा में। अब यह रोज का क्रम हो गया।

सूर्योदय के साथ ही कोटड़ी में कोटड़ा गाँव के लोगों का मजमा लग जाता। आसाणंद जी कभी डिंगल की कविताएँ तो कभी इतिहास की महत्वपूर्ण बातें बताते। कभी समाज, संस्कृति, परम्पराओं, रीति रिवाजों के बारे में चर्चा होती। अफ़ीम, डोडी, तम्बाकू, चिलम, हुक्का साथ साथ चलता रहता। लगभग चार पुरस दिन चढ़ने पर बारहठ जी व बाघजी सहित सभी लोग जांखळ (नाश्ता) करते और फिर सभा का विसर्जन होता। बारहठ जी व बाघजी या तो खेत में घूमने जाते या फिर जंगल में तीतर, हिरण, गोडावण, जंगली सूअर के शिकार को लिए निकल पड़ते। दोपहर तक वापस पहुँचते। रुचिनुसार दारू लेने के पश्चात दोपहर का भोजन। फिर थोड़ी देर आराम। सांझ होते ही फिर से ग्रामीणों की भीड़ और ज्ञान की बातें। इस बीच शिकार में लाए गए पशु का माँस भारमली पका देती। ब्यालू के उपरान्त बारहठ जी सो जाते तब बाघजी घर पहुँचते। भारमली थोड़ी निश्चिन्त होने लगी थी कि आने के बाद एक बार भी आसाणंद जी ने राव मालदेव जी या जोधपुर की चर्चा नहीं की।

आसाणंद जी कितने भी ज्ञानी थे, स्वामिभक्त थे परन्तु थे तो इन्सान ही, सेवा और भक्ति से तो भगवान भी पसीज जाते हैं। एक दिन ऐसे ही भोजन करते हुए उनकी आँखें भर आईं। बोले—"जीवन में महलों से लेकर बड़े बड़े घरानों और सामान्य दम्पत्तियों तक अनेक पति पत्नी को देखा हैं लेकिन बाघजी, आप और भारमली का प्रेम, समर्पण, विश्वास, अद्भुत है! अद्वितीय है! वन्दनीय है!

फिर बोले :

जंह तरवर तंह मोरिया, जंह सरवर तंह हंस।
जंह बाघो तंह भारमली, जंह दारू तंह मंस॥

जहाँ घने वृक्ष होंगे, वहां मोरों का बसेरा होगा। जहाँ जल की झीलें होगी, वहां हंस होंगे। जहाँ मदिरा होगी, वहाँ मांस होगा और जहाँ बाघा होगा, वहां भारमली होगी।

लज्जा से भारमली की पलकें झुक गईं। कपोलों पर ऊष्ण रक्त से लाली उभर आई। होठों पर स्मित फ़ैल गई। एक क्षणांश के लिए उस मृगनयनी के कटीले नयनों ने तिरछी नजर से अपने भरतार बाघजी को निरखा तो शर्म से पलकों की तरह ग्रीवा भी झुक गई। नयनों के मारग से हिये में उतरी उस प्रेयसी के प्रेम से बाघजी का मन मुळकने (प्रसन्नचित्त) लगा। आसाणंद जी द्वारा किए गए इस शाब्दिक अभिनन्दन के लिए आभार प्रकट करने को दोनों करबद्ध नि:शब्द खड़े रहे।

आसाणंद जी भी उनके द्वारा दिए गए मान, सम्मान, आतिथ्य सत्कार से ऐसे प्रसन्न हुए कि वे कोटड़ा के निवासी हो गए। बचपन के आसा और बाघा फिर से एक हो गए। बाघजी के प्रेम में जोधपुर के महलों को भूल गए।

राव मालदेव का पुनः जोधपुर पर अधिकार और उमादे का कोसाणा छोड़ना

राव मालदेव जी का मन तो था कि एक बार भारमली आ जाए तो देह और मन को पूर्ण तृप्त करके ही रणक्षेत्र में उतरें परन्तु भाग्य को यह स्वीकार नहीं हुआ। जब दीर्घकाल तक आसाणंद जी की तरफ से कोई समाचार नहीं आया तो रावजी समझ गए कि समझौते या बातचीत से भारमली को प्राप्त करने का उनका प्रयास विफल गया।

जिस वीर ने अपने पराक्रम से इतिहास लिखा हो वह सिवाना जैसे इस छोटे से दुर्ग में छुप कर निर्वासन कब तक काटता? जो मानता था कि वीरों का योग युद्ध क्षेत्र में होता है और भोग महलों में। वह वीर योग और भोग की प्रतीक्षा में कब तक बैठता? शौर्य के शिखर पर पहुँचा हुआ वह वीर पराजय को दुर्भाग्य समझ स्वीकार करने वालों में नहीं था। गिरकर हिमालय की तलहटी में पहुँचने पर भी फिर से गिरिराज के शिखर तक पहुँचने का साहस रखता था। उसने सेना को संगठित कर खोए गए क्षेत्र पुनः प्राप्त करने प्रारम्भ किए।

खवास खां के मक्का प्रस्थान के तुरन्त बाद भांगेसर (सोजत) स्थित इस्लामशाह के थाने पर आक्रमण कर अधिकार किया। फिर राठौड़ों के हृदय स्थल जोधपुर के दुर्ग मेहरानगढ़ पर राठौड़ी ध्वज फहराया। राव मालदेव की राठौड़ी तलवार जो दुर्भाग्य से आपसी गलतफहमियों के कारण म्यान में विश्राम करने लगी थी अब फिर से अनवरत चलने लगी। जोधपुर दुर्ग में मिलने आए हुए फलौदी के राव डूंगर सिंह को बंदी बना लिया और फलौदी पर आक्रमण किया। फलौदी के प्रधानमन्त्री जगहथ देपावत ने सामना किया परन्तु पराजित हुआ।

उमादे रावजी का स्वभाव जानती थी। शेरशाह से पराजय की कुंठा। उसी शेरशाह के सेनापति खवास खां द्वारा उमादे के सम्मान से उपजी ईर्ष्या। अब पुनः जोधपुर, भांगेसर, फलौदी पर अधिकार का अहंकार। उमादे का स्वतन्त्र कोसाना में रहना। ये सब वे स्वीकार नहीं कर पाएंगे। यह सोच कर वह कोसाना छोड़ गुन्दोज़ चली गई।

महारानी लाछलदे कच्छवाही और उनके पुत्र कुँवर राम की स्थिति ज्ञात होने पर महारानी उमादे ने अपने साथ रहने का आग्रह किया। जिसे माँ पुत्र ने स्वीकार कर लिया। कुछ नौकर चाकरों व सैनिकों के साथ वे तीनों गुन्दोज़ में रहने लगे। अन्य महारानियाँ सिरोही से जोधपुर आ गईं।

कुँवर रामसिंह राव मालदेव के ज्येष्ठ पुत्र हैं। समय कभी भी बदल सकता है, यह सोचकर मेवाड़ के महाराणा उदय सिंह ने महारानी उमादे की प्रतिष्ठा को देखते हुए उनके आग्रह पर अपनी पुत्री का विवाह कुँवर से कर दिया। विवाह में केलवा की जागीर भी दी गई अत: सभी लोग अब गुन्दोज़ छोड़ केलवा में रहने लगे।

यूँ कहने को तो केलवा में महारानी उमादे का जीवन सुखपूर्वक कट रहा था परन्तु मन शायद इन्सान का सबसे बड़ा शत्रु है। घावों को कुरेदना मन की आदत है। किसी का भी सुख उसे हज़म नहीं होता। कभी वह सुख के उन पलों को स्मरण कर दुखी होता है जो भाग्य द्वारा छीन लिए गए तो कभी उन पलों को याद करके दुखी होता है जो अभाग ने पीड़ा के रूप में दिए थे। मन ऐसे ही अतीत में गोते खा रहा था कि दासी ने आकर समाचार दिया।

"हुकम, चितौड़गढ़ से महाराणा उदयसिंह जी का दूत आया है। आपसे मिलने का आग्रह कर रहा है।"

"कुँवरसा यहाँ नहीं हैं क्या?"

"हुकम, उनसे मिल चुका। दूत ने कहा है आज्ञा हो तो मारवाड़ महारानी उमादे भटियाणी सा से भी मिलना चाहता है।"

मन में सोचा, मेवाड़ महाराणा का दूत मुझसे मिलना चाहता है, जरूर कोई आवश्यक बात होगी। "उन्हें बाहर अतिथि कक्ष में बिठाओ। मैं पहुँचती हूँ।"

उमादे के अतिथि कक्ष में पहुँचते ही दूत ने उठकर नमन किया। "मेवाड़ अधिपति एकलिंगनाथ जी की जय हो, खम्माघणी हुकम। हुकम, आपके भाभीसा मेवाड़ के बाईसाराज थोड़ी देर में केलवा पधार रहे हैं।"

जैसळगिर के युवराज मालदेव का विवाह मेवाड़ के राणा उदयसिंह की सुपुत्री चैनकंवर से भी हो रखा है। इस तरह वे उमादे की भाभीसा हैं और वो उमादे के दत्तक पुत्र कुँवर रामसिंह की पत्नी की बहन भी हैं यानि कुँवर राम की सलहज (साली)।

कहते हैं कि पीहर का रूँख (वृक्ष) या पंछी भी दिख जाए तो स्त्रियाँ ख़ुशी से झूमने लगती हैं। यहाँ तो भाभीसा आ रहे थे। वह भी पहली बार। खुशियाँ उमादे के भीतर से उफ़नने लगीं।

विवाह पश्चात दो बहनों का मिलन कितनी ख़ुशी देता है यह इसी से अहसास हो रहा था कि खबर मिलते ही महलों में तैयारियों के लिए कुँवरानी इधर से उधर भागे जा रही हैं, आँखें झरती जा रही हैं और होठों पर मुस्कराहट है।

इन दोनों महिलाओं को ये समझ में नहीं आ रहा था कि अपने सामान्य से महल में, जहाँ बस जरूरत भर की वस्तुएँ उपलब्ध हैं, वे उनका स्वागत कैसे करेंगी? फिर भी सास बहू दोनों अपनी अपनी समझ से जितना कुछ सम्भव था, भाग भाग कर किए जा रही थी।

उमादे में स्व अनुशासन बहुत है। वह महल के भीतर प्रतीक्षा कर सकती थी परन्तु आज वह ऐसा करना ही नहीं चाहती थी। दाम्पत्य के रिश्ते में लगी अगन से वर्षों पहले ही प्रेम, अपणायत, भावुकता सब कुछ रीत गये थे। उस आँच से बनी भस्मी के सिवाय कुछ नहीं बचा था। जीवन में सब कुछ सूख गया था। आँसू तक झरने बंद हो गए थे। ऐसे में आज किसी अपने के प्रेम में अचानक फूटे निर्झर को वह बह जाने देना चाहती थी। उसकी ठण्डी फुहारों से भीग कर तन और मन को शीतल हो जाने देना चाहती थी। वर्षों के अकाल से तिड़की धरती बूंदों के प्रेम में लमलेट होने लगती है, महकने लगती है, उमादे वैसे ही लमलेट होकर महकना चाहती थी। वह झरोखे में खड़ी होकर प्रतीक्षा करने लगी ताकि डोली से निकलते ही भाभीसा को बाँहों में भरकर प्रेम से भीग जाए। जीवन में जिसका प्रेम मिलना चाहिए था उसका तो मेरे इस पाषाण ललाट पर विधाता की कूची लिख नहीं पाई पर भाभीसा के नेह के निर्झर से ही काळजे को कुछ ठण्डक तो मिले। थोड़ा चैन तो आए। आखिर अपनों की प्रेम भरी छुअन में जो चैन और सुकून होता है, वह महलों, नौकर, चाकर, सुख, सुविधाओं, ऐश्वर्य, भोग में कहाँ?

आगे तलवार और भालों के साथ सुरक्षा को मुस्तैद घुड़सवार। घोड़ों की कतार के बाद हाथी पर बंधी डोली। पीछे ऊँटों पर लदा सामान। फिर सुरक्षा के लिए कुछ घुड़सवार। सभी ने द्वार में प्रवेश किया। उमादे ने फिर से एक बार तैयारियों का जायजा लिया। बधाई के लिए रजत थाल, अक्षत, कुमकुम, रोली, गुड़ की भेली, नारियल, ताम्रपात्र में जल और दीपक। धरा पर बैठे मंगणियारों के स्वर गगन को छू रहे हैं। हाथी से डोली उतारी गई। डोली से दो दासियाँ निकलीं। उनके बाद निकलीं भाभीसा चैनकुँवर।

अरे! ये क्या?

अचानक जैसे बिजली गिरी! उमादे की देह थरथराने लगी। दास दासियों को आवाज़ देती जीभ तालू से चिपक गई। कंठ सूख गया। गला अवरुद्ध हो गया । क्या अशुभ घटित हुआ? जैसळगिर की युवराणी सा के नीली पोशाक? पैरों के बिछियों को छोड़कर देह पर कोई टोल (आभूषण) नहीं।

मंगणियार भी समझ गए। गीत संगीत बंद कर दिया।

अचानक चारों तरफ फ़ैल गई इस मरघट-सी सूनियाण में भाभीसा चैनकुँवर का दारुण क्रन्दन सुनाई दिया। उमादे के हाथ से बधाई का थाल छूट गया। वह

भागती हुई नीचे द्वार तक पहुँची। अब तक आँसुओं से नहाई युवरानी भी डोली से द्वार तक पहुँच गई। उमादे ने पूछा—"भाभीसा, इतने दुखों के बाद भी विधाता के मन में कौन सा दुःख शेष रह गया था जो उमा के प्राण पखेरू उड़ जाएँ, उससे पहले यह समाचार देने आपको भेज दिया।"

चीत्कार करती हुई दोनों गले लगीं। धीरे से युवरानी बोली—"नणद बाईसा हुकम, जैसळगिर के रावल सा हुकम..."

जैसे आँखों के सामने खड़ी अरावली की पर्वत श्रृंखलाएँ उमादे पर आ गिरी हों। वह बेचेते हो गयी। बहुत देर तक अबोले, आँखें शून्य को ताकती रहीं। काफी देर बाद चेता आया तो पूछा—"क्या कह रही हैं, भाभीसा आप? अपनी लाडली उमा से मिले बिना, बातें किए बिना जीसा हुकम चले गए? जानते हो भाभीसा, जब रावजी से मेरे रूठने की सारी बात जीसा हुकम के पास पहुँची तो तुरन्त उन्होंने समाचार भिजवाया कि भंवरी तुम चिन्ता मत करना। मैं आ रहा हूँ। रावजी को समझाऊँगा, फिर भी कामिनी का नशा नहीं उतरा तो उसे सत्ताच्युत करूँगा। सत्ता के नशे में इंसान अंधा और बहरा हो जाता है। गद्दी से उतरते ही सब दिखने और सुनाई देने लगता है। तुम इस बात की फ़िक्र मत करना कि युद्ध में मैं हार गया तो क्या होगा? मेरे लिए जैसळगिर की राजगद्दी तेरे आँसुओं से अधिक कीमती नहीं है। आज...मेरे आँसुओं को पोंछने वाला, अपनी भँवरी को आश्वस्त करने वाला...इन आँसुओं को भूल कर, अपनी भंवरी को बताए बिना, उसकी फ़िक्र किए बिना चल दिया..."

"शायद मेरा जीवन ही शापित है। क्या क्या दुःख न देखे? बस यह बाकी रह गया था। वह भी दिखा दिया। हे ऊपर वाले! मेरे भाग्यविधाता, ऐसे क्या अपराध किए इस उमा ने? तुझे तो सभी बड़ा दयालु और कृपालु कहते हैं पर यह अभागी जीवन में सबसे प्रिय व्यक्ति जीसा के अन्तिम दर्शन कर पाती, तुमने तो इतनी दया भी नहीं दिखाई! इतनी कृपा भी नहीं की!"

उमादे बिना देरी किए उनके साथ डोली में बैठ गई, जैसळगिर जाने के लिए।

केलवा से जैसळगिर तक की लम्बी यात्रा। क्या हुआ, कैसे हुआ, इस बारे में युवरानी सा को भी कुछ ज्ञात नहीं था। इस समय अन्य किसी मुद्दे पर बात किसे याद आती? वर्षों बाद दोनों का मिलना हुआ फिर भी कई दिनों की यह यात्रा लगभग अबोलेपन के साथ ही सम्पन्न हुई। मन ही मन में विचार श्रृंखलाएँ चलती रहीं। माँ, जीसा, अध्धा, दाता के साथ की स्मृतियाँ पटल पर आती जाती रहीं।

जैसळगिर पहुँचते ही उमादे ने सूने महलों के मध्य दालान में खड़ी हो चारों तरफ दृष्टि घुमाई। सिर झुकाए निःस्तब्ध खड़ी दीवारों को देखा । शून्य से नयनों से ऊपर

अनंत विस्तीर्ण ब्रह्माण्ड को देखा। उस अनन्त में घुली बचपन की स्मृतियों से आप्लावित होते हुए उसे लगा जैसे चारों तरफ़ आँखों में न समाए इतना विस्तार लिए हुए हरित वन क्षेत्र है। जिसमें तरह तरह के वृक्ष हैं, पुष्प हैं, लताएं हैं, घास की हरीतिमा है परन्तु उन सभी के मध्य में खड़ा छाया देने वाला वटवृक्ष भरभरा कर गिर गया है । उस वृक्ष का काष्ठ शुष्क हो जाने पर जला दिया गया है और अब व्हाँ बिखरी हुई भस्मी के सिवाय कुछ भी नहीं है । जैसळगिर के लोगों के लिए भले पूरा उपवन वैसा ही हो पर उमादे लिए फल, फूल, पत्ते, छाया सब कुछ जिस एक नीड़ से थे वह अब नहीं रहा ।

बाहर के महल में माथे पर पेचकी (सिर पर श्वेत वस्त्र) बांधे पुरुष। बंधाणियों (नशेड़ियों) द्वारा एक दूसरे को अमल (अफ़ीम) लेने या देने की मनुहार से या फिर चिलम के जलते तंबाकू की गंध से अहसास होता था कि वहाँ कोई है, अन्यथा वहाँ दिन में भी रात्रि जैसी भयानक निस्तब्धता थी। भीतरी महल में पहुँची तो मृत्यु पर किया जाने वाला लयबद्ध स्त्रियों का क्लांत क्रन्दन सुनाई दिया लेकिन क्रन्दन के इन स्वरों में से उसकी माँ के कण्ठ से निकला कोई स्वर, कोई ध्वनि नहीं थी। उमादे का माथा ठणका (संदेह हुआ)। माँ सती हो गई? उसके हिये की धड़कनें बढ़ गईं। इन महलों की लाडली भंवरी की दुनिया ही सूनी हो गई? भीतरी महल के अंदर जा कर देखा। न उसकी माँ, न अन्य माताएँ (लूणकरण जी की अन्य महारानियाँ) केवल काकीसा, भुआसा और मामीसा। तो क्या सभी माताएँ सती हो गईं? रोते रोते उसने दृष्टि घुमाई। यह क्या! काकीसा ने लासा (मैरून) रंग के वस्त्र पहन रखे हैं? दृष्टि थोड़ी और आगे बढ़ी तो दूसरी काकीसा भी वैसे ही विधवा के वस्त्र विन्यास में। अब और आगे देखने का सामर्थ्य उसमें नहीं था परन्तु मन तो मनुष्य का शत्रु है। जहाँ दुःख की बात हो वहाँ इंसान के न चाहते हुए भी मन खींचकर ले जाता है। उमादे का मन भी दृष्टि को और आगे तक ले गया। ये क्या? भाभीसा, भाई हरदास की बीनणी भी लासे वस्त्रों में! अब मन पर बलात रोक लगाई। सभी माताओं की अनुपस्थिति, काकीसाओं का विधवा वेश, भाभीसा भी उन्हीं वस्त्रों में, आगे न जाने लासे पहन कर कौन कौन बैठी हों? उससे नहीं देखा जाएगा, उसका सिर चकराने लगा। उमादे ने कुछ देर आँखें बंद कर स्वयं को संभाला। थोड़ा चेता आने पर वहां से उठकर बाहर पास के कक्ष में गई। अध्धा मालदेव को बुलावा भेजा।

अध्धा बाईसाराज की सेवा में उपस्थित हुए। "यह क्या हुआ अध्धा? आपने मुझे और भाभीसा को सूचना तक देनी उचित नहीं समझी? याद है ना हम भी इस घर के, इस परिवार के सदस्य हैं। जीसा, काकोसा मंडलीक जी, काकोसा प्रताप सिंह जी, भाई हरदास और कौन कौन? क्या कोई युद्ध हुआ? एक साथ ऐसा क्या

रोग हुआ? हमने ऐसा क्या पाप किया था जो जैसळगिर पर ऐसी विपत्ति आई मेरे भाई? कुछ तो बोलो मेरा काळजा फटा जा रहा है।''

युवराज मालदेव ने भंवरी बाईसा को बिठाया, ढाढ़स बंधाया, हिचकियाँ बंद हुई तो उनकी आँखें पोंछी और फिर उमादे कमजोर न हो इसलिए चुपके से एक तरफ़ मुँह छुपाकर स्वयं की पनीली आँखों को बाँह से पोंछ कर बोले—''बाईसा, आप तो जानते ही हो कि दाता हुकम जैतसी जी के समय जैसळगिर से निष्कासन पर जीसा हुकम जब हमें साथ लेकर कंधार पधारे थे तब वहां के शासक अमीर अली पठान को पोतिया (साफ़ा) पहना कर अपना धर्म भाई बनाया था। उसने भी सेवा में कोई कमी नहीं रखी थी। ऐसा कभी नहीं जताया कि वह किसी निष्कासित राजकुमार को आश्रय देकर अहसान कर रहा हो बल्कि सगे भाई की तरह रखा। हम सभी अमीर अली के उस शालीन व्यवहार, अपणायत, प्रीत की स्मृतियों को अपने हिये (हृदय) में बसाकर अपने देश लौट आए थे। जीसा के सहयोग हेतु अमीर अली ने कोई आठ सौ सैनिक भेजे थे। जीसा जैसळगिर के रावल बने तब उन सैनिकों को उनकी इच्छानुसार जैसळगिर में ही 'कन्धारी पाड़ा' में बसाया। उनके लिए राशन पानी जैसळगिर के राजमहलों से जाता रहा।''

''हां अध्धा, यह सब मैं जानती हूँ। इन्ही महलों में बड़ी होकर गई हूँ। आप कहना क्या चाहते हैं?''

''बाईसाराज, काल ने करवट ली और इस बार जीसा की तरह अमीर अली के दुर्भाग्य ने उसे सत्ताच्युत कर दिया। विपत्ति में इन्सान उसी को याद करता है जिससे कुछ अपेक्षा हो। अमीर अली जैसळगिर आया। जीसा ने आदर, मान-सम्मान, प्रतिष्ठा के साथ स्वागत सत्कार किया। सारी सुख सुविधाओं के साथ रहने की व्यवस्था की। अमीर अली के साथ पूरा कुनबा, नौकर, चाकर, सैनिक थे। इतने सारे लोग सुख सुविधा और राजसी वैभव से रहे इस हेतु जैसळगिर से उत्तर पूर्व में एक कोस दूर जैठवाई के मार्ग पर किशनघाट पर उनके रहने की व्यवस्था की। कोई कष्ट नहीं हो इसलिए मैं स्वयं व्यवस्थाएँ देख आता था। कभी कभी जीसा भी मिलने जाते। अमीर अली को कहते कि तुम अपने भाई के घर हो। स्वयं को कभी मेहमान मत समझना।''

एक दिन उसने जीसा को संदेश भेजा—''आज्ञा हो तो मेरी बेगम महारानी सा से मिलना चाहती है।''

जीसा ने संदेश भिजवाया—''अमीर अली तू मुझे भाई भी कहता है और बेगम को महारानी से मिलने हेतु आज्ञा भी मांगता है, इस तरह से हमें शर्मिंदा क्यों कर रहा है? क्या हमारी ओर से सेवा या मान सम्मान में कोई कमी रह गई है जिसकी ओर तुम ध्यान आकर्षित करना चाहते हो? दिन हो या रात, तुम्हारे और

बेगम के लिए जैसळगिर के राजप्रासादों के द्वार हर समय खुले हैं।''

अमीर अली ने वापस सन्देश भिजवाया—''हुकम, आपका छोटा भाई आपके रहम दिल और इस नेक व्यवहार के लिए उम्र भर शुक्रगुजार रहेगा। मैं तो आता ही रहता हूँ, फिर कभी आ जाऊँगा। आज घड़ी भर में बेगम महारानी सा के दर्शनों को आएँगी।''

आधी घड़ी भी नहीं बीती थी कि बेगम की डोलियाँ दुर्ग के प्रवेश द्वार पर पहुँच चुकी थी। सुरक्षा में लगे सभी सैनिकों तक संदेश पहुँच चुका था कि बेगम साहिबा को ससम्मान भीतर पहुँचने दिया जाए। इसलिए बिना किसी सुरक्षा जाँच के डोलियाँ प्रथम द्वार से प्रवेश करने लगी। द्वारपाल को कुछ वहम हुआ। एक तो बेगम के साथ जितनी डोलियाँ थीं अमीर अली के परिवार में उतनी महिलाएँ ही नहीं थीं। दूसरा किशनघाट से दुर्ग तक की दूरी काफ़ी होने से भीतर के लोग पर्दे में उकताने लगे थे इसलिए वे आपस में बात करने लगे थे कि इतनी देर हो गई, कहाँ तक पहुँचे? इस खुसुर-फुसुर में द्वारपाल ने जान लिया कि आवाज किसी स्त्री की बजाय पुरुष की थी। उसने तुरन्त एक डोला रोका और तलवार से पर्दा हटाया तो भेद खुल गया। उसने अगले द्वारपाल को चेताया लेकिन तब तक कुछ डोलियाँ दूसरे द्वार से भी आगे जा चुकी थीं। भेद खुलते ही सारे कंधारी सैनिक तलवारों के साथ डोलियों से बाहर आ गए।

कंधारी पाड़े के सैनिक यहाँ के चप्पे चप्पे के जानकार थे। उनसे मिली सूचनाओं से अमीर अली जानता था कि जैसळगिर में स्थायी सेना नहीं है। आवश्यकता होने पर गाँवों में समाचार करवाया जाता है, तब लोग अस्त्र शस्त्र लेकर पहुँचते हैं। उसने ऐसा दिन और समय चुना जिस दिन मैं भी अपने कुछ साथियों के साथ सुबह शिकार के लिए निकल चुका था। द्वारपालों के अलावा दुर्ग में कोई नहीं था।

दुर्ग में रणभेरी बजने लगी। जो जहाँ था उसने वहीं मोर्चा सम्भाला। चारों तरफ खबर फ़ैल गई कि अमीर अली ने विश्वासघात किया है। घरों में जिसके पास जो अस्त्र शस्त्र था लेकर लोग निकले। कन्धारी सैनिकों की संख्या देखकर महारानियाँ समझ गईं कि अब साके के सिवाय कोई उपाय नहीं। रावल लूणकरण जी अपनी खड्ग ले महल से निकले तो महारानियाँ कतारबद्ध खड़ी थीं। उन्होंने इतना ही कहा—''हुकम, शत्रु महलों के द्वार तक पहुँच गया है। अब जौहर की अग्नि जलाई जाए, इतना समय नहीं है। हम नहीं चाहतीं कि अमीर अली जैसा विश्वासघाती किसी को जीते जी स्पर्श भी करे। अतः कुछ क्षण हमारी मान मर्यादा की रक्षा में दें। हमारे सिर धड़ से अलग कर दें, फिर आप अपने प्राणों से प्यारे जैसळगिर की रक्षा के लिए आगे बढ़ें।'' सोचने, बोलने या दुःख प्रकट करने का समय किसी के पास नहीं था। बिजली की तरह रावल सा की तलवार हवा में कौंधी

और अगले ही पल एक तरफ रक्त की धार निकलते शीश रहित धड़ पड़े थे तो दूसरी तरफ धरती माँ की गोद में पुत्रियों के रक्त सने भाल थे।

रावल सा, उनके भाई, उनके पुत्र, दुर्ग में उपस्थित कामगार, प्रजा जन और चन्द सुरक्षा सैनिक व द्वारपाल उस दुष्ट अमीर अली व अन्य कंधारियों पर टूट पड़े परन्तु प्रशिक्षित सैनिकों के सामने प्रजा के अकुशल लोग कितनी देर टिकते? एक एक करके गिरते गए।

प्रभु कृपा से हम लोग शिकार के लिए अभी बहुत दूर नहीं पहुँचे थे। हमें रणभेरी की आवाज़ सुनाई दी। किसी अनिष्ट की आशंका से मैं साथियों सहित उसी समय लौट आया। दुर्ग के मुख्य द्वार पर रक्त और द्वारपाल का शव देखकर ही समझ गया कि कुछ अशुभ घट चुका है। तलवार लेकर हम सभी साथी महलों की तरफ दौड़ पड़े। जैसे जैसे आगे बढ़ते गए तलवारों की खनक की आवाजें सुनाई देने लगी। राह में स्थान स्थान पर रक्त और शव भरे पड़े थे। उन लोथड़ों से बचते हुए आगे बढ़े ही थे कि सामने ही जीसा लूणकरण जी का रक्त सना शीश पड़ा था। पास में पोतिया (साफ़ा) जिसे वे जैसळगिर की शान कहते थे धरा पर बिखरा पड़ा था और निकट ही हाथ में तलवार पकड़े उनका धड़। मेरी साँसें रुक गई। देह पसीने से भीग गई। कंठ सूख गया। धरा धूजती हुई लगी। हाथ से तलवार छूट गई और फिर कब आँखों से दिखना बन्द हुआ, मुझे कुछ ज्ञात नहीं। होश तब आया जब साथियों ने जल की बूँदें चेहरे पर डाली। साथियों ने ही समझाया कि कपूत (कायर पुत्र) की तरह तुम ही हार जाओगे तो रावल सा के शीश का प्रतिशोध कौन लेगा? जीसा का पोतिया उठाते हुए बोले—"इसके बदले सैकड़ों दुष्टों के सिर धड़ से अलग करके जैसळगिर के इस अपमान का मान कौन रखेगा?" परिणाम क्या होगा, ईश्वर जाने। परन्तु इस समय युद्ध जारी है और हमें भूखे शेरों की तरह उन पर टूट पड़ना हैं। मेरे सामने बड़ी बड़ी आँखों वाला जीसा का वह चेहरा जैसे स्थिर हो गया था। आँखों में रक्त उतर आया, कान ऐसे लग रहे थे जैसे तवे पर रख दिए हों, पूरी देह फड़कने लगी। हाथों ने तलवार उठाई, जीसा के साफ़े को चूमा और उन विश्वासघातियों पर हम सब टूट पड़े। घड़ी भर में दृश्य बदल गया। माँ दुर्गा और श्री कृष्ण की कृपा से दो सौ से अधिक कंधारियों को मार गिराया। दुष्ट अमीर अली को जीवित बन्दी बना लिया।

रणक्षेत्र में खेत रहे सभी वीर और वीरांगनाएं पूर्व में इस धरा के लिए प्राण न्यौछावर करने वाले अपने पूर्वजों से स्वर्ग में जा मिले। अपना रक्त बहाकर उन्होंने जैसळगिर का शीश नहीं झुकने दिया। एक बार फिर से जैसळगिर अनन्त विस्तीर्ण खुले आकाश में सिर उठाकर उसी स्वाभिमान, मान-सम्मान, प्रतिष्ठा के साथ खड़ा था। विश्वासघाती अमीर अली को कूड़िये (चमड़े से बना ढोल जैसा बर्तन) में बन्द

कर दुर्ग की दीवार पर दक्षिण दिशा में तोप से उड़ा दिया गया।

हिमालय जैसे दु:ख के पहाड़ का सारा लेखा जोखा भाई और बहन के सामने था। वीरता, सामर्थ्य और पराक्रम की दोनों में कोई कमी नहीं थी पर ऐसे समय में जब दुर्भाग्य अपना खेल खेल गया, स्वप्न में भी न सोचा जा सकने वाला अनर्थ घटित हो चुका, सब कुछ अग्नि में जलकर भस्म हो गया तब धैर्य ही सबसे बड़ा शस्त्र और शास्त्र था। राख में से तिनका तिनका चुन कर उसमें प्राण फूंक कर पुनर्जीवित करना था। भाई को दुखों का इतना अनुभव नहीं था परन्तु बहन को जीवन में पीड़ाओं की अग्नि ने तपा तपा कर इतना सख्त कर दिया था कि इस सुनामी में भी किसी प्रस्तर शिला की भाँति पीड़ा से असम्पृक्त होकर सामना कर सकती थी।

बारवां हुआ। सभी पुरुषों ने सिर से पेचकी (श्वेत वस्त्र) उतार कर पोतिया (साफ़ा) पहना। परिवार की सभी महिलाओं ने नीले या हरे रंग के सादे वस्त्र उतारकर लाल, पीले, गुलाबी हल्का गोटा या जरी लगे वस्त्र पहने। सूतक का समय निकलने पर जैसळगिर के रावल के रूप में भाई मालदेव का राजतिलक हुआ। समय ने घाव भरने शुरू किए। भाई मालदेव ने दरबार आना जाना शुरू किया। कई महीनों तक उमादे ने यहाँ रह कर काकोसा, काकीसा, भाई, भाभियों सभी को सम्बल देकर जोड़े रखा। चारों तरफ़ बिखरे परिवार के सदस्यों के शवों, मांस के लोथड़ों, रक्त से भरी गलियों से मन में उग आए अवसाद के घने जंगल से बाहर निकलने में सहायता की। दिलासा, संबल, सहानुभूति जहाँ जिसकी आवश्यकता हुई, देकर पूरे परिवार को पुन: उठ खड़ा होने को प्रेरित किया।

किसी का दु:ख कितना ही गहरा हो, नए दु:ख के दस्तक देने पर उस पूर्व के दु:ख की अनुभूति कम हो जाती है। ऐसा ही जैसळगिर के साथ हुआ। इस दुखद घटना के बाद उठ खड़े होने में शायद और भी अधिक समय लगता परन्तु तब तक जोधपुर के राव मालदेव राठौड़ ने पोकरण की राजधानी सातलमेर पर आक्रमण कर दिया। पोकरण जैसळगिर रियासत के अधीन भी था और वहां का राव जैतमाल गोइन्ददासोत रावल मालदेव का जंवाई भी। रावल मालदेव भी इस राजनैतिक उथल पुथल में व्यस्त हो गए। जैसळगिर विषाद और अवसाद की स्थिति से निकलकर सामान्य जीवन की तरफ बढ़ने लगा। उमादे को केलवा लौट जाने के लिए यह समय उचित लगा। उसने अध्धा रावल मालदेव से आज्ञा मांगी।

अध्धा के बोलने से पूर्व भतीज खेतसिंह बोले—''भुआसा, पहले भी कहा था और आज फिर से दोहरा रहा हूँ कि आप हां कर दें तो राव मालदेव जी तो क्या देवराज इन्द्र को भी लाकर आपके चरणों में पटक दूँ। उनकी स्थिति ऐसी कर दूं कि

वह महलों से आपको क्या निकालें, उन्हें आपसे स्वीकृति लेकर जोधपुर के महलों में प्रवेश लेना पड़ेगा। पोकरण उनसे भिड़ने जा रहा हूँ। आप आज्ञा दें तो उस नव कोटि मारवाड़ के धणी को बंदी बनाकर ले आऊँ। आप इसे मेरा अहंकार नहीं समझें। भगवान श्रीकृष्ण की सौगन्ध खाकर कहता हूँ कि अगर ऐसा नहीं कर सका तो जैसळगिर को अपना मुँह नहीं दिखाऊँगा।''

''लाडेसर (प्रिय) खेतसिंह, भुआसा के प्रति आपके मन में जो प्रेम हैं, मैं उसका सम्मान करती हूँ लेकिन यूँ बलात रावजी को पाकर भी मैं क्या करूंगी? जहाँ तक महलों की बात है, उन्होंने छुड़ाए नहीं, मैंने छोड़े हैं।''

''लेकिन भुआसा, इससे आपने क्या पाया?''

''महलों को पाने का प्रयास था भी नहीं। मैंने तो पहली रात ही सब कुछ खो दिया था। बस एक धुंधली सी आशा की लकीर मन में फिर भी थी कि कभी उनको अपने किए पर पछतावा होगा और ससम्मान मुझे अपने साथ ले जाएंगे लेकिन यह मेरा भ्रम निकला।''

''तब फिर ऐसे निष्ठुर के लिए महल छोड़ने का क्या फायदा?''

''नफ़ा नुकसान व्यवसाय या राजनीति में देखा जाता है। हृदय के निर्णय इन सबसे परे होते हैं। मेरी लड़ाई तो सब कुछ खोने के बाद बस स्वाभिमान से रहने के लिए है।''

''आप आशा की जिस धुंधली लकीर का जिक्र कर रही हैं, यदि आप जोधपुर के महलों में रहते तो उस खोये हुए को पाने की सम्भवना अधिक नहीं थी?''

''ऐसा होता तो क्या होता, मैं नहीं जानती। परन्तु जोधपुर में एक बार फिर से उन्हें पाने के लिए आसाणंद जी के आग्रह पर अपने स्वाभिमान को मारकर प्रयास किया था। उन्हें फिर से एक अवसर दिया था लेकिन उन्हें शायद मैं नहीं, मेरी देह ही चाहिए थी। तभी तो चंद घड़ियों की प्रतीक्षा में मैं फिर से परास्त हुई और भारमली ने विजय मुकुट धारण किया। किसी इंसान का बुरे से अच्छा बन जाना, उसके नशे की आदत का परित्याग, आसानी से तो नहीं होता और अगर कभी अपवाद के रूप में सम्भव होता हो तब भी आपकी यह भुआसा उतनी भाग्यशाली नहीं थी।

जिस तरह से वे चाहते थे, उस तरह से रावजी और महलों को पाना मुझे स्वीकार नहीं था। अब जीवन में कुछ पाने की इच्छा भी नहीं है क्योंकि मैं स्वयं के प्रति भी इतनी निष्ठुर हो चुकी हूँ कि किसी और को देने के लिए मेरे पास कुछ भी नहीं है। कुछ मिल भी जाए तो उसे जोड़े रखने के लिए, उन सम्बन्धों को बनाए रखने के लिए, उन्हें नेह (प्रेम) से सींचना पड़ता है। मेरा हृदय जड़ हो गया है, सूख गया है, पाषाण हो गया है। अब उससे स्नेहसिक्त रस नहीं झरता, प्रेम के स्वर नहीं

फूटते, गहरे तक उदासियाँ ही उदासियाँ पसरी हैं। इसलिए बेहतर है कि मुझे जाने दें। आप शीघ्र विजयी होकर आओ, मेरी आशीष आपके साथ है।''

अब बहस का कोई अर्थ नहीं था। कुँवर खेतसिंह और युवराज हरराज ने रावल मालदेव और भुआसा उमादे को पाँव धोक (चरण स्पर्श) दी। आशीर्वाद लेकर सेना सहित पोकरण को प्रस्थान कर गए।

उमादे ने भाई, भाभीसा, काकीसा, नौकर, चाकर सभी से आज्ञा लेकर केलवा के लिए प्रस्थान किया। पूरी राह सोचती रही कि हम उम्र भर सोचने, विचारने, खोजने के उपरान्त कुछ भी तो नहीं जान पाते हैं। जीवन, उसके सुख, दुःख, दुखों के कारण कुछ भी तो नहीं समझ पाते। बस बहती हुई एक सरिता है, जिसमें चाहते हुए या न चाहते हुए बहते जाना है। कभी गहरे में डूबते हुए साँस अटकती है तो कभी पल भर के लिए तट पर सुकून की साँस ले लेते हैं।

खेत सिंह, मालदेव का आमना-सामना और भारमली को पुनः पाने के प्रयास

भांगेसर, जोधपुर, फलौदी के बाद राव मालदेव की सेना ने पोकरण की राजधानी सातलमेर की घेरेबन्दी की और विजय कर लिया। सातलमेर का किला गिराकर पोकरण में नए गढ़ (किले) का निर्माण करवाया। पराजित जैसळगिर का जंवाई राव जैतमाल गोइन्ददासोत सहायता हेतु जैसळगिर पहुँचा।

जैसळगिर से कुँवर खेतसिंह के नेतृत्त्व में युवराज हरराज व विशाल भाटी सेना पोकरण फ़तह को निकली। मालानी से रावत भीमसिंह अपने पुत्र नरा के साथ महेचों की अश्वारोही सेना लेकर सहायता को पहुँचे और पोकरण-फलौदी विजय कर लिया गया।

इस पराजय का प्रतिशोध लेने के लिए राव मालदेव ने सीधे जैसळगिर से टकराव की बजाय कूटनीति से काम लिया। उन्होंने पहले जैसळगिर को सहयोग करने वाले मालानी के रावत भीम सिंह से दो दो हाथ करना उचित समझा। महेवे का राव मेघराज हापा जो वर्षों से मालानी के रावत भीमसिंह से बैर (शत्रुता) पाले था, आज अवसर मिलते ही उसने इस कार्य में रावजी का सहयोग किया।

मालानी में राव मालदेव की सेना का वीरता से सामना करते हुए अचानक रावत भीम सिंह महेचा शत्रु सेना के सेनापति पृथ्वीराज की बरछी से ऐसा घायल हुआ की उसे युद्ध क्षेत्र छोड़ना पड़ा। संख्या बल में जोधपुर की सेना अधिक थी ही और इस अप्रत्याशित घटना से निराश होकर महेचों ने शस्त्र डाल दिए। मालानी पर अधिकार होने के बाद राव मालदेव की उसी सेना ने कोटड़ा पर आक्रमण कर अधिकार कर लिया परन्तु बाघजी उससे पूर्व भारमली व आसाणंद को सुरक्षित स्थान पर छोड़ आए थे। ऐसे में रावजी को भारमली की बजाय सिर्फ़ कोटड़ा के कोट (किले) से ही संतुष्टि करनी पड़ी। उन्होंने भैरवदास को कोटड़ा का राणा नियुक्त किया।

घायल रावत भीम सिंह यहाँ से सीधा जैसळगिर अपने पोते (रावल मालदेव) के पास पहुँचा। रावल मालदेव ने उसी समय कुँवर खेतसिंह के नेतृत्त्व में युवराज

हरराज व भाटी सेना को मालानी भेजा। भाटी सेना ने शीघ्र ही राव मालदेव के थानेदारों व सेना को पराजित कर भागने को विवश कर दिया। उनके डेरे लूट लिए और रावत भीम सिंह को पुनः मालानी का रावत नियुक्त कर दिया।

खेतसिंह सेना सहित कोटड़ा पहुँचे लेकिन युद्ध होता उससे पूर्व ही समाचार मिला कि जैसळगिर के रावल मालदेव नहीं रहे। अतः भाटी सेना कोटड़ा रुकने की बजाय सीधे जैसळगिर पहुँची। युवराज हरराज का राजतिलक किया और खेतसिंह फिर से अपने काम में जुट गया। इस बार वे रावल हरराज के पुत्र युवराज भीमसिंह को अपने साथ ले गए। कोटड़ियों ने बहुत संघर्ष किया परन्तु खेतसिंह की वीरता, सामर्थ्य और कूटनीति के सामने उनकी सेना टिक नहीं पाई। कोटड़ा जैसळगिर के अधीन हो गया। राणा भैरवदास के स्थान पर अपने मित्र बाघजी को राणा नियुक्त किया।

बाघजी कोटड़ा के राणा बन गए और भारमली उनके हृदय की राणी। एक दासी जिसके भाग्य में न जाने कितने लोगों की अंकशायिनी बनना लिखा होता है उसे बाघजी जैसा पति मिल गया। अब किसी का सामर्थ्य नहीं था कि उसे एक नज़र भर कर देख भी ले। भारमली सात पर्दों से बाहर नहीं निकलती। उसका सौन्दर्य, यौवन, प्रेम, समर्पण सब कुछ कोटड़ा के राणा बाघजी कोटड़िया के लिए। उसकी आँखें भर आई। भारमली के लिए इतिहास ही नहीं युग बदल गया था। सदियों से चली आ रही व्यवस्था बदल गई थी।

उसे लुद्रवा में कही चंडू माराज की बात स्मरण हो आई कि इस जातक के जीवन में महलों का सुख, किसी वीर शासक से विवाह और दाम्पत्य सुख तो ऐसा कि जैसे शिव पार्वती की जोड़ी हो।

आज भारमली को विश्वास हुआ कि कोई है जो इस जगत के सभी समर्थ राजा, महाराजा, ठाकुर, जागीरदार, पण्डित, सेठ से अधिक सामर्थ्यशाली है। हमारे ललाट पर उस अदीठ द्वारा अमिट स्याही से लिखे पर पुनर्लेखन का सामर्थ्य विश्व के किसी भी व्यक्ति में नहीं है।

आसाणंद को भेजना तो व्यर्थ गया ही था परन्तु भाग्य की विडम्बना देखिए कि मारवाड़ का धणी युद्ध द्वारा भी भारमली को प्राप्त नहीं कर सका। यह प्रेम भी कितना अजीब होता है! अनेकों महारानियाँ जिसके लिए पलकें बिछाए प्रतीक्षा कर रही थीं, वह नव कोटि का धणी दासी के प्रेम में मरा जा रहा था और इधर वह दासी बाघजी के प्रेम में स्वयं को न्योछावर कर सम्पूर्ण जगत को विस्मृत कर चुकी थी।

जोधपुर महल और देहान्त

राव मालदेव, उनकी तलवार और राठौड़ी सेना की वीरता और शौर्य में आज भी कोई कमी नहीं थी। सब कुछ होते हुए भी जब दुर्भाग्य डस लेता है तो निर्णय बड़े अप्रत्याशित होते हैं। अफगानों की शक्ति क्षीण होती देख राव मालदेव ने भी भांगेसर (सोजत) के पश्चात जोधपुर पुनः प्राप्त किया। फिर सातलमेर (पोकरण) मालानी (बाड़मेर), कोटड़ा, अधिकृत किए लेकिन ये तीनों जैसळगिर के सहयोग से फिर से मुक्त हो गए। जैसळगिर विजय को गयी रावजी की सेना को लूटपाट और विध्वंस से ही संतुष्ट होना पड़ा। वह दुर्ग में अपनी उपस्थिति दर्ज नहीं करा गाई। अजमेर पर इस समय हाजी खान का अधिकार था। अफगानों की शक्ति क्षीण होते देख हुमायूँ भी पुनः हिन्दुस्तान लौट आया था लेकिन वह अधिक समय जीवित नहीं रहा। उसके पश्चात अकबर ने नागौर, अजमेर, जैतारण और मेड़ता पर अधिकार कर लिया।

रात भर की उदासी ओढ़े राव मालदेव प्रभात होते ही मेहरानगढ़ दुर्ग में अपने महल के पूर्वी झरोखे में जाकर बैठ गए ताकि सूर्य रश्मियों से कुछ तेज, कुछ उत्साह, कुछ उमंग अपने भीतर भर सकें। प्रभात की शीतल पवन अपने साथ नीचे से विभिन्न प्रजातियों के पुष्पों की महक ले आई। घ्राणेंद्रियों ने यह उत्तेजना रोम रोम तक पहुँचाई तो मन थोड़ा प्रफुल्लित हुआ। आँगन के चमचमाते श्वेत संगमरमर में पूर्व दिशा में उगते ताम्बई गोले का सुन्दर प्रतिबिम्ब उभर आया लेकिन उस गोले के निकट ही मुरझाया हुआ, उदास, आँखों के चारों ओर घिर आए काले घेरों और सिर व आँखों की भोंहों पर उग आए कुछ श्वेत केशों वाला चेहरा भी उभरने लगा।

उन्होंने स्वयं से ही प्रश्न किया, शौर्य के साथ जिसके सौन्दर्य की भी प्रशंसा होती थी, क्या ये वही मालदेव है? अभी तो पचास ही पार किया है फिर भी कुछ श्वेत केश, झुर्रियाँ और काले घेरे? जवाब की प्रतीक्षा किए बिना वे वहाँ से भाग

जाना चाहते थे परन्तु स्वयं से भागकर जाएंगे कहाँ? इस प्रश्न ने उन्हें झरोखे पर ही बैठा रहने को विवश किया परन्तु वे संगमरमर में उस चेहरे को और अधिक नहीं देख पाए। उन्होंने झरोखे से बाहर की तरफ़ नीचे देखा। उन्हें अपने पिताजी राव गांगा का झरोखे से गिरना स्मरण हो आया। वे अधिक देर नीचे भी नहीं देख पाए। मन के भीतर एक रिक्तता पसर गई। तो क्या इतिहास अपने को दोहराएगा? नहीं नहीं...ऐसा नहीं हो सकता।

उन्होंने चारों तरफ़ देखा। कुँवर राम या चन्द्रसेन तो यहाँ नहीं हैं? केवल सुरक्षा प्रहरी ही वहाँ मुस्तैद खड़ा था। यह देख आश्वस्त हुए। हालाँकि राव मालदेव मन में स्वयं से ही प्रश्न कर रहे थे और उत्तर दे रहे थे परन्तु अन्तिम वाक्य अनायास इतना तेज बोल गए कि निकट खड़ा कोई भी व्यक्ति सुन सकता था।

''खम्माघणी। अन्नदाता हुकम, किससे बातें कर रहे है?''

''ओह्ह...आसाणंद जी! आप कब आए?''

''बस, अभी चला आ रहा हूँ हुकम। बहुत दिन हो गए। सोचा हुकम के किसी काम तो नहीं आ सका पर दर्शन तो कर आऊँ।''

''सब जोग संजोग की बातें है बारहठ जी। जब समय ख़राब आता है तो कूकरिये (कुत्ते के बच्चे) भी हाथियों की पंचायती करते हैं। राजपूताना ही नहीं हिन्दुस्तान में कौन सा राजा, महाराजा या बादशाह था जो नव कोटि के धणी मालदेव से कुछ छीनने का सोचता था? हर कोई इस चिन्ता में निमग्न रहता था कि मालदेव उससे कुछ छीन नहीं ले। समय बदला तो वही शेरशाह जो कभी हाथ जोड़कर मुझसे सहायता माँगता था, मेरे ही दुर्ग का स्वामी बन बैठा और खेतसिंह का चेला बाघा भारमली का स्वामी बन बैठा।''

''सही फ़रमाया हुकम। तभी तो कहा है:

तुलसी नर का क्या बड़ा, समय बड़ा बलवान
काबा लूटी गोपियाँ, वही अर्जुन वही बाण॥

श्री कृष्ण की मानुषी देह के देहावसान के पश्चात अनेक यदुवंशियों और गोपियों के साथ अर्जुन जब प्रभास क्षेत्र से वापस हस्तिनापुर आ रहे थे तो काबा (वनवासी जाति) लोगों ने गोपियों को लूट लिया। लूटा भी क्या, कहते हैं अर्जुन जिनमें अब गाण्डीव उठाने का सामर्थ्य नहीं रहा था, उनको वे स्वयं ही छोड़ कर जाने लगीं। सब काल की माया है हुकम। परन्तु यह काल भी बदलेगा। आप चिन्ता न करें। राव मालदेव की तलवार की धार मंद नहीं पड़ेगी।''

''बारहठ जी, आपके मुँह में घी गुड़। माँ चामुण्डा की कृपा से सब ठीक होगा। गांगा ने जिस राज्य को खोया था, मालदेव ने अपने सामर्थ्य से उसे पुनः हासिल किया था। अब भी किसी को छोड़ूँगा नहीं। अमल मंगवाऊं?''

"नहीं नहीं हुकम, रहने दें। आपकी तबीयत ठीक नहीं लग रही। अभी आराम फरमाएं। वह तो फिर कभी ले लेंगे। अभी कुछ दिन यहीं, अन्नदाता की सेवा में हूँ।"

फिर भी रावजी ने दास को आवाज़ देकर अमल मंगवाया। आसाणंद जी को यह कहते हुए दिया कि मिनख जूण (मनुष्य जीवन) का क्या भरोसा?

अमल लेकर आसाणंद जी जाने को उद्यत हुए तो रावजी की पलकों की कोर से दो बूंदें चू पड़ीं। पाषाण हिये वाले रावजी के आँसू? जो व्यक्ति सुमेलगिर्री के युद्ध के समय ठाकुरों के विद्रोह और शेरशाह से पराजय के पश्चात भी ऐसा नहीं टूटा था, वह आज इस हताशा में? आसाणंद जी समझ गए कि रावजी की मन: स्थिति सामान्य नहीं है। वे गहरे सदमे में हैं। इस समय ऐसे अवसाद से उनका निकलना आवश्यक है। वे अतिथि कक्ष में गए और कुँवर चन्द्रसेन को बुलावा भेजा। कुँवर के आने पर समझाया कि "रावजी का पूरा ख्याल रखें, स्थिति गंभीर है। हल्के में नहीं लें। वे जब तक पूर्ण स्वस्थ नहीं हो जाते मैं यहीं हूँ। जब भी आवश्यकता हो मुझे याद कर लें, मैं हाज़िर हो जाऊँगा।"

उधर झरोखे में ही अकेले बैठे रावजी के मन में घिर आई नकारात्मकता ने फिर सिर उठाया। हाँ, यह सच है कि जोधपुर नगर और सोजत से शासन प्रारम्भ करने वाला राव मालदेव नव कोटि मारवाड़ का धणी बन गया। लेकिन हुआ क्या? फलौदी, भाद्राजून, जालौर और सांचोर को छोड़ दिया जाए तो जहाँ से शुरू किया था आज मैं फिर से उसी स्थान पर आकर खड़ा हो गया!

राव गांगा का पहले राज्य गया और फिर इस झरोखे से स्वयं। मेरा भी राज्य तो गया। तो क्या अब वैसे ही मैं भी इस झरोखे से? मन में ऐसा भय पसर गया कि पसीने से भीगे, बेचैनी से भरे, थरथराते हुए रावजी झरोखे से उठे और लगभग भागते हुए महल के भीतर जाकर पलंग पर धम्म हो गए।

देह तो महल में थी परन्तु मन उमादे के पास जा पहुँचा। वह कहीं मेरा भवितव्य तो नहीं जानती थी? उसने कितने विश्वास के साथ कहा था कि "महाराज आपकी असीम राज्य की चाहत, सब राज्यों को अपने अधीन करने की चाहत, सृष्टि के सम्पूर्ण स्त्री सौन्दर्य को भोग लेने का मोह एक दिन सब कुछ छीन लेगा। जिस स्त्री सौन्दर्य को, जिस यौवन को, जिस कमनीयता को पाने के लिए आप अग्नि के समक्ष वचन देकर मुझे या अन्य महारानियों को ले आए, जिन्होंने आपको समर्पित कर स्वयं को आप पर आश्रित कर लिया उस समर्पण की उपेक्षा अन्याय है, अधर्म है, पाप है। यह मानुषी देह भोगों से न कभी तृप्त हुई है, न होगी। अतृप्त रहना देह का स्वभाव है। यह स्वभाव, ये आदतें, यह अहंकार यूँ ही रहा तो एक दिन आपके पास न यह राज्य रहेगा, न ही इन बाजुओं में आलिंगनबद्ध करने हेतु कोई स्त्री, न सुख के

अन्य साधन।''

रावजी की पनीली आँखों के सामने उमादे का बिम्ब और विचार विस्तार लेते गए। उसी ने तो कहा था—''महाराज समय सदैव एक सा नहीं रहता। मानव जब सुख के अतिरेक में होता है, आनन्द में होता है, चारों तरफ सब कुछ उसके अनुकूल होता है तब उसके लिए जो समर्पित होते हैं, जो अपने हैं, वे उसे बहुत क्षुद्र लगते हैं। वह स्वयं को विराट समझने लगता है। तब वह उन अपनों का आदर नहीं करता। उनकी आवश्यकता भी अनुभव नहीं करता। उसे स्मरण रहते हैं सिर्फ सत्ता, धन और भोग। मन में हर समय चलता है स्वयं की संतुष्टि, तृप्ति और सुख का विचार। उस समय दूसरे का कहा तो क्या, अपनी अंतरात्मा को भी अनसुना कर देता है। यही वह समय होता है जो उस इन्सान के भवितव्य की नींव गढ़ रहा होता है। अपने कर्मों की लेखनी से इंसान स्वयं का दुर्भाग्य लिख रहा होता है। वह जानते हुए भी उस लिखे जा रहे को देखना नहीं चाहता, पढ़ना नहीं चाहता। इस अनदेखी का परिणाम ही होता है कि एक दिन उसकी आँखें भीगी होती हैं। तब वह चाहता है कि कोई अपना हो जो अपने हाथों से उन आँसुओं को पोंछ दे, अपने अधरों से उस गीले चेहरे को चूम ले, अपनी बाथ में भरते हुए कहे कि– 'चिन्ता मत करो मैं हूँ ना'। लेकिन तब वहाँ कोई नहीं होता है। बाहर और भीतर बस एक खालीपन के सिवाय कुछ नहीं होता। जो अपना था, वर्षों के इंतजार में उसका अपनापन रीत चुका होता है। उसके अहंकार को तुष्ट करने वाले, उसकी देह को तृप्त करने वाले, मदिरा से भरे प्याले सौंपने वाले, जीवन को सुखों से भर देने का दावा करने वाले सब, उस इंसान के जीवन से निकल फिर किसी अन्य सुखी इंसान के यहाँ दुःख की कहानी लिखने के लिए निकल चुके होते हैं। उस समय वह अकेला होता है, निरा अकेला। पीड़ा से तड़पता हुआ।

राव मालदेव दिन भर पलंग पर पड़े रहे। मन भटकता रहा। साँझ हुई तो बाहर भी और रावजी के भीतर भी अँधेरा घिर आया। दिन भर उमादे साथ थी तो रात होते ही भारमली की याद आने लगी। रावजी ने दोनों को पाना चाहा पर भाग्य ने दोनों ही छीन ली। कई दिनों से गवरी की बेटी चिरमी भी नहीं आ रही है। उसकी रातें युवराज चन्द्रसेन के महल में बीतने लगी हैं। यह ज्ञात होते ही रावजी को समझ आने लगा कि लोग क्यों उगते सूरज को अर्ध्य देते हैं? कैसे सब कुछ मुट्ठी में भरी रेत की तरह फिसल जाता है? कैसे काल सब कुछ हवा के साथ उड़ाकर ले जाता है और हम मात्र दृष्टा बने हुए उसे देखने को विवश होते हैं।

जब यह बात महारानी स्वरूपदे के ध्यान में आई तो उन्होंने चिरमी को डांटा। चन्द्रसेन को भी समझाया कि ''कुछ तो धीरज रख, बुद्धि से काम ले, अनेक किस्से हुए हैं जब 'युवराज से महाराज' बनने के बीच की दूरी समाप्त ही नहीं हुई। दूर क्यों जाता है, घर में ही देख ले, वीरम बाघावत युवराज थे और राव बने उनसे कनिष्ठ तेरे

दादोसा गांगा।'' इस समझाने का ही असर था कि आज अंधकार घिरते ही चिरमी रावजी के महल में थी।

चिरमी दारू के प्याले दिए जा रही है और रावजी गटकते जा रहे हैं। बीतते जा रहे थे फिर भी थे तो मारवाड़ के महाराज। आज भी उनकी कृपा चिरमी का जीवन बदल सकती है इसलिए दारू के साथ उसने स्वयं को परोसने का भी बहुत प्रयास किया। लेकिन न जाने क्यों आज रावजी का मन कहे जा रहा था कि इस देह की तृप्ति तो उमादे या भारमली से ही सम्भव है। पनीली आँखों के साथ भाग्य को कोसते हुए अधरों पर अस्फुट स्वर तैरने लगे, ''अब नव कोटि मारवाड़ के धणी को जीवन पर्यन्त अतृप्त ही रहना है।'' फिर अकारण ठहाका लगाकर हँसने लगते—''कौनसे नव कोटि? अब न तो वे नौ कोट (दुर्ग) हैं, न उमादे है और न भारमली। अब कैसे रावजी? कैसा मारवाड़ का धणी? ऐ मालदेव अब तो तू मात्र एक अतृप्त देह है जो कभी तृप्त नहीं होगी, कभी सुखी नहीं होगी, कभी आनन्दित नहीं होगी।''

चिरमी यह सब सुन रही थी। पिछले कई दिनों से उसे भी पुरुष देह की आदत हो गई थी। अब उसके लिए भी इस नशे से विरक्ति सम्भव नहीं थी। उन्मत्त हुई चिरमी के लिए अब और प्रतीक्षा सम्भव नहीं थी। उसने रावजी को आलिंगनबद्ध करते हुए उनके अधरों पर अधर रख दिए लेकिन ये क्या?

रावजी बिना किसी प्रतिक्रिया के, मुश्किल से पचारा रोर की चिरमी के भार से ही पलंग पर लुढ़क गए। बोलना तो उनका पहले ही बन्द हो चुका था। ऊपर लुढ़की चिरमी ने अनुभव किया रावजी की पूरी देह ऐसे तप रही है जैसे इतनी देर से भट्टी में रखी हो। पलंग पर चित्त पड़े रावजी, तपती देह, मुँह से स्वर नहीं निकलना, स्त्री देह से विरक्त। चिरमी समझ गई सब कुछ सामान्य नहीं है। वह रावजी व स्वयं के वस्त्र ठीक कर भागती हुई महारानी स्वरूपदे के महल में गई।

कुछ ही पलों में महारानी स्वरूपदे व युवराज चन्द्रसेन रावजी के महल में पहुँच गए। राजवैद्य को बुलाया गया। वे आए। चिरमी से सारे लक्षण पूछे, पी गई मदिरा की मात्रा पूछी, कुछ दवा दी। वैद्य जी को पक्षाघात जैसा कुछ लग रहा था फिर भी सुबह तक प्रतीक्षा करने को कहा ताकि मदिरा का नशा उतरने पर सही मर्ज जाना जा सके। निकट के कक्ष में राजवैद्य प्रतीक्षा करते रहे। वैद्य जी के कक्ष में ही आसाणंद जी भी आकर बैठे। रावजी के महल में महारानी स्वरुपदे, युवराज और चिरमी प्रतीक्षारत थे। परन्तु प्रभात की किरण देखे बिना वि.सं.1619 कार्तिक सुदी द्वादशी (1562 ई.) को महारानी उमादे और भारमली की यादें अपने साथ लिए, जीवन भर की अतृप्ति और व्याकुलता को साथ लिए, चल दिए। शौर्य के प्रतीक वीर मालदेव की देह को शायद अब किसी की प्रतीक्षा नहीं थी। वह देह धरा पर इस मुद्रा में थी जैसे तृप्त, शान्त, असीम आनन्द से परिपूर्ण हो।

केलवा से अन्तिम यात्रा

साँझ का समय। उमादे मन की थकान से उबरने के लिए अपने छोटे से उपवन में आ बैठी ताकि खिलते हुए पुष्पों से उत्साह पा सके, सूर्य के प्रकाश से ऊर्जा पा सके, पवन की थपकियों से उमंग से भर सके। हमेशा की तरह केलवा के निकट अरावली के पहाड़ों पर कुछ देर विश्राम करने के पश्चात् गगन में बिखरे मनोहारी सिन्दूरी रंग को समेटते हुए देव आदित्य पलायन कर गए। चारों तरफ घिर आया अँधेरा सिन्दूरी रंग के उत्साह, ऊर्जा, जीवन्तता को निगलने लगा। धीरे धीरे बोझिल अँधेरी रात न सिर्फ धरा पर बल्कि दिल में भी उतरने लगी। उमादे सोचने लगी- पलायन, विस्थापन, छोड़कर चले जाना कितना दर्दनाक होता है...सूरज, चाँद, तारे, इंसान सभी को जहाँ होना चाहिए, वहाँ न रहकर दूसरी जगह जाना कितना दुखदायी होता है? किसी एक ठिकाने पर टिकना जिनके लिए सम्भव नहीं, जिन्हें एक जगह ठहरना विवशता लगती है वे आसमान, धरती, इंसान किसी से भी जुड़ते ही क्यों हैं? आज ही नहीं, वर्षों से वसुधा के तमस के आगोश में जाते ही उमादे इन प्रश्नों के साथ अपने जीवन में घिर आए स्थायी अँधेरे के सागर में डूबने लगती। इस उदासी से निकलने का प्रयास भी करती पर आखिर में हर बार महाभारत के अर्जुन की तरह कोई राह न पाकर जीवन के कुरुक्षेत्र में घुटने टेक, सिर पकड़ बैठ जाती। वह लड़े भी तो किससे? मारवाड़ के धणी से दो दो हाथ कर लेने को तो जीसा हुकम और भतीज खेतसिंह ने उससे कितनी ही बार पूछा था परन्तु अपनों को ही पराजित कर बाँधे हुए विजय के सेहरे ने जगत में किसको खुशियाँ दी है? वह भी मेरे अपने पति परमेश्वर, जिन्हें अग्नि के समक्ष वचन दिए थे कि आपके दु:ख में, सुख में इस जन्म ही नहीं सात जन्मों तक साथ दूँगी। उन्हीं के दु:ख का कारण मैं बनूँ? वे कैसे है यह उनका धरम-करम जाने पर वे मेरे चरणों में झुकें, यह मेरे ही दिए वचनों का, मेरी कुल परम्परा का अपमान है। सारे जगत के दुखों के बोझ तले दब जाऊँ, तब भी उनके अहित का कैसे सोचूँ? हे भगवान! मेरे इस निष्पाप मन में ऐसा पाप जिस दिन आए उससे पूर्व मेरे प्राण हर लेना। मैं स्वार्थ में ऐसी अधम कैसे हो सकती हूँ? अँधेरे

में हाथ पैर मारते हुए, तड़पते हुए बाहर निकलने के प्रयास में उसे इतना ही समझ आया कि अपनों को पराजित करो या उनसे पराजित हो जाओ दोनों ही एक समान कष्टकारी हैं। जीवन की खुशियाँ, उत्साह, उमंग, मुस्कराहटें, दोनों ही परिस्थितियों में छिन जाते हैं। जीवन की इस कटुता से हमेशा की तरह एक बार फिर उसकी जिह्वा पर कड़वाहट घुल आई। नासिका अनेक प्रयासों के बाद भी उपवन में लगे पुष्पों की महक को आत्मसात नहीं कर पा रही थी। पुष्पगंध की बजाय आसुरी वृत्ति के मानवों द्वारा फैलाए कीचड़ की दुर्गन्ध रोम रोम में भर गई। कुछ देर इस अकेलेपन को भुलाने के लिए उमादे संध्या कालीन पूजा के लिए उठी। उसे अपने पर हँसी आई। कैसी और किसकी प्रार्थना? क्या सच में मैं प्रभु आराधना के लिए उठी हूँ?

पूजा करते करते उमादे का व्यथित मन फिर से उसे अतीत में ले गया। ''कहीं मैंने जोधपुर के महल छोड़कर भूल तो नहीं की? केलवा के लिए प्रस्थान से पूर्व खेतसिंह का कहना उचित तो नहीं था कि आप आशा की जिस धुंधली लकीर का जिक्र कर रही हैं, क्या आप जोधपुर के महलों में रहते तो उस खोये हुए को पाने की संभावना अधिक नहीं थी? रावजी इतने निर्मोही कैसे हो सकते हैं? क्या उन्हें कभी भी मेरी याद नहीं आती होगी? अपने अहंकार को त्याग कर एक बार सिर्फ़ एक बार अपनी उमा को पुकारते तो सही। माना कि मैंने उनके आचरण के कारण उन्हें देह सुख नहीं दिया लेकिन क्या पति पत्नी के सम्बन्ध सिर्फ़ देह सुख तक ही सीमित होते हैं? मन, बुद्धि, आत्मा सिर्फ़ सैद्धांतिक बातें हैं? व्यवहार में उनका कोई महत्त्व नहीं? दाम्पत्य सम्बन्ध लाख की चूड़ी की तरह थोड़े ही चटका दिए जाते हैं!

मैं इतना कुछ आज क्यों सोच रही हूँ? पृथक रहने का निर्णय तो मेरा था, रावजी का नहीं। फिर क्यों मैं उन्हें दोषी ठहरा रही हूँ? वैसे भी इतने दूर बैठे रावजी इन प्रश्नों के उत्तर कैसे देंगे? स्वयं से ही किए जा रहे इस विमर्श के मध्य दीपक कब मंगल हो गया पता ही नहीं चला। पूजा अधूरी ही रह गई।

मेरी चिंताएँ, मेरे कष्ट, मेरा अवसाद अपनी जगह है, आराध्य की पूजा अधूरी कैसे छोड़ सकती हूँ? वह उठी, फिर से दीपक जलाया, पूजा की। दासी भोजन ले आई थी पर आज मन इतना उदास और खिन्न था कि थाल यूँ का यूँ लौटा दिया। सदैव की तरह करवटें बदलने को लेट गई। चारों प्रहर बीत गए पर नींद बैरन (शत्रु) हो गई।

नींद से दूरी बने हुए आज तीसरा दिन था। उमादे को समझ नहीं आ रहा था कि हो क्या रहा है? अकारण न नींद आती है न भूख लगती है, काळजे (हृदय) में जलन, आँखों में सूनापन और मन में उदासी रहती है।

सुबह दासी ने आकर पूछा—''हुकम, आज पूनम का व्रत रखेंगे या भोजन बनाऊँ?''

"हम्म...आज पूनम है? कार्तिकी पूनम?"

"हुकम।"

उमादे को ध्यान आया उसके तो तीन दिन से व्रत ही हैं। देह में पलंग से उठने जितनी भी ऊर्जा नहीं। लेटे लेटे ही उत्तर दिया—"हाँ, मेरे व्रत हैं।"

मन तो बहुत था कि कार्तिकी पूनम है उठकर नहा ले और पूजा पाठ कर ले, पर देह इतनी दुर्बल हो गई थी कि चाहते हुए भी उठ नहीं पाई। दासी को आवाज़ दी। "चल, थोड़ा सा सहारा देकर मुझे बाहर बाग़ तक ले चल। कुछ देर वहाँ बैठूँगी तो शायद मन ठीक हो जाए। फिर स्नान व पूजा कर पाऊँ।"

दासी के सहारे बाहर आई तो सामने सिर पर पेचकी (श्वेत वस्त्र लपेटे) बांधे एक अधेड़ ने कुँवर राम के अतिथि कक्ष में प्रवेश किया।

उमादे थरथर काँपने लगी। अब क्या हुआ? कौन सी विपत्ति बाकी रह गई थी? अधेड़ के अधोवस्त्र तेवटा नहीं धोती है यानि इस बार जोधपुर से कोई बुरा समाचार आया है। तो क्या रावजी...अगले ही पल थू थू किया, हे भगवान! मेरी अभागी जीभ को लकवा मार जाए जिसने ऐसा बोला। रावजी की उम्र हजारी हो, उन्हें कुछ नहीं हुआ हो। जोधपुर के राजमहलों में उनसे बड़े तो कितने ही हैं।

दासी को कहा—"मुझे झूले पर बिठाकर अभी जाकर पता करके आ।" झूले पर बैठी तो याद आया उसने अपनी ही जीभ को अकारण शाप दिया। वह तो बोली ही कहाँ थी? रावजी का विचार तो मन में आया था। अधिक कुछ सोचती, अनुमान लगाती, दासी वापस आती, उससे पूर्व वह अधेड़ वापस बाहर जाते हुए दिख गया। दासी पहुँचती उससे पूर्व कुँवर राम अपनी माँ लाछलदे के महल में सूचना देकर उमादे तक पहुँच चुका था। इस समाचार की प्रतिक्रिया क्या होगी, उसे सीधे ही बता देना चाहिए या फिर कुछ घुमा फिर कर कहना चाहिए, उसे माँ और उमादे का ख्याल रखना चाहिए, ऐसे किसी भी प्रश्न की चिन्ता किए बगैर वह उमादे के निकट आकर बोला—"दूत जोधपुर से था। रावजी नहीं रहे, उनका स्वर्गवास कार्तिक सुदी बारस (शुक्ल पक्ष की द्वादशी) को हो गया है। वहाँ से भेजे साफ़े मेरे महल में पड़े हैं। मैं जोधपुर जा रहा हूँ। देखता हूँ उनका चहेता चन्द्रसेन कैसे राव बनता है।" इतना कह, वह आगे बढ़ गया।

उमादे आश्चर्य से देखती रह गई। इसके पिता दुनिया में नहीं रहे, माताओं का क्या होगा? उन्हें कौन संभालेगा? उनके प्रति कोई कर्त्तव्य है? जिसे रावजी द्वारा निष्कासित करने पर अपने साथ ले आई, सगे पुत्र से भी बढ़कर स्नेह दिया, मेवाड़ में विवाह करवाया, केलवा की जागीर मिली और आज राव बनने की दौड़ में उसने एक क्षण भी माँ के लिए नहीं सोचा? इस दुखद समाचार की प्रतिक्रिया क्या होगी, इतना तक देखने का समय नहीं था उसके पास। उमादे को रावजी के दुनिया से जाने

की पीड़ा हुई, उतनी ही कुँवर राम के जोधपुर जाने के कारण हुई। परन्तु किसी से कुछ भी कहने का मन नहीं हुआ। अब कुछ सोचने या निंदा करने का तो समय ही कहाँ था?

अब...मैं क्या करूँ? मैंने यह सोचकर प्रतीक्षा की कि कभी तो उन्हें अपनी गलती का अहसास होगा। वे उस भोग की दुनिया से दाम्पत्य की दुनिया में लौट आएंगे। उम्र के किसी पड़ाव पर तो देह से रूह तक का सफ़र तय कर ही लेंगे। एक उम्र के बाद भले जिस्मों का कोई खास अर्थ नहीं रहता है पर जीवन तो रहता है, मन तो रहता है, प्रेम तो रहता है तब हम प्राणों के रहने तक साथ रहेंगे और निष्प्राण होने पर इस दुनिया से प्रस्थान भी उनके साथ करूँगी, ऐसा सोचा था परन्तु न जाने किस अपराध का दण्ड मिला, किस काले साये ने डस लिया, किस की नज़र लगी कि उम्र भर वे अलग और मैं अलग। अब जिससे प्रेम किया, जिसकी प्रतीक्षा थी कि कभी तो लौटा ले जाएँगे इस उमादे को अपनी दुनिया में, आज वे ही नहीं रहे तो इस जीवन का कोई अर्थ नहीं। वैसे भी फेरों के समय जब मंगणियार ने गीत गाया था कि:

प्रीत करो तो एड़ी करो जेड़ी करे कपास जीते जी भेलो रे, मरे ना छोड़े साथ....

(प्रीत करो तो कपास के जैसी करना। जीवित रहते हुए तो वस्त्रों के रूप में साथ देता ही है, मरने पर भी साथ नहीं छोड़ता, इन्सान के साथ ही जलता है)

मैंने तो उसी समय मन ही मन कपास के जैसी प्रीत की प्रतिज्ञा की थी। दुर्भाग्य से साथ जीने की प्रतिज्ञा पूर्ण नहीं हुई परन्तु साथ मरने का वचन तो निभाऊँगी।

वर्षों से सूखे नयनों में अचानक जैसे कोई निर्झर फूट पड़ा हो। ऐसा लगा जैसे जल-प्रलय आया है। जो सब कुछ बहा ले जाना चाहता है। लाख बैर (शत्रुता) रखते होंगे मुझसे पर कहने को मेरे अपने थे। मन दिन रात उन्हें भला बुरा कहता होगा पर कहने को कोई तो था। अब मेरा कौन? आज पहली बार उमादे को महसूस हुआ दाम्पत्य में कैसी भी नाराजगी हो, कितनी भी दूरियाँ हो, कितना भी विरोध हो पर एक दूसरे के होने से पीड़ा भी है तो वह सुख देती है। सुकून देती है। मन को निश्चिन्तता देती है। आज उनके नहीं होने पर मेरी दुनिया उजाड़ हो गई, मन में सूनियाण हो गयी। इस भीड़ में भी उमादे अकेली हो गई। मेरी नाराजगी भी रीत गई। मैं रिक्त हो गई। अब अर्थहीन जीवन का कोई सार नहीं। अब तो जितना शीघ्र सम्भव हो उस लोक में जाकर उनसे मिल जाने में ही सार है।

न जाने कहाँ से उसमें इतनी शक्ति आ गई कि बिना सहारे उठी और महारानी लाछलदे के कक्ष में गई। पति ने जिसे निष्कासित कर दिया उस लाछलदे से सती

होने का तो कैसे पूछती? बस उनके सामने स्वयं की इच्छा प्रकट कर दी। लाछलदे बोली—"जिसने पति धर्म नहीं निभाया, उसके लिए क्यों स्वयं को भस्मीभूत किया जाए।" परन्तु उमादे ने कुछ नहीं सुना। वह अपनी राह बढ़ चली।

राव मालदेव जी की एक और राणी मेवाड़ के महाराणा उदयसिंह की पुत्री सिसोदियाणी जी लिखमी कँवर भी आई हुई थीं। उन्होंने भी सती होने की इच्छा प्रकट की।

महारानी उमादे नौकर चाकरों को तैयारियों का आदेश देकर तैयार होने चली गईं।

तीसरे दिन यानि कार्तिकी पूनम को सूर्योदय से पूर्व ही आसाणंद जी भी जोधपुर से केलवा के लिए निकले। जोधपुर के महलों में जिसे उनसे हेत था वह ही नहीं रहा तो अब किसके लिए रुकना? वैसे भी जो बचे थे वे सभी तो राजगद्दी के तिकड़म में लग गए थे। लग ही नहीं रहा था कि किसी को पीड़ा हुई है। ऐसे में उन्हें जरूरी लगा कि जिस उमादे से कभी मिले नहीं, लेकिन जब उन्हें ज्ञात हुआ कि रावजी के कारण हमने स्वयं को घायल किया हैं तो हमारी चिन्ता ही नहीं पूर्ण स्वस्थ होने तक सेवा की, उस उमादे की दुःख की घड़ियों में साथ देना मेरा फ़र्ज़ है।

आसाणंद जी केलवा पहुँचे। महल के प्रवेश द्वार पर पहुँचे ही थे कि सामने महारानी उमादे हाथ में केशरिया साफ़ा लिए घोड़े पर चढ़ने की तैयारी में थी। एक बार विवाह के दिन जैसळगिर में, दूसरी बार आसाणंद जी के कहने पर जोधपुर के महलों में और आज तीसरी बार स्वयं के मन से उमादे ने रक्तवर्णी पोशाक पहनी, हाथीदांत का कसुमल रंग लगा चूड़ा, सिर, कान, नाक, गले, हाथ, पैर के हीरे मोतियों जड़े सारे स्वर्णाभूषण पहने, भाल पर लाल टीका लगाए नख से सिख तक सोलह श्रृंगार किए थे।

आसाणंद जी समझ गए। निकट गए। हाथ जोड़े। "खम्माघणी" बोले। आँखों से अनायास दो मोती लुढ़क गए। परन्तु उमादे के चेहरे पर तेज और अधरों पर स्मित। कोई आँसू नहीं। कोई पीड़ा नहीं। कोई उदासी नहीं।

आसाणंद जी समझाने को उद्यत हुए तो हाथ जोड़ बोली—"काकोसा, अब निर्णय हो चुका। अब गिले, शिकवे, शिकायतें, अच्छे, बुरे का अवलोकन अगले जीवन में। आप तो बस आखिरी आशीर्वाद दीजिए कि इस लोक में न सही उस लोक में ही सही, आपकी पुत्री का स्वामी से मिलन हो जाए।"

बारहठ जी किसी प्रतिमा की तरह थिर और अबोले। बस आँखों से बहती अश्रुधार से ज्ञात होता था कि अभी उनमें प्राण हैं। थरथर काँपते हाथ आशीर्वाद की

मुद्रा में उठे और उनके सामने उमादे ने शीश झुका दिया।

उमादे घोड़े पर सवार होकर केलवा के निकट बनी चिताओं की तरफ़ बढ़ने लगी। गगन ''सती महारानी उमादे भटियाणी'' के जयकारों से गुंजायमान होने लगा। अचानक आसाणंद जी का मौन भी टूटा और कण्ठ से हड़हड़ करते स्वर फूटने लगे। वे कभी सहस्त्रों सूर्यों से प्रदीप्त उमादे के मुखमंडल सहित उनके शृंगार और रूप सौन्दर्य का बखान करते तो कभी राव मालदेव के लिए उनके त्याग की तुलना रणथम्भोर के हमीर, पावागढ़ के पातळ, नागौर के चुंडराज, जालोर के कान्हदे, जैसळगिर के रावल दूदो (दुर्जनसाल) और ऐसे ही अनेकों सूरवीरों से करते जा रहे थे, जिन्होंने प्राणों सहित अपना सर्वस्व मातृभूमि को अर्पित किया था। कभी गाते—''जो मंदोदरी रावण के, कुंती पांडु के, गोपियां श्रीकृष्ण के और कौशल्या दशरथ के लिए नहीं कर पाई उमा सती ने वह मालदेव के लिए कर दिखाया।''

उमादे का घोड़ा बढ़े जा रहा था और पीछे पीछे जनमानस व आसाणंद जी। चिता के निकट पहुँचते ही घोड़े पर बैठे हुए उसने चिता के फेरे लिए। फिर उतर कर माराज के पास पहुँची। माराज ने मंत्रोच्चारण करके तिलक किया। हाथ में नारियल दिया। नारियल व जोधपुर से आया रावजी का साफ़ा लेकर चन्दन की चिता पर जा बैठी। अग्नि प्रज्वलित की गई। कुछ क्षणों में ही गगन छूती धधकती अग्निशिखाओं ने सब कुछ भस्मीभूत कर दिया। कांचन जैसी देह वाली वह स्वर्ग की अप्सरा अग्नि में दाह हो कुन्दन बन कर स्वर्ग में अपने रावजी से जा मिली। इस तरह वि.सं.1619 (1562 ई.) की कार्तिक के शुक्ल पक्ष की द्वादशा को राव मालदेव जी हमेशा के लिए इस दुनिया को छोड़ गए और कार्तिक की पूर्णिमा को उनकी अर्धांगिनी उमादे भटियाणी इस लोक में न सही उस लोक में उनसे एकाकार होने को चल दी। निकट ही लिखमी कँवर भी सती हुई।

सब कुछ राख हो गया। इस जगत में रह गई सिर्फ़ चन्दन, धूप, नारियल, कपूर, घृत और उमादे की एक मिश्रित सौरभ। आसाणंद अब भी अडिग बैठे थे। उस चिता के पास जिसकी राख भी अब ठण्डी होने आई थी। लोग गाँव की तरफ बढ़ने लगे लेकिन कवि की आवाज में ऐसा सम्मोहन था कि उनके कदम ठिठक गए। चाहते हुए भी वे आगे न बढ़ सके। उन्हें लगा जैसे पैरों में बेड़ियाँ डाल दी हो। घंटों तक आसाणंद जी उमादे पर रची कविताएँ सुनाते रहे। लोग मंत्रमुग्ध हो सुनते रहे। वे बोलते जा रहे थे—''वाह रे वाह उमादे भटियाणी, आज यदुकुल धन्य हुआ, जैसळगिर धन्य हुआ, तेरे जन्मदाता रावल लूणकरण जी धन्य हुए। जिस स्वरुपदे को महलों में भी श्रेष्ठतम महल मिले। जिसके पुत्र को राजगद्दी मिली, उसे पति की देह के बजाय पुत्र के राजतिलक की चिन्ता है। जिसने महलों का सुख नहीं भोगा, जिसका मानमर्दन कर झुकाने का प्रयास किया गया, जिसे प्रेम के बदले में घृणा ही

मिली, वह अपने प्रेम, अपने पति, अपने कर्त्तव्य के प्रति ऐसी दृढ संकल्प कि एक पल भी विचार किए बिना सती होने का निर्णय ले लिया। जीवन पर्यन्त स्त्री के स्वाभिमान, स्त्री की मर्यादा, स्त्री के अधिकार हेतु पति से रूठी रही लेकिन आज जिससे रूठी थी उसके न रहने पर 'रूठी राणी' ने अपना रूठना छोड़, जीवन उसी को समर्पित कर दिया। यह सर्वोच्च त्याग, यह अनुपम प्रेम, यह परम कर्त्तव्यबोध युगों युगों तक स्मरण किया जाएगा।'' आसाणंद जी चेतन थे, अचेतन थे या समाधिस्थ थे, वे ही जाने। किसी की कोई बात नहीं सुन रहे थे बस अनवरत बोले जा रहे थे और मंत्रमुग्ध सा जन समूह बिना हिले डुले, बिना पलक झपके, आत्मविस्मृत होकर सुने जा रहा था।

इस तरह उपन्यास के पहले पृष्ठ पर आसाणंद जी ने जो कहानी प्रारम्भ की थी वह पूर्ण हुई।

कुछ दिनों बाद वहाँ 'रूठी राणी उमादे भटियाणी' और लिखमी कंवर सिसोदियाणी की दो छतरियां बन गई। समय का चक्र आसाणंद जी को भी अपने साथ ले गया लेकिन केलवा के निकट ये छतरियाँ हर आने जाने वाले को आज भी 'उमादे' की कहानी सुनाती है।

❑❑❑

सन्दर्भ पुस्तकें :

जैसलमेर राजघराने का केन्द्रीय सत्ता से सम्बन्ध : डॉ. नरेन्द्र सिंह
मारवाड़ का शौर्य युग : साधना रस्तोगी
नैणसी री ख्यात
मारवाड़ री ख्यात
बांकीदास री ख्यात
जोधपुर राज्य की ख्यात
दयालदास की ख्यात
जैसलमेर री ख्यात
पूगल का इतिहास : भाटी हरिसिंह
मारवाड़ का मूल इतिहास : आसोपा रामकर्ण
मालदेव री बात
राव मालदेव की तवारीख
जोधपुर राज्य का इतिहास, भाग प्रथम : डॉ.ओझा गौरीशंकर हीराचन्द
जोधपुर राज्य का इतिहास : मयंक डॉ.मांगीलाल
सिरोही राज्य का इतिहास : डॉ.ओझा
मारवाड़ का इतिहास : रेऊ पण्डित विश्वेश्वरनाथ
राजपूताने का इतिहास : गहलोत जगदीश सिंह
तवारीख जैसलमेर : लखमीचंद
शेरशाह और उसका समय : कानूनगो डॉ. कालिकारंजन
मारवाड़ रा परगना री विगत